礒崎純一

龍彦親王航海記

澁澤龍彥伝

白水社

龍彦親王航海記

澁澤龍彥伝

目次

〈凡例〉

一、次のものは、原則として略表記をもちいた。

『全集』←『澁澤龍彥全集』

『翻訳全集』←『澁澤龍彥翻訳全集』

「自作年譜」←「澁澤龍彥自作年譜」

「矢川年譜」←「澁澤龍彥年譜（一九五五―一九六八）」矢川澄子編

「全集年譜」←「澁澤龍彥年譜」巖谷國士編

一、引用文中で「澁澤龍彥」が略字体になっているものは、正字体に改めた。

第I章　狐のだんぶくろ（一九二八—一九四五）

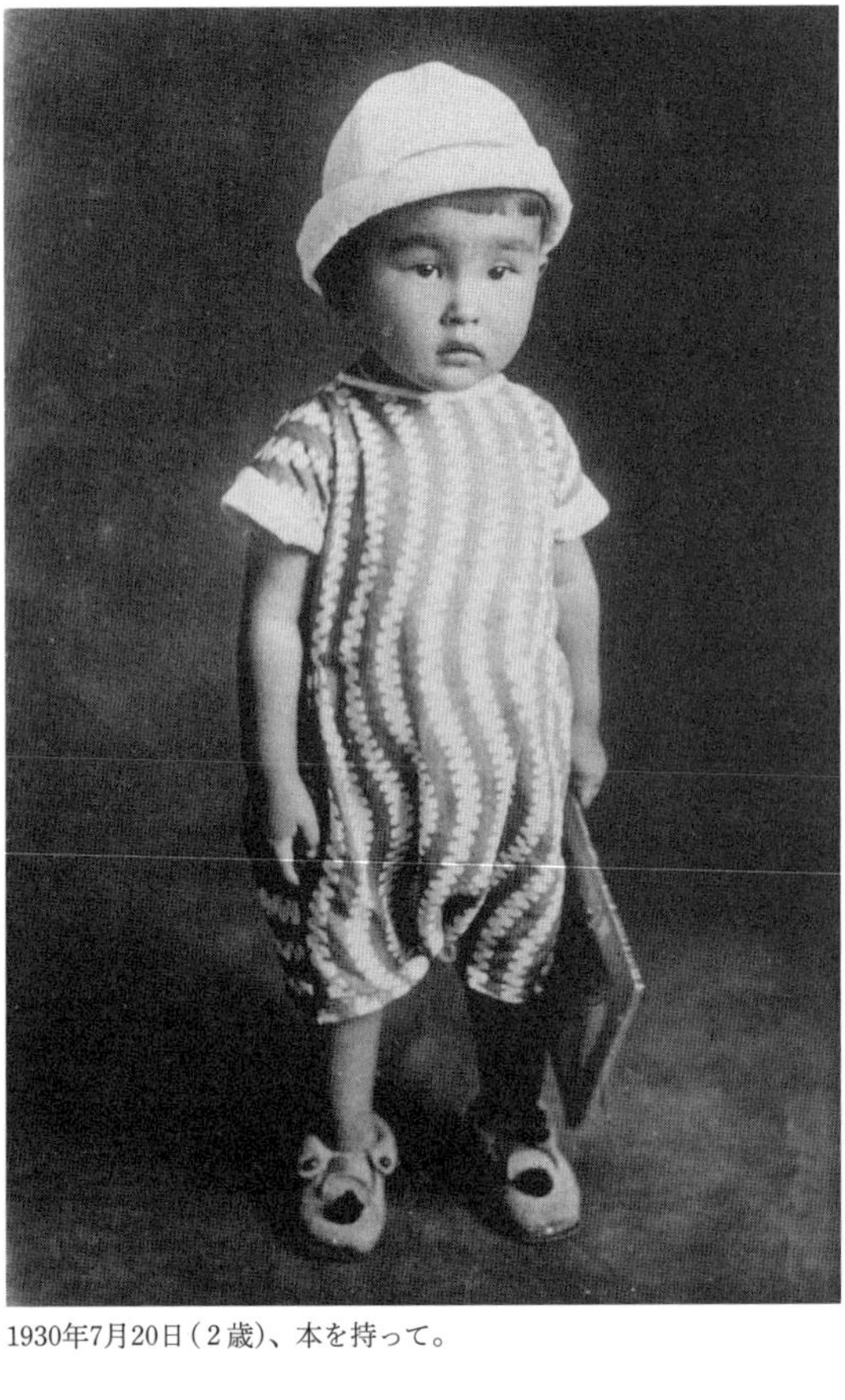

1930年7月20日（2歳）、本を持って。

1　生誕

誕生は難産だった。

産声を発しなかったため、お産婆さんが懸命に蘇生させようとして、タオルで胸をごしごしやったり、逆さにつるしてぴしゃぴしゃ叩いたりしたけれど、それでも泣かない。これはだめだとみんな諦めて、せめては産湯だけでも使わせてやろうと、お産婆さんが盥《たらい》の湯のなかに漬けると、はじめて「オギャア……」と泣いた。

じつに弱々しい泣き声だった。

私が母の胎内から出されても、容易に産声を発しようとしなかったのは、もしかすると、この世に出てゆくのを好まなかったためかもしれない。ふてくされて、みんなを困らせてやろうと思ったためかもしれない。それとも暖かく居心地のよいトンネルの奥の個室から、外の世界へ出てゆくのが億劫だったのかもしれない。

どっちにしても、お産婆さんという余計なお節介をする商売のひとがいたために、私はこの世に生まれ、成長し、快感原則と現実原則に揉みくちゃにされる羽目になってしまった。（「猿の胎児」）

本名は澁澤龍雄《たつお》。一九二八年、すなわち昭和三年の五月八日生まれ。長男で、その名は辰年生まれにちなんでいる。

父の武《たけし》は、一八九五年（明治二十八）九月十日の生まれ。当時三十三歳。母の節子《せつこ》は、一九〇六年（明治三十九）九月三日の生まれ。当時二十二歳。二人の結婚は、長男が誕生する前年の二月だった。

生まれたのは、母の実家、東京市芝区（現在の東京都港区）高輪車町三五番地。赤穂浪士の墓で有名な泉岳寺の近くだ。

当時両親は父の勤務先に近い川越市に住んでいたが、長男のお産は母方の実家ですませたわけである。

2　先祖／両親と親族

澁澤龍彦は、一九七三年（昭和四十八）に「別冊新評」で自身の特集が組まれた際、「澁澤龍彦自作年譜」を書いている。これは出生の一九二八年（昭和三）から文筆家としてデビューする一九五四年（昭和二十九）までだけを対象とした年譜である。本章と次章はもっぱら、この「澁澤龍彦自作年譜」（以後「自作年譜」と略記）に出る事柄を主軸とし、澁澤自身のエッセーと、妹・澁澤幸子《さちこ》の貴重な回想録『澁澤龍彦の少年世界』（一九九七年）などの記述を織りまぜながら見ていきたい。

澁澤龍彥は「自作年譜」の冒頭で、「父は埼玉県のいわゆる澁澤一族の出」と記している。

埼玉県の榛沢郡《はんざわぐん》八基村《やつもとむら》大字血洗島《ちあらいじま》を本拠地とする澁澤一族は、「日本資本主義の父」と謳われる澁澤榮一をはじめ、随筆家で田園調布の開発者である澁澤秀雄、日銀総裁をつとめ民俗学者としても知られる澁澤敬三らを輩出したことでとりわけ名高い。

その一族の源流については、幸田露伴に次のような文がある。

「相伝の説には、天正年間に、澁澤隼人といふものが血洗島の草莱《さうらい》を拓《ひら》いて農桑に従事し、そこに居を占めた。それが澁澤家の祖であるといふことである。然《しか》し隼人の出自《すゐじ》は明らかでない。足利氏の支流であるといふ説があるが確徴も無い。或は甲斐源氏の逸見《へんみ》の族に澁澤を称するものがあつた其後《そののち》であらうといふが、それも根拠ある推想に止《とど》まる。蓋《けだ》し隼人の名が士流の出たることは分明である。[…]血洗島草創の時は、家ただ五戸であつたと云伝《いひつた》へてゐるが、後漸《のちようや》く繁息して一ト里を成し、澁澤氏を称するもののみにても、十余戸の多きに至つた」(「澁澤榮一伝」)。

血洗島という物騒な名は、八幡太郎義家《はちまんたろうよしいえ》の家来が刀の血をここの小川で洗ったからだという。また、それとは別に、赤城の山霊が他の山霊と闘って片腕をくじかれたときその血をここで洗ったという伝承もあるようだ。

現在では深谷市に編入されているこの土地は、埼玉県の北部、群馬県との県境になっている利根川の流れに近い村である。秋から冬にかけては名物のからっ風が吹きすさぶ。澁澤一族は、江戸の末期には十七の家があったようだが、家の位置によって、それぞれ〈中ノ家〉〈西ノ家〉〈前ノ家〉などと呼ばれていた。澁澤龍彥の父・武はそのうち〈東ノ家〉の出であり、江戸時代後期からこの東ノ家は養蚕《ようさん》や藍《あい》玉《だま》の生産などでたいそう栄え、「大澁澤《おおしぶさわ》」と呼ばれるまでになった。ちなみに、澁澤榮一は中ノ家の出身である。

澁澤龍彥は自分の父方の先祖のスケッチを、「家」と題するエッセーで描いていて、その冒頭で、「城山三郎氏の澁澤榮一伝『雄気堂々』に出てくる、あから顔で鼻の高い、澁澤一族の本家の宗助という男が、何をかくそう、私の曾祖父である」と書いている。

しかし、この記述にはどうやらあやまりがあった。回想録のなかで幸子も言うように、城山三郎の小説に出てくる「あから顔で鼻の高い宗助」は、正しくはもう一代前で、澁澤龍彥の高祖父（曾祖父の父）にあたる人物である。東ノ家の当主は、代々〈宗助〉の名を名乗っていたので、そこからくる勘違いだったようだ。

また澁澤龍彥は同じ文中で、「曾祖父」の宗助が、京都から公家を呼んで血洗島で蹴鞠《けまり》の会を催し近辺の百姓たちを驚かせた話を紹介し、こうつけ加えている。「このエピソードは、いかにも田舎の金持のスノビズムを思わせるが、蹴鞠のイメージがあまりにも古めかしく時代錯誤的なので、厭味を通り越して、むしろ滑稽で馬鹿馬鹿しいものをさえ感じさせる。天下を論じ国事を憂え、ひそかに攘夷討幕の計画を語る若い志士たち、澁澤榮一や喜作にとっては、何とも言いようがないほど馬鹿馬鹿しく思われたにちがいない。しかし私には、その馬鹿馬鹿しいところがおもしろい」。

憂国の士よりも道楽者の方に親近感を覚えるというこのコメントはなかなか澁澤龍彥らしいが、しかしながら、この蹴鞠の話にも実はあやまりがある。これも曾祖父のことではない。東ノ家から出た文政年間の祖先の一人、澁澤仁山《じんざん》（字《あざな》は龍輔）の逸話とするのが正しいようだ。

ただし、この仁山は、詩文俳諧や、釣り、酒を好む風流人で、「王長室」という名の私塾を開き、江戸の一流の文人や学者たちと交流して澁澤一族の学問や芸術に寄せる深い感性を培った人物だというから、あとの澁澤龍彥の人生を慮《おもんぱか》ると、なかなか見のがせない先祖の一人だといえるかもしれない。仁山は藩のおかかえ学者の地位につくこともできたのに、それを嫌って生涯在野精神をつらぬいた。通称を〈龍助〉ともいったこの遠い先祖は、なにかと澁澤龍彥と通じあうところが多くて興味深い。

血洗島にあった大澁澤家の正門と北蔵。

「あから顔で鼻の高い」高祖父の〈宗助〉（徳厚）の方は、機を見るに敏な人物であり、幕末に横浜で生糸問屋をひらいて東ノ家に莫大な財産を残していた。同時にこの高祖父は、「誠室」という雅号を持ち、『養蠶《ようさん》手引抄』という書物も著し、書や剣にも奥義を極めた第一級の文化人でもあったらしい。商いの年商は、当時で一万両、今でいえばざっと十億円くらいあったという。

だが、そうした財産を「一代ですっからかんに蕩尽してしまった」のが、次の次の代の〈宗助〉、つまり龍雄の祖父である。

東京や横浜に別宅をかまえ、血洗島の本宅にはめったに寄りつかず、女道楽や相撲道楽に明け暮れていた極楽蜻蛉の祖父だったから、私の祖母は大へんな苦労をしたらしい。財産が傾いてくると、執達吏が差押えの封印をした簞笥の裏から板をはがして、なかの衣類を取り出したりしたこともあったという。こうして五人の子供を育て、東京の大学へやっているうち、土地も邸も、書画骨董も刀剣も、ことごとく人手に渡ってしまった。（「家」）

相撲取りや芸者、幇間など、取巻き連を乗せた人力車をぞろぞろ連ねて本宅に帰ってきたというこの道楽者の大地主の祖父・長忠（一八五六年生まれ）は、龍雄が誕生するだいぶ以前の一九一三年（大正二）に胃癌で没している。写真で見るかぎり、長忠はなかなかの

祖父の澁澤長忠。

貴公子風で、澁澤龍彥の容貌はこの祖父似である。

先に引いた文に「五人の子供」とあるとおり、祖父の長忠には妻トク（龍雄の祖母）との間に四男一女があった。祖母トクは、髪が褐色で、色がぬけるように白く、目鼻立ちがくっきりした容貌だったという。

末子だった長女のまさは、府立第三高等女学校を出て教職についた。まさの夫の浦野敬は、佐賀商業高校の校長をつとめた人物で、歌人としても知られていた。この叔父のことは、澁澤龍彥のエッセー「往年の夏、往年の野球」に出てくる。

長男の長康は、早稲田大学の商科を卒業。毛織物関係の会社に入り、欧米に派遣されて日仏混血の妻をめとるというきらびやかな生活だったが、サラリーマン社会の出世争いから精神を病み、一時期は血洗島の離れの奥座敷で養生をしていた。本来なら〈宗助〉を継ぐはずだったこのいちばん上の伯父につ

いては、澁澤龍彦がふれている。

「この精神分裂病の伯父は、祖母に食事の世話をしてもらっていたのだが、ときどき、着流しにふところ手のまま、ふらふらと奥座敷から私たちのいるほうへ出てくると、うつむき加減に畳の上を歩きまわりながら、わけの分らぬ演説をはじめるのである。最初はこわかったが、慣れてしまうと、私も妹も、家のなかをうろうろしながら演説する狂人を何とも思わなくなった」(「家」)。

次男の虎雄は東京帝国大学工学部を卒業、貴族院議員の横山久太郎の養子となり、のちに三陸汽船の重役などをつとめている。

三男が龍雄の父の武である。埼玉の八基《やつもと》小学校、東京の開成中学、金沢の旧制第四高等学校を経て、東京帝国大学法学部政治学科を卒業。官僚への道は進まず、いったんは商社に入ったが短期間で辞め、澁澤一族と縁故のある地方銀行の武州銀行（のちの埼玉銀行）にあらためて入社した。結婚の頃は、銀行の入間川支店長をつとめていた。

四男の茂はかなり風変わりなアウトサイダー風の人物だった。一高から東大というエリートコースを歩みながら、なぜか中退して明治大学に入りなおしている。商家の小町娘と勝手に結婚してしまったので、親の逆鱗にふれ一時は勘当状態でもあったらしい。就職も、面接の時に入社後は趣味の狩猟と釣りを控えめにするように言われるとあっさりと棒にふった。深谷に戻って冬は狩猟、それ以外の季節は釣具店を出しながら、魚釣りのほかは何もしなかったという。種村季弘《たねむらすえひろ》の言葉を借りれば、「利根の悠々たる流れを相手に太公望然と無為のままに過ごした」わけである。この「少々異端」の叔父については、幸子の本に記述がある。

「釣りが好きだった叔父は深谷の町で釣具店を経営していた。狩猟も好きだったらしく、私たちが血洗島の家に行くと、叔父は自分が撃ったキジをぶら下げてやって来た。猟銃を担ぎ、猟犬を連れた叔父を、私は子供心にカッコいいなと思って見た」。
澁澤家のこうした血筋を、種村はトーマス・マンの小説になぞらえて次のように分析している。

どうやら無為徒食の遊び人と勤勉な銀行員風の人とが交互に出る家系のようだ。関東平野のブッデンブローク家。利根の水運に沿ってまたたくまに莫大な家産を築き、やがて放蕩と無為のうちにおもむろに没落してゆく家統の最後に澁澤龍彥が連なっていた、といえば、話はあまりにもつじつまが合いすぎよう。しかしそういえば、澁澤さんの死は、どことなく歯科医で抜歯の血を流しながら絶命するハンノー・ブッデンブローク少年の死に似ている。(「深谷のブッデンブローク家」)

巖谷國士《いわやくにお》は、この澁澤の家系には、勤勉の士と遊び人が交互に現れるだけでなく、「創造的な狂気の種も多少まじっていたのではないかと憶測されたりする」と書いている(「家について」)。

いっぽう、母の節子は、磯部家の養女で、高輪小学校を出て、白金の聖心女学院を卒業している。節子の父、すなわち龍雄にとって母方の祖父にあたる磯部保次《やすじ》は、一八六八年(慶応四)生まれで、現在の茨城県笠間市の出身。常陸国笠間藩士だった磯部吉次の長男で、慶応義塾を卒業した保次は、東京ガスの前身にあたる千代田瓦斯《ガス》を設立した実業家であり、政友会の代議士も数期つとめた政治家でもあった。
高輪の屋敷にはたくさんの女中のほかにも、書生たちが常時十人は住んでいた。保次は一代で財をなした実業家によくあるような豪放磊落な性格で、何人もの妾をかかえていた。銀行員という堅い職にある武が節子の見合い結婚の相手に選ばれたのには、「チャキチャキの日本橋っ子」で、夫の女道楽に苦労した母のとき（龍雄の祖母）の意向もあったという。この祖父・保次は、龍雄が誕生した年の十二月に妾宅で倒れ、急逝している。

磯部家は、この保次が死んで、節子の兄に当たる伯父・英一郎の代になると、高輪から磯部家の別荘が昔からあった鎌倉へと移った。後年、澁澤龍彦がその生涯の大半を過ごすことになる鎌倉は、母節子にとっての馴染みの土地だったのである。

3 幼少年期

龍雄少年の一家は、龍雄が四歳になるまでは、埼玉県の川越市に住んでいた。市内で三回の引っ越しをしていて、最初の住まいは黒門町にあり、次が志多《した》町、三番目が御嶽《おんたけ》下曲輪《くるわ》町にあった。志多町の借家は広く、御影石の門が立ち、庭には苺畑があって隅にはお稲荷さんがまつられていたという。

そのころ家には、高崎から来た元気のよい「さくや」という女中がいた。龍雄は、彼女を「アジヤ」と呼んでよくなつき、抱っこされながら、「狐のだんぶくろ見つけた。山の夕立降りやんだ。赤いお日さま藪にさす。つくつくぼうしは枝の上」という歌を聞いた。

色が白い龍雄は、よく女の子とまちがえられた。銭湯の子供用の湯船に浸かっていた龍雄が、湯船から出ようと立ち上がると、隣にいたおばさんが、「あらまあ、お嬢ちゃんかと思ったら、チンチンですか……」と、頓狂な声をあげた。

志多町の家から二、三軒はなれたところには箱屋のタッちゃん、通称ハコタッちゃんというお爺さんがいた。箱屋というのは三味線箱をもって、客席に出る芸者のお供をする職業の男である。同じ「タッちゃん」でも、こちらのタッちゃんはチンドン屋の親分でもあった。

このお爺さんのことが、龍雄の最初の記憶の一つだった。

龍雄は、市内の寺にあるお賓頭盧《びんずる》（十六羅漢の第一）を怖がって泣いた。

「蓮慶寺は喜多院とならぶ川越で屈指の名刹で、その本堂の前に、はげちょろけの奇怪なおびんずるさまが安置してあった。善男善女が手でさすって、病気の平癒を祈願するのである。といっても、いまでは私の記憶には、蓮慶寺の境内のイメージはなにも残っていない。ただ、やみくもにこわかったということをおぼえているだけなのである」。

「最初の記憶」と題されたエッセーの一節だが、ここに出る「蓮慶寺」は蓮馨寺《れんけいじ》が正しく、澁澤龍彦の記憶ちがいである。

生まれつき左利き（文字だけは右手で書くように矯正された）だった龍雄は、「おとなになったら、なにになりたい」と聞かれるたびに、「電車の運転手になりたい」と答えていた。「野球選手になりたい」と言っていた時期もあった。「ピッチャー宮武、大きなモーション、投げました」と、ラジオのアナウンサーの真似をしていた。

遠縁にあたる澁澤榮一子爵（一九三一年没）と龍雄が会う機会があったのかどうかは、だれでもが気になるところだろう。幸子が母の節子から聞いた話によると、赤ん坊のときに会っているらしい。鎮守祭のとき、榮一子爵の家では獅子舞がとりおこなわれるので、父の武と母の節子が招待をうけた。節子は生まれたばかりの龍雄を抱いて中の家へいった。「私の隣りに栄一子爵がおすわりになって、獅子舞を見ていたら、おにいちゃん（龍雄）、オシッコしちゃったのよ。あわてたわ」。

一九三〇年（昭和五）七月、妹の幸子が誕生した。幸子は後年、津田塾大学英文科を卒業し、編集者をへてフリーのライターとなっている。

澁澤龍彦にとっての重要な女性の一人となる、このいちばん上の妹は、二つ年上の兄の幼児時代について、『澁澤龍彦の少年世界』のなかで次のようなエピソードを披露している。

父母の話によると、兄はしゃべるのは早かったが、歩きだすのが遅くて、両親を心配させたそうである。兄が初めて歩いたときのことを父母はよく話していた。

「ほら、坊や、ここまでおいで。イーチ、ニーイ……」

と両親が言うと、一歳何か月かのタツオちゃんは、

「チャン、チー、ゴー、ローク……」

と言いながら初めて歩いて、父母に飛びついて来たそうである。つまり、兄は歩くまえから数を数えられたらしい。ちょっと嘘っぽい話だが、兄に限ってはほんとうだろうと思う。

おなじ著書から、もうひとつ引用しておきたい。こっちは龍雄が小学校にはいってからの話だと思われるが、この兄妹の関係、それに澁澤龍彦という作家を知るうえで、見のがしがたいエピソードかもしれない。

［…］子供時代の兄は自分が得た知識をなんでも私に教えたがった。本で読んだり、学校で教わったりした知識を得々として私に披露した。とりあえず身近にいて、なんでも感心して聞く私は、話を聞かせる相手には恰好だったのだろう。ノートブックをひろげて絵を描きながら、兄は話した。

「大昔はね、こういう動物がいたんだよ。これ？　マンモスだよ。マンモス知らないの？」

「月世界はね、人間も動物もお化けもなんにもいないんだぞ。恐いだろ？　恐くない？」

「百年後の世界だよ。家はみんな地下にあるんだ。この自動車は海の上だって走っちゃうんだから。これ、空を飛んでるけど飛行機じゃないんだよ」

めちゃくちゃな話をされても、私は、おにいちゃんてすごい、なんでも知ってるんだと、ひたすら感心して聞いていた。龍彦のこの性癖は形を変えながら、死ぬまでつづいたように思う。


一九三二年（昭和七）、父の武が、武州銀行の川越支店長から、調査部検査役として丸の内支店へ転任となり、家族も東京市の滝野川区（現在の東京都北区）中里町一一九番地の借家に移った。

当時の滝野川は、文士や美術家も住む山の手と、花柳界とつながる江戸時代以来の下町という、二つの要素が混在しているような土地柄だった。田端の駅からはお化け煙突がよく見えた。四歳から十七歳までの十三年間を住んだこの遊び場を、澁澤龍彦はこう説明している。

「田端駅を出た山手線が大きくカーヴして駒込駅に近づく寸前、左側の車窓、つまり山手線の内側を眺めると、田端の高台の下から神明町方面へとつづく町並を見わたすことができる。また右側の車窓、つまり山手線の外側を眺めると、駒込駅から霜降橋方面へとつづく町並を見わたすことができる。線路をはさんで南北にひろがる、このあたりが中里町だと思えばよいだろう。

小学校1年の頃。左から父・武、龍雄、妹・幸子と道子、母・節子。

滝野川の家の前で。左から龍雄、妹・道子と幸子、
女中とよや。

私は前に、或る文章のなかで、「北は飛鳥山から南は六義園まで、西は染井墓地から東は谷中墓地までが私たちの行動範囲だった」と大見得を切って書いたことがあるけれども、これは我ながらいささかオーヴァーな表現というべきで、実際には私たちの行動範囲はもっとずっと狭く、ほぼ中里町を中心とした地域に局限されており、ときどき遠征するぐらいのものだったのである」(「滝野川中里付近」)。

滝野川の家は大きな木造の平屋建てで、広い庭があり、「とよや」という女中がいた。勝ち気で、なかなか頭が良かった彼女は、龍雄にとってはいい相手となった。龍雄は家で本を読んだり、幸子と絵を描いたりしていることが多かったので、母の節子は毎日のように、とよやに頼んで、子供たちを近くの神社に遊びにいかせた。

一九三三年(昭和八)、龍雄が四歳の時の二月に、二番目の妹の道子が生まれる。彼女はのちに、兄と同じ東京大学文学部仏文科に進み、画家の矢野眞《まこと》と結婚する。

この年の三月、ドイツのハーゲンベック動物サーカスが横浜港に到着し、九月まで東京をはじめ名古屋や大阪、福岡を巡業している。龍雄はこのサーカスを見物に行き、「最初のヨーロッパ体験」を味わっている。少年はそこで、猛獣使いが鞭をふるい、美しい縞の虎たちが火の輪くぐりをするのを見た。

幼年時の思い出は、なにか暗い闇のなかに一点、ぼうっと明るんだ、にぎやかな光の空間があって、それを遠くから見ているような感覚を私にいだかせる。それは一種の祭の空間であって、そこに自分も参加しているはずなのだ。ハーゲンベック動物サーカスのリングは、私にとって、そのような空間の内部に同心円のように浮かびあがってくる、さらに小さな一つの光の空間なのである。

(「ハーゲンベックの思い出」)

五歳の頃、龍雄はあやまって父親の金のカフスボタンを呑みこみ、大騒ぎになった。

お昼はいつもパンを食べていた龍雄は、食事時に食卓の上に並べられるメリー・ミルクの罐が気になってしようがなかった。罐のレッテルに、エプロンをかけた女の子が片手に籠を抱えている姿が描かれている。籠のなかにメリー・ミルクの罐があり、そのレッテルにも同じ女の子が同じ籠を抱えている。……目の前のミルク罐のレッテルに、小さな小さなメリーさんが無限に連続して畳み込まれているかと思うと、少年は何か、深淵に吸い込まれてゆく気がした。

隣の家には礼子ちゃんというおかっぱ頭の女の子がいた。歌のうまい礼子ちゃんは、北原白秋が歌詞を書いた「チュウリップ兵隊」を透き通った声で歌った。

幼稚園には入園せず、一九三五年（昭和十）四月には、滝野川第七尋常小学校に入学した。自宅から百メートルほどしか離れていないこの小学校は、四十五人くらいのクラスが四つあり、学年全体で二百人ほどだった。

小学校入学前にカタカナもひらがなも読めるようになっていた龍雄は、記憶力が抜群だった。「一年から六年まで、小学校の成績は優等を通したが、級長には一度も選ばれなかった。人格円満を欠いていたのであろう。学科では、図画と音楽を最も得意とし、体操は苦手であった。運動会の徒競走では、いつもビリだった」（「自作年譜」）。

日中戦争が一九三七年（昭和十二）にはじまり、子供であっても〈文〉以上に〈武〉に重きが置かれた時代である。同じ小学校に通い、級長もつとめていた幸子は、級長になれなかった兄をこう見ている。「見るからに、ひよわで柔弱なタツオ少年には不幸な時代であった。事実、兄は勉強は抜群にできたのに、級長に任じられたことが一度もなかった。私の想像だが、これは兄にとって、かなり屈辱的なことだったのではないかと思う。滝野川第七小学校では勉強ができるのに一度も級長経験のない子供はいなかった」。

担任の教師は、女きょうだいのなかの男一人で育ち、家で年がら年じゅう威張っている子供を、また学校でもみんなの上に立たせるのはよくないから級長にはしないと、母の節子に言ったという。

龍雄は、家ではおにいちゃんといわれて威張っていて、自分が怖がりのくせに妹たちを怖がらせるのが大好きだった。妹いじめもよくやり、幸子などは砂場の隅でシャベルを握りしめて、この横暴な少年皇帝を殺してやりたいと思った幼い思い出まで持っているほどだった。しかし、龍雄は典型的な内弁慶であり、学校ではガキ大将とはほど遠い引っ込み思案な子供だった。〈タッちゃん〉あるいは〈お坊ちゃん〉とあだ名された。

一九三六年（昭和十一）、八歳のときに二・二六事件が起こっている。龍雄は風邪を引いて学校を休んでいた。家で寝ながら障子の外の庭の雪をぼんやり眺めていた。

この年の八月に、ベルリン・オリンピックが開催された。日本選手が大活躍をしたこのオリンピックに、龍雄も熱中し、避暑におもむいた千葉県大原町の旅館で、「前畑頑張れ」の深夜の実況放送をラジオで聞いている。この大原海岸には、以後一九四一年（昭和十六）まで、夏休みになると一家で必ずおとずれることになる。

小学校二年のこの年、学芸会で「因幡《いなば》の白兎」の主役を命ぜられ、その緊張からか、それまでにも軽い症状があった夢遊病が激しくなった。

龍雄は、地面の下に縦横に穿たれた、蟻の巣の断面図を描くことを大そう好んだ。蟻の生活をうらやみ、蟻になりたいと思った。

一九三七年（昭和十二）、九歳の龍雄の身長は百十五センチ、体重は十九キロ。この年、学校で級友と相撲をとっていて、外掛けのままコンクリートの校庭に倒れ右の足を骨折し、ひと月ばかりギプスをはめることになる。

龍雄はこの頃までは病気をすることが多く、よく学校を長く休むこともあった。疫痢《えきり》、大腸カタル、ジフテリア、水疱瘡《みずぼうそう》、中耳炎などに罹り、そのほかにも風邪をひいたり腹をこわしたりすることはしょっちゅうだった。往診に来たお医者さんには、「まるで病気の問屋さんだな、きみは」と笑われた。

龍雄は学校では、〈相撲博士〉のあだ名で通っていた。

「当時は下町にでも住んでいないかぎり、子どもはめったに国技館へつれて行ってもらえなかった。今とちがってテレビがないので、当時の子どもは、行司と呼び出しの区別さえろくろく知らず、横綱の土俵入りのやり方にも、四股の踏み方にも、とんと暗かった。ところで私は、父が相撲好きで、銀行の取引先に招待されることが多かったので、それに便乗して、しばしば両国の国技館に通っていたから、クラスのなかでは、いっぱしの相撲博士であった」（「なつかしき大鉄傘」）。

今日は国技館へ行くと父から告げられた日は、嬉しくてたまらず授業もろくすっぽ耳にはいらなかった。当時の無敵の大横綱、双葉山の六十九連勝が途切れた日も（一九三九年一月十五日）、龍雄は国技館のマス席で観戦している。

一九三八年（昭和十三）、九歳の一月、女優の岡田嘉子が恋人とともに樺太国境を越え、ロシアに亡命した。このニュースは、龍雄少年に異様な感銘を与えた。

二月には、チャップリンの映画《モダン・タイムス》を帝劇で観て、子供心にもこんな面白い映画は初めてだと思った。

一家は日曜日になるとそろってよく外出をした。銀座に出ては、銀ブラをし、ニュース映画や漫画映画をみて、外食を楽しんだ。上野動物園や小石川の植物園にもたびたび家族そろって出かけた。龍雄はセーターか、小学校にあがってからは慶應型といわれるジャケットと半ズボンのスーツをよく着せられていた。これは母の好みだった。

四月には四年に進級し、クラス担当が音楽の鈴木昇先生になる。ゴリラとあだ名されたこのユニークな先生に、龍雄は可愛がられた。この先生とは後年も長くつきあい、しばしば自著を贈ってもいる。

龍雄は強情っぱりとも思えるほどの頑固さもあり、誰よりも恐れられていたある先生がどれだけ叱っても我をはり通した。一度信じたことは断固として節を曲げなかった。

八月には、ドイツからヒトラー・ユーゲントが来日している。そのかっこよさに目をみはった龍雄はユーゲントのまねをして、両手を大きく横にふり、膝を曲げずに脚を棒のように伸ばして学校を行進した。「この歩き方は後年まで、何かの拍子にひょいと出ることがあったようだ」（種村季弘「澁澤龍彦・その時代」）。

龍雄は替え歌や語呂あわせなど、ナンセンスなものが大好きだった。ちょっとしたフレーズが気にいると、それをギャグにしてしつこくくり返し、妹たちが笑えばご機嫌だった。

一九三九年（昭和十四）、三番目の妹の万知子が誕生している。龍雄とは十一歳離れた末の妹である。彼女はのちに、東京外国語大学イタリア語学科に進み、商社員の坂齋《さかざい》勝男と結婚する。

一男三女に父母という澁澤家の家族は、これで全員がそろったことになる。長女の幸子はじぶんの一家を評して、「ニューファミリーのはしり」だと言っている。

父の武は、大正リベラリストの雰囲気をどことなくただよわせる人物で、妻のことを「きみ」と呼んでいた。

「[…]父はいかにも大正年間(つまり一九二〇年代)に青春時代を送ったひとらしく、いま考えてみるとずいぶん多趣味だったと思う。歌舞伎や芸事やスポーツには驚くほどくわしかったし、賭け事は得意だったし、当時の新しい流行というべき写真や登山にも手を染めていた。槍ケ岳や穂高や、そのほか目ぼしい日本アルプスの山々にはほとんど登っていて、山で危うく遭難しかけた話をよく子どもたちに語って聞かせたりした」(「競馬場の孤独」)。

父は酒は呑まなかったが、けっこうな食道楽で、おしゃれでもあった。話の分かる親で、子どもに体罰を与えることなど一切なかった。

この父は、戦争に対しては傍観者で、太平洋戦争開戦の日には、「日本がアメリカと戦争して勝つわけがないじゃないか」と、独り言のようにつぶやいたという。

次のようなエピソードを、幸子が伝えている。

父は防空演習にも灯火管制にも協力せず、母が無邪気に関連していた愛国婦人会とやらも頭から馬鹿にしていた。隣組という近隣の組織ができて、防空演習と称してバケツリレーの練習などが行われるようになった。演習には一家から一人は出なければならなかったのだが、それでも父は一度も出たことがなく、仕方なく母が参加していた。

「実際に爆撃されたら、バケツリレーや火はたきがなんになる」というのが父の口癖であった。事実、そのとおりだった。

「お父さん、そういうこと、あんまり大きい声で言わないでよね」
と、母はいつも気を遣っていた。

武と同様に良家の出の母節子は、龍雄の級友たちが口を揃えて言う美しい母親だった。澁澤龍彥本人ものちに、「小学校の上級生の頃まで、わたしは、自分の母が相当な美人だと思っていたし、一緒に銀座など歩くのは、誇らしく、甘い幸福であった」と書いている（「エディプスの告白――映画「フロイト伝」に寄せて」）。この母は長男の結婚後も最後まで同居し、息子よりも長命で、一九九一年（平成三）に八十五歳で没している。

後年、澁澤龍彥は、まわりの友人に「おれは幼少期に母に溺愛された」と自慢していたという。しかし、幸子は、母は非常にクールな理性的なタイプで、男の子一人を盲愛するタイプではないとして、この溺愛説を強く否定している。

太平洋戦争勃発の前年にあたる一九四〇年（昭和十五）、龍雄は小学校の六年になったが、クラスでただひとり坊主頭でなかったそのヘヤースタイルが問題となった。戦時色がいっそう強まるとともに、その坊っちゃん刈りが教師と級友一同の反発を買って、迫害の憂き目にあったわけである。

私にしたところで、とくに坊っちゃん刈りを固執しなければならない理由はなにもなかったのである。しかしそうかといって、坊主にしなければならない理由もなかろうではないか。私はクラス中の大合唱を前にして、依怙地にならざるをえなかった。今の流行語でいえば、突っぱったのである。

それでも或る夏の日、私はとうとう意を決して床屋に駈けこむと、赤んぼの時から十二年あまり伸ばしつづけてきた髪の毛を、床屋のおじさんに切ってもらった。その時のさばさばした気持は今でも忘れられない。しかしその反面、左翼作家が転向した時に感じるであろうような、一抹のさびしさを私は感じたものである。（「突っぱり」）

兄の坊っちゃん刈りにてんで疑問を持っていなかった幸子は、床屋から帰って来た青々とした丸刈りを見て、「ほんとうにびっくりした」という。

「坊主刈りは兄にはまったく似合わなかった。一休さんのマンガに出てくる小坊主みたいだなあと思ったが、彼だって坊主にしたくてしたわけではないのはわかっていたから、私はなにも言わなかった。坊ちゃん刈りがクラスで一人になるまで、兄もよくがんばったものだ。父母もよくそれまで黙っていたと思う。「贅沢は敵だ」というへんな標語がはやりはじめた頃のことである」。

この年は、皇紀二千六百年で、いろいろな記念式典があったが、龍雄たちのクラスでは、生徒がそれぞれ竹細工で神武天皇東征の各場面をつくって、立体的な絵巻物のようにそれをずらりと並べた。このとき覚えた北原白秋の「海道東征」の歌は、生涯、澁澤龍彦の得意のレパートリーの一つとなった。

＊

幸子は兄のことを、終生の「極楽トンボ」あるいは「ハッピイ・プリンス」だと定義している。たしかに、人並み以上に自分を慈しみ甘やかしてもくれる優しい父母と、おにいちゃんを慕い礼賛してやまない妹たちに囲まれたこの幼年時代には、一片の雲もみつからないようだ。回想というものにともなう美化作用を割り引いたとしても、戦争へ雪崩れ込んでいく暗い翳が覆う世相とは裏腹な、緑なす楽園のような、幸福なる黄金時代である。

澁澤龍彥の小学校時代の同級生だった武井宏は、「四人の美女にかしずかれている男」、「ちいさな貴公子」というのが、小学校時代の龍雄のいちばんの印象だったとしている。「クラスの中でも家庭の経済情況はAクラスで、勉強は出来るし、身なりも、当時は慶應服と呼んだ半背広姿で、いつもパリッとしていた」と生涯親しい友人だった武井は語り、当時の思いをこう回想している。

彼の家が近づいてくると、小学校の時から胸がドキドキしたんですよ。さっき言ったように美しいお母さんでしょう。品があったんです。家が、戦前の中流の社宅で。門があってビーッなんてベルを押すと、お手伝いさんが出てくるわけです。「たっちゃん、いる?」と言うと、「おぼっちゃん、お客様ですよ」と(笑)。行くとすぐ客間に通されて、小さい頃だけれども、お菓子とお茶が出て「ごゆっくり」なんて、お手伝いさんがお辞儀して向こうへ帰る。ですから、ドキドキして行ったわけなんです。澁澤に対する憧れと、ファミリーに対する憧れ、この気持ちは五十年変わらなかったです。(「小学校時代のこと」)

4　幼少年期の読書／南洋一郎

幼少年期の自分の読書について、澁澤龍彥はかなり多くの文章を書き残している。

澁澤龍彥の幼児期の記憶に残る最初の絵本は「コドモノクニ」だった。一九二二年(大正十一)に創刊された、当時としてはかなり贅沢な児童雑誌で、母の節子から買いあたえられたものだった。

とりわけ深い印象を与えた画家は武井武雄と初山滋《はつやましげる》の二人で、生来の傾向として、澁澤にはリアリズムふうの絵よりも、こうした様式化された、幻想的な絵の方がはるかに好ましく感じられたという。

澁澤の幼少年時代は、講談社文化が花盛りである。講談社の「幼年倶楽部」や「講談社の絵本」などにも親しんだ。ここでもやはり夢幻的、装飾的、浪曼的、様式的なものを愛し、とくにエキゾティックな作風の蕗谷《ふきや》虹児《こうじ》、田中良《りょう》などが好きだった。

「こういう私の精神傾向が、やがて長ずるに及んで、オーブリ・ビアズレーの『サロメ』の挿絵や、ウィリアム・ブレークの『無心の歌』の銅版画挿絵などを発見するにいたる成行きは、当然すぎるほど当然であったにちがいない」（「絵本について」）。

少年は漫画もよく読んだ。とりわけお気に入りは、田河水泡《すいほう》の有名な「のらくろ」と、阪本牙城《がじょう》の「タンク・タンクロー」である。

「のらくろ」への熱中ぶりをめぐっては、澁澤龍彥は次のように書いている。


あえていえば、私の文章修業の第一歩は、ようやく字が読めるようになった六、七歳のころから、あの「のらくろ」を毎日のように熟読玩味したことだった、といってよいかもしれない。それくらい「のらくろ」には打ちこんだつもりなので、私もまた、恥ずかしながら手塚治虫氏と同様、ひそかにノラクロロジー（のらくろ学）の「権威」をもってみずから任じている次第なのである。いまでもすらすら暗誦できるような「のらくろ」のセリフが、私にはいっぱいある。（「漫画オンパレード」）

もうひとつの愛読漫画である、阪本牙城の「タンク・タンクロー」は、「幼年倶楽部」に連載された作品で、澁澤は「奇々怪々な漫画」、「ナンセンス漫画のはしり」であり「一種のＳＦ漫画」だとしている。その当時は、そうした漫画はまだ非常にめずらしくて、少年だった澁澤龍彥は阪本牙城のこの作品から強烈な印象を受けている。

小学校に入る頃になると講談社の少年読物にも手をだすようになる。このなかでは、佐藤紅緑《こうろく》や吉川英治に代表されるようなリアリズムや理想主義の作品ではなく、山中峯太郎《みねたろう》、南洋一郎《みなみよういちろう》、高垣眸《たかがきひとみ》、江戸川乱歩、海野《うんの》十三《じゅうざ》などの、ロマンティシズムや冒険小説の類いを圧倒的に好んで読んだ。

> 現在でも、この私の好みは基本的に変っていない。私は、いわゆる人生派の小説は好きではない。求道者型の文学は真っ平御免である。現在の私が、十八世紀のフランスのエロティック小説を好んで読んだり、十九世紀や二十世紀の怪奇幻想小説に堪能したりしているのも、遠くさかのぼれば、その源は少年時代の冒険小説の耽読に容易に結びつくのである。
>
> だから考えてみると、私は精神的に一向に進歩していなくて、四十代の終りに達しようとしている現在でも、相変らず南洋一郎や山中峯太郎を読んでいるような気分で、ヨーロッパの古典を読んでいるのかもしれないのである。自分で反省してみると、どうも、そうとしか思えないのである。困ったことだが、これはもう今さら手遅れで、どうにも仕方がないのだ。（「少年冒険小説と私」）

龍雄少年にとり、南洋一郎の存在は別格だった。右のエッセーでも、澁澤龍彥はつづけて、南洋一郎のことを、「私に大きな影響をあたえ、私の後年の好みを決定してしまったかに見える」作家だとまで言っている。数多くあるその作品のなかでも、いちばんのお気に入りとなれば、一九三五年（昭和十）に出た『海洋冒険物語』だった。

南洋一郎の『海洋冒険物語』は、銛打ちの大助という少年を主人公として、この大助が世界中の海を冒険していく航海記である。北氷洋では幽霊船やマンモスに出会い、南太平洋では怪神像や海賊王に出会い、マレー群島では魔法使いや大鯨に出会う。エキゾティスムに溢れる、まさにその名のとおりの海洋冒険物語だ。

一九八五年（昭和六十）の初め、私の勤務先の出版社（国書刊行会）では〈熱血少年文学館〉という全十冊のシリーズの刊行を始めた。戦前に人気が高かった少年小説を集めたその十冊のなかには、高垣眸や山中峯太郎の小説とともに、この南洋一郎の『海洋冒険物語』が含まれていた。

その年の一月、北鎌倉の澁澤邸を訪れると、本の広告を新聞で見ていた澁澤は、このシリーズのラインナップがじぶんにとり実に懐かしいもので、とくに『海洋冒険物語』は最高の愛読書だったことを語った。翌る月も澁澤邸に行く機会があったので、私は自社から出た『海洋冒険物語』を一冊プレゼントした。このシリーズは装丁や挿絵は当時のままを再現したもので、澁澤はこの本を手にとると、眼鏡をはずしてつくづく懐かしそうに眺め入り、「そうそう、これこれ……」と感じ入ったようにページをぱらぱらと熱心に繰っていた。

三十年以上昔のこのときの場面は、まるで昨日のことみたいにありありと憶えているけれども、しかし重要なことはこの先にある。というのも、澁澤の遺作となった小説『高丘親王航海記』は、この年の六月から執筆が始まっている（「文學界」連載の第一回が八月）。澁澤は没年におこなわれた池内紀《おさむ》を相手にした対談で、「いまぼくの書いている『高丘親王航海記』だって、南洋一郎のレミニッセンスといえばいえないことはない」と述べている。持参した南洋一郎の冒険小説をはたして澁澤が読み返したのかどうかは、その後本人に訊いたこともなかったが、もしかしたら、あのときに手渡した一冊の本は、澁澤の最後の小説の執筆に直接の本質的な影響を与えていたのかもしれない。

＊

妹の幸子の『澁澤龍彥の少年世界』を読むと、小学生時代の澁澤龍彥の愛読書がもう少し分かってくる。

『アラビアン・ナイト』『ピーター・パン』、講談社〈世界名作物語〉の『巌窟王』『乞食王子』『小公女』『源平盛衰記』などなど。

『源平盛衰記』のなかで、義経の八艘飛びの際に出てくる龍雄のお気に入りの台詞「飛んだり飛んだり、や、飛んだり」が、後年、『唐草物語』の「空飛ぶ大納言」でそっくりそのまま使われていることを、幸子は嬉しそうに指摘している。「何十年間、兄の脳裏にあったこの気に入りの台詞を使う機会が来たとき、兄は一人でにんまりしたことだろう」。

幸子は、兄が小学生のころから純文学を読みあさるような早熟なタイプでは決してなかったこと、それに、小さいときから書物そのものが大好きで、本はいつも大切に扱っていたことも指摘している。

また、小学校五、六年生のころから、兄が机に向かってせっせとものを書いていたことを証言している。ただし、それは、親にも妹たちにもみせたくはなかったようだ。

5 旧制中学時代

太平洋戦争が勃発する一九四一年（昭和十六）、龍雄は満十三歳になる。四月には東京府立第五中学校（のちの都立小石川高等学校）に入学する。中里の自宅から駕籠《かご》町にある中学までは、二十分かけて徒歩で通学した。

「背広にネクタイというスマートな制服にあこがれて入学したのに、この年から、全国の中学校の制服はカーキ色（当時は国防色と言った！）の国民服と戦闘帽に統一され、がっかりする」（「自作年譜」）。国防色の制服だけでなく、登校下校の際に足の保護を目的とした脚絆《きゃはん》を巻くのを強制されたが、このゲートル巻きがまた龍雄にとって苦痛だった。「あんないやなものをしないで済むだけ、いまの若いひとは仕合わせだとつくづく思う」と、のちに澁澤龍彥は当時を回想して書いている。

府立第五中学校はリベラルな校風で有名な秀才校で、一九一九年（大正八）に巣鴨病院の広大な一角に建てられた。この病院には、誇大妄想症でその奇行が日本中で人気を博していた蘆原《あしわら》将軍こと蘆原金次郎が入院していたことがあった。五中の生徒たちが校庭で体操をしていると、気のふれた将軍がふらふらと病室から出てきて、威勢のいい声で生徒たちにむかって号令を放つ。それで体操教師の号令と将軍の号令が入り混じってどっちがどっちやら分からなくなってしまう。……こうした痛快な伝説が、校内でまことしやかに語り伝えられていた。

「それにしても、瘋癲病院と中学校が隣り合わせになっていて、患者たちと生徒たちとが自由に交流していたとは、おおらかな時代もあればあったもので、羨ましいような気がしてくるほどだ。［…］少

第五中学校時代。左はしが龍雄、ひとりおいて臼井正明。

なくとも政治家なんぞの謦咳に接するよりは、少年たるもの、蘆原将軍の謦咳に接したほうが、将来のためにもよっぽど有益であろう」（「蘆原将軍のいる学校」）。

龍雄は、中学二年生のときの身長は百三十九センチ、体重は三十キロ。あいかわらず小柄だ。学校の成績もあいかわらず優秀だった。二年生のときは、D組四十八人中、一学期は三番、二学期は四番。学年は五クラスだったが、そのなかでは二百四十五人中十三番。

「澁澤はとってもよく出来ました」と、中学時代のクラスメートで、後年も親交のあつかった俳優の臼井正明は証言している。「でも、それがいつ勉強してるんだか分からない。われわれとつるんじゃ遊んでばかりいたくせに、ノートを見るときれいに整理してあったり、試験でもわりあい平気な顔して〝うん、出来た〟みたいな感じでした。根っから頭のいい人間だったんじゃないですか。とにかく記憶力は抜群ですから」（「キッズ・アー・オールライト！――中学時代の澁澤龍彥」）。

同級生によるこの発言は、作家になってからの澁澤のまわりにいた者がしばしば口を揃えて、「あれだけ客につきあって酒を呑んでいて、一体いつあれだけの原稿を書いていたんだろう」と驚嘆しているのになにやら似ているようだ。ようするに、努力家であったが、努力をしている姿はひとにはみられたくなかったのだろう。妹の幸子は、兄は「努力と克己心の人」だと言っている。

臼井はまた、文学少年たちがさかんに投稿する校友会雑誌などには、龍雄は見向きもしなかったと語っている。

八月の夏休みになると、母方の伯父のいる神奈川県の鎌倉の家や、父の郷里である埼玉県の血洗島に滞在した。

血洗島の屋敷の馬鹿でかさについては、父の武やその兄弟たちが子供のころ、この家の二階で縦横無尽に自転車を乗りまわして遊んだことを澁澤龍彥が書いているが、妹の幸子の本にも次のような記述がみられる。

「子供時代の記憶はなんでも大きく見えるものだが、この家の大きさはそんな錯覚とは違う。なにしろ戦時中はその巨大な屋根がB29の標的になるのではと村人たちを心配させ、その大きさゆえに界隈ではわが家は〝大澁澤〟と呼ばれていたのである。〔…〕バス停三つ分くらい、八基村のすべてがわが「東の家」の土地であり、八基小学校はそっくり私たちの祖父が寄贈したものだと聞いている。家の近くに梅林があって、季節になると、遠方から梅見の客が来たという」（『澁澤龍彥の少年世界』）。

龍雄は昆虫採集や標本作りに熱中し、動物図鑑を枕頭の書としていた。

この年の夏休みの初めに、龍雄は岩波文庫の『アンデルセン童話集』（大畑末吉訳）を購入した。自

中学時代、血洗島の家の正門前で。左から龍雄、妹・幸子、祖母トク、妹・万知子と道子、母・節子。

分で選んで買った初めての文庫本だった。

一九四二年（昭和十七）、「自作年譜」には、東方会総裁の中野正剛《せいごう》と、ユダヤ人排斥を熱狂的に説く神がかり的な老人が学校に講演に来たことが出ているが、この二つの詳細については、後年澁澤龍彥はなにも書いていない。

この年の学芸祭では、「ハムと兵隊」という題の劇が上演されている。これは南方前線を舞台にして、兵隊と原住民がハムを通して仲良くなるというナンセンス・コメディで、龍雄は土人の息子役で出演している。

戦局が悽愴苛烈の度を加えてきた一九四三年（昭和十八）——

後年クラスメートたちのあいだで語り草となる「成増スパイ容疑事件」がおきたのは、この年のはじめだと推定される。

これは、野外教練の帰りに龍雄と数人の級友が成増の飛行場にしのびこんださいに、陸軍戦闘機をこっそりカメラで撮影した級友がいたことに端を発した事件だった。別の級友がその撮影のことを満洲の知人宛の手紙のなかに書いたため、それが検閲にひっかかり、学年末試験の最中に憲兵がどかどか中学校に乗り込んできたのである。龍雄ら全員はこってり油をしぼられた。

「憲兵の怖ろしさをまざまざと知ったのは、この時が最初で最後である。これにくらべれば、蘆原将軍なんか神様みたいなものだ」。このスパイ容疑事件について、澁澤龍彥はこう言っている(「蘆原将軍のいる学校」)。

戦局は急速に悪化し、学校からはろくに授業の時間はなくなり、野外教練や勤労動員が多くなっていく。この教練ほど龍雄にとり苦手なものはなかった。勤労動員は、板橋の凸版印刷や赤羽の兵器補給廠に通っている。

この年の十一月には、神宮外苑で学徒出陣の壮行会が開かれた。

一九四四年(昭和十九)、戦争は末期的症状を示しはじめ、三月七日に学徒勤労動員令が通年実施とされた。学校の授業はもはや完全に放棄され、龍雄は級友たちと板橋区志村にある合金工場大和合金(YGブロンズ)に通った。そこで龍雄はダイカストという機械の操作担当となり、陸軍の新司令部偵察機の部品を造ることになった。

私が三十五年前に、鋳物工場でダイカストを操作していたなんて、現在の生活ぶりから考えると、まるで嘘のような話である。以来三十五年、私は物をつくるということから、まったくかけ離れた生活を送って、現在にいたっているからだ。少なくとも観念の領域以外では、私はひたすら消費の生活を送ってきた、と言えるだろう。

　今でも私はときどき、あの坩堝のなかで溶解した、アルミニウム合金のピンク色や銀色の湯を思い出すことがある。表面張力でいくらか盛りあがった、あの金属の液体は鏡のように光って美しかった。（「燃えるズボン」）


五十歳になったときに澁澤龍彥は、このように書いている。

この年の末、龍雄は五中のクラスメートの多くと同じように、海軍兵学校の入試を受けたが、胸囲が基準に二センチ足りなくて身体検査の段階で落とされた。一九七〇年（昭和四十五）におこなわれた野坂昭如との対談で、澁澤龍彥は、「ぼくらのあのころは、夜寝る前なんか、操縦桿でグッとこういうふうにやって、とにかく突っ込んで死ぬ。おれはそういう事態に立ち至ったらどうなるか。やらなきゃいけないわけで、とにかくやらなきゃいかん、覚悟をきめなきゃいかんと、ぼくは毎晩毎晩寝る前にそう思ったな」と発言している（「エロチスム・死・逆ユートピア」）。

「自作年譜」の一九四四年の最後には、こんな記載がある――「神田や本郷の古書店街には読むべき本なく、私はチベットや蒙古関係の本を苦心して集めていた。いまだに冒険小説や魔境小説の夢を追っていたのである」。

　一九四五年（昭和二十）の三月には、龍雄はこの五中を卒業している。本来は五年制の旧制中学だが、戦争に動員できる要員を一刻も早く集めるために、四年で無理矢理くり上げ卒業させられた唯一の世代だったのである。

龍雄の中学時代は、太平洋戦争の黒ぐろとした大雲にすっぽり覆われている。だが、ゲートルや野外教練や勤労動員の思い出をつづったエッセー「蘆原将軍のいる学校」の末尾近くで、澁澤龍彥は次のように述べている。

とはいうものの、私は自分の中学生時代を、それほどつまらなかったとも思ってはいない。たしかに戦時下で、大いに自由を拘束されてはいたけれども、それなりに私たちは子どもっぽいいたずらの限りをつくしたし、くだらない教師にはずいぶん反抗したりもした。いわばゲリラ戦の戦法で、不自由な中学生時代を精いっぱい楽しんだつもりなので、つまらない時代だったにもかかわらず、灰色の印象はあんまりないのである。

私は二度とゲートルを巻きたくはないが、ゲートルのせいで私の青春が灰色になったとは思いたくないし、事実、灰色ではなかったはずなのである。

6 東京大空襲／敗戦

一九四五年になると、B29の東京の空襲も日に日に激しさをまし、この年の初めに滝野川の澁澤の家も強制疎開によってとりこわされた。強制疎開というのは戦時中の大都市の防衛を強化するための政策で、爆撃の類焼を防ぐ空き地をつくる目的で住民を立ち退かせるのである。一家は近くの別の借家に移った。

一月、十六歳の龍雄は旧制浦和高等学校理科甲類の入試を受けて合格した。受験の際には「エム検」も体験した。理科を志望したのは、理工系の学生には徴兵猶予があったからである。また、将来は航空技術方面に進もうという気もなくはなかったという。白線帽にマントに朴歯《ほおば》という、旧制高校の三種の神器も苦労して揃えた。だが、四月になっても高校の入学式はおこなわれず、龍雄は中学の勤労動員先にそのまま通っていた。

龍雄は軍国少年でもなければ、反戦でもなかった。

四月十三日、三月の十万人を超える死者を出した下町大空襲につづき、城北大空襲があった。数百機のB29が猛烈な夜間爆撃をおこなったこの大空襲には、龍雄が住む滝野川区もふくまれていた。

「晴れた夜空をわがもの顔に低く飛ぶB29は、サーチライトに照らされて銀色に光り、まるで不気味な魚のような感じであった」と、澁澤龍彥はこの時のようすを、晩年のエッセーで記している。「空襲警報のサイレン、爆弾の音、焼夷弾の音、高射砲の音、ひとびとの叫び声。やがて方々から火の手があがって、夜空は昼のように明るくなった」(「東京大空襲」)。

どっちへ行っても火の海という状況のなか、龍雄の一家六人は逃げ場を求めて右往左往するうちに、駒込駅近くのトンネルのなかに逃げ込んだ。真っ暗闇なトンネルのなかには、多くの人々が逃げ込んでいるようだった。「おにいちゃん、サチコ、ミッちゃん。みんないるね?」まだ小さい万知子をしっかり抱いた父の武が、五分おきくらいに子供たちを呼んだ。大空襲の最中に、汽車がトンネルに入ってくることはよもやないだろうと思われたが、もし入って来たらと考えるとだれもが慄然とした。ときどき龍雄がトンネルの入口から外をのぞくと、外はことごとく紅蓮の炎だった。

翌朝、ようやく火勢がおさまりトンネルのそとに出てみると、そこは見渡すかぎり、真っ黒な焦土だった。灰と異臭がただよっていた。

「えらいことになったものだ」と十六歳の私はそのとき思った。「こういうことは生きているあいだに、そう何度もぶつかることではあるまい」と。

それでも、さすがに若かったから、なにもかも灰になってしまったのにそれほど悲観もせず、むしろ好奇心がむらむらと頭をもたげてくるのをおぼえ、その日、足にまかせて焼け跡をやみくもに歩きまわったのをおぼえている。駒込駅から霜降橋方面、巣鴨から上富士前と歩きまわったが、どこもかしこも一面の焦土と化していた。(「東京大空襲」)

線路のそばにあった円勝寺という寺が、焼けだされた人たちの臨時の避難場所になった。わが家の焼け跡を見に行っていた母の節子がにこにこ顔で帰って来て、「ご飯がいいぐあいに炊けていたわ」と言った。朝食のために釜に仕掛けてあった米が、焼け跡でうまい具合に炊けていたのである。

本をはじめとした龍雄の少年時代の思い出の品々は、ほとんどが灰燼に帰した。

養老院のまえに焼死体があるという情報が伝わって来たので、龍雄と妹の幸子はそっちの方へ二人で走った。

幸子の本から引用しよう。

線路のそばに養老院の付属病院があったのだが、その門のまえの側溝に数人のお年寄りの遺体が並んでいた。火に追われて逃げ出したお年寄りたちは、門を出たところで逃げ道を失い、わずかの水を求めて側溝にもぐりこもうとしたのだろう。仰向いて倒れ、虚空をつかむように両手を突き出した遺体もあった。

考えてみると、私はそれまで遺体というものを見たことがなかったのだ。病身のご老人という社会の最弱者の悲惨な姿に、私は口もきけないほどのショックを受けた。

兄も大きな衝撃を受けたようで、その後、なにかというと、「養老院のおじいさん」と言っては、私を恐がらせた。

円勝寺に泊まって二日めに、鎌倉に住む母方の伯父の磯部英一郎が、遠いところを自転車で見舞いに来た。「ここにいても仕方がない、とりあえず鎌倉にいらっしゃい」という伯父のすすめに従って、身一つで焼け出された一家六人は翌日に鎌倉へ行くことを決めた。四歳の万知子は伯父の自転車に乗って先に出発し、残る五人は上野までは徒歩で行き、そこからすし詰めの電車にゆられてやっとの思いで鎌倉に着いたが、そこはまるで別天地だった。

東京では、いたるところの焼け跡から煙がくすぶり、まっくろな屍体がそこらにごろごろしているというのに、一度も空襲の脅威にさらされたことのない鎌倉は、まさに春爛漫という感じで、自然が匂うばかりに息づいているのである。私は竹藪のうぐいすの声を聞き、道ばたに咲くたんぽぽの花を見て、新鮮な感動をおぼえた。戦渦をくぐりぬけて、新しい目で自然を見たからであろう。

（「東京大空襲」）

海に面したこの鎌倉の地には、本土決戦となれば真っ先に艦砲射撃を受けるという噂がひろまっていた。一家は父の郷里の、埼玉の血洗島に身を寄せることにした。当時十四歳の少女だった幸子の本から、いまいちど引くことにする。

深谷駅から血洗島までは六、七キロほどの道程だが、戦争末期、タクシイやバスなどあるはずもなく、私たちは桑畑の中の田舎道をぽくぽくと歩いた。道の果てに、〝大澁澤〟の城郭のような屋根が見えてきたとき、私たちはようやく救われたような気分になった。〔…〕

東京の大半は焼きつくされたと聞いても、どうでも勝手にしてくれという気分だった。五月に入ると、朝から蟬が鳴き出した。

「あーあ、蟬がうるさくて寝ていられやしない」

兄が若者らしからぬ虚無的な口調で言った。私も子供のくせになんだかデカダンな気分になっていた。

血洗島で「鬱々として無為の日々」を過ごしていた龍雄が、たまりかねて浦和の高校に様子を見に行くと、掲示板には入学式は七月と出ていた。

七月一日、ようやく旧制浦和高等学校の入学式がおこなわれ、十七歳の龍雄は武原《ぶげん》寮に入った。おなじ理科二組で、生涯の友人となる松井健児が同室だった。

翌日より、昼間は勤労動員で、龍雄たちは学校の寮から毎朝、整列して大宮にある鉄道工機部にかよっている。ここの制服である青色のぶかぶかの作業服は色白で華奢な龍雄にはまるで似合わなかったも

の の、この菜っ葉服のおかげで国鉄にはフリーパスで乗れるようになった。工場は鉄道の重要施設だったので、よく艦載機が飛んできて機銃掃射を受けた。空襲警報のサイレンが聞こえると、龍雄たちは仕事を中断して防空壕に逃げ込んだ。防空壕から見あげる青空には、飛行機雲をひいたB29が小さく銀色に浮かんでいた。後年、澁澤龍彥は、「あの青空は、いまでも私の心に焼きついている。どういうわけか、戦争末期の青空はじつに美しかったような気がするのだ」と書いている(「機関車と青空」)。

龍雄はここで機関車の整備をする仕事の手伝いをしていた。蒸気機関車の胴体のなかへもぐりこんで、そこに付着した真っ黒な煤を、タガネとハンマーでけずり落す作業である。夏の真っ盛りで、仕事をしているうちに、汗と煤で龍雄の全身は真っ黒になってしまう。飛びちった煤は、ズボンからパンツのなかまで容赦なく侵入し、臍の孔までが黒くなった。

高校の授業は夜のみ行なわれた。

八月十五日の終戦を龍雄は深谷で迎えた。

「そのころ一家が身を寄せていた深谷市の埼玉銀行支店の離れで、終戦のラジオ放送を聴く。私は浦和の寮で、消息通の友人から原子爆弾と終戦の情報を得ていたから、べつに少しも驚かなかった」(「自作年譜」)。

この十五日を幾日か過ぎたある夜、龍雄たち若者は浦和高校の寮の一室で、集まって議論を交わした。龍雄たちより少し年上で、いろいろ消息に通じているある友人が発言した。「これからはな、デモクラシーとジャズの時代だぞ」。

そういわれても、当時十七歳の私には、なんのことやらさっぱり分らなかった。なんのイメージも思い浮かばなかった。いっぱし煙草は吸っていても、それほど私は無知だったのであり、それほど私は子どもだったのである。そうとしか考えようがあるまい。

この疾風怒濤の一夜から、しかし私は急速におとなになったような気がする。打出の小槌をふるう一寸法師のように、肉体的にも精神的にも、みるみる成長したような気がしてならないのである。

（「水鉄砲と乳母車」）

四十五歳のとき、澁澤龍彥は「体験ぎらい」という一文を草している。

「体験を語るのは好きではないし、体験を重んじる考え方も好きではない。鬼の首でも取ったように、何かと言えばすぐ「体験の裏づけがない」などと批判したがる人間は、私には最初から無縁の人間だ」という文章で始まるこのエッセーのなかで、「体験のない空白の世界」へ「天使のように身も軽々と」飛びあがってしまいたいと常に念じている自分には、たった一度だけそのチャンスに「恵まれたことがあったような気がしないでもない」と、澁澤は言う。そうして、この終戦の年の八月のことを記している。

八月十五日から一週間ばかり経った期間、深谷市の神社の裏山にぶらりと出かけていった十七歳の澁澤は、毎日草の上にひっくり返っていた。澁澤にとりこの期間は、「まさに歴史が停止してしまったかのような印象」、「マグリットの絵のように、晴れ晴れとした青空と、そこに浮かんだ白い雲の下で、万象がみるみる虚妄の色を帯びてくるかのような印象」があった。

私は草の上に獣のようにひっくり返って、その当時、何を考えていたのだろうか。どうもはっきり思い出すことができない。

思い出すことができないからこそ、空白の体験ということにもなるわけだが、もしかすると、私はただ自然の過剰に目を奪われていただけだったのかもしれない。あたかも盛んな夏であった。

赤茶けた焼跡とのコントラストによって、あれほど自然が際立たせられた時代はなかった、と私は考える。陽光も、植物の緑も、雨も風も、すべてがこの時代には強烈であり、過剰であったようだ。みじめなのは人間だけであり、滑稽なのは文明の側だけだった。……（「体験ぎらい」）

終戦後、食料事情はますます悪化し、血洗島に疎開してあった母節子の着物や帯がどんどん米や野菜にかわっていった。長男の龍雄は、母といっしょにリュックを背負って何度か農村に買い出しに出かけた。

十一月二十四日、神田の古本屋で大川周明の『米英東亜侵略史』を買い、その本の見返しに、「軍国主義時代の遺物として神田にて求む　澁澤龍雄」と記した。

第Ⅱ章　大胯びらき（一九四六―一九五四）

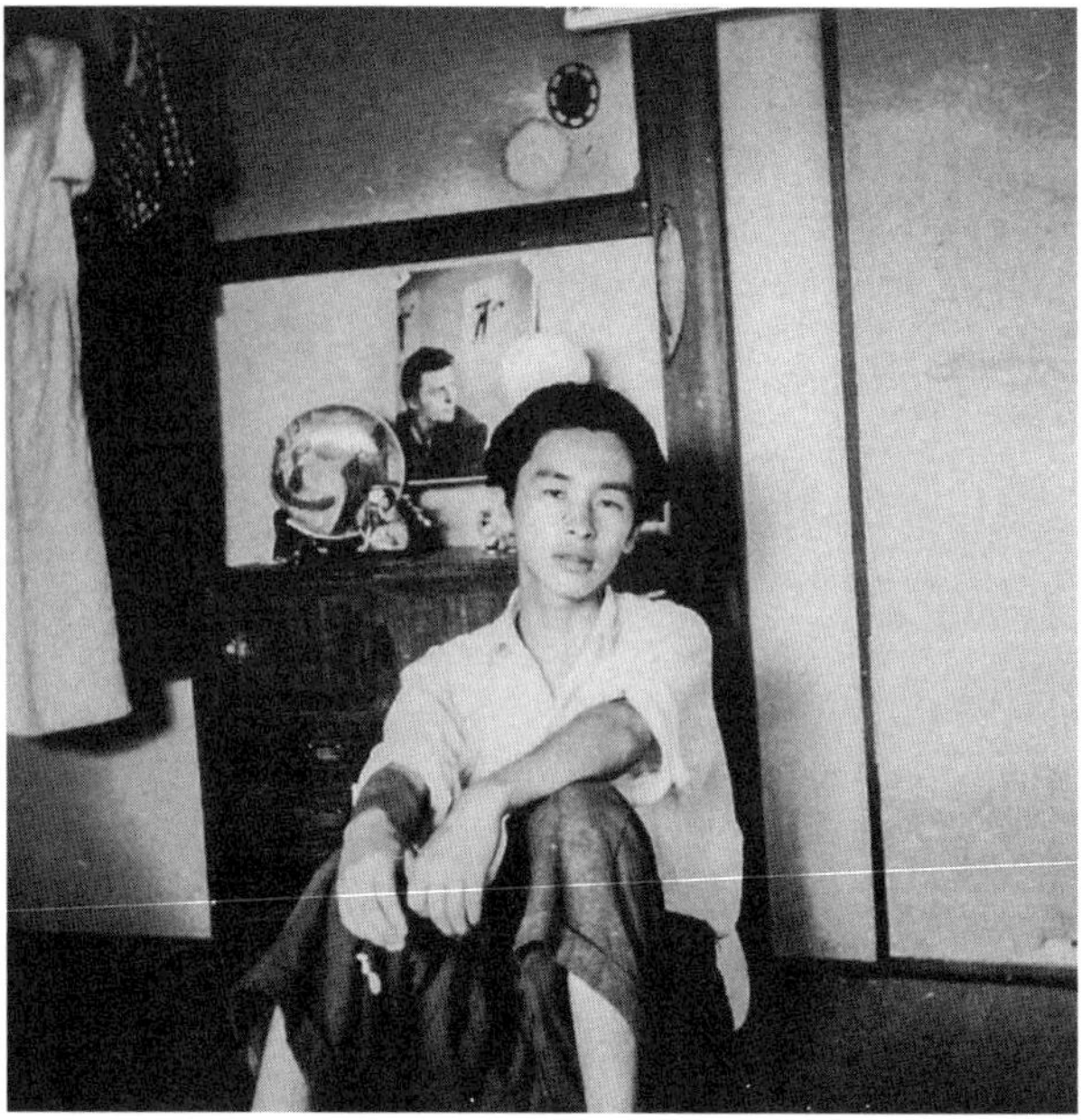

1953年7月26日、東大卒業の年、鎌倉小町の家にて（25歳）。背後にジェラール・フィリップの写真がみえる。

1 旧制浦和高校／野沢協、出口裕弘との出会い／シュルレアリスム／コクトー発見

前章の終り近くで引いた「水鉄砲と乳母車」は、澁澤龍彥が五十四歳のおりに書いたエッセーだが、このなかで澁澤は、自分のこれまでの人生が「昭和二十年以前と以後によって、はっきり二つに分けられている」と述べている。昭和二十年以前は「私の子ども時代、黄金時代」であり、いっぽう、昭和二十年以後は「私がおとなになった時代、自我を確立した時代」だというのである。

たまたま十代の後半に、日本の政治的社会的文化的な大変動の時代に際会したばかりに、私の自我はそこで一つのターニング・ポイントにぶつかり、私の人生はそこから明瞭に二つの部分に分けられてしまったらしいのである。年をとるとともに、この自覚は私にとっていよいよ痛切なものとなってきた。

戦時下の生活がどんなに不自由かつ苦しいものだったとしても、昭和二十年以前、つまり私の黄金時代は、私にとって光りかがやいている。むろん、それは私が子どもだったからにほかならぬ。

［…］

これに反して、昭和二十年以後は、新生日本の発展とともに私自身も大いに自我を拡張した時代、つまり具体的にいえば文学的生活をしたり恋愛をしたり仕事をしたりした時代であるが、その色調

はどう見ても暗澹としている。［…］すでに黄金時代は遠く失われていたのである。

天皇の人間宣言があり、東京裁判が始まった一九四六年（昭和二十一）――四月、澁澤は在籍していた浦和高校の理科から文科へ移る。終戦の年の九月に、文部省は一回限りの特例として、理科から文科への復帰を認めた。いわゆる「ポツダム文科」である。「文科へ移りたいものは申し出よ」という告示は、前年の十月に第一回目が出たが、澁澤はその際には移籍せず、この第二回目の告示の時に希望して文科甲類に移った。

浦和高校の同級生のなかには、復員してきた特攻隊の若者もいて、彼らのなかには飛行服で学校へ来る者もいた。二、三年後に戦争で死ぬべきはずだった澁澤たちは、奇妙な運命のいたずらによって生き残ってしまったのである。これを喜ぶべきか、悲しむべきか、自分たちにもよく解らないようなところがあった。

澁澤は深谷にあった旧陸軍の兵器廠から双眼鏡や革のベルトなどを盗み出し、新橋の闇市でなんども売った。

転科した文科甲類のクラスは、英語が第一外国語で、ドイツ語が第二外国語だった。澁澤は、すぐに東京の神田にあるアテネ・フランセに通いだし、フランス語を熱心に学習しはじめる。

「このころ、ようやくフランス文学関係の書を集中的に読みはじめ、将来は仏文に進もうと心にきめる」と、「自作年譜」には書かれている。フランス語を第一外国語とするクラスは戦争末期に廃止されており、澁澤の学年には仏語の授業がなかった。そのため澁澤は、一年下のクラスの平岡昇（のちの東大教授）の授業に特別に出席させてもらった。

この一年下の学年には、野沢協《きょう》と菅野昭正《あきまさ》が在籍していた。この二人はともに、澁澤とおなじ東大仏文科に進み、澁澤とはさまざまな交流がありながら、海軍兵学校第七十七期生でもあった野沢はフランス思想史を研究する東京都立大学の教授になり、菅野の方はマラルメを専門とする東大の教授をつとめた。

その菅野昭正が、旧制高校時代の澁澤の印象的なポートレートを書き残している。

「旧制高校の二年生になって間もないころ、小柄で色白の新入生が、いつも小脇に小説や詩集をかかえて歩いているのに気づいた。血統のよいシェパードのような顔をしたその新入生は、弊衣破帽、蛮カラが通行手形になっている雰囲気から少しばかり孤立した感じだったが、自分を際立たせようとする賤しい風はまるでなかった。目立たないように、ひそかに、周囲と差異をつくりだそうとする隠されたダンディスムが、小気味よく無言の自己主張をしている趣きがあった。

昭和20年9月、旧制浦和高校の友人たちと、白線帽、マント姿で。左から澁澤、横田俊一、手前が松井健児。

しかし彼の手にしている本がお決まりの西田哲学であったら（忠実な祖述者Y先生が教授だったせいか、当時、われわれの高校では西田哲学が異常に蔓延していた）、逆にまたマルクス主義の本であったら、たぶん私はこの白面のシェパードの存在に気づかなかったろう。また、文学愛好青（少？）年も少なくなかったから、それだけなら驚くこともない。はっきり思いだせるのはジャン・コクトーくらいで、彼がどんな本を持っていたか、こまかいことは記憶の闇に沈んでしまったが、日本といわず外国といわず、ひとのあまり読もうとしないものだけ選んでいるらしいところが見えて、それに注意をひかれたのである。偏奇を麗々しく気どる野暮ではないけれど、ひそかに偏奇を主張しているようではあった」（「玩物の思想」）。

菅野は小柄な少年のことをてっきり「新入生」とばかり思いこんでいたのだが、のちに澁澤から「俺は三年だよ」と、ハスキーな声で抗議されたという。

しかし、仏文学者という同業者としての関係だけにとどまらず、そんな枠を遥かに越えた深い友情を終生にわたって澁澤と結ぶことになる人物が、この浦和高校の同学年のなかにいた。出口裕弘《ゆうこう》である。

出口は澁澤とおなじ一九二八年（昭和三）に東京の日暮里町に生まれた。府立第十一中学校を経て、浦和高校に入学し、文科甲類のクラスで澁澤といっしょになっている。後年、出口はその時の澁澤の印象をこう書いている。

「教室での澁澤は、およそ幅を利かせるというタイプではなかったが、異彩を放っていたことだけはたしかだ。男にしては気味が悪いほど色が白く、鼻が西洋人並みに高い。眼は、残念ながらぱっちりというわけにはいかず、極端な細おもてなのに、口が堂々と厚く大きい。小柄で、細身で（もっとも、当時はみんな瘦せていたが）、かすれた甲高い声で喋る。それがクラスメートとしての澁澤だ。ただし、旧制高校のバンカラが嫌いだった彼も、服装はおきまりの白線帽に黒いマント、朴歯《ほおば》の高下駄だった」（『澁澤龍彥の手紙』）。

出口裕弘もやはり東大の仏文科に進み、卒業後は北海道大学と一橋大学で教鞭をとる。もともとが作家志望の出口は、バタイユ、ブランショ、ユイスマンス、シオラン等の翻訳とともに、『京子変幻』をはじめとしたいくつかの小説作品と、三島論や安吾論といった多くの評論作品を残している。澁澤龍彥とは同人誌時代からのもっとも古い文学仲間であり、澁澤の死後は『澁澤龍彥全集』『澁澤龍彥翻訳全集』(以下『全集』『翻訳全集』と略記)の編纂委員の一人をつとめ、『綺譚庭園――澁澤龍彥のいる風景』『澁澤龍彥の手紙』という二著をあらわすこととなる。

とはいっても、この旧制高校時代は、二人のあいだにはまだ交遊と言えるほどのものは誕生してはいなかったようだ。出口や野沢が籍を置いていた文学青年が集まる文芸部のような存在を、澁澤はことさらに遠ざけていた。

この年に、焼け出された澁澤の一家は深谷から鎌倉に転居した。東京はいまだ見渡すかぎりの焼け野原であり、都内への転入には制限が課されていた時代である。はじめのうちは、雪ノ下に住む伯父の磯部英一郎宅の離れに住んでいたが、ほどなくして近くの小町四一〇番地、東勝寺橋《とうしょうじばし》のたもとにある木造二階建ての借家が空いていたので、一家はそこへ移った。この借家には、けっきょく一九六六年(昭和四十一)の八月まで、二十年間にわたって住むことになる。

澁澤も高校の寮を出て、一時は北浦和に友人と下宿生活をはじめている。家事など全くやったことのない長男を心配して、母の節子がようすを見に行くと、澁澤は友人に炊事洗濯掃除のいっさいをやらせて、若旦那然と悠々としていたという。

いささか意外なのは、この高校時代のはじめに澁澤が野球部に入っていることだ。最初は外野やショートをつとめていたが、二線級のプレーヤーだったから、下の学年からうまい生徒が入部してくると試合には出られず〈球拾い〉となり、マネージャーとして生地を調達して部のユニフォームをつくったり、バットを仕入れたりすることに腕をふるっていた。とくに、スコアをつけることが上手かったという。

また、この頃、澁澤は俳句を作っていた。俳句をびっしり書いた小さなノートを兄が持っていたことを、幸子が証言している。

一九四二年（昭和十七）の中学二年の夏休みから、この一九四六年（昭和二十一）のある時期まで、澁澤は小さな手帳に一日も欠かさずに日記を書きためていた。東京で戦災に遭った際にも、その日記を持ち出して避難したほどだったが、この年のあるときに、日記を止めてしまった。その日記帳自体も、一九五〇年代の半ばには、すべてを焼いてしまった。それは、「人間的な感情を締め出せ」「お前自身の人間的内容を空っぽにせよ」という、自分の二十代の至上命令を忠実に守るためであったという（「みずからを語らず」）。

日本国憲法が施行された一九四七年（昭和二十二）の「自作年譜」には、次の記述だけがある。

ジイドを読み、その汎神論ふうな快楽主義に共感、さらにコクトーを読み、その軽業師ふうの危険な生き方に強く惹かれる。倫理の問題とスタイルの問題とが、いつも頭のなかで一緒になっていた。倫理はスタイルであり、スタイルは倫理であった。戦後文学は頭から馬鹿にしていて、ほとんど読まなかった。

旧制高校時代の読書傾向に関しては、先に名前を出した級友の松井健児が、焼け出され自宅に本がない澁澤が、松井の父親が持っていた明治・大正期の全集本や新潮社の世界文学全集などをよく借覧していたことを証言している。また澁澤は、九段下にあった大橋図書館にたびたび通い、そこで、フランス文学関係の翻訳書を中心に、第一書房や野田書房や厚生閣書店から昭和初めに出版された文芸書や、雑誌「詩と詩論」などを読み散らしていた。

澁澤は校友の三人とともに、現代フランス文学を読む会もつくっていた。この読書会の対象となったのは、もっぱら両次大戦間の文学だった。フィリップ・スーポー、ブレーズ・サンドラール、ピエール・マッコルラン、ジョゼフ・デルテイユ、マルセル・アルラン、マックス・ジャコブ、それにセリーヌやアラゴンやブルトン……「まだ海外書籍の輸入が自由化されていなかった時代で、私たちは配給の手巻きの煙草を吸いながら、マントの裾をひるがえしては、神田の古本屋街をしらみつぶしに歩きまわり、見つけた原書を無理して手に入れていた。［…］考えてみれば、ずいぶん無茶な話である。ようやくアーベーセーを終えたか終えないうちに、私たちは一挙に最新の前衛文学、ダダイスムやシュルレアリスムに取り組み出したのだから。しかし分っても分らなくても、とにかく私たちはむさぼるように読んだ。いやむしろ、すべて分ったつもりになっていた」（「一冊の本」）。

焼跡と闇市の混乱期を生きる若い彼らにもっとも強く訴えかけた文学は、「あの爆発的な花火のような、青春の天才の氾濫ともいうべき、シュルレアリスムの運動」だった。澁澤らにとっては、太宰治の心中や光クラブ社長の自殺などよりも、シュルレアリストのジャック・ヴァシェやルネ・クルヴェルの哲学的自殺の方がずっとすっきりしていて高尚のように思われたし、特攻隊帰りの強盗や学生闇屋の犯罪よりも、アンドレ・ジイドの小説『贋金つくり』に出てくる「無償の行為」の方が、ずっと親身に理解できるような気がした。

「事実、私の高校時代の友人は、三人で自殺クラブをつくり、ほとんど何の動機らしい動機もなく、そのうちの二人までが次々にカルモチンで自殺したのである。まだ二十歳前の年齢だったと思う。そのうちの一人は、現在でも生きていて、大学時代に共産党に入党し、最近ではポール・ニザンの翻訳などやっているから、名前を明かせば知っている人も多いにちがいない」(「『黒いユーモア選集』について」)。

この「自殺クラブ」をつくった友人たちが、澁澤の読書会のメンバーだったのである。生き残って共産党に入党したというのは、先に紹介した野沢協である。野沢は二回の自殺未遂をしている。若くして自殺を遂げた校友二人は、西野昇治と白石一郎という名前だったことが出口の著書から分かる。澁澤はつづけて次のように書いている。

私は、しかし、幸か不幸か哲学的自殺の誘惑も受けなかったし、政治運動に足をすくわれることも絶えてなかった。

一九九七年(平成九)になって、その野沢協が、若き日の澁澤との思い出を次のように語っている。「若い頃、澁澤としょっちゅう会ってした会話でも、こんな面白い本があった、こんな変った作品を読んだ、というようなことばっかりでしたね。お互い、とても話が合いましたし、海賊小説や世界滅亡物語なんかを書いたマッコルランなんていう作家は、二人とも大好きでしたね。まあ二人とも、本当に面白いものはまだ発見されていないからそれを自分の手でみつけだすんだというような、そんな意気ごみがたしかにありました。架空の旅行記なんかも、よく話題になったもんです」(「現代におけるユートピスムの可能性と不可能性」)。

ところで、シュルレアリスムに心酔していた澁澤だが、おもしろいことには、「熱愛措くあたわざる」いちばんの作家となると、そのシュルレアリストたちが毛嫌いしていた相手の、ジャン・コクトーだったのである。

一八八九年（明治二十二）に生まれたフランスの詩人、そして小説家、劇作家、批評家、画家、映画作家、演出家、役者でもあったコクトーは、堀口大學の訳詩を中心に日本でも昭和の初期から紹介がなされていた。コクトーの影響を色濃くうけたわが国の作家としては、堀辰雄、坂口安吾、中村真一郎、それに三島由紀夫などがあげられる。（ちなみに、堀辰雄におけるコクトーの影響は、後年澁澤自身が二つの文章でかなり詳細に興味深い分析をしている。）澁澤が特に愛読した大學訳コクトーの本は、『阿片』『ジャック・マリタンへの手紙』『わが青春記』『八十日間世界一周』『白紙』などだった。

澁澤は、一九四七年（昭和二十二）頃から一九五一年（昭和二十六）頃まで、コクトーの詩の原文と訳文を数冊のノートに丹念に書きためるという作業を断続的におこなっている。その翻訳は、堀口大學訳をそのまま引き写したものがほとんどだが、一部を改訳したものや、自分で新たに訳出したものも含まれている。

当時の澁澤は、机の上にこっそりコクトーの写真を飾り、コクトーの文章をこつこつ日本語にすることに無上の楽しみを見いだしていた。「また、コクトーちゃん、やってるの？」幸子が兄の机の上をのぞきこんで、からかい半分に言った。

「詩人コクトオは、何と言おうか、わたしの少年時代の「神」であった。恋人、と言った方が近いかもしれない」（「天使のジャンよ、瞑すべし」）。

先ほどから名前が出る親友の松井健児が、旧制高校当時の澁澤について興味のふかい発言を残している。

澁澤はこのころからすでに、「俺は結婚しても籍は入れない」とか「子供は絶対作らない」と松井にむかって言っていたという。また、「ハレー彗星を見てから死ぬ」という、後年の澁澤龍彥のお得意の科白も、この浦高入学当初から澁澤は語っていた。松井は言う。

「私なんかは飯を食うために理科で我慢しちゃったけれども、彼はそういう、どうやって生きなければいかんとか、生活ということは全然頭にないのね、初めから。それだけに非常に強いものをもっていました。表面はわりあいやさしいけれども、芯は非常に強いものをもっていたと思いますね。だから、生に対する執着とか、そういうものもなかったというか、そういうすごいところがありますね」(「旧制浦和高校時代」)。

いっぽう澁澤本人は、エッセー「ないないづくし――わが青春期」(一九六八年)のなかで、自分には「青春らしい青春はなかったような気がしている」と書いている。そうした自分の青春不在の感覚は、決して戦争ばかりが原因ではなくて、もっと別の個人的な要因が大きいという。第一の理由として、「あの薄ぎたないニキビというやつ」が自分の顔面に発生したことが一度もなかったことを挙げ、二つめの理由についてはこう記している。

第二に、私には、精神的な意味で、いわゆる青春の悩みのようなものが全くなかった。人生いかに生くべきか、などと深刻になったこともなければ、失恋して死にたいような気持になったことも、一度としてないのである。初恋などといっても、さっぱり実感が湧かず、記憶にも残っていない。

「これでは「ないないづくし」みたいなものではなかろうか」とみずから言う澁澤は、つづけて自分の童貞喪失の話を、かくのごとく報告する。

私が童貞を失ったのは戦後で、旧制浦和高校二年、十九歳の夏である。昔だったら遅い方だろうが、仲間のうちでは、むしろ早い方であった。たしか石川淳氏の小説だったと思うが、「肺病と間男は早いうちにやっておくに限る」というような言葉があったけれども、私の十九歳の童貞喪失の相手は、ダンスの上手な、颯爽とした、年上の人妻であった。私は白線の帽子にマントの高校生。相手にうまくリードしてもらったので、こちらは何の苦労もいらなかった。ダンスの話でない。セックスの話である。

この「年上の人妻」との情事のことは、一九六三年（昭和三十八）に書かれた「東京感傷生活——ふたたび焼跡の思想を」にも出てくる。澁澤は、一夜、その人妻と浅草田原町の旅館に人目をしのんで泊まった。停電の多い時代だった。

朝になって、その安普請の旅館の窓から外を見ると、驚いたことに、旅館の裏手には、前夜少しも気づかなかった茫々たる焼け跡がつづいているのである。焚火の煙が、焼け跡特有の赤茶けた地面を這い、窓の下には三々五々、浮浪者が集まって、朝飾の仕度をしているらしいのである。何を炊いているのだろう、ブリキの罐から湯気が立ち昇っている。野良犬がそこらを走りまわっている。バラックのトタン屋根には、秋の霜がきらめいている。——それはまことに戦後の一時期を象徴するような、健康な、兇暴な、清冽な抒情的風景であって、この風景を記憶のなかに再現するたびに、わたしは実際、浮浪者たちに立ち混って、ブリキの罐に唇を押しあて、熱い雑炊をすすったかのような錯覚をすら抱くのである。当時わたしは十九歳であった。

この人妻が妊娠をし、十九歳の澁澤とのあいだにはひと悶着があったという。

2 浪人時代／姫田嘉男／吉行淳之介／久生十蘭

帝銀事件があった一九四八年（昭和二十三）——

澁澤はこの年に二十歳を迎える。

この三月に澁澤は東京大学の仏文科を受験したものの、不合格となった。

「同じ仏文を志望した出口裕弘は合格。文学にのめりこむようになってから、正規の学校の授業を軽んずる習慣がついていたから、あまりショックは感じなかった」（「自作年譜」）。

不合格を覚悟していた澁澤は、合格発表の場には自分では行かず、妹の幸子に見にいかせている。

同じ月に、浦和高等学校文科甲類を卒業し、浪人生活にはいる。

この年の六月から、東京の築地にある新太陽社でアルバイトとして勤務をはじめている。澁澤は娯楽雑誌「モダン日本」や「特集読物」などの編集を手伝うことになるが、この職を紹介してくれたのは姫《ひめ》田嘉男《だよしお》である。一九四六年（昭和二十一）に澁澤一家が鎌倉雪ノ下の伯父の離れに間借りしていた時、隣りの家にこの姫田が夫婦で住んでおり、そうした縁で、はたちも年の離れた姫田のところに澁澤は出入りするようになっていた。

「昭和二十三年、旧制高校を卒業した私は大学の試験に落ちて、いわゆる白線浪人になった。このと

大学時代、鎌倉の海岸にて。左から松井健児、姫田嘉男夫人、澁澤、妹・幸子と道子。

き、二十歳になったばかりの私を引っぱって銀座へ連れ出し、そのワルプルギースの夜のようなおどろおどろしい戦後の息吹に浸らせてくれたのは、今は亡き姫田嘉男氏である。東和映画のスーパーインポーズをやっていた姫田氏は、またヤクザ小説の作家でもあって、高見順と仲がよく、いかにも親分肌のところがあった。

　そのころ電通ビルの前に「ねすぱ」という喫茶店があり、ジャーナリストの溜り場になっていたが、私はここで、当時「世界文化」を出していた気鋭のジャーナリスト永島治男や広西元信に会っている。有楽町から築地に移った、文士や編集者の溜り場のごとき「お喜代」にも、私は姫田氏に何度も連れて行かれた。なにしろ若かったので、談論風発する多士済々のなかに混じって、私は学生服をきて、ただ黙々と酒を呑んでいるほかなかった」（「戦前戦後、私の銀座」）。

　外地からの引揚者であった姫田嘉男は、筆名を秘田《ひめだ》余《よ》四《し》郎《ろう》という。東京外国語大学のフランス語科の出身で、《天井桟敷の人々》《禁じられた遊び》《望郷》《オルフェの遺言》《去年マリエンバートで》などなど、昭和四十年代初頭までの日本で封切られたフランス映画のほとんどを一手に引きうけていた感のある名字幕翻訳家である。右の引用文で澁澤が言うように小説も書き、またジョルジュ・シムノンのメグレ警部物ほかの訳書も数多い。

豪傑肌の姫田と妻のゆきは若い人たちと遊ぶのが好きで、澁澤だけでなく、妹の幸子や道子も年がら年中この家に出入りして夜まで遊んだ。三人は、ゆき夫人から社交ダンスを教わっている。澁澤は、フランス映画やシャンソンなどのフランス文化や、「恋愛ゲーム」を、この姫田夫妻から手ほどきされた。

紹介された新太陽社の編集室に澁澤が初めて入って行くと、髪の毛を額の上にぱさっと垂らした青年編集長が、ジャンパーを着て机の前に座っていた。まだ東大の英文科に籍をおいていた吉行淳之介である。未来の文豪は当時二十四歳だ。

新太陽社は昭和の初めに創設された出版社である。もともとは「モダン日本」という名前だったが、戦時中カタカナ混じりの名が使えなくなったため社名が変更された。澁澤がアルバイトをしていた当時は五十名ほどの社員がいた。アルバイトといっても、編集作業から借金の言い訳まで、いろんな仕事をやらされたが、借金の言い訳などになると澁澤の能力は当然のこと低かったと、吉行は回想している（「「モダン日本」記者澁澤龍雄」）。

四歳年上の吉行編集長とはなかなかウマがあったようだ。ある日澁澤の鎌倉の家に、原稿取り帰りの二人が突如現れて、二階でぐうぐう昼寝をしていったこともあった。仕事が引けると、澁澤と同じ年頃のもう一人の社員（元華族の御曹司で酒乱の気味があった竹内惟貞）を交えた三人は、しょっちゅう新橋や有楽町の飲み屋でカストリ焼酎のコップをかたむけた。吉行はあるとき、「君は澁澤榮一の一族なのか」と訊いたが、澁澤は「全然違う」と答えたと回想している。（種村季弘なども、かなり後年まで、澁澤の出自については本人から聞いておらず、まったく知らなかったという。）

澁澤は吉行にシュペルヴィエルやポール・モーランの本を紹介し、吉行からはその年に出たばかりの島尾敏雄の『単独旅行者』を勧められた。

注目されるのは、この時期に、自作の小説を吉行に読んでもらっている事実である。

「澁澤龍雄は気を許したとみえて、五十枚ほどの小説を私に渡し、読んでみてくれ、と言った」と、吉行は澁澤の没後に書いている。「それが処女作かどうかも、タイトルも、内容も忘れてしまったが、読んだ印象は悪くなかった。習作の域のものだが、才能を感じた。男と女がいて、男が樽の蓋を取る。中に小さな虫がぎっしり詰まっていて、うごめいている。女が怯える……」（「昭和二十三年の澁澤龍彥」）。

吉行が読まされたこの原稿が、「撲滅《ぼくめつ》の賦《ふ》」の原型にあたる作品ではないかという説がある。この問題については、次章であらためて論じてみたい。

さて、後にも先にも、生涯のなかで澁澤がサラリーマンとして働いたのは、この新太陽社のたいして長くもない期間だけだが、本人自身が書いているようにこの社会生活は「じつに貴重な経験だった」といえるだろう。新太陽社は、自殺した小説家の牧野信一の弟が社長をつとめており、ここでの仕事で澁澤は多くの文士や芸術家を目にしている。小林秀雄、田中英光、林房雄、画家の東郷青児、写真家の林忠彦……。そういったなかでも、二十歳の澁澤に「最も強烈な印象」を与えたのは、久生十蘭《ひさおじゅうらん》だった。

この十蘭に初めて会ったときについて、澁澤は、「たぶん、久生家の引越しの手伝いに行った時」であり、「戦争中、千葉県の銚子に疎開していた十蘭は、二十三年の秋ごろになって、ようやく鎌倉の材木座に一軒の家を見つけてもらい、奥さんとともに、そこに移ってきた」と記している（「アイオロスの竪琴」）。新太陽社の編集局長、長井寿助が十蘭の信奉者で、編集部員一同が引越しの手伝いにかりだされたというわけだ。

「当時は、まだ段ボールの箱などというものはなかったので、私たちが肩にかついでトラックから下ろしたのは、すべて書物のぎっしりつまったミカン箱であった。数えきれないミカン箱は、縁側に累々と積まれた」――と、澁澤は十蘭の引越しのようすを記す。

ところが、やはりこの引越しを手伝って雑巾がけをやらされた吉行淳之介によると、澁澤は十蘭の家を見つけそこなって長いあいだ道に迷い、遅れてのこのこ現れたのは引越しが完了しちょうどねぎらいの宴会が始まった頃だったという。「運のいいやつだ」、内心そう思ったと、吉行は言っている。

ともあれ、新太陽社はこの頃十蘭と関係が深く、編集者泣かせで名高いこの名人気質の小説家に、はたちそこそこの澁澤はその後もたびたび会った。十蘭の遅筆はすでに伝説的だった。澁澤は、「世に凝り性とか、潔癖とか言われる作家の数も決して少なくないが、久生十蘭の場合、それは彼の気質のきわめて深いところから出てきた、彼の生き方そのものに係わる性格ではなかったか、と私はつねづね考えている」と書いている（「『久生十蘭全集』第二巻の解説」）。

一九四八年の「モダン日本」十月号の編集後記に出てくる次の「作家先生」は、吉行の推察どおり、どうやら十蘭のことのようだ。

　平手で蚊をピシヤリ〳〵やり乍ら原稿用紙を睨んでる作家先生と僕「君、もう寝給え、僕も寝るよ」「でも明日までに是非」「徹夜するのかい？」「はあ」「そりや感心な編集者だ。出来れば僕も一緒に起きてやりたいが眠くてね、じやお先に……。」（澁澤龍雄）

引越しを手伝った年から九年がたった一九五七年（昭和三十二）に、十蘭は五十五歳の働き盛りで没した。その後十蘭は、一時はほとんど忘れられた作家となるものの、一九六九年（昭和四十四）に初めての全集が刊行されて熱狂的な読者を獲得している。

その十蘭復活のおり、全集に寄せた澁澤の推薦文には、有名な次のくだりが含まれている。

それにしても、スタイルのために骨身をけずることこそが、作家にとっての本当の意味での倫理なのであって、人生の求道やら何やらを作品のなかに持ちこむことなどは、要するに田舎者の小説家の勘違いにすぎない、ということを私たちに如実に教えてくれるのが、久生十蘭の小説である。

（「スタイリスト・十蘭」）

澁澤はまた、「今はなき久生十蘭の謦咳に接した若かりし時代を考えると、私が現在、当時から二十年もたって、こうして新たに刊行される久生十蘭全集の推薦文を書いているということが、じつに不思議なめぐり合わせのような気がしてならない」と、感慨ぶかげに記してもいる。当時すでにコクトーのようなスタイリストの書物に深く親炙していた澁澤だが、スタイルを倫理とする作家の生身の姿なるものを、久生十蘭のうちに初めて目の当たりにしたのだろう。

十蘭にまつわる若き日の個人的な思い出を記したエッセー「アイオロスの竪琴」は、一九七三年（昭和四十八）、「省察と追憶」という副題が付されて「別冊新評」の全ページ特集「澁澤龍彥の世界」に発表された。十三の短文からなる「アイオロスの竪琴」は、それまでは私生活上の要素を含んだ作品を積極的には筆にしなかった澁澤が、そうしたことを厭わずに書いた初めての作としても重要だが、十蘭を追憶した「久生十蘭について」はその十三編のラストにおかれている。初読の際、締めくくりとして唐突に十蘭の長い回想がおかれていたのに私はなにか不可解な思いをいだいたものだった。だがこうした澁澤の、十蘭体験がもつ千鈞の重みを考えれば、納得がいくだろう。

澁澤が十蘭について語った思い出にふれて、種村季弘は次のような意味深い指摘をしている。


「あの人はへんな人でねえ」、と澁澤龍彥はそのときの思い出を聞かせてくれた。自分は飲まずに人が飲むのを、ビールを注ぎながらものもいわずに脇からながめている、のだそうだった。それにしても後に「きらら姫」では「うすゆき抄」の、「高丘親王航海記」では「呂宋《ルソン》の壺」のパスティーシュによってみずからの衣鉢をつぐことになる青年の横顔を、それとは知らずに、十蘭は何を思ってながめていたのだろうか。(「航海、難破、泳ぎながらの造船」)

*

一九四八年(昭和二十三)は帝銀事件だけでなく、東京裁判の判決が出て、昭和電工疑獄事件があり、太宰治が心中死したりと、世相が騒然とした一年だった。だが、それらの事件は「私の内面生活にはあまりかかわりがなかった」と、「自作年譜」には記されている。

この年に、澁澤は、銀座の露店でパイプを買った。この安物のパイプはすぐひびが入ってしまったが、この頃よりパイプを愛用するようになった。

澁澤が、「衝撃を受けた」とのちに告白している、花田清輝の『復興期の精神』と出会ったのはこの二十歳の時である。また、終生愛読してやまなかった小栗虫太郎の『黒死館殺人事件』を「仙花紙のぺらぺらなページに印刷された」高志《こし》書房版で初めて読んだのも、この頃だろう。

のちに澁澤龍彦の最初の著作物となる、ジャン・コクトーの小説『大胯びらき』の翻訳作業は、この年から始まった。

三十年以上の歳月を経てから、澁澤はこの一九四八年（昭和二十三）という年をふり返り、「私にとって意味ふかい年だったと思う」と述懐している。「一つの転機といってもいい」年、「二十歳の私が一つのイニシエーションを受けた」年だとも書いている（「「ああモッタイない」」）。

下山事件、三鷹事件、松川事件があった一九四九年（昭和二十四）——

三月にふたたび東大仏文を受験するが、今回も結果は不合格だった。

「全く受験勉強をせず、かなり自堕落な生活をしていたから、どう考えても受かるはずはなかった。それでもフランス語の原書だけは、意地になって読んでいた」（「自作年譜」）。

しかし、「「自堕落な生活」などと言っているが、根がまじめで勤勉なタツオ君のことだから、たかが知れている。現に兄は毎日、ちゃんとわが家に帰ってきていた」と反論しているのは、兄の格好つけぶりを熟知している妹の幸子である。

「この頃の兄のお気に入りのスタイルは黒ビロードのジャケットに、ワインレッドのボウ・タイというものだった。白皙、長髪、二十一歳のタツオ君は小柄ながら不敵な面魂《つらだましい》を漂わせていた。「おにいさん、アルチュール・ランボーみたいですね」と言われたことがある」。

また、妹の大学のレポートを浪人中の兄が代筆したこともあった。幸子が在籍していた津田塾大学に、東大を退官した辰野《たつの》隆《ゆたか》が非常勤講師として授業を持っていたのである。兄の書いたレポートは「フランス文学におけるオルトドックスとエテロドックス」という題名だったという。

新太陽社のアルバイトはこの年の春に辞めている。

八月には、中学時代の友人臼井正明をはじめとした、女性をふくむ数人と、群馬県の赤城山に登るが、道に迷って野宿をすることになった。当時は毎年のように、臼井ら五、六人のグループで、日光や相模湖などを旅行した。

この一九四九年の後半か翌五〇年のはじめに、澁澤は、鎌倉に住んでいた作家の今日出海《こんひでみ》から、翻訳の下請けの仕事をもらっている。

旧制浦和高校の大先輩に当たる今日出海に澁澤が初めて会ったのは、一九四八年（昭和二十三）、「モダン日本」の編集者として林房雄の家に出向いたときだ。今日出海は当時四十代半ばで、先の姫田同様、澁澤より二十歳以上も年上だったが、周囲に文学の話を聞いてくれる年輩の知人がいなかった澁澤は、その後もたびたび今の家に足を向けていた。もともと澁澤の母の節子が、今夫人と友人だったらしい。

翻訳はジョルジュ・シムノンの推理小説『霧の港』だった。下請けとはいえ、澁澤が仕事として翻訳に手を染めたのはこの時が最初である。

翻訳が完成して得意顔で原稿を持って行くと、今日出海はパラパラ原稿用紙をめくってから、「なんだい、こりゃ。わけが分からん。きみ、シュールレアリスムのつもりで訳しちゃ困るよ。一般読者に分からなければだめだよ」と苦笑を浮かべて言った。

「のちに翻訳をたくさんやるようになった私だが、このときの今さんのことばはいつも自戒のことばとして私の耳にひびいている」と、澁澤は述べている（「今さんの思い出」）。

3　東大時代／サド発見

朝鮮戦争が勃発した一九五〇年（昭和二十五）——

三月、澁澤は東大仏文の三度目になる受験をし、今度は合格をはたす。旧制の大学の最後の入試だった。翌月に入学。

「よく三度も受けたものである。どうして受かったのか、今もって、我ながら不思議である。いざ入学してみると、当時はレジスタンス文学と人民戦線理論が大流行で、私の好きなアンドレ・ブルトンはトロツキストの汚名を蒙っていた。級友たちがみんな秀才馬鹿のように見え、つくづく厭気がさして、ほとんど学校へ顔を出さないようになる。研究室の雰囲気も大嫌いで、アカデミーは自分の肌に合わないと感じる」（「自作年譜」）。

浦高で一年後輩だった菅野昭正が、入試の時にぐうぜん澁澤と教室がいっしょになり、二人は三日間の試験の最後の日に打上げの宴を張った。

菅野は書いている。

「ゆっくりつきあう最初の機会になったその夕刻、澁澤さんは同じ平面で話しあえる上級生であるとすぐに分った。ダベルという学生言葉は今やもうすっかり死語になったようだが、澁澤さんはものやわらかな打ちとけた口調で、決して多弁という印象ではないものの、話題をつぎつぎに繰りだして旺盛にダベル若者だった。そうして、試験のあとの解放感もあったし、多少のアルコールの酔いも手伝って、打上げにふさわしいなかなか充実した時間が流れていった。

そのとき知ったのだが、高校を出たあと、澁澤さんは「モダン日本」という有名誌の編集部で働いていたという。これはそのとき聞いた話だったかどうかあやふやだが、フランス映画の字幕翻訳のアルバイトも続けているとか。まともな文学研究などより、そっちのほうに自信ありげな口ぶりでもあった。記憶に誤りはないと思うが、コクトーやシュールレアリスム系の名前が出たし、堀辰雄の初期の小説に織りこまれたコクトー起源の断片について、実証的な（！）検証の蘊蓄を聞かされたりもした。試験に通っても大学へ来るのかなあと、他人ごとのように呟く一齣もあった」（『明日への回想』）。

ところで、澁澤の生涯をたどっていると、この東大キャンパス内の姿がもっとも不鮮明である。まず本人自身がまったくと言っていいほど筆にしていない。第三者からの証言なども極端に少ない。本人の言葉を信じれば、大学にはほとんど行っていなかったことになる。たしかに、東大仏文の同級生で、のちにはサド裁判の参考人の一人ともなった栗田勇《いさむ》も、「彼はあまり学校に出てこなかったので、大学ではそれほど目立たない存在だったように記憶する」と語っている（「反逆の情念」）。

しかし、いささか違った証言もある。後述する「新人評論」の同人だった大塚譲次は、澁澤が鎌倉から東大までの定期券を持っていたと言っているし、菅野昭正は、「試験に通っても大学へ来るのかなあ」と言っていたわりには大学でパイプをくわえた澁澤と顔をあわせる機会は多かったと書いている。当時、渡辺一夫がバルベー・ドールヴィリーの『魔性の女たち』を講読しており、その授業が澁澤のお気に入りだったらしい。

菅野の次の引用は、大学内での澁澤を語った文章として、数少ない貴重な証言だといえるだろう。

「サドの名前が話のなかによく出てくるようになったのは、大学の二年目くらいからだったと覚えているが、そのころから澁澤サンの旗幟は鮮明になる一方だった。一流大文学は毒にも薬にもなるかもしれないが、寄ってたかって突っつきまわす仲間にはなれないと言う澁澤サンと、倒錯、狂気、快楽の間道を歩く妖人奇人たちにしたところで、本道あればこそ、痺れるような暗黒の魅力の花を咲かせるのではないかと言う私は、堂々めぐりのような議論を飽きもせずに蒸しかえした。

そんなとき、澁澤サンは声をあげて論破しようなどとしなかった。本道は退屈だぜ、と本当は思っていたのかもしれないが、そんな素ぶりを見せたこともない。こちらを行くと自分で決めた間道について、あれは自信というのとは少し違うと思うし、どうもうまい言葉が見つからないが、大言壮語の嫌いなダンディスムの徒として、ひそかに覚悟を決めていたのだろう。

菅野は、「俺は教師にはならないよ」と澁澤が低い声で言った、とも伝えている（「玩物の思想」）。

いずれにせよ、二年もの浪人のすえにやっと入ったにもかかわらず、三年間の大学内での足跡が、これほどまでに出てこないのにはなにがしか奇妙な印象をうける。澁澤は、すくなくとも一九七〇年代半ば頃までは「フランス文学者」という肩書きで世間には通っていたわけだが、生涯この領域の交友関係はかなり限られている。澁澤が在籍していた頃の東大仏文には、たんなる大学教授研究者の道に進んだだけではなく、詩人や作家と呼ばれるようにもなった学友も少なからずいた。たとえば、先の栗田勇をはじめ、飯島耕一、入沢《いりさわ》康夫、村松剛《たけし》などだ。澁澤の蔵書を見ると、こうした学友の何人かとも交際がなかったわけではないようだが、そうかといって彼らとの特筆に値するような交友関係は浮かんではこない。仏文関係者で特別深いつきあいがあったのは、旧制高校の同級生の出口裕弘と十五歳年下だった巖谷國士という別格の二人をのぞけば、京都大学の片山正樹と生田耕作くらいが目立ったところだろうか。

小林秀雄や三好達治や太宰治を輩出した東大仏文は、戦前こそは作家志望者の溜まり場みたいな感さえあったものの、懐の深い名物教授だった辰野隆の退官（一九四八年）を境に、秀才型研究者の養成所の方向へと急速に変貌しつつあった。そんなアカデミーが、澁澤のような在野のスターをどう見ていたかはおよその察しはつこうというものだが、それでも澁澤より若い世代ならば、同業者のなかにもそれ相応の信奉者や讃仰者もけっこういたはずだ。しかし、そうした年下の仏文学者を澁澤がそばに近づけた形跡もない。菅野でさえも、卒業後は、顔をあわせたり文通したりしたことは数えるほどしかなかったと言っている。

アカデミーには「つくづく厭気がさした」という澁澤が、二年間にわたる浪人生活をおくっていた事実には、種村季弘も巖谷國士もそろって重きをおいている。

二年浪人した澁澤には当然年下の同級生が多かった。エリート旧制高校からストレートに入学した学生たちは、時代の支配的なディスクールや高校時代のイデオロギーをそっくりそのまま優等生的に大学でも発展させてしまうものだが、それに対して、欧米の理論的な流行に終生まったくかぶれなかったのが澁澤龍彥の特徴だと種村は指摘する。そして種村はこうもつづけている。「僕は、人民戦線であろうがマルクス主義であろうがマラルメであろうが、同じだと思うんだけど、あの人［澁澤］はマラルメとかヴァレリーってことは言わなかった人でしょ。フランスの一種の制度的な中心主義みたいなものに興味がないわけでしょ。［…］中心にいるものに興味をもたないというのは、やっぱりドッペッたからですよ」（「澁澤龍彥の幸福な夢」）。

これにくわえて種村は、生涯、澁澤龍彥の文章が、難解な思想青年の混ざったようなものからほど遠く、ふつうの人にわかりやすいきわめて平易な文章だったことの根底をも、この二年の浪人期間の存在に置いている（吉行淳之介へのインタビュー「「モダン日本」記者澁澤龍雄」）。

たしかに、カストリ雑誌の一編集者として、久生十蘭のような文士に生身で接してしまった澁澤の眼に、秀才アカデミシアンの卵たちや、そうした彼らがたむろする大学研究室がどう映ったかは、推測がつくだろう。

生田耕作が書いた対話体の澁澤論「童心の碩学」のなかで、「あの若さの原因は、彼の好奇心の旺盛さにあるんだろうね」と学生に向かって語る大学教師は、次のようにつづける。

「妥協を排して、自分の好きな途一筋にやってきた人の永遠の若さだよ。君みたいに大学の教室で面白くもない講義をきかされて、つまらぬレポート書きにあくせくしていると、すぐ精神的にも肉体的にも老けてしまうよ。同じフランス文学研究者でも、大学の教師連のあの老けようはどうだ。[…]君も大学院なんかにうろうろしないで、今のうちに動脈硬化を防いでおかないと、文学と縁のないフランス語のティーチャーになってしまうよ」。

この年の六月に、澁澤は、第二回参議院選挙の朝日新聞の選挙速報をアルバイトで手伝っている。この頃のメモを記した手帖には、ペンネームの腹案らしきものの記述があったことが、『全集』の「澁澤龍彥年譜」(以下「全集年譜」と略記)から分かる。それは〈澤蕾之介、蓼之介〉という名前だった。

サンフランシスコ講和会議があった一九五一年(昭和二十六)——

大学二年目に当たるこの年に、澁澤は二十三歳になる。

「自作年譜」には、「シュルレアリスムに熱中し、やがてサドの存在の大きさを知り、自分の進むべき方向がぼんやり見えてきたように思う」という一行だけが記されている。

フランス十八世紀の文学者マルキ・ド・サドは、その正しい名前がドナシアン・アルフォンス・フランソワ・ド・サド侯爵である。サディズムの名の由来ともなったこのサドの過激な作品は、死後長いあいだ黙殺を受けていたが、十九世紀後半のドイツの医学者たちや二十世紀前半のアポリネールやシュルレアリストたちの手によって華々しく復権され、二十一世紀の今となってはすでに古典の扱いを受けている。

とはいえ、澁澤が発見した一九五一年の当時は、本国で最初の全集の刊行がようやく始まり、ピエール・クロソウスキーやモーリス・ブランショの先駆的なサド論が世に出はじめたばかりだった。有名なカミュの『反抗的人間』やボーヴォワールの『サドは有罪か』の出版も、この五一年になってからのことである。

日本の状況となると、あやしげな抄訳本のほかは、式場《しきば》隆三郎や木々《きぎ》高太郎《たかたろう》といったおもに医学畑の人間が、副業的に関心をもって、ほそぼそといくつかの本を著しているにすぎなかった。

澁澤のサド開眼は、シュルレアリスムの法王アンドレ・ブルトンを経由していた。ブルトン編『黒いユーモア選集』の増補新版がフランスで刊行されたのが前年の一九五〇年で、澁澤はこの本からいろいろ決定的な影響を受けることになる。

『黒いユーモア選集』は、十八世紀英国のスウィフトから二十世紀のシュルレアリストまで、西欧の作家四十五人の文学作品を蒐《あつ》めたアンソロジーで、若き澁澤はこの「枕頭の書」を貴重な水先案内として、アポリネールからユイスマンス、ボードレール、そしてサドまでにいたる独特な文学史の流れを逆に辿っていくことになる。

このブルトンの奇妙なアンソロジーは、正統な文学史などは軽んじてもいいことや、古いもののなかにも新しい価値を発見することができるという深い真理を、「生来のアカデミック嫌い」の澁澤に教えることとなった。サドを知ったのもこの本からであり、サドを卒業論文のテーマに選んだのも本書の強い影響にあずかるところが大きかった。一九六〇年（昭和三十五）になって、澁澤は次のように書いている。

私がかれこれ七八年前、はじめてサドの思想に接したのは、そう、かの一徹無垢な弁証法的精神アンドレ・ブルトン先生の手引によってであった。無差別な愛と無制限な自由の理念を説くブルトン先生は、サドと、フーリエと、フロイトと、マルクスとを直線で結ぶ独特な美しい体系を築きあげて、フランス文学史のみならず、世界の芸術の歴史を魔術的に転回せんとする一種の秘教団体をつくったのである。日本にも昭和初年にこの運動は流れ込んだが、残念ながら、肝心かなめのブルトン先生の思想は、その深遠さゆえに、すっかり敬遠されてしまった観があった、学生時代、私はブルトン先生に完全にいかれていたらしい。現在は必ずしもそうではない。しかしいずれにせよ、この先生の手引によって、私の二十代後半が決定的に方向づけられたことは事実であって、以来、サドは私の脳中から片時も離れることがなくなった。（「発禁よ、こんにちは——サドと私」）

『全集』の百枚にもおよぶ解題で、澁澤龍彥のサド研究の全軌跡を綿密にあとづけた松山俊太郎は、「アポリネールにはじまりエーヌやブルトンに承け継がれたサド再評価運動の、第二次世界大戦による中断を経た復興期の発端に青春を迎えた、澁澤龍彥こそは、まさに日本におけるサドの申し子だという感が深まる」と結論づけている（『全集5』解題）。

松山ならではの偏執的な手つきでもって、極めて詳細な分析から導きだされたこの結論には大いに納得がいくだろう。ただし、この解題で松山は、一九五一年（昭和二十六）に『黒いユーモア選集』を読んでサドに開眼した澁澤が、「同じころ、プラーツの『ロマン主義的苦悶』により汎ヨーロッパ的な視点からサドの地位を眺めることを学び、サドの著作と研究書の蒐集・解読に熱中しはじめる」と書いているが、次章で見るように澁澤がこの有名な大著を手に入れるのは一九五七年（昭和三十二）だから、マリオ・プラーツからの影響はもっとずっと後年のことである。

この年の六月、松井健児、妹の幸子とともに、伊豆大島を旅行している。「おにいちゃんと行ったって、つまんない」などとは決して言ったりしない妹の幸子は書いている。「船で夜を明かし、朝、大島に着いた。私があんこ姿の小さなこけしを欲しがったら、兄が買ってくれたのをおぼえている。観光用の乗馬場で、私と松井氏は馬に乗ったが、兄は乗らなかった。きっと恐かったのだろう」（『澁澤龍彥の少年世界』）。

出口裕弘との親交が少しずつ再開されたのもこの年からである。澁澤より二年早く東大仏文に入学していた出口は、すでに大学を卒業して、フランス語の非常勤講師として働いていた。

4 「新人評論」／恋愛／小笠原豊樹

ドロップアウトしたような東京の大学生活とは裏腹に、この時期、澁澤の地元鎌倉での生活はなかなか活発だった。

「自作年譜」の一九五二年（昭和二十七）の項には、次のようにある。
「この年、鎌倉市在住の東大、早稲田、外語などの学生を中心として、文学や思想の同人誌「新人評論」が発刊され、私も小笠原豊樹《おがさわらとよき》、草鹿外吉《くさかそときち》、伊藤成彦《なりひこ》、神川正彦《かみかわまさひこ》らとともに、これに参加する。気まぐれに共産党の選挙を応援したり、野間宏を呼んで座談会をしたり、映画会を主催して雑誌の資金を稼いだり、連日のごとく酒を飲んでは放歌高吟したりするのが、要するに、この文化的サークルの主なる活動であった」。

いま出た人物名をちょっと解説しておこう。

最初の小笠原豊樹のことはしばらく措き、まずは草鹿外吉。一九二八年（昭和三）生まれで、海軍中将だった草鹿任一《じんいち》の息子であり、当時は早大露文科の学生。のちにはロシア文学者で詩人となり、日本福祉大学の副学長もつとめている。

伊藤成彦は、一九三一年（昭和六）生まれ。当時は東大独文科の学生で、のちに中央大学教授をつとめた。政治学者、文芸評論家となる。

神川正彦は、一九二九年（昭和四）生まれ。有名な政治学者の神川彦松《ひこまつ》の息子で、当時は東大法学部の学生。哲学者として神奈川大学や國學院大学で教鞭をとった。

このうちの草鹿外吉が、後年、当時の澁澤との思い出を筆にしている。

「鎌倉に生まれ鎌倉で育ったわたしは、そのころ早稲田大学文学部露文科三年生で、鎌倉に住む何人かの仲間と「こんな時にこそ、平和と自由と進歩の立場に立つ青年たちが結集して、自らの声をあげるべきだ」と話し合い、「ひとつ、おれたちの評論雑誌を発行しよう」ということになった。その計画を知ったわたしの知人が「こんな人もいるよ」と澁澤を紹介してくれ、わたしははじめてかれの家を訪れた」(「「新人評論」の頃」)。

この「新人評論」は、もともと鎌倉の若者たちのサークルが母体となっていた。大学生、受験生、労働組合の書記、ニコヨン労働者、郵便局員、人形劇団の制作者、サラリーマン、レストランのボーイ、トロンボーン奏者などなど、実に雑多な人間が集まるサークルだったようだ。

敗戦のにおいがまだ色濃く残る騒然とした時代の、「血のメーデー」の翌月に刊行された「新人評論」は、共産党員の草鹿をはじめとした主要同人の顔ぶれからもうかがえるように、ある程度の左翼色のある〈民主団体〉の同人誌ともいえる。しかし、「連日のごとく酒を飲んでは放歌高吟したりするのが、要するに、この文化的サークルの主なる活動であった」と澁澤が書いているように、実質を問われれば「鎌倉の飲んべえの卵」の集まりであり、「ギャグともじりの共同体」だったようだ。この集まりは一九五五年(昭和三十)頃には自然消滅している。やはり同人の一人だった大塚譲次は、「鎌倉は狭いですから、みんな昔からの同級生が知りあいで、自然と集まっていた感じですね。若いときはヒマもありますから。遊びにはことかかないですよ」と、その頃のようすを語っている(「「新人評論」の頃」)。早大生だった大塚は、鎌倉にある医院の長男で、著名な解剖学者の養老孟司の兄にあたる。

当時ベレー帽を愛用していたアメリカ嫌いの澁澤は、オンリー(占領軍の軍人のめかけ)に会いに鎌倉の小町通りにとまっていた進駐軍の車のアンテナを、酔っぱらうと折っていた。ほかの仲間は文化人的ためらいがあるけれども、澁澤君はすごいよ、本当にやるからね、とこの大塚は、澁澤のアナーキーな貌を伝えている。

金持ちの名家の御曹司も多かったこの集まりは、「小ブル・インテリたちが共通の弱点で結び付いている」と批判されていたともいわれる。そのせいなのかどうか、「新人評論」は、一九五二年(昭和二十七）六月に創刊号を出すものの、次の号（復刊第一号と称した）が刊行されたのは、一年半も経った一九五四年（昭和二十九）一月という体たらくだった。澁澤は創刊号には文章を寄せてはおらず、またその巻末の同人名簿に名前すらないが、同人たちが中心となって一九五二年十一月に発行した「斗《たたか》う三崎、反戦叢書№１」という三十七頁のガリ版刷り小冊子に、「三崎のサカナよ……」という詩をTASSO. Sの筆名で書いている。

先の「自作年譜」に「気まぐれに共産党の選挙を応援したり」とあるのがこの時のことである。三浦半島の三崎町で町長選挙がこの年の十月におこなわれ、その選挙戦の最中に鎌倉市の共産党から「新人評論」グループに応援の要請があった。それをうけて、党員の草鹿をリーダーに九名の行動隊が三崎に乗り込んだ。この九名のなかに澁澤は参加していた。パンフレット「斗う三崎、反戦叢書№１」は、その時の活動報告として出たもので、叢書といってもこれもまた結局一号しか出ていない。

「三崎のサカナよ　カモメよ　ブタよ／遠洋漁船の若い衆よ／農家の娘よ　ニワトリよ」という句で始まる澁澤の作品は、アジプロ詩とか反戦詩とかいわれ、はたまた戯れ唄ともいわれるが、とにもかくにも澁澤の発表された唯一の「詩」であることは間違いがない。

鎌倉市小町の二階建ての借家は和室が四部屋ほどあり、二階全部を占める八畳部屋は長男の澁澤が独占していたが、そこはある時期「新人評論」同人を中心とした若者たちのひとつの拠点、ひとつのサロン、ひいてはひとつの「アミューズメントセンター」となっていた。澁澤姉妹の魅力もあったのだろう。澁澤はみんなから〈大兄《たいけい》〉との尊称をたてまつられていたという。

この時代の出来事としては、見のがしがたいものが二つある。

まずは恋愛事件である。草鹿は書いている。

「澁澤家の常連の一人に、画家を目指す小柄で目の大きなチャーミングなＹ嬢がいた。彼女には幼なじみの演劇青年Ｉがいたのだが、いつしか、彼女と澁澤が相思相愛になってしまった。Ｉは「澁澤をぶんなぐってやる」と息巻いていたが、そうはならなかったようだ」。

この恋愛は幸子も証言している。

「兄にかわいらしいガールフレンドができたのもこの頃〔「新人評論」の頃〕である。画家志望のチャーミングな女の子Ｎちゃんは私とも仲よしになった。お似合いの相思相愛カップルだったが、兄が肺結核を発病した頃、二人の愛は終わった」（『澁澤龍彦の少年世界』）。

ここでＹ嬢と草鹿が書いているのは、一九三三年（昭和八）生まれで、やはり鎌倉に住んでいた山田美年子《みねこ》のことである。Ｎちゃんと幸子が言っているのは、この山田が「ネコ」と愛称されていたからだ。大塚譲次のインタビューでも、山田のことは「ガールフレンドのＮさん」として出てきていて、カツ丼を知らない深窓のお嬢さんとして紹介されている。

幸子は二人の愛が長くない期間で終わったと書いているけれども、草鹿も前文をつづけて次のようにこの恋愛の顚末を記している。

「Ｙと澁澤の仲はしばらく続いたが、ある日、彼女は北海道に写生旅行に出掛けて行った。残った澁澤は、例によって集まったわたしたちにたいし、函館から彼女の送ってきた自作の水彩の絵葉書を示しながら、「今度の旅行でなにかが起こるぞ。おれは、そんな予感がする」と、薄笑いを浮かべながらいったものである。予言の通り、札幌以後、彼女のスケッチの絵葉書がふっつりと途絶えた。澁澤の白い頬から薄笑いが消えるころ、Ｙ嬢は阿寒湖のほとりでたくましいアイヌの彫刻家とともにいた。この話

1954年、鎌倉山のねび工房にて。後列左から有田和夫、澁澤、小笠原豊樹、ひとりおいて高橋和子、有田光子。前列左から砂澤ビッキ、山田美年子。

は、あとで武田泰淳の『森と湖の祭』の素材に用いられている」（「「新人評論」の頃」）。

「たくましいアイヌの彫刻家」というのは、後年有名な美術家となる砂澤ビッキである。一九三一年（昭和六）生まれの砂澤ビッキは、一九五三年（昭和二十八）頃から、夏は阿寒湖畔、冬は鎌倉に住むという生活をしており、そうしたことから澁澤を中心としたこのサークルとも交友を持つことになる。けっきょく山田は、小柄で白面の澁澤をふる。一九五四年（昭和二十九）の半ばのことだろう。そして、野性的な大男の砂澤と結婚するが、その後離婚をして、画家の加納光於《かのうみつお》と再婚している。加納夫人となってからは、澁澤ともまた交友があった。

山田美年子と別れる際に澁澤が書いたという手紙をめぐって、一九六四年（昭和三十九）になって小笠原豊樹が発表した文章にこんな件りがある。「別の女性」というのはたぶん幸子のことだろう。

「この人がいろんな交渉のあったさる女性と別れるとき、一通の手紙を——その内容を瞥見した別の女性によれば、「あんなステキな縁切り状はないわよ」というような手紙を書き、件の女性はニッコリわらって去ったとか。たいそう優しい話だが……どうもあまり優しくないような気もする」（「〝サド侯爵主義〟の人」）。

もう一つの重要なことは、いま名前を出した小笠原豊樹との深交である。

小笠原豊樹は一九三二年（昭和七）北海道生まれ。詩人・小説家の岩田宏の筆名のほうがいっそう有名かもしれない。東京外国語大学ロシア語学科中退で、専門のロシア文学の他にも、レイ・ブラッドベリやジョン・ファウルズといった英米文学の訳書や、ジャック・プレヴェールやアンリ・トロワイヤといったフランス文学の訳書も数多くもつ。

澁澤はこの四歳年下の小笠原に、一九五二年（昭和二十七）の中頃に出会っている。この時の小笠原はまだ弱冠はたちにすぎないが、すでに『マヤコフスキー詩集』の訳者だったはずだ。当時の小笠原は、澁澤の家から歩いて十分ほどのところに住んでおり、車中でブルトンの原書を読んでいる澁澤に小笠原が声をかけたのが、二人の出会いの最初だったという。

当時澁澤との交遊を再開していた出口裕弘が、この頃の小町の澁澤サロンのようすを描いている（『澁澤龍彦の手紙』）。

「小笠原豊樹と知りあったのは、たぶん昭和二十七年だったと思う。二十六年には、すでに私は鎌倉市小町の、滑川《なめりがわ》沿いの澁澤家へ遊びにいっている。そしてそこで、四、五人つどって談笑した憶えがある。しかしその四、五人から澁澤と私を差し引くと、元浦高野球部員の、いずれももう故人になった誰それと誰それの面影しか残らない。賑やかで楽しかったそのときの会話に、文学の匂いはなかった。

それが、二十七年になると一変する。小町の家の二階の十畳間に、もう浦高野球部とは関係のない、冗談と議論が飯よりも酒よりも好きという若い男女が、入れ替わり立ち替わり現れた。その中に小笠原豊樹がいた。というより、私の記憶の構図では、澁澤がいて、すぐとなりに小笠原豊樹がいて、その次に誰がいてというふうに、どうしてもなってしまう。そのくらい、彼は目立った。きらきらしていた」。

出口はつづいて、小笠原の早熟な姿を次のように解説する。

「ロシア文学の研究者だと聞いたのに、やたらにフランス語ができる。英語は、マスターしていて当然という感触だ。やりにくいなとは思ったが、日本にはごく稀にだが、数カ国語を体得してしまう人間がいる。いさぎよくシャッポを脱ぐのが一番と、澁澤も考えていたようだし、私もすぐそう考えることにした」。

小笠原は、一九九六年（平成八）におこなわれたこの出口を相手にした対談で、澁澤との思い出をいろいろ語っているが、当時の澁澤はコクトーとともに、イヴァン・ゴルやレーモン・クノーといったモダニスト系の作家に入れあげていたという。また小遣い銭目当てに、党員の草鹿外吉から持ち込まれた「平独」という非合法新聞の翻訳アルバイトを半年ほど二人でやっていたが、多くの若者にとって来るべき革命とマルクス主義が必須の問題だった時代にあって、澁澤はマルクス主義関係の本にはまったく親しんでいなかったことを小笠原は証言している（「非正統派、戦後初期翻訳界を行く」及び「挑発するモダニスト」）。

この時期の資料をいろいろ見ると、澁澤が人形劇団〈ひとみ座〉と関わりを持っていたことが分かる。NHKのかつての人気番組《ひょっこりひょうたん島》を手がけたことでも有名なひとみ座は、もともとは戦後すぐに鎌倉アカデミーにいた若者たちが中心となって創設された劇団だった。ひとみ座のリーダーだった清水浩二のブログには、一九五七年（昭和三十二）のひとみ座公演を観劇に来た澁澤から、「年来のファンのボクとしては今日の公演はがっかりだ」と厳しい批判を受けた話が綴られている。澁澤は当時フランスやチェコの人形劇にも詳しかったという。

小笠原はひとみ座のために台本も手がけていて、澁澤が当時イヴァン・ゴルの一種の不条理劇「マテュザラン」などを翻訳（生前未発表）した事実も、もしかしたらひとみ座と何らかのつながりがあるのかもしれない。一九六四年（昭和三十九）になって澁澤は、小笠原が翻訳した本（エレンブルグ『芸術家の運命』）の書評を書いた際にこの「マテュザラン（メッザレム）」にふれている。この文章は、澁澤が小笠原との昔を回想したためずらしいものだ。

「実際、わたしは、もう十数年近くも前、この本の訳者である小笠原豊樹と、レジェの挿絵のあるイヴァン・ゴルの前衛劇『メッザレム』について楽しく語り合ったり、またパステルナークが日本で全く知られていない頃、彼からこの愛すべき繊細な詩人の名前を教えてもらったり、また、人民戦線当時のシュルレアリストたちの政治的態度を、まるで自分のことのように真剣に論じ合ったりした、想い出があるのである」。

いずれにせよ、当時の澁澤と小笠原の仲は、「澁澤のとなりにはいつも小笠原君がいたんだ」と出口が言うほど濃密だった。次章で見るように、同人誌「ジャンル」の創刊も小笠原と澁澤が中心となったものだったし、彰考書院《しょうこう》版〈マルキ・ド・サド選集〉の出版にも、小笠原の尽力が大きくあずかっていた。一九五六年（昭和三十一）に刊行された岩田宏の処女詩集『独裁』の出版記念会には、当然澁澤も顔を見せている。

だが、それ以降になると、二人に親密な交際は認められない。澁澤の蔵書のなかには、岩田宏の本は、その『独裁』を含めてわずか四冊があるだけである。二人が疎遠になったのにはごくプライヴェートな要因もあったようだが、もともとこの「くらしの詩人」と澁澤の取合わせは、どちらの愛読者にとってもかなり意外だろう。澁澤は一九六六年（昭和四十一）に『岩田宏詩集』が刊行された際に書評を書いていて、彼我の違いを微妙に述べたこの書評は生前の澁澤の単行本には収録をみなかった。先に名前を出した大塚譲次も、「小笠原君と澁澤君は、両方とも才人だし、博学だったけれども、資質が違うんだな。お互いに批判もあったらしいけれど」と語っている。

その小笠原が一九八七年（昭和六十二）七月になって、岩田宏名義で『なりななむ』という小説を発表している。

この長篇小説は、戦後間もない時代の、あるマリオネット劇団を中心とした若者たちの「青春群像」を活写したものだ。場所こそ東京にされているものの、時代といい背景といい、小笠原みずからの自殺未遂事件をはじめとしたさまざまなエピソードといい、明らかに鎌倉の「新人評論」とその周辺に材をとった作品である。

小説のはじめでは、次のような同人雑誌の話が出てくる。

マリオネット劇団の堅物、コッちゃんやガンさんに言わせれば、橋口たちのサークルは初めはまじめな集まりだったが、じきに「堕落分子の巣窟」と化してしまったのだそうな。これはそもそも雑誌を出そうということが始まりで、筧の友人で同じく党員の野村が二、三の友人に呼びかけ、芋蔓式にこの地域の二十代の青年を十数名集めて、雑誌——というより、ただの感想文や生活綴方のようなものから文学論や随筆や映画評に至るまで、てんでんばらばらの文章を集めたガリ版刷りの文集を一号だけは出した。それから一年近く経過し、橋口たちは始終顔を合せてはいるものの、酒を飲んだり遊び歩いたりが繰返されるだけで、雑誌の第二号が出そうな気配は全然ない。終刊号となりそうな創刊号の収支はもちろん償わず、印刷費の支払いはいまだに滞ったままで、筧の知り合いの印刷屋に迷惑がかかっている。コッちゃんの見るところでは、サークルのメンバーはいずれも一癖ある理屈っぽい連中だが、所詮は「プチブル・インテリ」や「アナーキーな享楽主義者」ばかりで、お祭好き揃いだから何か大衆的な催しの手伝いには喜んで駆り出されるけれども、それ以外のことではほとんど当てにできない。音頭取りだった野村も今では失望し、橋口たちの「デカダンな遊び」には付き合い切れずにいる筈だという。

引用のなかにも出てくるドイツ文学科の大学院生「橋口（誓一）」は、パイプを愛用し、品のよい小作りの顔と、掠れ声の持ち主で、勢いよく階段を上り下りするたびに建物全体が揺れる家に住み、その実家の二階を一人で占領している。これはもう、誰が見たってあきらかに澁澤がモデルである。

それればかりではない。小説のなかで、橋口の公認の恋人の画学生「チチコ」は橋口をふって異国のフランス人青年と結婚するし、先に見た共産党の選挙応援や、澁澤が十九歳のときに起こしたとされる「人妻妊娠事件」まで、この小説のなかに取りいれられている。もちろん、小説だからここに描かれたものをそっくりそのまま単純に事実と受けとるわけにはいかないが、「新人評論」の雰囲気を知るには格好の作品であることに疑いはない。

橋口は、小笠原によってこう描かれている。

だが語り尽くさずに口ごもるときの橋口には、なんともいえぬ魅力があった。手が届かぬほど掛け離れているわけではなく、ほんの少しばかり普通人よりも高級な品のよさ。それがあるからこそ、[…]橋口はこのサークルの主要人物の一人なのであり、いくぶん皮肉な口調にもかかわらず、だれからも好かれているのである。

先に挙げた、澁澤が山田に書いた「縁切り状」のことは、小説のなかでかなり皮肉な調子で料理されている。次に引用してみるが、「幸夫」は旧制中学を卒業後に上京して、マリオネット劇団のマネージャーのような仕事をしている小説の主人公格の一人であり、「町子」は橋口の妹である。

チチコとフランス青年の話が耳に入るや否や、チチコが弁明に現れるよりも早く、橋口誓一は半日がかりでこの手紙を書き、町子に文面を読ませた上で発送したのだという。それにしても妙なことをする兄妹だ、と幸夫は思う。妹が兄を褒めるのは毎度のことだが、兄は恋人への縁切り状をなぜあらかじめ妹に見せたりしたのだろう。単に上手に書けた文章を見せびらかしただけなのか。[…]一つの言葉が幸夫の頭の中で閃いた。プライド。でなければ負けず嫌い。橋口はチチコに振られることが我慢できなかったのだ。なんとかして「振られる」を「振る」に変化させたかったのだ。[…]まあ、いずれにしろ、勉強のできる人間のプライドというものの厄介なことよ。勉強ができたってできなくたって、頭の良し悪しとはかかわりなく、女に振られるときは振られるのだ。ちっとも恥かしいことじゃない。振られたら振られたで、一時泣けばすむことなのに。

岩田宏の『なりななむ』のことはあまり知られていないようで、澁澤を論じた文章のなかでこれをとり上げたものはほとんど皆無ではないだろうか。いささか奇妙なのは、先に挙げた小笠原と出口の対談で、二人ともがこの小説にいっさいふれていないことだ。出口の方は読んでいなかった可能性が高いが、作者の小笠原自身が緘黙なのだ。

私自身は種村季弘と話をしていた際にこの小説のことを知ったのだけれども、その時に種村は、「あの時期の澁澤のことは、小笠原豊樹がなんでもいちばんよく知っている。悪いこともふくめてね」と語っていた。

＊

前略、面白い計画が準備されつつあることをお知らせする。それは七月十四日 Quatorze Juillet 巴里祭の計画です。僕ともう一人の男が発起人で、新宿御苑にて夕刻五時から、30名ばかりの男女を集めて、華々しく（?）開催します。当夜はシャンソンと酒の会と称してもよろしく、広く同好の士をすぐって、愉快に騒ぐ予定です。会費は二〇〇円。

一九五二年（昭和二十七）の六月三十日付けで、澁澤は出口裕弘にこうした葉書を出している。「もう一人の男」とあるのは、小学校時代からの友人武井宏である。

この「巴里祭」は、一九五五年（昭和三十）頃まで、鎌倉山や新宿御苑で開かれた。メンバーは「新人評論」の同人たちが中心だが、ときには姫田嘉男や野沢協も参加したようだ。

このときの澁澤は、企画を立案して会場を決め、出席者に連絡を取り、当日も酒に呑まれたりせず、目配りも気配りもいい理想的な主催者として振る舞っている。ダンスも踊れたらしい。出口が言うように、後年の奥さんがいないと電車の切符も買えないような澁澤とは、たしかに別人のようではある。

一九五二年の「自作年譜」にはもう一つ、「このころ、しばしば映画評論家岡田真吉氏の翻訳（たとえばジョルジュ・サドゥールの『世界映画史』など）の下請けをする。また稲村ケ崎の小牧近江《こまきおうみ》氏のお宅を訪問して、貴重なサン・ジュストの著作集を拝借したりした」という一項がある。

小牧近江のことは次の節で見るとして、ここでは岡田真吉について簡単にふれておきたい。

岡田真吉は一九〇三年（明治三十六）生まれ、澁澤より二十五歳近く年長の映画評論家で、モーパッサンやシャルドンヌの翻訳もある。澁澤は、姫田嘉男を通じてやはり鎌倉に住んでいた岡田と知りあっている。サドゥール『世界映画史』の邦訳は一九五二年の十月に白水社から出ているが、その訳者の「あとがき」には、協力者として「渋沢龍雄」の名前が見える。

そして、澁澤龍彥の記念すべき初めての本となる『大胯びらき』の原稿を、白水社に紹介する労をとったのが、ほかでもないこの岡田真吉だったのである。

5　デビュー前夜／小牧近江

朝鮮戦争が休戦した一九五三年（昭和二十八）——

三月、澁澤は東大を卒業する。旧制なので、大学は四年間ではなく三年間である。「卒業論文は「サドの現代性」というタイトル。鈴木信太郎先生から、「もう少し論文らしく整理して書かなければいけません」とたしなめられる。論文を提出した日、そのまま悪友とともに浅草に赴き、翌朝まで飲んでいたのをおぼえている。後顧の憂いなからしむるために、この論文は卒業後いち早く、東大文学部の事務所から奪い返した」(「自作年譜」)。

澁澤は卒論を、サドとコクトーのどちらにするか迷ったすえ、サドを選ぶ。その卒業論文「サドの現代性」はB4判のノートに書かれ、フランス語によるレジュメを除くと、本文は日本語で四十七ページ。審査教官は、鈴木信太郎と渡辺一夫の両教授だった。

　貴兄は詩人であるから、大変気まぐれらしいが、もし御書面通りの御希望が、今後ともにあるものとすると、小生に相談してくれたことは、大変よろこばしい。十四日のお昼頃、丸善の三階画廊に来て戴けたら、小生と落ち合えるでありましょう。その頃小生は、口述試験をめでたく(?)おえて、エラリー・クイーンの〝Yの悲劇〟を読んでいるに違いありません。

『澁澤龍彥の手紙』の冒頭に引かれるこの葉書が、出口裕弘のもとに届いたのが、この年の三月である。書面に見える「口述試験」というのは、卒業口頭試問のことだろう。

浦高の同級生だった出口は、文学をともにする仲間に飢えて一九五一年(昭和二十六)頃から澁澤とつきあいを始めたが、それまでの文学仲間にくらべて、「別の星の住人かとおもうほどリベラル」に澁澤は見えたという。

「澁澤という人は、いわゆる文学青年的な、内向していく感じのない人なんです。はじめから」と、澁澤の生涯の友は語っている。「あっても、それをそぶりに出さない。それで僕は非常に目を開かれた気がする。「モダン日本」で仕事していたときも、僕は会ってるはずなんですが、きわめてカラっとしているわけ。冗談ばっかり言って。文芸部の友人たちのように、自殺・肺病なんてものをひきずってるのとはまったく違うタイプの文学志望者が、こんなにそばにいたのか、というのは驚きでした」(「われらが修業時代」)。

学部を卒業した澁澤は、四月に東大文学部の大学院に進むものの、講義にはほとんど出席していない。文藝春秋新社など出版社の試験も二、三受けたようだが、就職する気はあまりなかった。当時はひどい就職難で、とくに文学部の学生を採用する企業は新聞社と出版社くらいのものだった。湘南白百合学園の女の子の家庭教師や翻訳のアルバイトなどをやりながらぶらぶらしていた澁澤は、夏ごろ、青天の霹靂のように、医者から肺結核を告げられる。「ぶらぶら遊び暮らすことが保証されたような形になった。この結核は、のちに空洞を生じたが、三剤併用の化学療法によって完全に治癒する」(「自作年譜」)。

結核は当時はまだ死にいたる可能性の高い病いである。治療のために、澁澤は気胸《ききょう》療法もおこなった。総領息子の病気には家族の心労も大きかった。このころのようすを、やはり出口が次のように語っている。

「昭和二十六、七、八年くらいの小町の家でのつきあいというのは僕にはやっぱり忘れられないね。いろんな画家もくれば詩人もくる。ありとあらゆる人が来るでしょ。だから顔も広がったし、知識の交換の場にもなって楽しかったですね。その頃彼は胸を病んでいて、気胸といって空気を入れる、初期の野蛮な療法があったんですが、それをやって苦しそうでした。それでも〝きょう気胸をやってきた〟つまり、いま苦しいんだ、というときに、ぼくらが行ってワアワア騒いでも、厭な顔しないんですよね。不思議な人だと思ったな、僕は」(「われらが修業時代」)。

ジャン・コクトーの『大胯びらき』の翻訳は、この年には終わっていた。

第五福竜丸が水爆実験で被災し、映画《ゴジラ》が封切られた一九五四年（昭和二十九）――一月、「新人評論」の二号めが発行された。百ページほどのガリ版刷りである。

一年半前の創刊号の時には、同人名簿に名前がなかった澁澤も、今回は正式な会員となっている。この号は復刊第一号と称された。二号と呼ぶにはあまりにも間があきすぎているので、「復刊一号というのはどうだろう」という提案が出ると、澁澤はいつもの高い乾いた声で笑い、「それで行こう」と応じた。

澁澤は、この号に「革命家の金言――サン・ジュスト箴言集」を発表した。筆名は澁川龍兒。二十五歳の若さでギロチンの露と消えた美貌の革命家サン・ジュストの箴言《マキシム》を訳したこの作は、原本を小牧近江に借りたことが前書きにあるが、澁澤は一九六六年（昭和四十四）に著した『異端の肖像』のサン・ジュスト伝で、次のようにも書いている。

「小牧近江氏の御好意で、数年間借覧することを許されたシャルル・ヴェレエ編『サン・ジュスト全集』二巻は、学生時代、わたしの枕頭の書であり、その頃わたしの机上には右にサド侯爵があり、左にサン・ジュストがあったわけである。この全く対蹠点に立った二つの白熱する魂には、わたしを熱狂させずにはおかない、ある激越なもの、ある極端なものがあった」（「恐怖の大天使」）。

小牧の名前は「自作年譜」の一九五二年（昭和二十七）の項にもすでに見えるが、その頃から澁澤は鎌倉稲村ヶ崎にあった、海の見える閑静な小牧の家に出入りしていた。

小牧近江は本名が近江谷駉《おうみやこまき》。一八九四年（明治二十七）生まれ、十代で渡仏して、パリのアンリ四世校に学び、一九一九年（大正八）に帰国すると、同人雑誌「種蒔く人」を創刊。戦後は、中央労働学院の院長や法政大学の教授をつとめた。澁澤は手紙のなかで小牧のことにふれて、「還暦を過ぎて、しかも尚、あんなに情熱的なひとを、ボクは見たことがない。真のデモクラット、真のレヴォリュショネールというのだろう」と感嘆している。

三月、澁澤は「サド侯爵の幻想」と題した短篇小説を書き上げ、「三田文学」編集部の山川に渡した。二年後には芥川賞候補ともなる小説家の山川方夫《まさお》である。

この原稿は結局「三田文学」には掲載されず、澁澤の生前には日の目を見なかったが、「澁澤龍彥」の筆名がここで初めてつかわれた。

後年、澁澤はこう記している。

山中峯太郎の『万国の王城』は、主人公が奇しくも龍彥という名前なので、子供のころから私には特別の親近感が感じられた。じつは私の本名は龍雄なのであるが、後年、ペンネームに龍彥という名前をえらんだとき、この主人公のイメージが、私の心に浮かばなかったとは言えないような気がするのである。（「少年冒険小説と私」）

澁澤龍雄が澁澤龍彥になりおおせるのは、もう間もなくである。

第Ⅲ章　神聖受胎（一九五四―一九五九）

1955年頃、鎌倉小町の自宅にて（27歳）。壁にはパオロ・ウッチェロの絵が貼られている。

1『大胯びらき』とコクトー

一九五四年（昭和二十九）の八月、ジャン・コクトーの翻訳『大胯びらき』が、〈白水社世界名作選〉の一冊として刊行された。澁澤にとって、この訳書がはじめての本となる。筆名は「澁澤龍彥」である。

「私の青春時代のもっとも多くの時間を占めている」という『大胯びらき』の原書は、一九四八年（昭和二十三）頃に有楽町の古本屋で偶然手に入れた。前章ですでに見たように、澁澤は浪人時代に翻訳を手がけ始め、大学時代に徹底的に手を入れて、卒業後すぐに原稿を白水社に持ち込んだ。少なくとも五年を越す歳月をかけた翻訳ということになる。持ち込まれた訳稿を点検したのは、著名な仏文学者であり、のちには慶應義塾大学の学長も務めた佐藤朔《さく》だった。

白水社世界名作選は、一九五二年（昭和二十七）から刊行が始まった文学シリーズで、十八世紀から二十世紀にかけての欧米の古典的な小説や戯曲を、一九五六年（昭和三十一）までに三十冊ほど刊行している。堀口大學訳『ドルジェル伯の舞踏会』、辰野隆訳『フィガロの結婚』を皮切りに、その後も山内《やまのうち》義雄、生島遼一、福原麟太郎、中野好夫、手塚富雄といった錚々たる大物翻訳者が顔を揃えていた。澁澤の訳稿は岡田真吉の紹介があって白水社に持ち込まれたが、澁澤のようなまったく実績の無い新人の本叢書への起用は稀れで、それだけに本人の感激と喜びは容易に想像ができる。

旧制高校時代、「神」であり「恋人」だったというコクトーへの傾倒について、澁澤は次のように書いている。

両次大戦間のいわゆる「不安の文学」に一途に身を入れていた野沢たちには、ブルジョワ文学の一種たるコクトーなんか眼中になかったであろうが、私は少し違っていて、シュルレアリスムを読むかたわら、コクトーにも惹かれるものを感じていた。それは私の性来の秩序感覚のためであろう。あるいはナルシシズムの文学に対する趣好のため、と言い変えてもよい。（「一冊の本」）

「資質と好みと仕事が一貫して、文句のつけようがない」と出口裕弘が評した澁澤のコクトーの翻訳は、この後も、戯曲『美男薄情』『哀れな水夫』『オイディープス王』『未亡人学校』や、小説『ポトマック』とつづくことになる。蔵書目録を調べると澁澤は晩年までコクトー関係の原書を集めていて、その数は三十八冊にのぼり、作家別の洋書数としてはサドにつぐ冊数である。コクトーについて書かれた文章も十数編になる。また、浪人・大学生時代のものと思われる未発表のコクトーの訳詩が、死後になってかなりの数が見つかっている。

だがそうした事実のわりに、コクトーの存在が澁澤にとってどれだけ重要だったかが深く問題にされるのは、今まで決して多いこととはいえなかった。それには、澁澤自身がある時期に、「現在では、この昔の恋人に対するわたしの熱は、ほとんどすっかり冷めてしまっている」と記したことも関係しているだろう。

いつの頃からか、わたしはコクトオの、あまりにも小さな、気楽な、軽やかな、円環的な思考様式に不満をおぼえはじめ、もっと荒々しい、男性的な、混沌の闇のなかを手探りして行くような、一口に言えば、垂直的な思考様式に惹かれるようになったのである。コクトオの明るいラテン的な世界よりも、シュルレアリストの暗い混沌の世界を好むようになったのである。（「天使のジャンよ、瞑すべし」）

これは邦訳『大胯びらき』刊行から九年後の一九六三年（昭和三十八）、コクトーの死に際して書かれた文章だ。サドやブルトンの「暗い混沌の世界」に熱中していた当時の澁澤にとり、コクトーはたしかに「かつて同棲し合意の上で別れた女」のような存在になっていた。

しかし、長らく筐底《きょうてい》に秘されていた『ポトマック』の訳稿が一九六九年（昭和四十四）に刊行されたことや『大胯びらき』の再刊（一九七〇年および七五年）がひとつの契機にでもなったのだろうか、一九七〇年代になると、澁澤の「幸福な詩人」コクトーに対する関心はふたたび静かに高まり、以後コクトーをめぐるエッセーがあらたに八つ生まれている。最晩年の〈澁澤龍彦コレクション〉でもコクトーの文は七編も採られていて、これは、一人の作家としてはこのコレクションで最も多い採録数なのである。「ここ十数年来、しばらく遠ざかっていたコクトーに、私がふたたび親しみをおぼえて近づくようになったのは」という文言がみられるのは、一九七七年（昭和五十二）の「ゴンゴラとコクトー」の冒頭においてだ。

いま、遺された澁澤の全文業をあらためてふり返ってみるとき、処女出版という特権的とも言い得る存在の対象となったこのジャン・コクトーのもつ美学が、生涯を通じて、澁澤にとり計り知れないものを持ちつづけたことはとくに強調しておいてもよいだろう。

澁澤は初期のころから一貫して、コクトーの美学が「ただちに倫理の面につながる」点を説く。コクトーの「軽さ、優雅さは、気どりや美学上の趣味からではなく、怠惰や無気力を拒否する苦行的な精神のあらわれ」だというのだ。「精神の体操は、道徳的な運動のからくりをそこに含まなければ、スノビズムにすぎないだろうし、精神のあらゆる面に同時にはたらかなくては、単なるディレッタンティズムに堕するだろう」(「ジャン・コクトオ『大胯びらき』あとがき」)。

後年、東京創元社版〈コクトー全集〉の刊行に際して書かれた「コクトーと現代」(一九八〇年)という文章では、戦後の日本でコクトーが冷遇された理由を、サルトルやカミュと違ってコクトーが「思想的な作家ではなく、レトリシアン(修辞家)であったため」だと澁澤は説明する。

レトリシアンとは、簡単にいえば言葉の魔術師である。むろん、コクトーに思想がないというわけではなく、彼は生の形で思想を表白しないというだけのことだ。「詩とはモラルである。そしてこのモラルの汗を、私は作品と呼ぶ」とコクトーは書いている。

つづけて澁澤は、そうしたレトリシアンの文学たるコクトーの文学は「軽快な遊びの文学」のように見えたために、日本の「深刻好きな戦後の雰囲気に馴染まなかった」、けれども「戦後も三十年以上たって、文学理念が徐々に変化してきているのだ。コクトーを受け入れるべき機は熟したと見てよいだろう」と述べて、次のごとくエッセーを結んでいる。

私は若いひとたちに、とくにコクトーの全集を読んで、彼のカッコいい文章と生き方を学ばれることをおすすめしたい。

澁澤は生涯にわたって、多くの作家や作品のなかに自分の似姿を探し出しつづけた文学者だったが、いま引いた澁澤のコクトー評のひとつひとつは、まるで二重写しになった自画像のように感じられる。一九七五年（昭和五十）におこなわれた「わが青春の書」というアンケートでもコクトーの小説『恐るべき子供たち』を挙げた澁澤は、「若年の私は、コクトーから軽さのエレガンス、簡潔なスタイル、新しい生き方などを教えられた。それは近代日本の青春の深刻ぶりや鈍重さとは、まさに正反対のものだった」と端的に述べている。

「倫理はスタイルであり、スタイルは倫理である」――若き日の澁澤がコクトーに学んだのはこのことだった。この倫理とスタイルの問題、「伊達の薄着」の美学は、澁澤の文学と人生の隅々までを、いやおうなく覆っていくことになるだろう。

翻訳『大胯びらき』は刊行当時「なんの反響もなかった」と澁澤は述べているが、後年、河盛好蔵《かわもりよしぞう》はコクトー追悼文のなかで澁澤訳にふれて、スタンダールの系統にぞくするコクトーの文体の本質をよく伝えた「見事な邦訳」であり「敬服した」と絶賛した（『文学空談』）。コクトーの小説『山師トマ』の翻訳者でもあったこの河盛の評には、「大いに気をよくした」と、澁澤も「自作年譜」の最後で書いている。

この『大胯びらき』を澁澤が贈呈しようとした人物名と思われるリストが、澁澤家に遺された手帖に記されていて、『翻訳全集』の解題で紹介されている。若き日の澁澤が自分の初めての本を誰に読んでもらいたかったかが分かり、興味がつきない。手帖には次の二十一名の文学者の名前があがっている。堀口大學、三島由紀夫、渡辺一夫、平岡昇、鈴木力衛《りきえ》、丸山熊雄、中村真一郎、河盛好蔵、伊藤整、石川淳、安部公房、寺田透、岡田真吉、佐藤朔、今日出海、久生十蘭、小牧近江、神西清《じんざいきよし》、川端康成、福永武彦、吉行淳之介。

　このうち、渡辺や丸山などは東大仏文の関係で、十蘭や吉行などは当時の交友関係である。となると、面識がなかったにもかかわらず澁澤が本を贈ろうと考えた相手は、堀口、三島、河盛、伊藤、石川、安部、神西、川端、福永の九名になるようだ。

　この出版を誰よりも喜んだのは父の武だったという。武は親戚の者や友人に本を見せて、「せっかく龍雄という名前をつけてやったのに、勝手に龍彦なんて変えやがって」と言いながら、相好をくずしていた。

2　岩波書店の外校正／矢川澄子／松山俊太郎／父の死

　僕はいま、埼玉県の某寒村に滞在しています。父の郷里で、関東平野の真只中、殺風景極まる農村……総体ケヤキ作りの馬鹿でかい家は、祖母が病に臥てから、住む人さえなく、荒れ果てて、ずいぶん薄気味がわるい……サドのコント集と、文庫本ゲーテの「詩と真実」二冊をたずさえて、此処へ来ました。同伴の女性(?)がパチパチ薪を燃して夕餉の仕度をしているのを聞きながら、僕は漫然と横文字を縦に並べかえたり、ミカンの皮を炭火にくべたりしています。

出口裕弘に宛てた一九五四年（昭和二十九）十一月三十日付けのこの手紙にある「同伴の女性」は母の節子のことで、祖母のトクが病気になったので、母といっしょに血洗島の「馬鹿でかい家」に来ていたようだ。澁澤は翻訳の仕事をここでも進めている。

この年の秋ごろから、澁澤は定収入をもとめて岩波書店の外校正の仕事を始めている。当時、東大の仏文科に在学中だった二番目の妹の道子が、岩波書店の西島麦南《にしじまばくなん》（九州男《くすお》）の家に家庭教師として出入りしており、そこから自宅校正制度があることを知り、社外校正の試験を受けた。

「かつて岩波書店で社外の校正係をやっていたことがあるので、校正に関しては私はベテランのつもりであり、近ごろの編集者の下手さ加減が目について仕方がない。「校正の神様」として有名なのは神《こう》代種亮《じろたねすけ》であるが、アルバイトがなくて貧乏している若い私に校正の仕事を世話してくれたのは、これも「校正の神様」といわれた西島九州男氏だった」（「校正について」）。

晩年に書かれたこのエッセーのなかで澁澤は、「近ごろの校正者の通弊として、私がもっとも困ったものだと思うのは、やたらに字句の統一ということを気にする点である。これは画一的な学校教育や受験勉強の影響ではないか、などと考えてしまうほどだ」と慨嘆している。画一的な字句の統一は困りものだという校正観は私自身も本人から直接拝聴したおぼえがあるが、澁澤の自著の校正の丹念さは有名で、送り仮名なども自分なりの定まった方針、嗜好を持っているようだった。

「〈趣〉なんかは〈趣き〉と〈き〉を送ることにしているんだ。現行の辞書はどれも送ってないけどね。でも、〈気持ち〉に〈ち〉を送るなんてのは気持が悪いよね」と、校正をめぐる話になった際に澁澤が話していたことが思い出される。澁澤の厳密な校正の土台は、この頃の岩波の仕事で培われたようだ。

一九八四年（昭和五十九）に、光風社が桃源社版の紙型を流用して『さかしま』の新装版を刊行した。

できたてほやほやのその本の冒頭ページに一箇所誤植があることを新米編集者の私が指摘すると、澁澤は「えっ！　ほんと⁉」と声をあげてびっくりした。

澁澤の外校正の仕事はこのあと断続的に一九五九年（昭和三十四）初めの結婚のときまでつづくが、その結婚の相手となった矢川澄子に出会ったのは、神保町にあるこの岩波書店の校正室だった。

矢川澄子は一九三〇年（昭和五）に東京で生まれた。父の徳光《とくみつ》は日本大学で教鞭をとっていた教育学を専門とする著名な学者で、戦後は公職追放になり、在野でマルクス主義教育学の研究に従事した。日本教育学会理事、ソビエト教育学研究会会長をつとめ、全六巻の『矢川徳光教育学著作集』を残している。

五人姉妹の次女にあたる澄子は、一九四八年（昭和二十三）に都立第十一高等女学校（旧制）を卒業したのち、東京女子大学外国語科（のちに英文科と改称）に入学。同大学を一九五一年（昭和二十六）に卒業し、二年後に学習院大学英文科の三年生に編入、その後独文科に転科し、そこで知りあった仲間らと翌年に同人雑誌「未定」を創刊する。一九五五年（昭和三十）には、学習院大学を卒業、その時にはすでに岩波書店の外校正の仕事を始めていた。澁澤と矢川の出会いは『大腭びらき』が出た翌年にあたるこの一九五五年三月である。

「かるく生きたいねえ」――出会い頭にこう言ったという澁澤が、矢川と初めて連れだって喫茶店に入ったとき、角川文庫で出たばかりの、フランス十九世紀の作家ゴビノー伯爵の『ルネッサンス』をともに読んでいることが分かり、二人の話はほぐれていった。ゴビノーの本に関連して『復興期の精神』の花田清輝のこと、それに矢川が属していた同人雑誌「未定」をめぐって話に花が咲いた。「愛読書の共通ということはたちまち二人の垣をとっぱらってしまうものです」、矢川はこう回想している（「少年と、少女と、幾冊かの本の話」）。

矢川の導きで、澁澤は「未定」に参加することを約束する。

澁澤が松山俊太郎に初めて出会ったのも、この年の四月だった。

澁澤の死後、『全集』の編纂委員もつとめることとなる松山俊太郎の人となりについては、澁澤自身の言葉をまずは引くのがよいだろう。


ちょっとここで松山俊太郎君について記しておくと、彼は明治の茶人として知られた松山吟松庵《ぎんしょうあん》の孫であり、日本でただ一人、ボオドレエルの『悪の華』の初版および再版本を所蔵しているビブリオフィルであり、専門はサンスクリット文学であるが、古今東西にわたる広い学を身につけた、まことに稀有なる博雅の士なのである。酔えば軍歌を高唱するが、突如、エドガー・ポオの『リジャイア』（彼の意見によると『リジイア』ではないそうである）を原語ですらすらと暗誦して一座を煙に巻いたりする。（『美神の館』訳者解説文）

二人の出会いは、新宿紀伊國屋書店の洋書注文カウンターだった。二人とも、たまたま同じようにサドの本を注文していた。その時のことを、松山はこう話している。

澁澤さんにお目にかかることになった、そもそもの原因は、サドに対する関心からです。［…］いろいろサド関係の本を買っているうちに、フランスで、完全ではないけど全集が出始めた。それを買いに紀伊國屋の二階——その頃はいっぺん建て替えて、二回目の建物がちゃんとは出来ていない仮営業所だったと思うんですが——サドの本がまとめてある売り場で、澁澤さんと矢川澄子さんにまったく偶然お目にかかって、それで当時、若い人のたむろする場所になっていた新宿の風月堂で、一緒にコーヒーを飲みながら話をしたんです。その頃は、いわゆるリアリズムではない、幻想的、異端的な芸術は、いまほど流行っていない時期ですから、フランス関係を中心に非常に話が合いまして、それ以来いろいろお世話になって……。たしか昭和三十年頃、私がまだ梵文の学部を出るか出ないか、その境目くらいの時期だったと思います。

特に初対面の強烈な印象というようなものはなかったですね。［…］別にそのときの風貌からどうという印象は受けなかった。ただ、当時はもう種村（季弘）なんかとは大学の同級でいろいろ話もしていたけれど、やっぱりちょっと好みの系統がかれらとはちがっていて、それだけに自分が本当に読みたい本についてよく知ってる人に出会ったという大変な嬉しさはありました。（「澁澤さんのこと」）

松山はこのインタビューでは澁澤との話の内容を「フランス関係を中心に」としか言っていないが、ほかの文章ではより具体的に、バルベー・ドールヴィリー、ピエール・ルイス、マルセル・シュオッブ、ユイスマンスからゴシック・ロマンスのことなど談論風発し、「学殖の差はもとよりながら趣味の一致はおどろくべきであった」と書いている（「奇妙な犬神・澁澤龍彥」）。

ところで、この出会いの「唯一の立会人」だった矢川も、一九九五年（平成七）になってこの場面を詳細に回想している。当時の澁澤と矢川の関係の雰囲気を知るにも格好の文なので、少し長くなるけれど次に引用してみたい。文中に出てくる内田路子《みちこ》は画家内田巖《いわお》の娘で、内田魯庵《ろあん》の孫にあたり、『黒魔術の手帖』で澁澤にタロット・カードを披露する女性としても登場するが、のちに「血と薔薇」のグラフィックデザイナーをつとめる堀内誠一の妻となる人物だ。

四月の二十三日、わたしたちは連れだって校正室を後にして、お茶の水から新宿へ出ることにした。久々に懐具合の豊かなこの日、紀伊國屋で洋書の注文をすませたらいっしょに映画でも見ませんかというのが澁澤の誘いだった。

当時、紀伊國屋は新築のため、表通りよりすこしひっこんだ仮店舗で営業中だった。ちょっと注文してくるからといって、澁澤はおもての階段を二階の洋書売場へのぼっていった。階下の新刊などをひととおり見終ったわたしは、一足先に外へ出て、階段の袂で待っていた。

旧知の路ちゃんこと内田路子が偶然あらわれたのはそのときだった。澄子さん、これからどうするの。ちょっと、今日は連れがあって。そう、ざんねんね。あ、きたきた、あのひとよ。ふうん、あのひと。

澁澤ひとりならば、路ちゃんをその場で紹介していたかもしれない。ところが相手はひとりではなかった。学生服を着て腰に手拭いをぶらさげた、どこか精悍な感じのする風変りな男と話しながら階段を下りてきたのだった。

たったいま、知りあったばかりの友達だった。たまたま二人とも洋書の注文カウンターで発注用紙に書きこんでいて、ふと目をやると隣りもおなじ本を注文しているのに気がついたという。

内田路子はそのまま立去り、のこる三人は、それではいっしょに凮月堂にでも行こうかということとなった。

「彼女もこの春から本郷だそうですよ」

梵文の学生で東大空手部だという松山氏に、澁澤はそういって紹介してくれた。じつはこちらは三月に学習院の独文を終えたあと、都立大の修士課程と東大美学の学士入学と、どちらも行けることになって、結局美学にしたことを、新宿への道すがら打明けたばかりだったのだ。

たまさかのデートに第三者がくっついてきてしまったなんて、わたしとしては少々残念でなかったとはいいきれない。ただし風月堂でのサドにはじまる二人のおしゃべりは、きいているだけでもじつにおもしろく、かつ刺戟的であった。たがいに自ら恃むところのある男どうし、こんなふうに胸襟をひらきあうものなのか。

そのとき松山俊太郎の口走った自作の詩の一行を、わたしはいまでも覚えている。

羽蟻めく神の屍《かばね》は渚に高し

いつのまにか夕暮れだった。松山氏はどこかへ飲みに行きませんかと澁澤を誘っている。わたしは帰らなくてはならなかった。澁澤はかなり心のこりな顔で眼をぱしぱしさせながら、じゃあといい、松山氏のあとについて新宿の雑踏に消えていった。いっしょに酒の席に誘ってもらうには、まだまだおたがいに遠慮があった。そんな時分だった。（「W・ベンヤミンに倣って」）

松山俊太郎は一九三〇年（昭和五）の生まれ、澁澤の二歳下である。著名な産婦人科医の両親の一人

松山俊太郎（中央の人物）。1972年、美学校の授業にて。写真：細江英公

息子で、十六歳の時に火薬の暴発（進駐軍に向けて飛ばす風船爆弾を作ろうとしてそれが爆発したという説がある）から片腕を失うが、隻腕の体で東大では空手部に在籍し、インド哲学梵文学科ではヴェーダ学の世界的な権威の辻直四郎博士から教えを受けた。この松山の大学時代のとりわけ親しい友人が、のちに国際的なボードレール学者となった阿部良雄と、《日本の夜と霧》や《帰ってきたウルトラマン》《マグマ大使》などの脚本家として知られる石堂淑朗《いしどうとしろう》、そして種村季弘だった。

角刈り頭に着流しという、学者というより地回りの親分と見まがうような風貌と、計り知れない学識でもって、澁澤をめぐる超個性的な星座のなかでも破格な風格を備えた、ひときわの異彩をはなつ人物である。

澁澤にとっても一種特別の存在だったろう松山との交友は、こうした奇縁から始まった。それは澁澤の死まで途切れなくつづくことになる。

この年の六月に、河出書房から河出文庫の一冊としてマルキ・ド・サドの短篇集『恋の駈引』が出版される。澁澤にとって最初のサドの翻訳本である。この節の冒頭で引いた出口宛の手紙に見えた「サドのコント集」というのは本書のことであり、浦和高校時代の恩師で当時東大の教授を務めていた平岡昇の伝手《つて》で、河出書房の名物編集者坂本一亀《かずき》（音楽家の坂本龍一の父親）に紹介されての出版だった。サドの短篇小説十編を収録したこの書物は、坂本の提案でまだ当時はめずらしかったビアズレーの絵をカバーに使用した一冊となった。

七月、同人雑誌「ジャンル」第一号に小説「撲滅の賦」を発表。

「ジャンル」創刊の計画はこの年の春ごろから始まっていた。同人は澁澤のほかに、「新人評論」の仲間だった小笠原豊樹（岩田宏）、浦和高校時代からの友人の出口裕弘（津島裕）と野沢協（阿部義夫）、それに澁澤の妹澁澤道子（澤道子）の五人（括弧内は筆名）で、その他に安東次男《つぐお》が外部から寄稿していた。今から見れば、なんとも堂々たる執筆陣だ。（二号には入沢康夫の寄稿が予定されていた。）澁澤は小笠原とともに実務もひきうけ、次のような若々しいばかりの編集後記も書いている。

「ジャンル」発刊の構想が立ったのは本年四月、鎌倉のとある喫茶店のほの暗い一隅であった。——われわれは飯を食ったり電車に乗ったり失恋したりする合間に、こまかい文字を書いたり消したりして生活の資を得ている態の人間ではあるが、われわれにとって往々苦役であるこの文字を書くという作業を、一切の資本主義的商業主義的迎合的制約から解放された次元において実現することが出来るならば、これは、この雑誌は何と楽しい、そして大事な、われわれの宝となるものではなかろうか、とこう思った次第である」。

この雑誌はけっきょく一号だけで終わったが、その制作には小笠原が懇意にしていた伊達得夫の協力を得、発行元は書肆ユリイカとなった。

タイトルを「金魚幻想」とした草稿も残っている「撲滅の賦」は、ファルセットのような語り口を持ち、また学生時代に澁澤が愛読していたというレーモン・クノーの『聖グラングラン祭』の影響もほの見えるような短篇小説だが、前章でふれたように、一九四八年（昭和二十三）頃に吉行淳之介がこれを読んだ可能性が指摘されている。吉行は自分が澁澤から読まされた小説の内容を、「男と女がいて、男が樽の蓋を取る。中に小さな虫がぎっしり詰まっていて、うごめいている。女が怯える」と記憶している（「昭和二十三年の澁澤龍彥」）。

澁澤没後の一九八八年（昭和六十三）、「撲滅の賦」を含む最初期の小説三編を纏めて出版した小山晃《あき》一《かず》（当時は福武書店編集部）は、これらの吉行の回想を根拠として、吉行が読んだ原稿と「撲滅の賦」が同じ作品だと「推断したい思いに強く駆られる」と記している。

吉行の記憶が正しいとするならば、たしかにその可能性があるだろう。巖谷國士は、同じように金魚鉢と金魚が登場し、澁澤が後年になって「あとあとまでも残るような強い印象を受けた」（「金魚鉢のなかの金魚」）と書いた埴谷雄高の短篇「意識」が、「撲滅の賦」に大きな影響を与えたという指摘をしている（「「旅」のはじまり」）。短篇小説「意識」が発表されたのは一九四八年の「文藝」十月号で、問題の吉行の文中では澁澤の原稿を読まされたのが「その年［一九四八年］の終わりころ」とあるから、一九四八年十月「文藝」購読→「撲滅の賦」初稿執筆→十二月に完成原稿を吉行に見せる、という具合に時間の流れを考えても辻褄が合わないことはない。

ただしそうなると、大きな問題になる点が一つ出てくる。「撲滅の賦」の女主人公美奈子について、出口裕弘は「あの中に出てくる女性のモデルなんてのは、ぼくらはよく知ってるもんだから、ニヤニヤ笑ってみてました」と述べ（「われらが修業時代」）、巖谷も「登場人物の美奈子には身近なモデルがいて、これはこれで当時の澁澤龍彥青年の、鎌倉という小世界のなかの感情生活を描いているという面もある」と書いている（「「旅」のはじまり」）。モデルというのは、澁澤のかつての恋人山田美年子を明らかに指すのだろうが、澁澤が山田を知るのは一九五二年（昭和二十七）以後である。となると、吉行が一九四八年に読んだ原稿の「女」は、当然、山田がモデルではありえない。澁澤はどこかの段階で、小説のヒロインのディテールをかなり大幅に書きあらためたのか。

吉行が読んだ原稿がよしんば「撲滅の賦」だったとしても、その初稿と七年後に「ジャンル」に発表された最終稿のあいだには大きな改稿があったことが推測される。

その吉行淳之介とともに、「モダン日本」のアルバイトの時に得難い交わりを持った久生十蘭の姿を澁澤が最後に見たのも、この年のようだ。鎌倉駅前のロータリーのベンチに腰をかけていた着流しの十蘭は、以前のスマートで痩身な姿とはその印象ががらりと変わって、「体軀がやや肥満し、頭髪がやや薄くなり、色もやや黒くなったような感じで、何やら比叡山の悪僧めいた風貌になっていた」ことを澁澤は回想している（「アイオロスの竪琴」）。

澁澤は、前年に出た『大胯びらき』を十蘭に献本していたので、二人の話題はコクトーのことにおよんだ。コクトーの翻訳もある東郷青児の名前を澁澤が口にすると、「東郷？　あんなやつにフランス語ができるもんか」と、十蘭は嚙んで吐き出すように言った。

八月十六日、澁澤は肺結核が再発したとの診断を受ける。一時はペンを持つのも禁じられ、当分の絶対安静を医師から命じられた。前年から始めていた岩波書店の外校正の仕事も休職しなければならず、治療のため鎌倉の病院に通うことになる。

結核の再発が判明したひと月後の九月十七日、父の武が急死する。前日に横浜の場外馬券売場で倒れ、警察の処置が悪く、病院に運ばれたがそのまま病室で死亡した。享年六十。

「最後に口がぽかりとあき、咽喉の奥から、「からからから……」という水分の涸れた音が聞えてきたかと思うと、しゃっくりのような痙攣に身を震わせて、父は息を引きとった」と、後年、澁澤は書いている（「猿の胎児」）。

次に掲げるのは、父の死の翌月に澁澤が、当時北大にいた出口裕弘に宛てた葉書である。

颱風は来るのやら来ないのやら……雨がびしょびしょ降って秋海棠の花が腐ります。十七日に親爺が脳溢血で死に（エピクロス流に言えば自然に帰ったわけ）、葬式やら何やらごたごたしていたので、小説などてんで書けたものではなかった。けれど、やっと少し落ち着いたので、これから書きます。小説もいいけれど、これからは翻訳でもばりばりやって、少し稼がなければならない立場になりましたよ。ところで、君はどうしましたね？　もうそろそろ原稿が届いてもいい頃じゃないかな……

いま、トーマス・マンの〝魔の山〟を読んでいます。結核患者の話なので、ちょっと僕には面白い。さようなら――

ごくごくあっさりした文面だが、人間の死に対して過度にセンチメンタルな態度を嫌う澁澤の、終生変わることのなかった死生観がここには漂っている。後年、澁澤は父の死にふれて、こう回想している。

私とちがって、父は若いころから競馬が大好きで、とくに銀行を停年退職してから六十歳で死ぬまでは、ほかに趣味もなかったから、競馬場へ通うのをほとんど唯一の楽しみとしていたらしい形跡があった。

どこにあるのか私は一向に知らないが、横浜の場外馬券売場というところで脳溢血で倒れ、そのまま病院に運ばれて死んだのだから、あるいは本望というべきだったかもしれない。息子の特権として、私は勝手にそう思うことにしているのである。

好きな競馬がらみで死んだのだから本望だというのは、なんとも澁澤らしい物言いだが、どうやらこの「競馬場の孤独」と題された一文には、澁澤の父に対する複雑な思いが秘められているようだ。

戦前は武州銀行の支店長を務めた父の武だが、後年は出世コースからはずれ、ジャノメミシンに出向となり、サラリーマンとして失意の晩年だったことを小笠原豊樹がインタビューで伝えている（「非正統派、戦後初期翻訳界を行く」）。前章でふれた小笠原の小説『なりななむ』には、「橋口の父親は出世コースから蹴落され、そのことだけで全く無気力になった典型的なサラリーマンであり、幼い頃から「出来る」子だった長男の誓一が今や一家の精神的家長なのだ」とある。また矢川澄子も、初めて澁澤の家を訪問した際、妹たちや母の明るさにくらべて、父親の影が薄い、「あまりにも稀薄な存在」だったのに驚いたことを書いている（「ある「一期一会」」）。その葬式も寂しいものだったという。

前々章で見た、登山好きのスポーツマンで多趣味なリベラリストだった戦前の武の姿と、戦後のそれは大きく異なっているようだ。先の引用文のなかで澁澤が、父について、「ほかに趣味もなかったから、競馬場へ通うのをほとんど唯一の楽しみとしていたらしい形跡があった」などと、なにやら普段にない微妙な言い回しをしているのには、こんな背景がひそんでいたようだ。澁澤は、かつては父親の心中など「考えただけでも虫酸がはしった」が、父が死んだ年齢に近づいてようやく「タブーが解禁されたように、父の気持を考えるという余裕が私の側に生じた」とも書いている。

このエッセーのタイトル、「競馬場の孤独」は、一見すると前半で語られる、父親と行った競馬場で迷子になった幼い龍雄少年の「孤独」のように思えるが、それだけではなく、父の武自身が抱えていた「孤独」をも指すのだろう。

澁澤がいつになく近親者のことを正面から扱ったエッセーの続きを読もう。

なんのイデオロギー的背景もない、単なる戦争傍観者にすぎなかったが、それでも戦後、父が六十歳という思いがけない年齢でぽっくり死んだのは、あのままならぬ戦争の時代をくぐり抜けてきたためではなかったろうか、という気がしてならない。父のとむらい合戦という意味でも、私はできるだけわがままをして、浮世のしがらみを断ち切って、自分勝手に生きなければならないと考えている。おかしな理窟かもしれないが、いずれ人間なんてものは、それぞれ何らかの固定観念にとらわれて生きているのではないか。

父の死の翌月には、澁澤は小説「エピクロスの肋骨」を書き上げた。

「暗いことを考えつづけるのはどうも苦手だった」――こう矢川は、「本質的に楽天主義者」だった澁澤について書いている。父の急死に遭った家庭の一場面を描く幸子の文章には、次のようなくだりがある。

一家の長となった兄は一日も早く健康を取りもどしたかったのだろう。まじめに気胸療法に通院した。新聞広告で見た養命酒という薬用酒を取り寄せて飲んだりもした。

「おにいちゃん、養命酒ってほんとにきくの?」

「きくさあ」

兄は養命酒の広告に出ている、筋骨隆々の男性のイラストを真似て、ボディビルダーみたいなポーズをとって見せた。私がキャッキャと笑うと、兄は毎晩、養命酒を飲んだ後、そのポーズをとって、みんなを笑わせた、兄はなにがあっても暗くなることはなかった。ノーテンキと言われるゆえんであろう。

「病気再発に父親の急逝が重なり、母とまだ学齢の末妹をかかえて、この秋から財政的には最も苦しい時代がはじまる。自宅療養のかたわらサドやシュペルヴィエルの翻訳に専念」と、矢川は記している(「澁澤龍彥年譜(一九五五—一九六八)」。以下「矢川年譜」と略記)。

この年の十一月、血洗島にあるあの大屋敷が解体された。七月に、屋敷を一人で守っていた祖母のトクが死に、そのふた月後に事実上の後継者だった武も死んだため、このばかでかい屋敷は維持していくのもむずかしかった。

今考えてみると、この巨大な家の崩壊は、まぎれもなく一つの時代が終焉したのだという印象を私にあたえる。あたかも昭和三十一年である。それは日本の社会や経済の未曾有の変動期であると同時に、明治からつづいていた私たちの文化的なもの、精神的なものの尻っぽを、完全に断ち切ってしまった時代でもあった。そういう時代と重なって、私の少年時代のくさぐさの思い出が染みついている、あの大きな暗い家が地上から消滅したのである。（「家」）

3　昭和三十一年／「未定」／マルキ・ド・サド選集／三島由紀夫／多田智満子

『太陽の季節』が芥川賞を獲った一九五六年（昭和三十一）——

澁澤は二月に平岡昇を訪い、完成したシュペルヴィエルの小説『ひとさらい』の訳稿を依託した。五月、小説「エピクロスの肋骨」が「未定」Ⅲ号に発表される。この短篇はもともとは「ジャンル」の第二号に載せるために執筆したものだったが、雑誌が出ず、けっきょくこの年になって「未定」に掲載された。

「未定」は、学習院大学独文科在籍中のメンバーが中心となって一九五四年（昭和二十九）に始められた同人誌で、当時は七冊が刊行されている。同人には矢川のほかに、岩淵達治、村田經和《つねかず》、城山良彦、藤井経三郎、多田智満子らがいた。「同人たちはおおむねディレッタント風で、あまり「文学」にムキになる気配のない人たちであった」と、多田が書いている（「『未定』このかた」）。

Ⅲ号は八十八ページ。澁澤と矢川の作をはじめとした小説が四編、澁澤の妹道子の作をふくむ詩が五編、その他にトーマス・マン等の翻訳が四編掲載されている。編集後記には次のように記されている。C・Tという署名から多田智満子の文章だと分かる。

「詩人は言葉を加工することによって自分自身を加工する。詩作《ポエーシス》（Poesis つまり一般に創作）は、人間というひとつの混沌《カオス》から何らかの秩序を抽出しようとする試みに他ならぬ。我々は流動する存在であり、つねに未定かつ不定の存在であるが、それ故にこそ、ひとつの美しい秩序《コスモス》を自分のなかにうちたてようとする絶えざる欲求を抱いている」。

（なお、「未定」は一九九七年に復刊され、二〇一九年の現在も活動中である。）

「未定」に出た「エピクロスの肋骨」とその前の「ジャンル」掲載の「撲滅の賦」の小説二編については、さまざまな作家からの影響が指摘されている。石川淳、稲垣足穂、埴谷雄高、安部公房……。私は、前者には澁澤が当時コクトーの次に愛読したというシュペルヴィエルのコントの反響を、後者には坂口安吾が書いたファルス物の反響を、ひときわ強く感じる。

彰考書院より〈マルキ・ド・サド選集〉の刊行が七月に開始される。全三巻。

聖紀書房を前身として一九四三年（昭和十八）に創立された彰考書院は、もっぱらマルクスとレーニンの訳書をはじめ左翼系の本を刊行していた。サドの翻訳は、ここからマヤコフスキーやエレンブルグの訳書を出していた小笠原の取り持ちがあっての出版だった。この経緯は選集第一巻の訳者あとがきにも少しふれられているけれども、そこには「校正のヴェテランぶりを発揮してくれた矢川澄子君」という言葉もみられる。矢川がこの時点ですでに澁澤の仕事の協力者になっていたことがうかがえる。また、この選集の装丁を担当した矢野眞は、のちに澁澤の二番目の妹道子の夫となった人物である。

マルキ・ド・サド選集は表立った反響は呼ばなかったようだが、小説家の遠藤周作と仏文学者の田辺貞之助の書評が出ている（前者は「読書新聞」、後者は「図書新聞」）。一九四九年（昭和二十四）にサドの作品も手がけていた練達の翻訳家の田辺が、澁澤の翻訳を「悪達者といいたいほどの文章」と評しているのが面白い。

だがなにより、特筆しなければならないのは、この選集に三島由紀夫が序文を寄せたことだろう。

わたしが三島由紀夫氏とお付き合いするようになった、そもそものきっかけは、サドにあると言ってよい。もう十年近くも前のことであるが、わたしがはじめて拙訳サド選集三巻を上梓する運びにいたったとき、氏に序文をいただこうと考え、不躾をかえりみず、お手紙を差し上げたのである。氏は折り返し快諾の返事を下さり、さっそく短かいながら立派なサド論を書いて下さった。（「サドと三島文学」）

三島は一九二五年（大正十四）生まれで、澁澤の三歳年上。当時まだ三十一歳という若さだったが、すでに『仮面の告白』『潮騒』『金閣寺』などの代表作を発表しており、おしもおされもしない文壇の大スターだった。

ところで、澁澤の没後、この経緯にはちょっとした隠された真相があったことが判明している。序文の依頼にあたっては、「三島さんに電話してみてくれないか」と兄から頼まれた妹の幸子が、まず代理として三島家に電話をいれたのだ。幸子は当時ファッション雑誌の編集者をしていた。

「どうして自分で電話しないのよ、などということは、私は決して言わない。何度もいうが、よい妹なのである。私は必ずや三島氏のＯＫをとってあげようと思った」。その時の兄思いの心境を、幸子は

『澁澤龍彥の少年世界』の最終章でこう記している。電話で幸子が「澁澤龍彥と申す者の代理でございますが」と名乗ると、「ああ、サドをやっていらっしゃる珍しい方ですね。あれは名訳です。私はどういう方かと思っていたんですよ」と三島は応じ、序文の件はすぐに快諾を得られた。五月のことである。

このように、澁澤が三島宛に手紙を書いたのは、妹に電話を掛けさせた後のことなのである。三島からは、六月五日付けで、つぎのような葉書が澁澤のもとに届いた。

拝復　サド選集の件、委細承りました。御成功を心より祈り上げます。舎弟と同学の御由、何かの御縁かと存じます。序文は、書かせていただきます。〆切、枚数などおしらせ下されバ幸甚です。先月末、〆切のため多忙を極め、御返事が遅れました。不悪《あしからず》。

ともあれ、このあと三島の自決まで、足かけ十五年にわたる澁澤の三島との運命的な交流がここに始まることとなる。

この年の九月五日に、ジャン・ジャック・ポーヴェール版〈サド全集〉の既刊分がどさっとフランスから届き、澁澤のサド研究の土台が大きく固まった。「このときの彼の喜びようは、まさに先覚者の冥利だったにちがいなく、狂喜する彼の眼の輝きも、声も、いまなお、あざやかに思い出すことができる」（出口裕弘「サド一辺倒の頃」）。

澁澤は自分と同世代である出版人のポーヴェールにじかに手紙を出してこの全集本を入手した。というのも、サド全集のような限定予約出版は外国に向けては発送しないケースもあり、また内容上税関で

1956年、多田智満子の詩集『花火』出版記念会。前列左から澁澤、伊達得夫。後列左から小笠原豊樹、矢川澄子、多田智満子、橋口守人。

差し止めを受ける場合も想定されるからである。その後、自分の訳書をポーヴェールに贈ると、折り返しサドに関するポーヴェールの自著が届いた。本の扉にはフランス語で、「はるかなりとはいえ確信にみちたるサディスト、澁澤氏へ。共感をこめて贈る」と記されていた。

この年の出来事としては、目白でおこなわれた多田智満子の処女詩集の出版記念会に出席していることを、忘れずに挙げておこう。「未定」同人仲間の多田の第一詩集『花火』は、書肆ユリイカから五月に刊行された。やはりこの年に第一詩集を出した小笠原や、矢川や伊達らといっしょに写ったこの時の記念写真が残っているが、澁澤はパイプを持ってベレー帽をかぶった姿である。また、この会では、昭森社《しょうしん》の社主・森谷均と入沢康夫に会っている。

多田智満子は一九三〇年（昭和五）東京生

まれ。東京女子大学外国語学部時代からの矢川の親友だった。「その名にそむかぬ智に満てるひと」と、十八歳の時から多田を知る矢川は言う。多田は東京女子大を卒業ののち、慶應義塾大学の文学部英文科に編入学し、そこで西脇順三郎、白井浩司らに師事している。『花火』が刊行されたこの年の秋に結婚し、以後は終生神戸の六甲山麓に住むことになる。

澁澤は一九五八年（昭和三十三）に書かれた「多田智満子さんの詩」と題されたエッセーで、「カリプソ娘のスカートみたいに、詩とは辷るものだと心得ている安っぽい現代詩人の数ある中で、智満子さんの詩はまれに見る、辷らぬ詩、感情の手綱を引きしめる知性の勝った詩、ということが出来よう」と評している。

マルグリット・ユルスナールやマルセル・シュオッブの名訳も手がけたこのヘレニストの詩人と澁澤の交流は終生つづき、多田は澁澤についてのきわめて洞察力にとんだ文章を数多く残すことになる。多田は澁澤の風貌を次のように描いている。

［澁澤さんは］申し分なく古風で頑固なところがある。これを裏返せばまさしく筋が通っているということで、これほど自分自身に忠実に、非妥協的に、生きている人は稀であろう。しかも、少しも肩肘張ったかたさがなく、のびのびとおおらかなので、書かれる作品もおのずから至福の表情を帯びる。鋭い才智と純真さとが表裏をなして、純度の高い知的快楽を読者に味わせてくれるが、この楽しさの秘密は何よりもまず著者自身が楽しんでいるという印象にあるだろう。つまり、苦渋の跡が少しも見えないので、どんな労作も労作と見えず、楽しい読みものとなる。驚き入った才能といわねばならない。（「ユートピアとしての澁澤龍彥」）

二〇〇三年（平成十五）になって、「未定」同人の一人で、多田の慶應時代の親友だった仏文学者の橋口守人《もりと》が、この多田智満子と矢川澄子を対比した文章を発表している。学生時代の若い時から両者をよく知る橋口は、「男性の存在の影とてなかった」この二人は「育ちも性格もまるで違う女子大生」であったという。裕福な家の娘だった多田に対し、矢川は、教育者でラディカルな思想を持つ清貧の士の父のもと、清く正しく慎ましくをモラルとして育てられた。

そんな矢川にとり、澁澤との出会いが「彼女の人生を狂わせた」と橋口は言う。このころ、澁澤も矢川もひどく貧乏だったが、澁澤の金銭感覚に矢川はショックを受けた。眼前の男が宵越しの金は持たないとばかりに持ち金を湯水のごとく使う姿に、矢川の感覚では考えられないものを見た。

それは持って生まれた一種の才能だと錯覚してしまったくらいであった。〔…〕この金銭感覚から出発して、驚きの眼で澁澤龍彥なる男に魅せられていく自分を知った。才能、或は能力に対しての畏敬の念ともいえるものを感じはじめたのである。もう金銭感覚などというものではない。何はともあれ驚きの連続であった。こんな弱々しい感じの男に、途方もない知的エネルギーが秘められている。素晴らしい。会ったことのない男だ。博覧強記。この言葉の通りだ。豊かな感性と知的好奇心が調和している――こんな思いに捕われたら、女はもう終わりだ。

本人も断っているように、橋口の書き方は確かに少々乱暴だが、このころの矢川と澁澤を同時に知る数少ない人間の回想として貴重な文章であることは確かだろう。

「未定」の同人はこうつづける。

問題なのは、これから先である。生活者である女性は共同生活者として、将来のこと、先々の暮らしのことなど考える。自然のことであり、当然のことである。矢川澄子は考えた。この男のために私は犠牲になろう――と。この決断は見事であった。自分よりも遥かに能力がすぐれた男。この男を世間に出す――ここに矢川澄子の本質を見ることが出来る。一見消極的に見える女性が慎ましい姿をとりながら男の長所を吸収していく。自己否定という言葉は適切ではないかもしれないが、自らを無化する程相手に尽す、こんな神々しい時間を持てるということは、幸福な人間に限られるかもしれないが、矢川澄子はその点に関して恵まれた女性の一人だったと思う。（「多田智満子と矢川澄子」）

4　昭和三十二年／生田耕作と片山正樹／コクトーの手紙

世界初の宇宙衛星が打ち上がった一九五七年（昭和三十二）――

正月、松山俊太郎が小町の家を訪れる。この年始は、晩年まで澁澤邸の恒例となった。

二月には、一月に第三巻が出た〈マルキ・ド・サド選集〉完結の挨拶に、目黒の三島邸を矢川を伴って初めて訪問している。先客には、小説家の桂芳久と東京創元社の編集者がいた。三島由紀夫は、亀井勝一郎とか串田孫一とかいった若者向きの人生論の筆者たちをさんざんに罵倒して、その都度「ねえ澁澤さん」と同意を求めた。初対面の澁澤にデモンストレーションしているかのようだった。

マルキ・ド・サド選集を出版した彰考書院は河出書房が発売元で、その河出書房が三月に倒産し、あおりを食ったかたちで彰考書院もほどなくしてつぶれた。澁澤の訳書は、ゾッキ本となって古本屋に大量にならんだ。

六月、京都大学出身の若手仏文学者、生田耕作と片山正樹が仏文学会のために上京し、高田馬場の店、大都会で澁澤と矢川に会っている。

バタイユ、ジュネ、マンディアルグなど、いわゆる〈異端文学〉の翻訳者として、その道の人気を澁澤と二分することとなる生田耕作は、一九二五年（大正十四）生まれで澁澤より三歳年上。セリーヌやスーポーの訳者となる片山正樹は、一つ下の一九二九年（昭和四）生まれである。片山はすでに前年六月に一度、澁澤の鎌倉の自宅を訪ねていた。東京の洋書輸入業者が、サド文献を集めている二人を引き合わせたのがきっかけだった。澁澤は二人に「未定」への参加を要請する。

このおりに京都の二人からマリオ・プラーツの名を知った澁澤は、のちに「デカダン文学百科」と呼んだ『肉体と死と悪魔』の英訳版『ロマン主義的苦悶』を入手した。また、バルトルシャイティス『幻想の中世』、シュオッブ『架空の伝記』、バタイユ『マダム・エドワルダ』といった、後年の澁澤の仕事にとって重要な存在となる書物をこの年に手に入れている。

Tasso Shibusawa 宛にジャン・コクトーから手紙が届いたのもこの六月だ。以前コクトーへ出した手紙への簡単な返事だったが、末尾には「貴君の忠実なる友」とあった。妹の幸子によれば、兄は「キャーキャー言って喜んだ」という。

前年に訳了した『ひとさらい』は出版先が見つからずに宙に浮いたままだったものの、ユゴー・クラウス『かも猟』とアンリ・トロワイヤ『共同墓地――ふらんす怪談』という二つの訳書が世に出たのもこの年である。前者は六月刊、後者は八月刊で、共に版元は村山書店。山田美年子が装丁を担当した『かも猟』は、小牧近江の推挽で小牧との共訳という形だったが、実質は澁澤一人の仕事だった。一九八七年（昭和六十二）に王国社から再刊された際には、澁澤の単独名義に変わっている。

胸の病状もやや好転し、澁澤は十一月には岩波書店の在宅校正の仕事に復帰した。

十二月に刊行された「未定」Ⅴ号には、ペトリュス・ボレルの短篇小説「解剖学者ドン・ベサリウス」とシャルル・クロスの詩「燻製にしん」の、翻訳二編を発表。後者では「蘭京太郎」の筆名を使用している。

この頃澁澤は、自分の好きな作家の好きな作品を出版のあてもないのに、毎夜のごとく、こつこつと翻訳していたようだ。一九八二年（昭和五十七）になって、この時代のことを、澁澤は次のように回想している。

　いまでは想像もつきかねるが、そのころは戦後の雰囲気のまだ濃厚に残存していた時代で、日常生活のあらゆる面に欠乏が目立っており、私は原稿用紙さえ満足に手に入れることができず、粗悪な紙のノートブックに文字を書きつらねていた。冬ともなれば、椅子の下に火鉢を置き、火鉢のへりに両足をのせて煖をとりながら、私は机に向ったものである。こう書くと、なにやら刻苦勉励のイメージを思い浮かべるひとがあるかもしれないが、なに、事情はほかに楽しみがなかったからで、私はそのとき決して深刻な顔をしていたわけではなかった。繰り返していうが、楽しみながら翻訳していたのである。（「『佛蘭西短篇飜訳集成Ⅰ』ノート」）

5　昭和三十三年／大江健三郎論／石井恭二／花田清輝

東京タワーが完工した一九五八年（昭和三十三）――

澁澤は満三十歳をむかえる。『大胯びらき』を世に問うてから四年あまりの歳月が経つ。

ここまでの澁澤の著作をかえりみると、翻訳の仕事が圧倒的に多くを占めている。それ以外を探そうとしても、同人雑誌掲載の小説二編と自分の訳書の解説文くらいしか見つけることはできない。

この時点で澁澤の肩書きを問われたならば、答えは「翻訳家」のほかには考えられなかっただろう。訳書はすでに七冊を数え、他にも〈世界風流文学全集〉（河出書房）に収録されたサドの短篇二編や、白水社の雑誌「新劇」に載ったコクトーの戯曲の翻訳などがあった。

澁澤家に遺されたこの年の手帖には、年頭にあたって立てた仕事計画とおぼしい澁澤の書き込みがあることが「全集年譜」から分かる。これは大変興味をそそられるリストなので、次に引いておきたい。

〈ヘルマフロディットについて「未定」　マチュリン「メルモス」の飜案　ブルトン「魔術芸術」　バタイユ「エロティスム」　ふらんす怪異譚選集　―コクトオ新詩集―　薔薇の帝国　Sade ジュリエット　ボレル　悖徳物語　バルベェ　魔性の女　さかしま　ユイスマン　ビアズレエ　愛神の丘にて〉

多くは翻訳にかかわるリストのようだが、ここに書かれたほとんどすべてが、後年澁澤の著訳書としてなんらかの実現をみている事実は感動的ですらある。実現にいたらなかったのは〈マチュリン「メルモス」の飜案〉と〈コクトオ新詩集〉くらいなものか。（「魔術的芸術」も人文書院のブルトン集成で澁澤が序論を訳出する予定になっていた。結局は出ないまま終ったが。）

松山俊太郎は、「澁澤の気の長さと初志を貫徹する意志の強さには、感嘆せざるをえない」と言う（『翻訳全集10』解題）。右記のリストのなかでも、松山が「これ貸しますから、いずれ翻訳したらどうです」と原本をあずけてから『美神の館（愛神の丘にて）』の翻訳が完成するまで約十年たっているし、バタイユ『エロティシズム』の澁澤訳が二見書房から上梓されるのは一九七三年（昭和四十八）だから、手帖の時から数えると十五年の時を経ている計算になる。

この年の一月には、シュルレアリスムの詩人ロベール・デスノスの評論『エロチシズム』の翻訳を書肆ユリイカから出している。百ページほどの薄い本だが、澁澤は前年にデスノスの未亡人ユキ（元藤田嗣治夫人）に直接連絡を取って、翻訳許可を得ている。

六月には、「未定」VI号に、小説「陽物神譚」と、ジャン・フェリイの散文詩の翻訳「支那の占星学者」「サド侯爵」を発表。後者ではふたたび蘭京太郎の筆名がつかわれた。

またこの頃に、内田路子と結婚した堀内誠一を知る。

さて、この年の後半から、批評家としての澁澤の活動が本格的にはじまる。

八月に「サド復活について」を「朝日新聞」に寄稿。九月には「『不敵な男』」を「映画評論」に寄せる。翌十月には「薔薇の帝国あるいはユートピア」を「ユリイカ」に書き、「大江健三郎の文学」と題された座談会が「新潮」に掲載されている。十二月は「映画と悪」、「権力意志と悪」、「吉行淳之介『男と女の子』」の三編を、それぞれ「映画評論」、「三田文学」、「日本読書新聞」に寄せている。

「新潮」に載った「大江健三郎の文学」は、江藤淳《じゅん》、篠田一士《はじめ》、澁澤龍彥という三人の鼎談で、「新人批評家・座談会」と銘打たれている。現在から眺めるとなんとも大変な顔ぶれの鼎談で、当時、澁澤の一つ上の篠田は三十一歳、江藤にいたってはまだ二十五歳である。座談会の場所となった日本料理屋で出た里芋料理の美味しさに澁澤はびっくりした。

澁澤の没後、「サディストの文学――大江健三郎をめぐる価値の混乱」と題された四百字詰め二十枚にもおよぶ未発表原稿が、三島由紀夫が差出人となった封筒に入ったまま発掘をみている。封筒の消印が不鮮明だったため、この原稿を、いつ、どんな理由で澁澤が執筆したかは、長らくさまざまな臆測をよんでいた。発掘時、執筆時期は一九六三年（昭和三十八）頃とされた。のちに『全集』の解題で、この大江論は雑誌「聲《こえ》」に載せるため三島の求めに応じて執筆されたがなんらかの事情で発表されずに終わったもので、「聲」に関わるとなると執筆は一九六〇年（昭和三十五）か一九六一年（昭和三十六）だろうと訂正された。

だが、一九九七年（平成九）になって『澁澤龍彥の手紙』を著した出口裕弘が新説を出した。一九五八年（昭和三十三）九月二日付けの澁澤の手紙に、雑誌「新潮」に大江論を書いたがボツになったとあることから、この「新潮」で不採用になった原稿を澁澤があらためて「聲」に載せてもらおうとして再度ボツを喰らったのではないか。こう出口は推理したのである。

この問題は、二〇〇四年（平成十六）、三島由紀夫の新版全集に澁澤宛の書簡が発表されるにおよんで氷解した。三島は一九五八年（昭和三十三）九月十日付けの封書で、「先日菅原君より廻してもらつた貴稿、興味深く拝見いたしました。私には大江論そのものよりも貴兄のサド観が面白く、「聲」の同人諸君も同じ意見のやうですので、この原稿は別便でお返し申上げたいと存じます」としたためている。文中の「菅原君」とは、「新潮」の編集者だった菅原国隆である。

つまりは出口の推理が正しかったわけだが、そうなると、同年の「新潮」の大江鼎談のお座敷に澁澤が呼ばれたのも、当然このこととなんらかの関係があるのは容易に想像がつく。著名な作家、批評家たちの大江論を片端からこきおろし、東大仏文の後輩で前年に芥川賞をとった大江の初期小説を評価することの若書きのボツ原稿については、「もしそのまま発表されていれば、鮮やかな見取図を提供できるこんな評論家を文壇がほっておくはずがない」という三浦雅士の意見が注目をひく(「現代批評の主流はどこにあるのか」)。のちにみるように、三浦は雑誌「ユリイカ」の編集長として、一九七〇年代に澁澤との交流がもっとも篤かった編集者だった。

八月二十一日に「朝日新聞」に出た「サド復活について」は、当時朝日の学芸部に在籍していた森本和夫(のちに東大仏文科教授)が立てた企画だった。その森本と府立第十一中学校の同級生だったのが、現代思潮社をおこした石井恭二である。

出版社創設を準備していた石井は森本の話で興味を覚えて、八月末(か九月初め)に澁澤宅を来訪した。その時、澁澤の手もとには、出版のあてもなくこつこつ翻訳を進めていた『悲惨物語』の完成稿と『悪徳の栄え』の未定稿があった。石井は現代思潮社の最初の出版物としてアンリ・ルフェーヴルの『マルクス主義の現実的諸問題』(森本和夫訳)とともに澁澤訳のサド『悲惨物語』を選ぶ。本は十月に出た。ということは、石井の来訪から二か月たらずしか経っていない。澁澤の訳稿が完成済みだったとはいえ、この出版は信じられないほどに迅速である。

これより四年間ほど、翻訳書や著書の印税の前払いと現代思潮社の顧問料のようなものとして、澁澤は石井より毎月二万円を受けることとなった。当時の大卒新入社員の給与と同程度の金額であり、この前払い金がこの時期の澁澤家の経済的な大きな基盤となった。

十月三日に出口に出した葉書には、「僕には、まともな小説書く気はぜんぜんない。[…]今度、小説書くとしたら、僕は探偵小説か、怪奇小説を書く」と澁澤はしたためている。

十月二十九日より十一月六日まで、花田清輝の戯曲《泥棒論語》の公演が六本木の俳優座でおこなわれ、澁澤はこれを観に行っている。「全集年譜」では一九五七年のこととされているが、花田の芝居の初演はこの年だから五八年が正しいだろう。

「世に花田清輝のエピゴーネンは多いらしいが、いまだかつて、この独特な文体を創始した名エッセイストをあげつらった、スタイル論の満足すべきものを一つとして見ないのは、情けない話である。愚劣な争いごとに明け暮れしている左翼文壇人の、怠慢というべきか」——こうした挑発的な花田論を澁澤が書くのは一九六四年(昭和三十九)になってである。

二十歳の時に『復興期の精神』に衝撃を受けて以来、澁澤は花田の著作をすこぶる熱心に読んでいた。矢川澄子は、「なかでも『鳥獣戯話』が出たときは、澁澤は狂喜して大騒ぎをしていた」と語っていた。花田の初めての小説集『鳥獣戯話』の出版は一九六二年(昭和三十七)である。

澁澤は花田清輝と面識はあったのだろうか。そうした事実はたぶんないと思われるが、澁澤の蔵書を調査した際、一九七〇年頃からの花田の多くの本に「著者謹呈」の短冊が挟まっているのを発見したのはいささか意外だった。二人には、自著のやりとりをするくらいの交流があったということか。「澁澤が、意識的にせよ無意識的にせよ、晩年に至るまで花田の描いた軌跡をなぞろうとしていた」という、花田と澁澤を重ね合わせる注目すべき見解を、小説家で英文学者の横山茂雄が出している(アンケート「私の澁澤体験」)。

十一月、鎌倉の額田病院での検査の結果、胸の空洞は無くなったことが判明した。澁澤はようやく、普通の生活を送ることを医者から許される身となった。

6　昭和三十四年／結婚／加納光於と野中ユリ／「聲」／『サド復活』／瀧口修造

皇太子の御成婚に日本中がわく一九五九年（昭和三十四）——

一月に、澁澤と矢川澄子は結婚した。

矢川は岩波の校正室で澁澤と出会った一九五五年（昭和三十）に東大の美学美術史科に学士入学し、結婚の前年に中退していた。澁澤の二つ下の矢川は、結婚した時には二十八歳だった。

知りあってから結婚におよぶ三年半の間に、澁澤が矢川に宛てて出した手紙や電報は総計八十六通におよぶ。

これらの手紙類を矢川から見せてもらったことがあるが、文学談義なども少しはあるものの、その多くは純情可憐と言っていいようなラヴレターだった。こうした私信にも、澁澤は「龍雄」ではなく、「Tasso」あるいは「龍彥」と署名をしている。

当時、澁澤はよく「戯作者みたいになりたいんだ」と言っていたという。

澁澤と矢川の生活はすでに前年あたりから事実上は始まっていたようで、小町の狭い家にそのまま矢川が、嫁入り道具として洗濯機と机だけを持って引っ越してきた。一階には澁澤の母節子と一番下の妹の万知子が今までどおりに住み、二階の八畳の和室一間に新婚の二人が生活した。三人の妹たちと同じように、矢川も澁澤のことを〈おにいちゃん〉と呼んだ。

澁澤は結婚を機に岩波の在宅校正を辞めたが、矢川はこの仕事をまだ二年ほどつづけている。当時のようすを、矢川は次のようにふり返っている。

夜と昼とがさかさまになった在宅物書き稼業の、起居のすべてがここで行われました。時間のずれを口実に、食事も別にして上まで運ぶようになってからは、母と息子はどうかすると四、五日顔を合せないこともしばしばでした。［…］昭和三十年代、世の中がようやく落着きを取戻し、同世代の友人の誰彼が脛《すね》かじりで留学をこころみたり、大学の研究室に洋書を買い揃えたり、車やマイホームの調達に着々とりかかったりしはじめた季節に、戦災の傷手《いたで》をいまだにひきずっているこの家では、病み上りの少年が、とびこんできた少女とのDIで何もかも自前で調達しなくてはならず、明日の糧と、しだいに嵩む図書費とはかつがつ確保できたものの、それ以上のこととなると当分は知ったことかというかたちだったのです。少なくとも訳書のひとつがひょんなことから発禁裁判沙汰になって、少年の名前がすこしは世上に知られるようになるまでは。（「少年と、少女と、幾冊かの本の話」）

この年以降、一九六七年（昭和四十二）頃まで、澁澤の外出は、そのほとんどが矢川同行となる。

この年の初めに、澁澤は二人の画家と知りあっている。加納光於と野中ユリである。前者とは一月に銀座の栄画廊で、後者とは二月に新橋の画廊ひろしで、それぞれの個展を見に行った際の出会いだった。加納は一九三三年（昭和八）生まれ、野中は一九三八（昭和十三）生まれ。その後、この二人は、ともに澁澤にとってかけがえのない画家となる。

澁澤は、サドをモチーフにした作品が発表されていることを聞きつけて加納の個展を訪れたようだが、加納の銅版画を初めて見たときの衝撃を、後年こう書いている。

「栄画廊という銀座の小さな画廊で、加納光於の作品に初めてお目にかかったのは、たしか昭和三十四年（一九五九）一月のことではなかったかと思う。雨の日だったとおぼえている。「燐と花と」「焰と谺」「王のイメージ」などという作品のシリーズが出品されていて、私はその痙攣的な美に息をのんだ。ルドンでもなく、エルンストでもなく、駒井哲郎でもなく、あきらかに新しい加納光於独特の物質的想像力ともいうべき、金属の腐蝕から生まれた幼虫のようなイメージが画面に躍動しているのを見たからである」（「加納光於　痙攣的な美」）。

ある時、加納は澁澤に、なぜ私の作品が好きなのかを訊ねた。澁澤は、「君の仕事の中にある自然だね」と答えた。

ロマン・ギャリイの小説『自由の大地』の翻訳上下二冊が、岡田真吉との共訳で人文書院から三月に出た。

四月には、季刊「聲」の第三号に、「暴力と表現」を発表している。

「聲」は、もともと中村光夫、福田恆存、吉田健一の三人がはじめた鉢ノ木会を母体とした同人雑誌で、編集同人にはこの三人のほかに、大岡昇平、吉川逸治、三島由紀夫がいた。創刊の言葉によるならば、「書きたいものを、書きたいときに、書きたいだけ書く」という理想のために誕生した雑誌だった。同人誌とはいえ、発売を丸善が引き受け、大判の、当時まれに見る贅沢で高踏的な雑誌である。創刊号の執筆者をみると、同人六人のほかに、石川淳、中村真一郎、田中美知太郎、井伏鱒二等々と、一流の面々が顔を揃えている。

澁澤への原稿依頼が三島の意向だったことはいうまでもないが、当時はまだ無名の書き手に近かった澁澤にとっては、初めての檜舞台に立つ気持だったろうことは想像にかたくない。

前に見た、一九五八年（昭和三十三）九月十日付けの三島由紀夫の手紙には、大江論のボツ通知につづけて次のような一節がある。

さてそれからがお願ひですが、貴兄は思ふ存分「サド論」を書いてごらんになるお気持はありませんか？　もしそれが出来たらぜひ小生に、一番先に読ませていただけませんか？　いただくことになれば、「聲」にいただくのですから、枚数は、一切キュークツな制約はありません。もちろん百枚、二百枚となると、一寸収録に困りますが。ぜひ貴兄の重厚な本格論な「サド侯爵論」を拝読したいのです。右甚だ勝手なお願ひながら、何卒不悪《あしからず》。

「もしそれが出来たらぜひ小生に、一番先に読ませていただけませんか？」などというのは、まさに三島の殺し文句だろう。

「聲」の第三号に載せた六十枚ほどのサド論「暴力と表現」の原稿料が書留で届くと、それが一枚あたり千円という当時として破格な金額で（先に記したように当時の大卒初任給が一万円くらいだ）、澁澤と二人で大喜びしたことを矢川は記憶している。ただし、数か月あとの三島の手紙（六月五日付け）を見ると、これは編集事務員のミスによる過払いだったことが分かる。

「聲」は一九六一年（昭和三十六）に十号をもって終刊するが、初期の澁澤にとっては得がたい活躍場所となった。三島の強い後ろ盾を得た澁澤は、「暴力と表現」をはじめ、五号に「狂帝ヘリオガバルス――あるいは神々の頽廃」、七号に「キュノポリス（犬狼都市）」、十号に「ユートピアの恐怖と魅惑」

と、つごう四編をこの高級雑誌に寄稿している。とりわけ、「狂帝ヘリオガバルス」と「ユートピアの恐怖と魅惑」の二編は、この時期の澁澤を代表する力作で、のちに『神聖受胎』(一九六二年)の巻頭を飾ることともなる。

六月、サド『悪徳の栄え』正篇が現代思潮社から出版される。

同月、『列車〇八一』が刊行される。〈世界恐怖小説全集〉の第九巻にあたるフランス幻想短篇小説集で、著名な仏文学者青柳瑞穂《あおやぎみずほ》との共訳(分担訳)である。

世界恐怖小説全集は東京創元社が一九五八年(昭和三十三)から翌年にかけて刊行した十二巻のシリーズで、第一巻から第八巻まではJ・S・レファニュ『吸血鬼カミーラ』、デニス・ホイートリ『黒魔団』など英米の怪奇小説の有名作品が占めるが、第九巻以降の三冊は、それぞれ仏・露・独の短篇集という内容だった。

『列車〇八一』は十年後の一九六九年(昭和四十四)に、同じ版元の文庫版『怪奇小説傑作集4』に発展する。本書の内容と意義はその時に説くこととして、ここでは、澁澤の全仕事のなかにあって質量ともに多大なウエートを占める〈アンソロジー〉の出発点となった書物として大事な意義を持つ小著とだけ言っておこう。

七月、短篇小説「マドンナの真珠」を「三田文学」に寄せる。

この月の二十九日には、新築なった馬込の三島邸に澁澤と矢川は招待を受けている。文芸評論家の奥野健男《たけお》夫妻、画家の藤野一友《かずとも》夫妻が同席していたが、三島の主導で、三島夫人の瑤子を含めた八人はコックリさんの実験をやった。藤野が何度も呪文を唱えてもお稲荷さんの霊はとんと現れず、奥野夫人が思わず吹き出すと、「奥野夫人、不謹慎ですぞ!」と、三島由紀夫がぎょろりと目をむいた。この席にいた藤野の妻は、コラージュ画家として知られる岡上淑子《おかのうえとしこ》である。

九月、『サド復活――自由と反抗思想の先駆者』が刊行される。

弘文堂の編集者小野二郎が、この年の二月に来宅し、同社の〈現代芸術論叢書〉の一冊として、評論集の刊行を澁澤にもとめた。そのわずか半年後に出版のはこびとなったのが、澁澤のこの処女評論集である。澁澤は出口に宛てた五月二十九日付けの手紙で、「サドの伝記を書いている」と記していて、これが本書の第二部冒頭に収められた長いサド伝のことだろう。

『サド復活』は、最初期の近刊予告によると、「文学的テロリズム」というタイトルが予定されていた。「出版ニュース」の「わが著書を語る」というコーナーで澁澤は、「一冊にまとめるつもりはなく、ばらばらに書いたものを集め、それに書きおろし二百枚ばかりを付け加えました」と語っている。

小野二郎は一九二九年（昭和四）生まれだから、年齢は澁澤とは一つしか違わない。東大で英文学と比較文学を学び、のちに弘文堂の編集者となっていた。小野は後年、「新日本文学」の編集長や明治大学の教授をつとめ、『ユートピアの論理』『ウィリアム・モリス』などの本を多数著し、また、晶文社の設立者の一人として、長らく同社の出版顧問だったことでも知られる。

現代芸術論叢書は、「文学、美術、音楽等ジャンルの別なく、現代芸術の最前線の問題をとり上げ、清新な感覚で鋭い解析を加えた評論群」と広告に謳われている。叢書の五番目にあたる『サド復活――自由と反抗思想の先駆者』の配本時点では、次の五冊が出ていた。

1　飯島耕一『悪魔祓いの芸術論――日本の詩・フランスの詩』

2　江原順『見者の美学――アポリネール・ダダ・シュルレアリスム』

3　小川和夫『ニュー・クリティシズム――その歴史と本質』

4　篠田一士『邯鄲にて――現代ヨーロッパ文学論』

6　江原順『私のダダ――戦後芸術の座標』

ひとまわり以上年輩の小川をのぞけば、飯島、篠田、江原という澁澤と同世代の、このあとにはジャーナリズムで健筆を揮《ふる》うことになる若手文学者の顔が見事なまでにそろっている。この三人にとっても、これらが初の評論集だった。

『サド復活』については、遠藤周作の「近頃もっとも読みごたえのある本だった。［…］サドを本当に紹介し論じた本は、日本においては本書をもって初めてと言うことができる」という書評（「読書新聞」）や、中田耕治の「サド復活はおそらく澁澤龍彥をまってはじめて可能になった」（「図書新聞」）など、好意的な反応が出ているけれども、そんななか、同じ現代芸術論叢書の著者の一人でもある江原順が、次のような興味深い指摘を残している。

「けれども著者の高飛車な、ある種のスノビスム、あるいはわれわれの現実への稀薄なアプローチが少しばかり気にならないでもない。著者が真にサディストたろうとすれば、まずわれわれの混乱に果敢に身を投ずることからではあるまいか」（「読書人」）。

ここには、死ぬまで、そして死後も澁澤に対してつきまとうことになるある種の批判が、早くも顔を覗かせている。

『サド復活』は一九七〇年（昭和四十五）になって、現代芸術論叢書のほかの何冊かとともに装をあらためて再刊されることになるが、一九五九年の版だけは、半年前に知りあったばかりの加納光於の銅版画を二十点近く「飾画」として収めている。最晩年に澁澤は、四半世紀前になるこの時期の加納との交遊をふり返り、当時の加納の作品が、「私自身の芸術理念の出発点に位置する作品でもあるかのような気がしてならない」と語った（「加納光於　痙攣的な美」）。

九月十五日、その加納光於に連れられて、澁澤と矢川は瀧口修造に初めて会っている。西落合の家で、澁澤が持参した刊行直後の『サド復活』をぱらぱらめくって、二十五歳年長のシュルレアリストは、「なぜこの本に、こんなにたくさん絵がはいっているのか、さっぱり分らないひとがいるかもしれませんね」と言って、おかしそうに笑った。

澁澤の処女評論集を含んだこの斬新な叢書は、以後も大岡信、谷川俊太郎、針生《はにゅう》一郎など、当時の俊英な若手たちの本を出している。だが、数年後には、彰考書院版サド選集と同様に、ゾッキ本屋の店頭にうずたかく積み上がっていた。

一九五九年（昭和三十四）も師走を迎え、出口裕弘宛の手紙に、澁澤は次のような近況をしたためている（十二月二十六日付け）。「デクラマトゥール」というのは、出口によれば「美辞麗句屋」「内容空疎なホラ吹き言論人」の意らしい。


　僕の方は、ようやくサドの大作を（「ジュリエット」下巻）訳了して、今度は少しゼイタクな仕事をやろうと考えています。もちろん精神的なゼイタクですがね。小説を一つか二つ（短篇）書いたら、その次は、〝西欧思想史における黒い部分〟とか何とかいう、例によって例のごとき、デクラマトゥールの知的講談を書きおろす予定。「ヘリオガバルス」は、その手始めというわけです。出版のアテは、まだないのだが……

この手紙にあるように、六月の正篇につづき、サド『悪徳の栄え』の続篇が現代思潮社から十二月に刊行された。
訳者の澁澤龍彦は、思わぬ大事件の渦中の人物となった。

第Ⅳ章　サド復活（一九六〇―一九六二）

1961年、鎌倉小町通りの喫茶店「イワタ」にて（33歳）。

1 サド裁判

ある日の午後、目をさますと、枕もとに一通の電報が舞い落ちた。私の訳したサド『悪徳の栄え』を出版した本屋さん、石井さんからの電報である。さっそく電話をして、その朝、『悪徳の栄え』が警視庁保安課に押収されたことを知った。カフカの小説の主人公は目をさますと一匹のカブト虫になっているのであるが、私はこうして目をさますと、ワイセツ文書頒布罪の「被疑者」というものになっていた。何と夢魔的かつ神話的な社会にわれわれは生きているものであろう。(「発禁よ、こんにちは――サドと私」)

一九六〇年(昭和三十五)、澁澤の身に青天の霹靂のごとくにふり掛かった、いわゆる〈サド裁判〉の事件は、たんに澁澤龍彥一個人にとっての大事件であっただけでなく、戦後日本の社会史や思想史、あるいは裁判史のうえでもじつに重要な出来事だったといえるだろう。だが、そうした事柄にはここではふれない。最高裁判決まで九年の歳月にわたったこの事件の経緯を時系列にたどり、澁澤が事件にどう身を処したかという一点に焦点を絞って見ていくことにしたい。

一九六〇年四月七日、警視庁保安課は、この日の朝に、西神田にあった現代思潮社の家宅捜査をおこない、澁澤が翻訳したマルキ・ド・サド作の小説『悪徳の栄え（続）』を〈猥褻文書販売同目的所持〉の容疑で押収し、発禁処分とした。

先に引いたサガンの小説タイトルをもじった澁澤のエッセーにみられるように、当時電話がまだひかれていなかった澁澤の家に、現代思潮社社長の石井恭二が電報で発禁の事態を知らせたのである。

まずは、この石井恭二と現代思潮社について、ざっと説明しておかなければならない。

石井恭二は東京の日本橋の米屋、石彦の家に一九二八年（昭和三）に生まれた。澁澤とは同年である。旧制府立第十一中学校を卒業し、一九五〇年（昭和二十五）頃に共産党に入るが、二、三年で離党。一九五五年（昭和三十）頃、左翼系出版社の理論社に一年ばかり勤め、その後一九五七年（昭和三十二）に現代思潮社を創業した。この間、石井は板前の修業をしていたこともあるようで、澁澤と矢川のあいだでは、出会った初めの頃の石井恭二は、「出版を始める天ぷら屋さん」という認識だったらしい。

すでに記したように、石井の府立十一中時代の友人にのちに仏文学者となる森本和夫がいて、森本に相談のうえでサドの『悲惨物語』を同社の最初の刊行物のなかの一冊に選ぶ。森本は、石井から出版社創業にあたってどういう本を出そうかを相談されたときに、「どうせ出すのだから、悪い本を出せ」と答えたという。

現代思潮社は一九六〇年代には、ブランショ、バタイユ、バルト、バシュラール、アルトー、クロソウスキー、レリス、メルロ・ポンティ、ブルトン、ロートレアモン、ハンス・ヘニー・ヤーン、吉本隆明、埴谷雄高、谷川雁《がん》、大杉栄、稲垣足穂、それにトロツキーやローザ・ルクセンブルクなどの本を刊行し、前衛的な文学書や思想書を愛読する当時の若者たち、また新左翼やアングラの関係者から熱い支持を得た。一九六〇年代から七〇年代にかけて数多く存在したラディカルな小出版社のなかにあっても、最右翼の会社の一つだといえるだろう。石井は現代思潮社の出版活動を、「反・岩波的インテリ」とみずから位置づけている。

澁澤は、自分と石井との関係について、「現実認識の方法論が一八〇度くらい違っていながら、結論的な歴史のパースペクティヴがいつも一致する奇妙な関係」としている。

政治主義を否定するために政治にふかく没入し、形式的な進歩思想や文化主義を排棄するために、一種の破壊的思想運動を進めている石井氏の、出版人として異例に属するやり方は、もともと政治ぎらいなわたしにも、爽快なオン・ザ・ロックのごとき刺戟を与えてくれるものだ。なぜなら、進歩的文化人と呼ばれる（御丁寧にも二重の俗物的属性をそなえた）連中に対する、「良識破壊」の運動は、何よりもサド裁判の本質と密接にかかわるべきはずのものであることを、わたしもまた痛感せざるを得ないからだ。（「裁判を前にして」）

澁澤をはじめとして、森本和夫、粟津《あわづ》則雄《のりお》、栗田勇、白井健三郎らをブレーンとした現代思潮社の編集部には、そのほかにも、赤瀬川原平、種村季弘、中村宏、谷川健一、吉本隆明、秋山清、松山俊太郎、平岡正明、中西夏之、久保覚《さとる》……などなど一癖も二癖もある文学者、芸術家、思想家、編集者が頻繁に出没し、当時同社の編集部にいた陶山幾朗《すやまいくろう》の言葉を借りれば、「まるで梁山泊《りょうざんぱく》」みたいな様相を呈していたという。陶山は書いている。

「こうした人びとのほかにひっきりなしに訪れてくる自称革命家、左翼学生、演劇乞食や無名のフーテンなどが現われては消え、消えては現われた。朝、出社すると、得体の知れない人物が別室で寝ていたりすることもよくあった」（『「現代思潮社」という閃光』）。

この年の七月、雑誌「新潮」の同月号に、澁澤は冒頭に引いた「発禁よ、こんにちは」を発表している。

発禁以来、多くのマスコミにインタビュー記事が出て、澁澤は「断乎闘う」という姿勢を明らかにしている。十二月十四日の「北海道新聞」には、澁澤のこんな発言が載っている。「ボクが長いあいだ強調してきたサドの危険性が、文学者にではなく、地検のエライ人によってはじめて認められた。まったく法律の番人こそは最高の批評家！　でも、起訴されたら弁護はしにくいですネ。まあ有罪になるでしょう。検事のいうことも正しいといえば正しいんだから」。

十一月の「図書新聞」に、澁澤は評論「反社会性について」を発表するが、編集部がつけたリードには次のようにあった。「いま東京では、全学連が裁かれつつあり、またマルキ・ド・サドが裁かれようとしている。全学連の行動は、体制的秩序に大きな衝撃を与えたが、サドの思想はさらに進んで、あらゆる体制的なもの、あらゆる政治的形態を限りなく否定する」。

翌一九六一年（昭和三十六）一月二十日、摘発から九か月あまりたって、東京地検は、石井恭二とともに澁澤龍雄を刑法一七五条〈猥褻文書販売同目的所持〉の容疑で、正式に起訴した。新聞や雑誌に関連記事や論評が出はじめ、澁澤のまわりはいっそう騒々しくなる。

同月二十八日、日本文芸家協会で言論表現委員会が開かれ、文芸家協会がとるべき態度について話し合われた。訳者の澁澤側と検察側でもういちど穏やかに話し合いができないものか、などと協議されたという。

そもそも、一市民の投書から始まったともいわれるこの事件は、「どうも済みません。これから気をつけます。よろしく穏便にお取り計らいを願います……」と被告側が頭を下げて、紙型と書籍に関する所有権を放棄すれば、起訴猶予のなあなあで済むような事件であったようだ。それが、もともとツッパリ屋の面がある澁澤と、その澁澤の倍もコワモテで、向う気の強いことは無類である石井の二人が、頑強に警視庁のいいなりにならなかったために、一件は検察庁の方へ移されて想定外に大きくなったような側面がたぶんにあったようだ。

この月の三十日に、澁澤は三島由紀夫に宛てた手紙で、裁判の方針をこう書いている。

「わたくしの方としては、勝敗は問題にせず、一つのお祭騒ぎとして、なるべくおもしろくやろうと考えています。こんな俗事に、あんまりエネルギーを注ぎこむのも損ですから、ほどほどにやって、あっさり有罪宣告を受けるつもりでおります」。

公判に先立ち、四月頃、弁護団をふくめた被告側の第一回の打ち合わせがもたれた。場所は、特別弁護人である仏文学者の白井健三郎が教授をつとめる学習院大学の研究室だった。著名な詩人でもあり、この裁判を担当した四人の弁護士のうちの一人の中村稔が、回想録『私の昭和史・完結篇』(二〇一二年)で、この時のようすを書いている。「白井さんの研究室には関係者全員が集まっていた。ただ一人場違いにみえる、かぼそい感じの若い女性がいた。澁澤龍彦夫人ということであった」。

この裁判では勝敗は問題にせずお祭騒ぎをやる、というのは澁澤と石井の共通した大前提だった。裁判そのものがナンセンスだといわんばかりの二人の姿勢は、裁判機構のなかで現実的に闘争しようとする良識派の弁護団側とは大きな食い違いが生じた。その晩年には最高裁判事をつとめた主任弁護士の大野正男が、「それじゃあ、いったい、あなた方は、何のために裁判をやるんですか」と、澁澤の前で憤懣やるかたない面持ちで長嘆息したというエピソードものこっている。また、中村稔も、澁澤の没後に当時をふり返って、次のごとく慨嘆している。「本来なら文学者と法律家との間の通訳のような役割が期待されていたわけだが、澁澤氏の「抽象的・形而上学的ラディカリズム」のため、澁澤氏の発言にはいつもまるで宇宙人と会話しているような感を覚えたのであった」(「澁澤龍彥氏とサド裁判」)。

最初の打ち合わせの際、理論闘争にくたびれはてた弁護団と澁澤・石井を遠目に見ていた、もう一人の特別弁護人の遠藤周作が、「澁澤さん、いっそ刑務所に行ってしまった方があなたの立場は首尾一貫するんじゃないの」と、なかば冗談めかして、しかし真剣に、澁澤に忠告した。

澁澤は憮然としていた。

七月十七日、「日本読書新聞」に澁澤は「裁判を前にして」を発表している。

いったい、敗訴といい、勝訴といい、それが何だというのか。このような本質的な思想上のアンタゴニズムに、性急に黒白をつけたがる傾向は、最も卑俗な政治主義ではないか。[…]

わたしには、抽象的思考にのめりこんで行く度しがたい性癖があって、問題が「反社会性」とか「権力」とか「エロティシズム」とか「ワイセツ性の本質」とかになると、にわかに脳髄の白熱的な燃焼をきたすものの、ひとたび、裁判の闘争方針とか、情勢分析とか、意義とか、見通しとか、戦術とかに関して意見を求められると、とたんに世の中が言おうようなく腹立たしくなって、思考過程があたかも磁気嵐のごとくに変調をきたし、あまつさえ、晩年のボオドレエルもかくやとばかり、急性失語症におちいる顕著な傾向がある。

八月十日、第一回公判が開かれる。東京地方裁判所刑事十八部で、午前十時すぎから（以下同様）。裁判長は鈴木重光、裁判官は内田武文、橋本享典。立合検事は水野昇。出頭弁護人は大野正男、中村稔、柳沼八郎、新井章。特別弁護人は白井健三郎、遠藤周作。傍聴席には、埴谷雄高ほか三十人近い文学関係者の顔があった。起訴状の朗読等につづいて、被告人と特別弁護人の意見陳述がおこなわれた。

「八月十日は晴れた、暑い日だった。東京築地の地方裁判所の法廷では、朝九時から新聞記者やカメラマンが、背の低い瘦せた男（澁澤）と精悍な顔立ちの男（石井）とをとりかこんで何かを訊ねていた」（遠藤周作）。

被告二人の意見陳述から一部を引く。

「サドの思想が今日なぜ世界中の多くの読者をひきつけ、世界中の多くの批評家から高い地位を与えられているのか、というと、それは、サドの思想そのものが権力の名によってやたらに自由な出版物に「猥褻」のレッテルを貼りつけたり、自由な思想の運動を「道徳」の名によって弾圧したりしようとする、今日露骨にあらわれてきた官僚主義的国家の傾向に、徹底的に抗議しているからであります。そういう意味で、この裁判は、あえて言えば、日本の裁判史上に類例をみない、きわめて象徴的な裁判ではないかと思います。裁かれるサド自身が、生涯にわたって、検察官の独善と権力主義的な考え方に反対しつづけたからです」（澁澤龍彥）。

「事柄は明瞭であります。われわれ二人が、警視庁において、本書が猥褻文書ではない、本書に猥褻性はないと断言し、本書の猥褻性を否定したために、われわれは、猥褻罪を以て起訴され、当公判廷に、ひきずり出されているということになりました。猥褻の否認者は、猥褻罪を以て起訴せねばなりません。まこと権力こそ猥褻であるという所以であります」（石井恭二）。

被告の二人は、もともとは、どうせ金もないのだから国選弁護人でおもしろくやればいいやと考えていたという。ところが、「それじゃやっぱりかっこうがつかん」ということで、石井の友人で当時NHKにいた浜田泰三と朝日新聞の外信に勤めていた佐久間穆《ぼく》に、大野正男と中村稔を紹介され、石井と澁澤は渋々と二人の弁護士に会いに行った。石井によれば、特別弁護人はもとより、弁護人四人も無償のかたちでこの裁判はおこなわれたという（「〈サド裁判〉前後」）。しかし中村は、記憶がはっきりしないものの、自分たちが「手弁当で働くほど奇特だったとは思われない」と回想している（『私の昭和史・完結篇』）。

八月十九日、澁澤は「図書新聞」に、第一回公判の感想を綴った「不快指数八〇」を発表。

文中、澁澤は、盛夏の暑い法廷の、不快を誘うオブジェを三つ挙げている。第一は判事のグロテスクな黒い法服。第二には「キリツ！」というアナクロニックな軍隊調号令をかける号令係の小柄な老人。第三は被告の澁澤が座らせられているお尻の痛くなるような固い木の椅子。この椅子を休憩時間にほかの上等な布張りの椅子に換えておいたところ、「たちまち風のごとく、例の号令係のジイさんがあらわれて、「こんなことされちゃ困りますな」とばかり、さっさとその椅子をもって行って、元の位置にもどしてしまった」と、澁澤は立腹している。

十月二十五日、第二回公判。証拠品提出。

十一月二日、第三回公判。検察側証人尋問。特別弁護人は、遠藤周作が病いのため、この回から埴谷雄高に代わった。

十一月十三日、第四回公判。検察側証人尋問。

十二月十五日、第五回公判。弁護側の専門証人尋問がはじまる。証人は小説家の大岡昇平と文芸評論

1969年10月15日、サド裁判最高裁判決後の記者会見にて。前列左から石井恭二、澁澤。後列左から弁護士の中村稔、新井章。

家の奥野健男。

明けて一九六二年（昭和三十七）の一月二十四日、第六回公判。証人は、文芸評論家の吉本隆明と大井廣介《ひろすけ》、仏文学者の森本和夫。この日は傍聴席が押すな押すなの満員となった。

一月三十一日、第七回公判。証人は、美術評論家の針生一郎、小説家の大江健三郎。

二月十四日、第八回公判。証人は、文芸評論家の中村光夫、仏文学者の栗田勇と中島健蔵。

二月二十八日、第九回公判。特別弁護人の埴谷雄高、白井健三郎が尋問を受ける。以上で専門証人尋問は終る。

三月十日、第十回公判。弁護側一般証人尋問。

この三月頃、澁澤は関根弘と対談し、公判の模様に加えて、文芸家協会やアカデミズムに対する歯に衣着せぬ批判を語っている。

「あの人［福田恆存］、わりにおもしろいね。いつも、本質論へ迫ってかなきゃこの裁判意味ないということ、いってますからね。文芸家協会の

「進歩的文化人」よりも、きわめつけの「反動」の方が、ぼくらの意見に近いわけだ」。「これも一人一人名前いうのはさし控えるけど、アカデミズムの人たちに、ある程度ぼくなんか働きかけたわけですよ。いやなのを我慢してね。ところが、そういう人たちの弱腰といったら大したもんですね。[…]」アカデミズムのなかで生きて行くには、これだけ保身の術に汲々として、事なかれ主義に徹しなければならないのかと思うと、気の毒みたいになっちゃうね」。

この対談は「毒薬と裁判」と題されて「現代詩」五月号に掲載された。

三月三十一日、第十一回公判。弁護側一般証人尋問。

「文藝」四月号に「性は有罪か——チャタレイ裁判とサド裁判の意味」が掲載された。伊藤整、大岡昇平、奥野健男、澁澤龍彥、白井健三郎、中島健蔵、埴谷雄高、福田恆存、計八人による座談会をおこしたものだが、澁澤と文芸家協会側の意見の相違があらわになっている。

四月十日、第十二回公判。弁護側一般証人尋問。

四月十七日、第十三回公判。弁護側証人尋問。法学者の伊藤正己。

五月二十五日、第十四回公判。被告人特別尋問。澁澤龍彥、石井恭二。

六月二日、この日は検事論告に予定されていたが、被告の澁澤が正午すぎまで姿を現さず、公判はお流れになってしまう。

実際、わたしはよく遅刻したものである。法廷は午前十時から開かれるが、午前中に絶対に眼をさましたことのないわたしには、朝早く起きるのが死ぬほどの苦しみであった。しかし、被告の特権というか、強味というものがあって、被告が被告席に坐っていなければ、法廷を開くことはできないのだ。遅れて法廷に入って行くたびに、わたしはいつも心中で「ざまあみろ！」と思ったものである。

つづけて、澁澤は無断欠席の事情を次のように書いている。

一度なんぞは、完全に法廷をすっぽかして、その日の裁判を流してしまったことがあった。（大きな声では言えないが、あれは実に気分がよかった。今考えても胸がすっとする！）その日は論告求刑の日であった。さすがのわたしも、証人が出廷する日には、せっかく好意をもって証言台の前に立って下さる人たちに迷惑をかけるのは気がひけたから、一生懸命早起きして、鎌倉から横須賀線に一時間揺られて、新橋からタクシーを拾って、あたふたと霞関の裁判所に駆けつけるのを常とした。それでも定刻に間に合ったことは一度もない。が、去年の秋から蜿蜒と続けられた証拠調べの段階がすっかり終ってみると、もう面倒くさくて、莫迦莫迦しくて、どうにもやり切れなくなった。

「ええい、好きでやってる商売じゃねえや。一度くらい法廷を侮辱してやらなきゃ、腹の虫がおさまらねえぞ！」と、わたしは、前夜に飲み過ぎて重苦しい胃の腑のあたりをさすりながら、蒲団のなかで薄目をあけて、ぶつぶつ言っていた。

ちょうどその頃、霞関の裁判所では、温厚な裁判長が時計の針を見つめながら、沈痛な面持をしていたそうである。弁護士と検事は、真赤になって怒っていたそうである。

しかし、サドは欠席裁判で斬首の刑を宣告されたが、わたしは無届けで欠席しても、叱責ひとつ食わずに済んだ。二十世紀の民主主義社会に生きる身の有難さであろう。(「サドは無罪か――裁判を終えて」)

この澁澤のすっぽかしには、弁護側の中村稔も激怒した。特別弁護人の埴谷雄高が中村の事務所に、署名した自著をたずさえてじきじきに謝りに行った。「澁澤氏は埴谷さんのそんな心遣いもご存知なかったろう」と、中村は後年、皮肉を言っている(『私の昭和史・完結篇』)。

七月十六日、第十五回公判。検事論告・求刑。「被告人・石井恭二を罰金十万円に、被告人・澁澤龍雄を罰金七万円に各処するを相当と思料する」。

「週刊実話特報」八月九日号に澁澤の談話が載っている。「たった七万円、人をバカにしていますよ。三年ぐらいは食うと思っていたんだ。その方がすっきりしてますよ。[…]七万円くらいだったら、何回だってまた出しますよ」。

八月一日、第十六回公判。弁護人・特別弁護人最終意見弁論。大野正男、中村稔、埴谷雄高。

八月二日、第十七回公判。弁護人・特別弁護人最終意見弁論。白井健三郎、新井章、柳沼八郎。ついで被告人最終意見陳述。澁澤龍彥、石井恭二。例によって、この日も四十分遅刻して現れた澁澤の、最終意見陳述は以下のような言葉で始められている。「一言で申しますと、本裁判は、税金の無駄づかい以外の何ものでもないのではないかという、大へん空しい感じを受けるわけです」。澁澤の原稿朗読中には、傍聴席からはくすくす笑う声が聞こえた。

栗田勇のエッセーには、この最終意見弁論の終りに「被告」が、「エー、私、二日酔で自分で何をいっているのか分からなくなったから止めますー」と発言し、あとで裁判長が「馬鹿馬鹿しくなるのはこっちですよ」と言ったとか言わぬとかいう話が出てくる（「一体なにが起ったのか」）。この発言を、澁澤と石井のどっちがしたかは分明ではない。

十月十六日、第十八回公判。一審判決が出る。無罪。

十月二十七日、東京地検は判決を不服として、東京高裁に控訴の手続きをとる。

「文藝」の十二月号に、澁澤は「サドは無罪か」を発表。そこに被告人最終意見陳述を全文引用して、最後にこう書いている。


最後に、もう一度言いたいことを言わせてもらいたい。新聞記者はわたしたち被告に向って、「この判決に満足ですか？」などと訊く。冗談じゃない。満足も不満足もあるものか。だいたい、お縄こそ頂戴しなかったが、有無を言わせず裁判所（昔のお白州！）に引っぱり出された人間が、さんざん莫迦莫迦しい思いをさせられた挙句の果てに、無罪を言い渡されたからといって、どうしてのほほんと満足なんぞしていられるものか。本を出版して起訴されたこと自体が、すでに一大不満である。何がこの不満を埋め合わせ得るか。検察庁と裁判所がこの地上から抹殺でもされない限り、わたしの不満は絶対に解消されないだろう。……


一九六三年（昭和三十八）七月二日、控訴審が始まる。これは書類の審査のみでおこなわれた。

八月、現代思潮社から『サド裁判』上巻が出版された。この本は、一審の全記録と関係者による論評多数を収録している。下巻は翌九月に出版。

十一月二十一日、東京高裁が判決を出す。有罪。一審判決を破棄して、猥褻文書だとする判決が下された。裁判長は加納駿平。

この判決には罰金刑の通例どおり、罰金を完納できない時は労役場に留置するという付記があり、金千円を一日に換算した期間と定めていた。となると、罰金七万円の澁澤は、完納できなかったら、七十日の労役場留置になっていたわけである。

翌日二十二日、被告側はただちに上告の手続きをとる。

六年がたった一九六九年（昭和四十四）十月十五日、上告審判決公判。最高裁大法廷石田和外裁判長係りでおこなわれ、八対五で有罪の判決が決定した。一審の求刑どおりに、澁澤被告に七万円、石井被告に十万円の罰金が科せられた。

発禁から最終判決まで、じつに九年以上の歳月が流れている。


さて、半世紀近く前の大事件の表面をこうしてふり返ってみると、澁澤と石井の気骨と反骨の精神みたいなものばかりがやたらに目立ってみえる。二人の「やんちゃぶりとツッパリ」と言いかえた方が、より事実に近く、正確な表現かもしれない。

当時のことを記した資料にいろいろ目を通すと、被告二人とその周囲にいた人間との間の目指すところや心情の食いちがいがあからさまに目につく。

中村稔は、「現存する法秩序の中で、言論表現の自由のために、無罪判決をかちとりたい」というのが弁護団の一貫した方針であったのに対して、かたや澁澤は、「現存の法秩序そのものを否定することに、サドの著作を翻訳出版する意味」を見いだしていたことを指摘して、さらに「被告人である澁澤氏と私たち弁護士のこうした関係はまことに不幸であった」とまで述べている。そしてまた、澁澤と石井のようにサド裁判を思想弾圧の裁判とみるのは、「ほとんど妄想に近い」とも書いている(『私の昭和史・完結篇』)。

この詩人弁護士が澁澤を「宇宙人」とみていたことは先に紹介したが、中村は澁澤の公判無断欠席については、「どうして、電話一本かけて欠席するという連絡をしてくれなかったのだろう、とふしぎに思われる。それよりも、「弁護士と検事は真赤になって怒っていたそう」だ、とじつに愉しそうに書いているのを読むと、私の方もまた莫迦莫迦しさをこらえきれない」と、記している(「澁澤龍彦氏とサド裁判」)。

特別弁護人をつとめた白井健三郎などは、こうした険悪な雰囲気のなかで、彼ら弁護団側が引き上げてしまわないように、かげであいだに入ってそうとう苦労していたようだ。

石井は松山俊太郎との対談(一九九〇年)で、白井は自分から弁護を申し出たのかという質問に対して、「ええ、[白井さんは]聞きつけて、やろうやろう、というので。白井さんは、いまは知らないけれども、当時元気がよかったからね。「おもしろい、おもしろい」と言って」と発言をしている。

だが、当の白井の方はどうか。白井は一九八八年(昭和六十三)に当時を回想して、澁澤たちが自分らの苦労に理解がなかったことにふれて、「わがままでやんちゃで、まあ、或る意味でそのやんちゃさは面白いし、愛すべき点もあるけれど、小児的な点もあるんじゃないかという印象に通ずると思うんですが……。それなら何故ぼくら特別弁護人とか証人、弁護団を頼んだのかということになる。はじめっからナンセンスというのならば、法廷闘争なんてやらなければいい。[…] そういう少し自分勝手なところが、石井くんにも澁澤くんにもありましたね。それならいっそ自分たちだけで闘ったら、僕はいさ

サド裁判の頃、特別弁護人の埴谷雄高と。

ぎよかったと思います」と、率直な心情を吐露している（「やんちゃな被告たち――「サド裁判」をふりかえって」）。

また澁澤の方にしても、「今度の裁判の途中では、なにしろ特別弁護人が埴谷雄高氏、白井健三郎氏という名うての遊び人だったから、その日の審理が終ると、よく飲みに行ったものだ。［…］裁判のおかげで、わたしも女房も、ツイストを踊れるようになった」（「サドは無罪か」）と、澁澤らしくノンシャランに明るく書いているが、白井の言い分にはそうとう異なったニュアンスが読みとれる。

白井は、公判の日は埴谷たちと一緒に新宿界隈にくり出して飲み歩いたものの、「澁澤くんとはあまり一緒に飲まなかったような気がします。彼は家も鎌倉で遠かったですから」と述べて、こうつづけている。「やっぱりやり切れなくてね。つまり彼［澁澤］のほうは言いたいだけのことを言ってしまえば、それですむわけですが、こっちはさっき言ったような意味で疲れちゃって、うんざりしちゃいますから。それでまあ、精進落としみたいな気分で、そのたびに飲んで騒いでいたわけです（笑）」（同前）。

もう一人、裁判に関係した人物からの感想を聞こう。証人の一人で、澁澤とは東大仏文の同期でもあった栗田勇である。サドのような破滅型の文学者とは異なり、社会と正面から対決するようなつもりは持ちあわせなかった澁澤だが、裁判を通じての対応ぶりは意外に思えるほど激しいものだった、と栗田は言う。そして、当時の思い出をこう語る。

彼が真っ向からあのように激高するのを目にしたのは、あのときが最初で最後である。たいていの場合、われわれのように訓練を受けた知識人というのは、危機に立てば立つほど冷静になり、論理で闘おうとするものだ。それを、たとえば開廷時間に大幅に遅れて現れるなどというのは、われわれにはくだらない行為としか思えなかった。正直いって東大仏文の人間の、ふつうすることではない。しかし、やはりそこにこそ彼の本音が、サドに象徴される全否定的な反逆の情熱、異端の情熱があったのだろう。（「反逆の情念」）

表現の自由という観念はもともと相対的なもので、絶対主義者としてのサドの思想とは縁もゆかりもない、だから裁判所の構造そのものを自分はいつも天空の高みから鳥瞰していたのだ、と澁澤は言う。澁澤のとったこうした姿勢について、中村稔は、裁判を冷静な人間観察の場としてとらえて表現の自由を訴えたチャタレー裁判での伊藤整の姿勢や、裁判をポレミックな反権力闘争の場と見ていたかにみえる〈四畳半襖の下張〉事件での野坂昭如のそれとくらべても、「きわだって独自」なものであった、と記している。……

さて、〈サド裁判〉という事件が、澁澤にさまざまな影響を与えた大きな出来事であったことは言うまでもないだろう。最高裁判決直後（一九六九年）におこなわれたインタビューで、サド裁判は六〇年代という時代の非常に象徴的な事件であったとして、澁澤自身は次のように語っている。

僕自身も、これは無意識のうちにですけれども、サド裁判の初期には、まあ一種のアジテーターのような役割を果してしまったような気がしている。今でも僕をそういう人間だと思って、近頃あんまり威勢のいいことを言わないので、歯がゆがっている読者もいるようだけども、サド裁判も終ったのだし、もう僕は今さらアジテーターの役目をしようとは思いませんね。世の中の方が、ぼくよりよっぽどタイハイしてますからね。

「エロス・象徴・反政治」とタイトルがついたこのインタビューの最後では、裁判をふり返っての感想をもとめられて、澁澤はいつものごとくこう述べる。

ぼくには、挫折の体験とか、なにかそれに近いような経験は、全くないですね。サド裁判でも、まあいくらか浮世の事情に通じたとか、少しは土性骨がついたとかいうことはあるでしょうけれども。

なにはともあれ、ひとつだけ確かなことがある。この裁判を通じて、澁澤龍彥という名前が、日本の津々浦々までに大きく知れ渡ったという事実だ。

2　昭和三十五年／『黒魔術の手帖』／矢貴昇司／日夏耿之介／土方巽／稲垣足穂／推理小説月旦

一九六〇年（昭和三十五）は、『悪徳の栄え』発禁事件以外にも、澁澤にとって忘れがたい重要な出来事がいろいろとおこった年だった。

この年は、いわゆる〈安保闘争〉に日本中が大きく揺れた年として記憶されている。だが、安保闘争の抗議デモには澁澤はまったく参加していない。三十五万人のデモ隊が国会をとりかこんでいた六月の下旬に、石井恭二に誘われて、それを一度野次馬として見物しただけである。

「思えば世間が安保安保とさわいでいたころ、私は『黒魔術の手帖』を書き出したのだった」。一九八三年（昭和五十八）に、同書の文庫版のあとがきで澁澤はこう記すことになるが、この八月から『黒魔術の手帖』の連載が始まった。総計十五回で、翌年の十月までつづく。連載の舞台となった「宝石」誌は、戦前の「新青年」の流れを目指して創刊された推理小説雑誌で、その経営と編集には江戸川乱歩が大きくあずかっていた。

この連載に注目して澁澤に会いに来たのが矢貴《やき》昇司《しょうじ》である。桃源社の編集者で、のちに父親を継いで同社の二代目の社長となる矢貴は、当時を回想して、次のように述べている。ここに見えるように、当時の澁澤は、自宅にいるときは和服の着流し姿が多かったようだ。

「そうしたいきさつでお手紙をさしあげたら〝一度来てください〟という御返事で、鎌倉の小町の家の二階でお目にかかったんです。初対面も印象は、非常にさっぱりした感じを受けました。『黒魔術の手帖』なんて恐ろしげなものを書く人だから、そういう雰囲気があるかなと思ったら、むしろどちらかというと明るい、そして温かい感じの方でした。後の澁澤さんのイメージとはちょっとちがうかもしれませんが、和室の真ん中に座卓があって、そこで気楽に和服を召していらして〝やあ、いらっしゃい〟と。なげしの上に、なんだかピースの空缶みたいなものがずらりと並べてあったように思います。それで『黒魔術の手帖』を小社で単行本にしたいとお願いしたところ、とても気楽に〝けっこうです、ひとつお願いします〟と快諾してくださいました」（「六〇年代を共に歩んで」）。

矢貴昇司は「八木昇」の筆名を使って『大衆文芸図誌』『大衆文芸館』といった著作もある人物で、生まれは一九三四年（昭和九）だから、当時まだ二十代なかばの若者である。矢貴は、酒井潔《きよし》や小酒井不木《ふぼく》といった戦前のディレッタンティズムの系譜にある書き手として澁澤を捉えており、それは現代思潮社の石井恭二の見方とは対極にあるともいえる。澁澤をラディカリズムとして捉えたのが現代思潮社、アマトゥールとして捉えたのが桃源社だとしたうえで、種村季弘が面白い意見を述べている。「アマトゥールのところとラディカリズムというのは、両方とも社会的に無責任というところで、通じ合うところがあるんです」（「全集で読む作家・澁澤龍彥」）。

桃源社の単行本は、連載終了直後の一九六一年（昭和三十六）の十月に出版される。A5判、貼函入り。函も黒、表紙の布クロスも黒、天地小口三方も黒塗りという、すばらしく凝った造本で、序文だけがグリーンのインクで刷られ、巻頭には白く浮かぶ澁澤の顔と書物の上に置かれたパルミジャニーノを思わせる巨大な手を合成した、魔術的な「著者照影」が掲げられている。この印象的なコラージュは、前年に知りあった野中ユリの手になるものだ。

『黒魔術の手帖』が主題とした西欧のオカルティズムは、それが通俗化して同時に高度な専門書も限りなく出版されている現在と、一九六〇年代の初頭では、一般読者の認識度には大きな差がある。当時の日本では、オカルトはほとんど未紹介の分野で、『黒魔術の手帖』は、そうした未開拓領域に挑んだ先駆的な著書だった。

後年、〈オカルト〉はまるで澁澤の代名詞の一つになったような感さえある。はなはだしきは、澁澤自身があたかもオカルティストであるかのように誤解しているむきさえあるようだが、しかしいわゆるオカルト主義者や神秘主義者といった人たちの著作と、一九六六年（昭和四十一）の再刊の際には「神秘と怪奇の博物館」という副題を付した『黒魔術の手帖』の間には、関心の所在の根本に決定的な違いがあるだろう。

『黒魔術の手帖』の書評のなかでは、「文学としての一つの高峰をなす象徴主義文学のかぐわしさがどことなくただよっている」という指摘が、探偵小説畑の木々高太郎から出たことが注目される（「週刊朝日」）。また埴谷雄高の書評に、「澁澤龍彥は日夏耿之介《こうのすけ》につぐところのこの魔術的世界の探求家である」とあるのが目を引く（「読売新聞」）。

澁澤は日夏耿之介の全集に寄せた推薦文のなかで、「世紀末デカダン文学やデモノロギア、神秘主義思想や魔法に関する前人未踏の業績」を遺した日夏の仕事の先駆性を讃えているが、『黒魔術の手帖』の先に立つわが国の数少ない類縁として、埴谷のようにこの孤高の学匠詩人の存在を頭に浮かべるのはきわめて自然だろうし、また種村季弘のようにより具体的に日夏の『サバト恠異帖《かいいちよう》』（一九五〇年）を名指しにするのも妥当だろう（『全集２』解題）。

事実、澁澤の蔵書にある『サバト恠異帖』には、多くの書き込みが認められる。こうした澁澤の多量の書き込みは、翻訳の底本とかエッセーや小説の下敷きとした洋書類ならよくみられるものの、和書ではかなりめずらしい。『黒魔術の手帖』の連載第一回の「ヤコブスの豚」には、文体の上でも「恠異ぶくろ」あたりの日夏の語り口の影響がうっすらと見えるような気もする。

しかし、二人の繫がりは、たんなるオカルティズムへの関心といった領域にはとどまらないようだ。「奢灞都南柯叢書《さばとなんか》」という魔道幻想文学シリーズの企画者でもあった日夏耿之介と澁澤のあいだには、もっと奥行きを秘めた血縁関係が見てとれる。

一例を挙げれば、オスカー・ワイルドの『サロメ』の瑰麗《かいれい》きわまる日夏の翻訳は、三島由紀夫が演出上演の台本に使用したことで名高いが、澁澤も少年時代に『サロメ』をこの日夏訳で読んで、「日夏訳で読んだからこそあれだけの感銘を得た」と述べている（「サロメの時代」）。一九七〇年代には、澁澤自身がこの戯曲をワイルドのフランス語原典から訳出する計画さえあった。（版元の出帆《しゅっぱん》社の倒産でこの企画は頓挫している。）

また、一九七〇年以降、十七世紀英国の散文家トマス・ブラウンの著作にたいそう親しんだ澁澤は、わが国の数少ないブラウン愛読者に日夏がいたのを知り、「私はいまだに、耿之介の切り拓いた広大な魔道の世界の入口あたりで、うろうろしているということになるらしい」（「魔道の学匠」）と驚くことになる。

私は直接、石川道雄や矢野目《やのめ》源一など、黄眠門下の翻訳へのオマージュを澁澤の口から聞いた憶えもあるが、「おのれの好悪だけを判断の基準として一生を生き通した」日夏耿之介は、同じ道をこれから歩もうとする澁澤にとり、かけがえのない先達だっただろう。

稀覯本や豪華本の類いにはまったく興味をよせなかった澁澤だが、例外的に、日夏が主宰した限定雑誌「游牧記《ゆうぼくき》」の三冊が大事に袋に入って書庫にしまわれていた。澁澤は日夏に対しては「遠くから仰ぎ見る」だけで、会うのはおろか自著を贈ることもなかったけれども、この三冊は、澁澤が〈美の司祭〉

耿之介に寄せた敬意を、ひそやかに象徴する書物なのかもしれない。

＊

この年の夏、「戦後の疾風怒濤時代が生んだ一個の天才」の舞台姿を澁澤は見ることになる。

私がはじめて彼のダンスに接したのは、忘れもしない昭和三十五年、日比谷の第一生命ホールの舞台においてであった。当時、熱心なファンであった三島由紀夫氏が「東京広しといえども、こんな面白い舞台芸術はない」と言って、私を楽屋へ引っぱって行き、タイツをはいた半裸体の土方《ひじかた》巽《たつみ》に紹介してくれた。そのとき第一生命ホールの客席には、舟橋聖一氏、黛《まゆずみ》敏郎氏などの姿も見かけられた。（「肉体のなかの危機」）

暗黒舞踏派の主宰者として、一九六〇年代の前衛芸術運動を中心から揺り動かした土方巽である。土方は澁澤と同年の一九二八年（昭和三）に秋田に生まれた。澁澤と土方の二人は、ともに三島由紀夫が世に広く出した才能だとみることもあながち不可能ではないだろう。

舞台の上に、裸の男がごろりとひっくり返って、背中をまるめ、手脚をちぢめている。それは生の方向と死の方向とを同時に暗示した、未生の胎児の眠るすがたのようでもあり、またカフカの短篇のなかの甲虫のようでもある。やがて裸の男はむくむくと起きあがり、一本一本数えられそうな肋骨を浮き出させて、からだを屈伸させせはじめる。ふいごのように胸と腹が大きくはずむ。そうかと思うと、小児麻痺のように痙攣的な、衝動的な手脚の不均整な動きを示しつつ、ぎくしゃくした足どりで舞台の上を歩き出したり、脚を棒のようにして急に立ちどまったり、意味のない短い叫び声をあげたりする。

それは、私たちが親しく目にしている私たち自身の日常的な動作、あるいは私たちが知りつくしている古典バレエのリズミカルな、様式的な動作への期待を完全に裏切る、今まで私たちが一度として想像したこともないような、奇怪な肉体行使の可能性を暗示した驚くべきダンスであった。

（「土方巽について」）

ここで澁澤が書いているのは、一九六〇年（昭和三十五）の七月下旬に行われた、土方の初のリサイタル《土方巽DANCE EXPERIENCEの会》のことである。この公演には瀧口修造も来ていたが、偶然にも種村季弘が松山俊太郎を伴って見にきていた。種村はそのときのようすを、評論集『土方巽の方へ』（二〇〇一年）の巻頭に収めた文章で詳しくふり返っている。

［…］そこへ、革ジャンを着てマンボ・ズボンをはいた異様な真っ黒な人物があらわれた。それが三島由紀夫でした。澁澤龍彦は当時、サド裁判に引っかかっていたんですね。すでに三回ぐらい公判をやっていたんですが、いきなりつかつかと三島由紀夫がやって来た。あの人は法学部卒業で特に刑事訴追法という犯罪の訴訟を組み立てる法律の研究をした人で、頭はものすごくいいですからね。その三島さんが澁澤さんのところへやって来て、サド裁判がいかに刑事訴追法的に、あるい

は法律から見て矛盾していて、杜撰な訴追をしているか、いかに論理的でないかを、延々とぶちまくるわけです。こっちは何を言っているのかさっぱりわからないから、「はあ」と思って聞いているんだけども、そのうちに舞台の幕が開いて、そういうことも忘れました。

種村の方も、土方の踊りを見るのはこの時が初めてだった。公演後のエピソードを、種村はつづけて次のように記しているが、ここには先の澁澤の回想とはいくぶん食いちがった箇所も見うけられる。

その時のことでもうひとつ忘れられないのが、三島由紀夫が澁澤さんを、公演が終わったら「おもしろいやつに紹介しよう」と誘っていた。何人かがそれぞれソロを踊る会でしたから、土方さんはそのワン・オブ・ゼムのわけだから、「おもしろいやつ」というのが何者か、その時にはわからなかったんです。ぼくらはそんなことを予想していなかったから、ぼくと松山はエレベーターのほうへ行って、澁澤さんと矢川澄子さんも一緒にどこかでお茶でも飲もうかと帰りかけたら、そこへ丸坊主で白塗りの、まだ舞台化粧を落としていないで、たしかパンツははいていたと思うけれども、普通のブリーフみたいなパンツをはいた人がサーッと駆けてきて、当時はまだ強い秋田訛りで「ちょっと待ってください。三島さんが楽屋に来ていますから、一緒に来てください」と澁澤さんに直接語りかけた。澁澤さんはちょっとためらっていたけれども、強引に連れて行かれちゃったのね。それでぼくらはそのままエレベーターが来たので、澁澤さんとは別れた。そういうことが、お会いしたというよりも土方さんを「見た」と言ったほうがいいけれども、その最初です。（「土方巽を語る」）

当時の種村季弘はまだ二十代の半ばである。

ただし、種村のこうした回想録の類いはおしなべて記憶の誤りが少なくない。右に引いた文の他のところで書いている澁澤と松山の新宿紀伊國屋での出会いについても、「あらかじめ白いハンカチを目印としたキザなランデブー」などという事実にはない場面を創造して種村独特の創作的記憶力を披露している。これは種村式思考回路の特徴なのだろう。（松山は「タネムラの妄想的直感」とよく言っていた。）

いまの文章でも、サド裁判が「すでに三回ぐらい公判をやっていた」は明らかな事実誤認だし、『悪徳の栄え』がまだ起訴になる前の時の話なのだから、前半の方で三島の語っていた内容もどうも疑問が濃厚ではないだろうか。もしかしたら、この一九六〇年の際の記憶と翌六一年九月の土方の公演の記憶を、種村はごっちゃにしているのかもしれない。

それはさておき、澁澤と土方との出会いについては、冒頭に引いた澁澤の文章も実は正確とはいえなく、どうやらこのときが初対面ではなかったようだ。矢川澄子が、澁澤没後の一九八八年（昭和六十三）になって、こう記しているからである。

一九五九年八月半ばすぎのある夕、鎌倉は東勝寺橋袂の澁澤龍彥宅に不意の訪問客があった。もちろんまだ電話もない頃のことだ。

この春「禁色」を作舞したひととして、名前だけはかねて三島由紀夫からきき知っていた相手である。九月五日の「禁色」再演にはぜひお越しいただきたい、というのがその日の訪れの主たる用事だった。

素顔の舞踏家は変哲もない白いシャツに薄墨色のズボン姿で、正坐の膝をほとんど崩さず、ときどき連れの女性の方をかえりみながら、出された茶にもほとんど手をつけずに訥々と語った。そのまなざしといい、ことばづかいといい、いかにも控え目で、倨傲な芸術家気質だの過剰な自信めいたものなどはみじんも感じさせず、東北人らしい気後れをまだ十分にのこしてもいる。連れのひとをさすのにも「このかたが」どうのこうのと、一々敬語まじりなのがとりわけ耳にのこった。

わたしたち、といってわるければ、わたしと澁澤龍彥との、土方巽と知りあったこれが最初だった。静かな、ていねいなひと、というのがはじめの印象だった。家族も交友範囲も概ね都会っ子ばかりのスムーズなやりとりに明け暮れていたわたしたちにしてみれば、たしかに変り種の新鮮な友人の出現だった。（「初対面のころ——土方巽と」）


問題は、この矢川の文章の「一九五九年八月半ば」という日付である。

土方との初対面、および初めて舞台姿に接した年は、「矢川年譜」でも一九五九年とされ、「全集年譜」もその矢川の日付を採用しているため、現在の澁澤と土方に関する文章の多くがこの日付になっている。二〇〇八年（平成二十）に稲田奈緒美が著した土方伝『土方巽　絶後の身体』は、関係者へのインタビューを数多くとった労作だが、この近年の伝記でも、矢川へのインタビューを根拠として五九年説が主張されている。

だが、澁澤本人は、一九六〇年だと三度にわたって書いているだけでなく、五九年の《禁色》は観ていないともはっきり述べている。この五九年の公演を澁澤が観に来ていない事実は稲田の著書も認めているが、そうだとすると、土方が自宅に挨拶に来たのでその翌月に初めて舞台を見に行くという「矢川年譜」での記述は、五九年では明らかに辻褄が合わない。種村と松山の二人が土方の舞台を初めて見たのも一九六〇年だった。また、元藤燁子《もとふじあきこ》の回想録『土方巽とともに』も澁澤家への初訪問は六〇年だとし、『土方巽全集』の年譜も同様であるので、本書では一九六〇年説をとる。

「あの小町の家での初対面のことをあっさりわすれてしまえるような気楽さにこそ、澁澤龍彦という天成の白い少年の真骨頂がのこりなく発揮されていたともいえるのである」。土方との重要だったはずのこの出会いの場面に、澁澤がいっさいふれていないことに対して、矢川はこうもつけ加えている。ただしこれは、三島の仲介を強調したいがために、澁澤が意識的に削った可能性も考えられなくはないだろう。

ところで、矢川の文中に出てくる「連れの女性」というのが、のちに土方の妻となった舞踏家の元藤燁子である。この元藤も二人の小町訪問の場面を次のような文章にしている。

かねてより彼の著書に惹かれていた私たちは、当時鎌倉の小町にあった住居まで、ある日二人で出かけた。鎌倉駅に着き、商店街で道を聞き、やっと夕方、川のほとりの家を尋ねあてた。昭和の初めに建てられた家なのだろう、格子戸を開けると土間があった。懐かしい優しい臭いがした。土方は恥ずかしがり屋で案内を乞うこともできず、私を突ついた。私は「ごめんください」と叫んだ。

「懐かしい優しい臭い」と元藤が言っているのは、汲み取り式の便所の匂いである。澁澤の小町の借家は玄関のすぐ脇にトイレがあった。今では分かりにくい事柄だろうが、水洗式トイレが普及する前の日本の家屋はよくこの臭いが漂っていた。

元藤はつづけている。


澁澤龍彦はにこにこと玄関に通じる二階から降りてきた。「いらっしゃい。どうぞ」。私たちは、ずかずかと二階に上がっていった。八畳ぐらいの部屋に本が山積されている。そのうち三人とも昭和三年生まれであることから話題がほぐれていった。「教科書は〝さいた、さいた、さくらがさいた〟でしたね」など、〝昭和の子供〟の話ははずんだ。階下へ通ずる木の階段は暗く、ミシミシ音をたてたが、二階は川に面していて明るかった。夜更けまでランボーのこと、ジュネのことと話題は尽きなかった。一夜の興奮をそのままに、帰途はスキップをしたりして帰った。(『土方巽とともに』)

土方自身は、「澁澤龍彦という少年職人の端正な凶暴さは、神聖が掌に渡った瞬間に始まる形への希求に添って遊びたい一心となり、純粋遊戯の凝固としてながめるほかはない無垢な作品群である」という、澁澤についての忘れがたい独特の言葉を残している(「闇の中の電流」)。

二人の出会いがあったこの年の十月に開かれた《第二回六人のアバンギャルド》のプログラムには、澁澤ははやくも「前衛とスキャンダル」という文を寄せている。ほかの五人のアヴァンギャルドは、黛敏郎、東松照明《とうまつしょうめい》、寺山修司、金森馨《かなもりかおる》、三保《みほ》敬太郎で、土方はサドを題材にした《聖侯爵》を踊った。プログラムやポスターには、『サド復活』のカバーにあしらわれた加納光於の銅版画《王のイメージ》が使用された。

この年以後、澁澤は土方の全公演をつぶさに見て、土方についての多くの文章を残すことになる。

もう一人の天才にも、この年の十一月二十三日に出会っている。

私が足穂さんに初めてお目にかかったのは、今から約二十年前のことである。［…］私の心に焼きついている足穂さんのイメージは、いつも浴衣を着て、短い葉巻を口にくわえ、聞きとりにくい早口で、空想の映画のシーンなどを身ぶり手ぶりで説明している、上機嫌のコメット・タルホ氏のそれなのである。

にこやかな顔は見せたが、声を立てて笑うということは決してなかったような気がする。その長大な頭は、とくに耳から上が長く、まことに常人ばなれしていた。それはどこから見ても、永遠を呼吸して生きている人の風貌であった。（「稲垣足穂さんを悼む」）

稲垣足穂は一九〇〇年（明治三十三）生まれだから、このとき六十歳の還暦を迎えるところだった。夫人の勤務先である京都市桃山町の婦人寮職員宿舎を訪れ、離れの庭先に入り込んだ澁澤が「ごめんください」と声をかけると、畳の上にごろりと横になり本を読んでいた足穂は、むくむくと起き直り浴衣の帯を締めなおして縁側に出てきた。この対面のことは、足穂のエッセー「梅日和」に顔を覗かせている。

「現実に密着することをきらい、日本的湿潤の風土から断絶」した足穂は、いまでこそその主要作品がどれも文庫本で読め、文学好きの間では知らないものはいない存在となっているが、澁澤が会いに足をはこんだ一九六〇年当時は、入手できる著作も少なく、文壇はむろんのこと、一般の読者からもほとんど忘れられた作家だった。

とはいえ、ごくごく一部の具眼の士から密かな注目を浴びていたのは言うまでもないだろう。たとえば、松山俊太郎はみずからのタルホ読書歴について、高校生時代の一九四九年（昭和二十四）に桜井書店の『彼等（They）』を買ったのが初めだと語っている。松山は一九五一年（昭和二十六）に大学で種村季弘と知り合うと、もう一冊『彼等（They）』をもとめて、「『They』はいいゼイ」と言って種村に進呈したところ、種村の方から「弥勒《みろく》」の存在を教えられたのだという。

澁澤はいつ頃から足穂を愛読していたのか。この問いへのヒントになる証言としては、「《彼等》のその頃」という矢川澄子の文章が残されている。

矢川は、一九五五年（昭和三十）に、胸の病気で臥せっている澁澤へのお見舞いとして、ゾッキ本となっていた桜井書店版『彼等（They）』を買ってプレゼントした。矢川は横長の装丁がとても気に入ったので見舞いの品に選んだものの、作者の名前は未知だったと書いていて、このことは、「おまえを教育するのは、おもしろいな」と言って当時矢川にいろいろな本や作家を教えていた澁澤が、このときまでに足穂の話題を矢川に出してはいなかったことを意味している。

ただし、矢川はほかの場所で、お見舞いに『彼等』を渡した際に澁澤が「へっ……こんなものが」と言ってすごく感心したと発言しており、「さすがに澁澤は『一千一秒物語』などは知ってましたね」ともつけ加えてもいる（「稲垣足穂に会ったころ」）。

他方、松山俊太郎が澁澤に足穂のことを吹き込んだのではないかといった推測が当然起こるだろうが、これは松山自身が完全に否定している。それだけでなく、松山は澁澤と知りあった初期の頃は、足穂の話題などまったく出なかったと言い、一九四八年（昭和二十三）から足穂と交流を持っていた加藤郁乎《いくや》も同様のことを発言している（「彼等、すなわち足穂とその眷属」）。

さて、これらの証言と、それとなによりも澁澤の蔵書に『彼等』より前に出版された足穂の本がないことを考えあわせてみると、澁澤が本格的に足穂を読みはじめたのは、どうやらこの一九五五年（昭和三十）より前には遡らないということになりそうだ。一九五八年（昭和三十三）には、澁澤とも縁浅からぬ書肆ユリイカの伊達得夫が〈稲垣足穂全集〉を企画しており、伊達の死により中断したこの全集はむろん澁澤も所有している。

この年の稲垣足穂訪問には、矢川のほかに、生田耕作、多田智満子、加藤信行（多田の夫）が同行した。澁澤は一九六四年（昭和三十九）に出版した『夢の宇宙誌』を稲垣足穂に捧げているが、それから二十年後、同書が文庫になった際に、「あとがき」にはこう記されている。

京都の桃山に稲垣足穂を初めて訪ねたのは昭和三十五年だったと思うが、それから四年後に出た『夢の宇宙誌』は稲垣さんに捧げられている。当時は政治の季節で、猫も杓子も尖鋭な政治論議に明け暮れていたから、桃山の寓居にどっしりと腰を据え、永遠を呼吸して生きている稲垣さんが私には頼もしかったのである。私は稲垣さんを「わが魔道の先達」と呼んだ。

澁澤はこのあとも、一九六八年（昭和四十三）と一九六九年（昭和四十四）に桃山の家で足穂に会い、また多くの手紙も交わしている。だが、一九六九年になって『少年愛の美学』が三島由紀夫の強力な推薦で第一回の日本文学大賞を受賞すると、以後にわかにタルホ信者やジャーナリストたちによる桃山詣でが盛んになった。そのときから、澁澤の足は桃山からは遠のいていく。「そのころのことを、私は苦々しい思いなしに回想することができない」と、当時の足穂ブームにふれて澁澤は述べている（「回想の足穂」）。

澁澤が戦後になって西下したのは、この年が初めてだった。稲垣足穂宅を訪問する二日前の十一月二十一日には、京都大学十一月祭のシンポジウムに出席している。「サドの眼Ⅲ　創造と破壊の地点——憎悪・執念・暴力」という題目で、針生一郎、松本俊夫、和田勉《べん》と澁澤の四人がパネラーとなった。二十四日には片山正樹や生田耕作の案内で、修学院離宮を見学した。澁澤は生田と京都の街を歩きながら、ジョルジュ・バタイユの小説『マダム・エドワルダ』について熱心に語り合った。

一九六〇年（昭和三十五）のことがらで忘れずに記しておきたいのは、八月七日に三島由紀夫邸でのダンス・パーティーに招かれていることのほかに、この年の十月から始まり翌年の三月までつづいた「推理小説月旦」連載である。

これは「日本読書新聞」に連載されたもので、月に一度、計六回にわたった時評エッセーだった。澁澤がいわゆる文芸時評なるものを担当したのは、後にも先にもこの時だけである。

「[…]あえて野暮をいえば、推理小説を推理小説たらしめる要素を否定したところで成立する推理小説こそ、真に推理小説をエンターテインメントから文学に高める媒介となるような、独創的な作品とはいえないだろうか。推理小説に人間性や社会性を盛りこめば文学になる、などとは俗論もはなはだしい。ところが、そう信じこんでいる手合いが意外に多いので驚いてしまう。むしろ根本は、既存の推理小説的骨法（謎解きのルールや解決の形式）に拘束されない自由な作者の精神が問題だろう」。

連載第一回の冒頭で、時評者が拠って立つスタンスについて澁澤はこう書いている。

この連載は、外国の作家ではニコラス・ブレイク、カーター・ブラウン、ダシール・ハメット、フリードリヒ・デュレンマット、カトリーヌ・アルレー、ロアルド・ダールなどが採りあげられている。日本の作家では、石原慎太郎、水上勉、南條範夫、都筑道夫などが選ばれている。とりわけ、日影丈吉を、「日本では珍らしく知的水準の高い、陰影のある文体をもった推理作家中の異色である。［…］世間はこの作家の力量をもっと認めるべきである」と手放しで絶賛しているのは、後年の日影と澁澤の関係をみるうえでも見のがすことができない。

評者の明確な趣向を感じさせるこの推理小説時評は、生前単行本に収録されることはなかったものの、総じて澁澤らしさが全面に出たなかなか読みごたえのあるものだ。余計な力を抜いたその文章が、かえって一九七〇年以降の澁澤の文体を予見させるところもあり興味深い。

二十年後の一九八〇年（昭和五十五）になって、澁澤はこの時評をふり返った「私と推理小説——情熱あるいは中毒」というエッセーを発表しているが、そこでは「現在では、わざわざ求めてまで推理小説を読むという情熱を、私はとうに失くしてしまった」と述べている。

ちなみに、澁澤が贔屓にした名探偵は、レックス・スタウトが創造した〈安楽椅子探偵〉のネロ・ウルフだという。

3　昭和三十六年／『わが生涯』の共訳／政治

日本列島にレジャー・ブームが起こった一九六一年（昭和三十六）——

石井恭二の先代の邸が鎌倉の佐助《さすけ》にあり、ここで正月に現代思潮社のカルタ会が開かれた。澁澤と矢川はこの席で、埴谷雄高、秋山清、佐久間穆、森本和夫ら現代思潮社の常連たちと知りあっている。石井の父親が見事な声で札を読み上げたが、澁澤のカルタの腕前は、なかなかのものだったようだ。

一月二十日、東京地検は、石井恭二とともに澁澤龍雄を〈猥褻文書販売同目的所持〉の容疑で、正式に起訴した。

この月の二十四日に、澁澤のインタビュー記事が「内外タイムズ」に掲載されているが、この新聞記事は澁澤の印象を次のように紹介している。

「会った感じは白皙の青年文学者といった感じがぴったり。サドの「恋の駈引」を河出書房で出していらい彰考書院から「マルキ・ド・サド選集」弘文堂から「サド復活」を紹介したおかげで、大抵の人は相当高齢と想像しているようだ。「みんなわたしが若いんで驚くようですね。三十二ですよ」神経質そうな様子に似ず、ニコニコ笑いながら温和な様子で語る」。

雑誌「みずゑ」で、「悪魔の中世」の連載を三月より始める。十一月号まで、八回の連載だった。この美術評論は、十八年を経た後、一九七九年（昭和五十四）になって単行本となっている。

五月の頭から七月上旬までは、「日本読書新聞」に、「フランスにおけるサド裁判記録・資料」を連載している。一九五六年（昭和三十一）九月に澁澤が狂喜して入手したポーヴェール版〈マルキ・ド・サド全集〉は、その年の暮れに、フランス検察庁に押収された。この連載は、その際の裁判記録を翻訳したものである。裁判は被告の敗訴となり、ポーヴェールは罰金八万フランと押収された著作物の焼却を言い渡された。

ということは、澁澤もまさに危機一髪で、もう半年遅ければサド全集を入手する機会を失うところだったわけだ。（もしそうなっていたら、その後の澁澤の人生は大きく変わっていたかもしれない！）

八月、レオン・トロツキー『わが生涯』上巻を、現代思潮社から刊行する。栗田勇、浜田泰三、林茂との共訳だった。つづけて、この年の九月に中巻が、十月には下巻が出ている。

ロシア革命の英雄の一人であるトロツキーの自伝は、邦訳にして総計二千枚にもおよぶ分量がある。この現代思潮社の訳書は仏訳版によるものだが、澁澤はこのうち約六百枚を担当している。共訳者の一人の「林茂」とは、当時すでに都立大学の教師をつとめていた野沢協の筆名である。

松山俊太郎はこの翻訳が澁澤にとって「非常に珍しい形」「全く異質」だと言っているけれども、「ロシア革命史など一ページも読んだことのない」と公言してはばからない澁澤が、トロツキーの自伝の翻訳にとり組んだのには、誰しもが奇異な感をいだくのを否めない。なにしろ澁澤は堂々と、「わたしがどれくらいロシア革命史に疎いかということは、『わが生涯』の翻訳をしている最中、「イスクラ」という固有名詞が何のことか分らなくて、白井健三郎さんに質問し、嗤われたという事実から御判断願いたい」と書いているくらいだからである（「『武装せる予言者トロツキー』」）。

そうであるのに、澁澤がこの中途半端でさえある分担訳の仕事を引き受けたのには、いくつかの要因が想定される。

一つには、澁澤は、『異端の肖像』のサン・ジュストのように、「悲劇的な生涯を終えるべく運命づけられた、純潔なロマンチックな気質」を持った、失敗した革命家が好きだったことがある。また、ブルトンを経由したかたちでトロツキーに関心を抱いていたことも当然理由としてあるだろう。

いま一つは、当時サド裁判を通じて強い関係にあった石井恭二や現代思潮社とのつながりである。『わが生涯』の新訳を企画したのはむろん澁澤ではない。まず石井が提案し、それに当時現代思潮社のブレーンだった栗田勇と浜田泰三が賛同し、次いで澁澤が加わった。そして最後に澁澤の推薦によって野沢協（林茂）が参加した。澁澤が、印税の前借りを毎月受けていた石井だけでなく、栗田と浜田にも裁判の関係で世話になっていた側面をまったく等閑視するわけにはいかないだろう。

仏文学者四人によるこの共同の作業には、いささか問題となる面がないとはいえないようだった。澁澤が出口裕弘に宛てた一九六一年（昭和三十六）六月十三日付けの手紙には、この翻訳作業にふれて、「これはヤッツケ仕事で、一月足らずのうちに原稿をまとめ、大急ぎで出版します」という文句がみられる。

むろん、ごくごく親しい友人に宛てた私信なのだから、このわざわざカタカナ書きにされた「ヤッツケ仕事」という表現を額面どおりに受けてよいかは十分疑問がある。むしろ澁澤のテレから出た言葉だと見る方が事実に近いかもしれない。ただこの出版が、裁判を控えてあわただしい状況のうちに準備され、かなり急いだ面があったことは否めないようだ。

陶山幾朗によれば、後年になって、次のような事件が起きている。

一九六六年（昭和四十一）に、この訳書の新版がロシア史の専門家対馬忠行《つしまただゆき》の解説を付して刊行された際、対馬の書いた原稿の中身が物議を醸した。いま私たちが一九六六年版で読むことのできる対馬の解説文では、「失礼ながら［…］人名、地名、その他の固有名詞に不統一が散見される」というごく柔らかな指摘だが、もともとの対馬の原稿は「誤訳、悪訳」という言葉が使われた、もっと強烈で、腹蔵なく、棘のあるものだった、と陶山は書いている。

「これを読んだ石井社長はさすがに顔色を変えた。何故なら、現代思潮社にとって最大の支援者であり盟友でもある澁澤龍彥ら四氏による翻訳が、こともあろうに同じ同社の出版物の中で公然と非難され、キズ物扱いのごとく見なされたのでは彼ら訳者に会わせる顔がない、と。これはよろしくない、と社長は即断したものの、しかし、このとき同書はすでに印刷を終えて最終の製本段階に入っていた。そして、それを知った彼は急遽神田錦町の橋本製本所に駆けつけるや、同社社長に懇願して進行中の作業をストップしてもらう始末となったのである。結局、その「解説」は、対馬氏の了解を得た上、あくまでその趣旨は生かしつつ、〝棘〟部分を除いた「柔らかいもの」に修正したものと差し替えることとなった」(『「現代思潮社」という閃光』)。

『わが生涯』は、のちにロシア語原文からの新訳が二種類出版されているが、これらの邦訳のあとがきでも、「無数の誤訳」とか「きわめて難解な訳文」とかの、現代思潮社版の翻訳への強い批判がみられる。

ところで、澁澤の政治にたいする態度はどうみたらいいのだろうか。

この問題をめぐっては、現在の見方は錯綜している。かたや澁澤を「政治オンチ」とみなすむきがあると思えば、そのいっぽうでは「シュルレアリスムの政治参加の実践を、この国で最も体現していたのは、澁澤ではなかったか」などという見解まで出てくる始末である。

しかしながら、同時代の澁澤の周りで親しくしていた人々の意見はいたって一致をみている。

石井恭二にふれた文のなかで澁澤が、「政治ぎらいなわたし」と言っているのは先に見たとおりだが、サド裁判を澁澤と共闘した当の石井自身も、「彼は、政治なんていうことは、全く無関心ですからね」として、次のように発言している(「〈サド裁判〉前後」)。

石井　いまの若いもの書きさんのことを僕は知らないけれども、澁澤の時代を含めて前後何年間ぐらいの世代の中で、あいつほど、天皇制にせよ軍国主義にせよ、左翼インテリゲンチァにせよ、政治的イデオロギーというやつについてはきれいさっぱり分かれていた人間というのは、ちょっと珍しいのね。

松山 要するに澁澤さんは、どうしても澁澤天皇である以外ないんだから、ほかの天皇なんか認めないわけです。

石井 まあね。なぜそういうようなポジションを彼が生得もっていたのかどうか、それは僕は考えたこともないから知らないけれども……わからない。

事実、澁澤は、ブルトンやアラゴンらのシュルレアリストやバタイユなどがやったような、生《なま》なかたちの政治活動にはまったく参与していない。澁澤が、コクトーがよく指摘され糾弾されるような意味での政治音痴だったかどうかはともかくとしても、古くからの親友の出口裕弘も、「彼は集団行動が大嫌いだったし、生来、ぜんぜんそういうことには向いてなかった」とはっきり述べている（「澁澤龍彥の幸福な夢」）。また、加納光於、瀧口修造、武満徹など六〇年代の前衛芸術家たちと広い交際を持っていた俳人で医者の馬場駿吉も、澁澤が「一定の政治思想に組み込まれることを断固として拒絶する反イデオロギーの態度を貫いた人でもあった」と記している（『時の晶相』）。

そのいっぽうで、六〇年代に澁澤がもっとものっぴきならない関係を結んだのは、石井恭二と三島由紀夫の二人だった。片方は極左のアナーキストとみなされる戦闘的出版社の社長であり、もう片方は、イデオロギーの上ではその石井の正反対と言い得る立場から「文化防衛論」を著し、楯の会を結成して自衛隊員の前で腹を切った人物だった。

この観点をめぐっては、種村季弘がふれている。種村は、石井も三島も世間が思うほどに大真面目にイデオロギーを主張したわけではなかったかもしれないことを慎重に指摘した後で、次のように書く。

それにしてもふしぎなのは、正反対の両者［石井と三島］から熱い視線を浴びて登場しながら、澁澤龍彥自身にはイデオローグらしい風貌が皆無だったということだ。彼が何者かといえば、サド裁判の検察当局が見当をつけた「危険思想」のイデオローグどころか、ついこの間まで病床にあったばかりの病み上がりの元療養者であり、学生時代から研究を続けてきたサドを半ばは生活のためにこつこつ翻訳している、在野の篤実なフランス文学者・翻訳家だった。それかあらぬか騒然たる六月のさなかにも、矢川澄子編年譜には、「六月の安保反対運動には参加せず、（略）石井氏にさそわれデモ見物に一度だけ出かけた」としかない。（「澁澤龍彥・その時代」）

澁澤の政治に対する態度を考えるときに、ゆくりなくも思い出されるのは、澁澤晩年の小説の二人の主人公だ。

一人は、『ねむり姫』に収められた「画美人」の貴船七郎である。七郎は、黒船出現で「蜂の巣を突ついたような騒ぎになって」いる日本にあって、「そういうことにはてんから風馬牛たることをもって、おのれの生きかたとしている」人物であり、「それでも、ひところかじった蘭学という眼鏡によって西洋を望見していたから、ピントは狂わず、時勢におくれるというようなことは万々なかった」。

もう一人は、やはり『ねむり姫』収録の「ぼろんじ」の茨木智雄だ。やはり幕末を舞台としたこの作品の主人公も、「政治的超然主義」の姿勢を決して崩さない青年で、攘夷と開港で大きくゆれる騒然とした時代に天下国家を大声で論じる若者たちのなかにあって「徹底したノン・ポリティーク」を標榜している人物だった。

いや、標榜していたというよりも、智雄の存在自体がそれを語っていたというべきかもしれない。というのは、智雄においてまず第一にひとの注意をひいたのは、その内面よりもむしろ外面だったからである。すなわち智雄は標致繊麗、花容ならびなく、あたかも女人のごとくであった。あまりに美しいので、とても天下を論じ国家を憂えるといった、野暮なことにかかずらっている余地はあるまいと思われるほどであった。もとより外貌が美しいからといって、政治的関心があってはいけないという法はないだろう。しかし女人のごとくとノン・ポリティークと、この二つが重なれば、ひとはそれを偶然とは思わないだろう。(「ぼろんじ」)

＊

八月十日、東京地方裁判所で〈サド裁判〉の第一回公判が開かれた。

九月三日、有楽町の第一生命ホールでおこなわれた、第二回《土方巽DANCE EXPERIENCEの会》を見に行っている。この公演の美術には加納光於が参加し、プログラムには三島とともに、澁澤が「燔祭の舞踊家」という一文を寄稿している。

公演後、有楽町の中華料理屋の二階でビールを飲みながら、澁澤は三島や土方らとともに、ジャン・ジュネについて延々と語り合った。

『黒魔術の手帖』が十月に刊行される。桃源社から出した澁澤の初めての本となった。これ以後、桃源社の澁澤本の奥付には、TASSO. S と記された同じマークがかならず刷り込んである。これは野中ユリが図案集から選んで、加納光於が描きおこしたものである。

十月から十二月までに、〈サド裁判〉の第二回から第五回までの公判が開かれた。野中ユリ、加納光於、土方巽と元藤燁子、それに瀧口修造は、この公判の常連傍聴人だった。

この年の暮れには、〈実存主義のミューズ〉と呼ばれたシャンソン歌手ジュリエット・グレコが初来日を果たした。そのリサイタルを澁澤は聴きに行っている。

4 昭和三十七年／『神聖受胎』／『犬狼都市』／『さかしま』／加藤郁乎／小町の家

植木等の《スーダラ節》が流行った一九六二年（昭和三十七）――

「毒薬の手帖」の連載が、「黒魔術の手帖」につづいて、一月より「宝石」ではじまる。挿絵を宇野亜《あ》喜良《きら》が描いた。連載は十二月で完結した。

一月から四月までに、〈サド裁判〉の第六回から第十三回までの公判が開かれた。

『神聖受胎』が、三月、現代思潮社から刊行された。装丁は、加納光於が担当している。

この『神聖受胎』には、一九五九年から六一年にかけて発表した二十五編が纏められている。全体は四部に分けられ、巻頭に置かれた「ユートピアの恐怖と魅惑」「狂帝ヘリオガバルス」の二編は、前述のように三島由紀夫の仲介でともに雑誌「聲」に掲載されたものだ。

本書の書評としては、「図書新聞」に載った埴谷雄高のものがある。埴谷は「澁澤龍彥は鮮明なレンズを備えた望遠鏡の眼をもって歴史のなかの裸かな人間精神のかたちを仔細に私達に示す」とし、つづけている。「澁澤龍彥は私達の夜の歴史がもつ豊かな資料を私達に指し示すが、しかし、そのとき、ただに私達に異端に関する豊かな知識を与えるのではなくして、異端のもつ裸かの姿勢をそこに示しつづけることによって、歴史や時代や場所の枠を取りはずされた人間の壮大な全体図を私達に提示したのであった」。

三島由紀夫も「読書人」に書評を書いているが、埴谷とたいそう近い観点が提出されているのが興味深い（「この二冊」というのは、『犬狼都市』とだき合わせた書評だったからである）。「氏がこの二冊の本で試みてゐることは、決して貴族的な教養課程ではなくて、人間の率直さをどこまで推し進めることができ、その結果どこまでグロテスクと美をらくらくと併呑することができるか、といふ、いはば言葉の真の意味における「民衆的な」実験である」。

しかし、『神聖受胎』の書評としてもっとも名高いのは、吉本隆明のものだろう。吉本は、数多くの人名や事物の名を列挙する澁澤の情熱を昆虫少年のそれに喩えて、こう指摘する。「澁澤は日本天皇制やナチズムの敗北後に文学的出発をとげ、しかもスターリニズムからもブルジョワ・デモクラシイからも自由な戦中派思想の息吹きを本書でふんだんにふりまいている。この本の新しさはそこだとおもう」（「読書新聞」）。

『神聖受胎』は、『サド復活』とともに、澁澤の全著作のなかでは、異色な貌を見せている。「テロオルについて」「反社会性とは何か」「生産性の倫理をぶちこわせ」等々、『神聖受胎』に収録された評論のタイトルを一瞥しただけでもその一端はうかがえるだろう。そして、マルクスやヘーゲルやアンリ・ルフェーヴルまでが出てきて、過激な論理や戦闘的アジテーションの多い内容もさることながら、まず文章そのものが、後年のきわめて明晰で透明な澁澤の文章に親しんでいる読者にとっては、だいぶ違和感があるものだ。翻訳調にありがちな難解晦渋さを持ち、生硬な印象さえ受ける箇所もある。そして、澁澤本人も後年、これらの若書きについて、「勘弁してくれよ。自分でもいやでしょうがないんだ。あのころ書いたものは」といった類いの言葉を、たびたび周りの人間にもらしている。

しかし、ではこの時期の澁澤の文章がみなそろってこの調子だったかというと、そうではない。同時期に一種の読みものとして書かれた『黒魔術の手帖』の文体は、『神聖受胎』のものとは大きく異なるものの、これはこれでまた後期の澁澤の文体とも違っている。そして、先に触れたように「推理小説月旦」などは、多分に一九七〇年以降の文章に接近している。

種村季弘も、『神聖受胎』が代表する澁澤の初期著作が、「彼の著作全体からふり返って見ると、ここのところだけちょっと調子が違う」と指摘をしている。それと同時に種村は、「澁澤龍彦という人は、僕らが読みはじめたころは、そういう論客あるいはパンフレテールだったわけです。そこに非常に魅力があった」とも発言している（「澁澤龍彦の幸福な夢」）。当時は学生だった巖谷國士も、「私のたぶん属しているだろう一世代にとって、『サド復活』と『神聖受胎』の澁澤龍彦は、本人の意思はともかく、一種のアジテイターの位置を占めていたように思われる」と述べている（「ノスタルジア」）。

またたとえば、一九六一年（昭和三十六）に犯罪者同盟を結成した平岡正明が、一九七〇年代初頭におこなわれたアンケートで次のように答えていることなども、こうした文脈に沿った発言の典型的な一つといえるだろう。「彼は文字どおりラジカルで、反社会性をもっている。六〇年代のある段階ではインパクトを与えていると思います。彼の消費の哲学、反神学は六一年以降のブンドに影響していますね」（「澁澤龍彦・作品へのアンケート」）。

『神聖受胎』は特に、執筆の時期から見ても、サド裁判という大事件の及ぼした影響が当然考えられる。この『神聖受胎』と『サド復活』に見られる他の著作とは違った調子を、澁澤の「昂揚」（巖谷）としてとらえるか、「時代に乗せられた」（出口）、あるいは「いささか力余って必ずしも本意でない領分にまで足を踏みだしてしまった」（浅羽通明《みちあき》）ととらえるかは、論者によってまちまちなようだ。

この第二評論集『神聖受胎』のあとがきで、澁澤は古代ローマの文人プリニウスとその死にふれている。そして、「そういうひとでありたいものだ、と現在のわたしも思っている」と記している。

四月、『犬狼都市（キュノポリス）』が、桃源社から刊行される。函にバイロス画の蔵書票を用い、本文をグリーンのインクで刷ったフランス装の瀟洒な本である。

これは澁澤の初めての小説集にあたり、表題作のほか、「陽物神譚」と「マドンナの真珠」の三編を収録している。澁澤は、桃源社の矢貴昇司に五編の小説を渡したが、そのうちの二編を外すかたちで本になった。そのときに外れた二編が、「撲滅の賦」と「エピクロスの肋骨」だろう。

「犬狼都市」はピエール・ド・マンディアルグの「ダイヤモンド」と「子羊の血」のモチーフを借りたもので、「陽物神譚」が「狂帝ヘリオガバルス」を素地としたものであることは、のちに澁澤自身が、〈澁澤龍彥集成〉第Ⅴ巻の「あとがき」で明らかにしている。

私は、矢川澄子の口から、「「マドンナの真珠」にも下敷きがあったはず……」と聞いたことがある。矢川は「たしか第一書房が出していた本で……」と言ったものの記憶が曖昧で、それがなんの本だったのかは残念ながら判明していない。

三島と埴谷は、『神聖受胎』の書評で、ともにこの『犬狼都市』もあつかっている。埴谷は澁澤の小説に対して、「いささか理に勝った傾むきがないでもない」と注文をつけているが、三島は「陽物神譚」を評して、「その豪華な措辞といひ、その沈鬱な風情といひ、その見事に形象化された虚無といひ、わが文学史上に一度もあらはれなかつた、突然変異の、怪物的逸品である」と、熱いエールをおくっている。

五月二十日、東京大学の五月祭で、仏文科主催の公開討論会「サドは有罪か」が開かれる。栗田勇、森本和夫、白井健三郎、石井恭二の現代思潮社メンバーとともに澁澤も出席した。

同月二十五日、〈サド裁判〉の第十四回公判があり、翌月五日には第十五回公判が開かれる予定だったが、澁澤が無断欠席をしたために公判は流れてしまう。

〈レダの会発足第一回秘演〉が目黒のアスベスト・ホールで六月十日に開かれた。レダの会は女性三人のグループで、種（台本）を矢川澄子、姿（舞踏）を元藤燁子、飾（美術）を野中ユリが担当した。澁澤は広報・宣伝係を買って出て、目黒駅から電信柱ごとに公演のポスターを貼った。「澁澤龍彦は身が軽く、電柱に登った彼のお尻を支えるのは私の役だった」と元藤が書いている（『土方巽とともに』）。当日、観客席には、埴谷雄高、三島由紀夫、春日井建《けん》、瀧口修造、田村隆一、黛敏郎、赤瀬川原平らの顔が見えた。「のちにジョン・レノンと結婚して有名になった小野洋子が、このとき、奇妙な踊りを披露している」と澁澤は記している（「土方巽と暗黒舞踏派について」）。

舞台がはねた後の酒盛りの席で、ジャン・ジュネの話をしていると、突然、土方が「泥棒に昼間お菓子を喰わせると泣きますよ」と言った。澁澤は「こりゃ好い、名言だ」とご満悦だったが、松山俊太郎は「この人はなんと奇天烈な発想をする人なのだろう」と、呆然となった。

八月一日、〈サド裁判〉の第十六回公判。翌日二日の第十七回公判で、澁澤は「最終意見陳述」をおこなう。

フランス世紀末を代表する小説家J・K・ユイスマンス（澁澤の当時の表記はユイスマン）の一代の奇作『さかしま』の翻訳が、桃源社から出たのもこの年の八月だ。限定千部で、函入り、背革装、本文二色刷という豪奢は、小説の内容にふさわしいできばえだった。

ある日、矢貴昇司が鎌倉小町の家を訪ねた際、『さかしま』の詳細な粗筋が出ている矢野峰人《ほうじん》の『近代英文学史』を話題にすると、世紀末文学を論じたこの戦前の名著をやはり愛読していた澁澤はニコッと笑って、「ああ、これでしょう」と傍の本棚から分厚いその本を抜きだし、「自分も『さかしま』は世の中に出すべき本だと思う。もし出すのなら自分がやってもいい」と言った。前章の第5節でみたように、すでに一九五八年（昭和三十三）に、澁澤は『さかしま』の訳出を夢想していた。「御本人が非常に乗り気だっただけに、相当な熱意で翻訳に取り組まれたようです。澁澤さんのほうから、よく葉書をくださいましたよ。今このあたりまで進んでるとか、なかなか難航しているとか」（矢貴昇司「六〇年代をともに歩んで」）。

澁澤は原文の不明箇所を北海道にいた出口に分厚い手紙を何回も出して質問した。初版のあとがきでは、「今まで、これほど苦労した翻訳はない。と同時に、苦労しながらも、これほど楽しい翻訳をしたことはない、という気もする」と書いている。生前最後の版（一九八四年）のあとがきでも、本書のことを「いちばん気に入った翻訳」と記している。

『さかしま』が自分のいちばん気に入っている訳書だというのは、私も澁澤からじかに聞いたことがある。「いろんな人に採りあげられて、あんなにしょっちゅう引用されるものは他にはないからね」と、澁澤は語っていた。

日常的な現実を一切拒否して人工的な夢幻の境に逃避しようとする『さかしま』の主人公デ・ゼッサントは、幻想的な絵画作品にとり囲まれ、密室風の書斎のなかで自己の病める脳髄のつくり出す妖しい幻覚に酔いしれる。……この世紀末のデカダンスを体現する主人公の姿ほど、〈博物館の美少年館長〉という、抗しがたい、ある種の澁澤のイメージをつくり上げるのに貢献したものはなかったかもしれない。

『さかしま』も、書評をまた、三島由紀夫（「東京新聞」）と埴谷雄高（「読書人」）の二人が書いている。三島のものは、例のごとくに三島節といえるような、熱の籠ったものだ。

「久しく名のみきいてゐたデカダンスの聖書「さかしま」の難解を以て鳴る原文を、明晰暢達な日本語、しかも古風な威厳と憂愁をそなへた日本語にみごとに移しえた訳者の澁澤龍彦氏の功績を称へたい。澁澤氏のやうな人は現代日本に実に貴重である、自分のやりたいことをやつてのけ、しかもやりたいことだけしかやらない人物は、澁澤氏のほかには、あのヨットの堀江青年ぐらゐのものであらう」。

この年の夏から秋口にかけては、石井恭二のさそいで、外房の江見に部屋を借りて避暑に行った。江見では対馬忠行に会った。澁澤は、「今年の夏は、房州の突端の、誰ひとり都会人のいない海辺の小さな町で、思う存分「太陽崇拝」をいたしましたが、しかし、日頃から鍛えておられる貴兄の黒さには、とても及ばないでしょう」と、三島に宛てた手紙に書いている（九月二十二日付け）。

十月十六日、〈サド裁判〉の第十八回公判で、無罪判決が出る。新宿で飲んで友人の家に泊まった澁澤が翌日帰宅すると、家には三島をはじめとした友人たちからの祝電が山のように届いていた。大岡昇平が病院から出した祝いの手紙も届いた。同月二十七日には、東京地検が控訴をしている。

この年の秋に、詩人の谷川雁を中心に、自立した思想集団を作るという目的で「自立学校」が開校された。運営委員には松田政男、川仁《かわに》宏、平岡正明、それに講師には埴谷雄高、吉本隆明、栗田勇らと、この学校には現代思潮社関係の人間が多く関わっていた。澁澤はしきりに誘われたが、一度も参加することはなく、「最後まで頑として無関心を表明」した。

十一月二十四日、神楽坂の日本出版クラブで開かれた加藤郁乎の第二句集『えくとぷらすま』の出版記念会に、澁澤は矢川や野中ユリとともに出席している。

加藤の『えくとぷらすま』のなかの一章「降霊館死学」に、「澁澤龍彦への口寄せ」という献辞のようなサブタイトルが付けられているのを見て、澁澤はこの一面識もない俳人の出版記念会に足をはこんだ。

加藤は、澁澤との初対面を次のように描いている。

澁澤龍彦は、パイプをくわえた天使さながらに出現した。一瞬、頭上のシャンデリヤがまたたき、男女混声の聖歌隊は入り乱れてハレルヤを唱い上げ、待ちくたびれていたシャンペンが一斉に爆発した。[…] 澁澤龍彦が発した第一声、それは入口のあたりで遠慮してもじもじしていた野中ユリを振り返りながら、「来いよ！」と叫んだいなせなニッポン語だった。これを聞いた途端に、この博覧強記のサド研究家に対して鼻声がかったコマン・タレ・ヴーなんていう月並な挨拶ができなくなり、まずは八重歯をむき出しにした会釈を捧げた。ムッシュー・シブサワは、自分はこんな出版記念会とか結婚式とかには絶対に出席したことのない人間だが、一面識もない自分宛に贈られた「降霊館死学」の作者とは一体どんな男かと思って出てきた、といった風なドスとエスプリの入りまじった東京弁の挨拶をしてくれた。（『後方見聞録』）

加藤郁乎は澁澤の一つ下の一九二九年（昭和四）東京生まれ。澁澤が「言葉の殺戮者」、「江戸の風狂詩人の伝統をひく、根っからのマニエリスト」と呼んだこの俳人・詩人は、数多くの喧嘩を含めて酒席では破天荒なハプニングを続出させ、澁澤の六〇年代の神話的な交遊の中心人物の一人となる。

加藤郁乎は翌十二月の十九日には、はやくも、桃源社のサドの仕事でカンヅメになっている澁澤を御茶ノ水の駿台荘に訪ねている。来あわせた野中ユリとともに、三人で神田、新橋、新宿と、朝まで飲み歩き、翌日も昼からいっしょに飲んだ。「澁澤龍彥は思考をパイプにした人だ」と、加藤は当日の日記に記している。

「推理ストーリー」十二月号に発表された「人形塚」は、少女殺人を扱った小説作品だった。

同月、桃源社から〈マルキ・ド・サド選集〉の第一巻が刊行される。このシリーズは全五巻で、翌々年（一九六四年）の三月に完結をみた。

大晦日には、私費でパリに遊学中の出口裕弘に宛てて、澁澤は次のような手紙を書いている。

すっかり御無沙汰しました。今日は大晦日、いま、除夜の鐘が鳴り終ったところです。腹をこわして年越しソバも食えなかったが、あと数時間で一九六三年だ。

パリの暮の風景はいかが？

そろそろパリジェンヌとのアヴァンチュールの一つや二つも始まる頃じゃないのか？　早く金髪女と寝たという報告をくれたまえ。

東京の文壇では、正宗白鳥が死ぬときに〝アーメン〟と言ったとか、言わなかったとか、さかんに論争しています。今年は、映画のミケランジェロ・アントニオーニと、偶然音楽のジョン・ケージとが、日本の若い前衛芸術家どもをすっかり食ってしまった感じです。もっとも、僕は両方とも、見もしないし、聞きもしないし、何の関心もないが……

つい十日ほど前まで、僕はサド選集（桃源社刊）の仕事で、神田の旅館にカンヅメになって、悪戦苦闘していた。ペンで食うのは、実に辛いと近頃つくづく感じ、パリで遊んでいる君が、まことにうらやましい。

＊

終りに、この時期のだいじな舞台である鎌倉小町の澁澤の家について少しふれておきたい。

澁澤の家といえば、一九六六年（昭和四十一）に引っ越した、北鎌倉の明月院《めいげついん》近くに建つ瀟洒なバンガロー風の洋館が圧倒的に有名で、とりわけそこにある、壁の全面をおびただしい書物がおおい、四谷シモンの人形が置かれた書斎は、澁澤龍彥という作家のシンボルと化している感さえある。

だが、この小町の、質素でおんぼろな日本家屋の方にむしろ、澁澤のいっそう本当の姿をみる声もある。この借家は滑川《なめりがわ》にかかる東勝寺橋のほとりの二階家で、玄関脇にあった朽ちかけた大欅《けやき》には梟が住み、川からくる湿気のせいか妖しげな朽木のにおいが家全体に立ちこめていたが、春になると、家ぜんたいが若葉の緑につつまれたようになった。「衣食住すべて質素な中で、観念世界だけが突出して」いたと出口裕弘は語っている（「澁澤龍彥の幸福な夢」）。

滑川沿い、東勝寺橋のたもとの小町の家。

種村季弘は、澁澤の本来の世界は、世間が思うような世紀末チックな装飾性からはほど遠く、「最初に僕が伺ったころの小町の八畳間の、青畳がタタタッとあって、何もおいてなくてトリスの壜が置いてあるだけというような、[…]何か東洋の神仙の世界みたいなものに近い」世界だと発言している（「澁澤龍彥・紋章学」）。私自身は、むろんこの小町の家は知らないけれども、種村が、「あの家では本なんかも、本当に切り詰めて揃えた、選ばれたものしかなかった」とよく語っていたのを憶えている。

その晩年、澁澤の蔵書は一万五千冊を超えていたが、松山俊太郎によれば、小町での初めの頃の澁澤の蔵書は、せいぜい千冊くらいのものだったらしい。松山は書いている。「澁澤さんには、小町での、過激・困窮・清貧・閑雅と変遷する二十年があったからこそ、北鎌倉での、華麗な飛躍が可能となったのである」（「鎌倉小町」）。

その小町の家を回想した巖谷國士の文章を引いて、本章は閉じることにしよう。

あの古い小さな家は、いまもあるのだろうか。川べりに立つ、傾きかけた、なつかしい、典型的な二階だての日本家屋で、玄関の格子戸をがたがたと開けて入ると、灰色の夏物の和服をだらりと着た澁澤さんが、「やあ!」と迎える。左側の急な階段をのぼれば、かなり広い、畳敷きの書斎兼居室がある。その東側と南側の窓は、暗幕のような黒いカーテンで覆われている。西側の奥のほうは、いろんなかたちの本棚がならび、書庫のようになっている。どこを見ても、きちんと整理されていて、明快な雰囲気がただよう。南側の壁の前にデスクが置かれ、これはちょっと中学生の勉強机といった感じのもので、その正面の壁には、二段の白木の書棚がつくりつけられている。そこにならべられていた本は、いまでもいくつか思いだせる。ポーヴェール版のサド全集、ブルトンの黒いユーモア選集、バシュラールやバルトルシャイティスの詩学・美術書、ロベール・アマドゥーやロベール・カンテルのオカルティズム本、レーモン・リュイエやルネ・ド・プラノールのユートピア論、それに各種の辞典、などである。それからこの部屋の入口に近い小さな座卓の前にすわった。矢川澄子さんが、つめたいビールと、鳥とカシューナッツの炒め物を出してくれた。(「澁澤さん」)

第V章　妖人奇人館（一九六三―一九六七）

1963年、土方巽《あんま》の舞台。観客席に矢川澄子とともに澁澤の姿がみえる（35歳）。
撮影：丹野章、写真提供：土方巽アスベスト館

1　酒宴の日々／池田満寿夫／巖谷國士

矢川澄子の「澁澤龍彥年譜（一九五五－一九六八）」は、一九五四年（昭和二十九）で記述が途絶えている「自作年譜」をひき継ぐかたちで澁澤の死後に著されたものだが、その一九六三年（昭和三十八）の項に次のような記載がある。

前年から親しくなったおなじ鎌倉住いの堂本正樹氏が、この四月、踊り手に土方、美術に池田満寿夫らを起用して草月ホールで「降霊館死学」の公演をプロデュース。これをきっかけに池田満寿夫、富岡多恵子、白石かずこらとの交遊がはじまる。

赤坂の旧草月会館のなかにあった草月会館ホールは、前衛花道家で映画監督でもある勅使河原《てしがはら》宏が開設した草月アートセンターなどの、一九六〇年代の異様なる熱気を孕んだ前衛芸術運動の牙城の一つとなっていた。

つづけて矢川は書いている。文中にみえる「アスベスト館」は、土方巽の稽古場である。

小町の家はこの頃から月に一度は松山、土方、加藤氏らの寄り集う梁山泊の趣を呈する。また東京では早稲田喜久井町の加藤方、目黒のアスベスト館、世田谷の池田・富岡のアトリエを根城に、事あるごとに徹夜の酒宴がくり返された。森茉莉《まり》、巖谷國士に紹介されたのも池田のアトリエであった。

一九六三年は、ケネディ米国大統領の暗殺が宇宙中継で日本にも伝わった年だが、澁澤龍彥は三十五歳。この頃から、演出家（堂本）、舞踏家（土方）、画家（池田）、詩人（富岡・白石）、小説家（森）、梵文学者（松山）、俳人（加藤）、仏文学者（巖谷）といった若い芸術家や学者との、ジャンルを越えた交遊が深まっていった。これらの人々のほとんども、当時はまだ無名に近いような若者だった。

松山俊太郎、土方巽、加藤郁乎の三人はすでに先の章で紹介した。矢川のコメントに新たに出てくるメンバーのなかで、とりわけて重要だと思われるのは、池田満寿夫と巖谷國士だろう。

池田満寿夫は一九三四年（昭和九）旧満洲生まれ。澁澤より六つ年下である。池田が回想する二人の出会いは、なかなかユニークだ。

「彼を最初に見たのは六一年頃だったが、友人の堂本正樹の演出のリサイタルのロビーで三島由紀夫と一緒で、ベレーをかぶりパイプ煙草をすっていたのだが、ちらりと見ただけで私は澁澤龍彥はせむしであると断定してしまったのであった。なにかの新聞でフォートリエの如き抽象絵画は好まないと書いてあったのと、サドの研究家ということが、とんでもない悪意の想像を私のなかでつくらせてしまったのである。そののち恐霊館《ママ》死学（原作・加藤郁乎、演出・堂本正樹、主演・土方巽）のダンス・リサイタルの舞台装置をしたのがきっかけで土方巽、澁澤龍彥、加藤郁乎、加納光於、野中ユリ等と急激に親交を結ぶようになった。澁澤龍彥と最初に言葉を交わしたのはリサイタルのあとのパーティーでだったが彼は私の顔を見るなり「なんだ、池田満寿夫って、あんがいかわいいんだな」と少年のようなソプラノで唄ったので、私はいっぺんに彼が好きになってしまったのだった」（『私の調書』）。

国際的な美術家としてだけではなく、のちに小説家や映画監督としても有名になる池田満寿夫だが、サドもブルトンも嫌いでヘンリー・ミラーが大好きというこの画家と澁澤は、作風の上での共通性となるとあまり認められないかもしれない。しかし、二人は生涯にわたって仲がよかった。「永遠の少年」である澁澤について、池田は「彼に会って、敵意を感じる人なんて、ほとんどいないんじゃないかと思うけどね」と語っている（「次元が違う」）。いっぽう澁澤にとっての池田満寿夫は、「何をしても憎めない、あっけらかんとした弟のような存在」という見方（澁澤龍子）が、いちばん当たっているのだろう。ある日、池田満寿夫が「なんで澁澤さん、パイプを吸っているんだ?」と訊いた。澁澤は「これは文明だよ」と答えた。

もう一人の巖谷國士は一九四三年（昭和十八）東京に生まれた。祖父に明治の文学者巖谷小波《さざなみ》をもつ巖谷國士は、澁澤と同じ東大仏文の出身で、シュルレアリスムの研究者であり、明治学院大学の教授をつとめた。

巖谷は十五歳年下という、澁澤が特に親しくした面々の中では別格に歳が若い人物だが、澁澤の死後、編集委員の一人として『全集』編纂に献身的な功績を残し、自身の澁澤に関する膨大な文章や対談を〈澁澤龍彥論コレクション〉（二〇一七年）という全五冊にもおよぶ書物にまとめることになる。

先の文で矢川は池田満寿夫のアトリエで巖谷に初めて会ったと記しているが、巖谷自身の回想によると、そうではなくて新宿西口の酒場ぼるがで池田か富岡に紹介されたという。巖谷は池田・富岡の隣人だった。『サド復活』をはじめとする澁澤の著書を高校生の頃から愛読していたまだ二十歳の大学生は、飲み屋でななめ前に座った初対面の澁澤に鮮烈な印象を抱いたようだ。

「そのうちに酒席は混沌としてきた。なにもかもごちゃまぜになった。澁澤さんは、あいかわらず断続的に両腕をふりまわしたり、叫び声をあげたりしていた。私もいろんなことを喋ったり、質問をあびせたりした。なんでもいいから話を聞いてもらいたい、というような、未熟な若造らしい態度であったろうと思う。ところが澁澤さんの対応ぶりは、それまでに私の体験したことのない種類のものだった。私がなにかいうたびに、彼は「そうだ！」とか、「そうかな！」とか叫んで、腕をふりまわすのである。話が早い。突発的に反応があり、一閃にして結論が出てしまう」（「澁澤さん」）。

当時の鎌倉小町の破天荒な酒宴のようすを、矢川はアウトローの豪傑たちが集う『水滸伝』の〈梁山泊〉に喩えているけれども、先の章で見たように、この頃の現代思潮社もやはり梁山泊に擬《なぞら》えられている。一九六〇年代の日本には、小粒の梁山泊が星の数ほどあったようだ。

二〇一六年（平成二十八）になって活字化された加藤郁乎の日記「自治領誌」は、この時代の澁澤サークルの雰囲気を知る第一級資料でもある。澁澤と加藤は、一九六〇年代は実に頻繁に会って杯盤交錯、坐談諧謔を重ねている。もっとも蜜月の頃は、二人が顔を合わせた数は年に二十回を超え、「劇飲酔倒二日三日に及ぶ」こともめずらしくなかった。

当時の澁澤たちの、飲み、語り、歌い、遊ぶ、ドンチャン騒ぎの片影をうかがうために、この加藤郁乎の日記から選んで、二つばかりを紹介してみたい。

まずは日記の一九六五年（昭和四十）六月十九日の記述だ。冒頭に出る「裕子」は加藤夫人のことである。

昨夜、池田満寿夫の送別会にゆく。裕子同伴、お茶の水「コペンハーゲン」。包《パオ》でのバーベキュー料理は池田の生地モンゴルとの奇しき暗合だらうか。西脇順三郎氏に〝ポーポポエポエ〟の由来を尋ねて、古代アテナイの諺であると答へられたのに気をよくする。散会後、池田のアトリヱへ。奈良原一高氏と間違へて映画会社の青年を同乗したりして――。例によってアトリヱ・パーティ。瀧口さんとジャリを語り、加納光於と、次の詩集を詩画集としようといふ話など。いつの間にか睡つてしまふ。瀧口さんが朝まで隣家の巖谷君と喋つてゐたといふこと。ビール！といふ声で起きて池田たちに笑はれる。結局、残りし終末族は澁澤龍彥夫妻、加納光於夫妻、土方巽、野中ユリ、南画廊の一見東野《とうの》芳明の青年。池田夫妻の絵のやうな友情にまた酔ひ始める。うどん、すし、シャンソンのレコード（これにはヴィヨンやランボオやヴェルレーヌなどの詩と曲あり）など……。澁澤さんの軍歌がにはかに起り、池田風シャポーを借りての各々の独演など。写真を撮りながら、寝がら飲みながら、怒鳴りながら――題してスル・レアリストたち。20年後のラ・ボエーム。ボッカ・メロン。

この深夜の大宴会のあと、澁澤と矢川は喜久井町の加藤の家に泊まりに行って、朝の四時まで呑んでいる。鎌倉に帰宅したのは、翌日の夕刻になってからである。

次は、一九六四年（昭和三十九）の三月二十八日から翌日にかけての日記。

昨夜、新宿栃木屋に澁澤龍彥氏と落ち合って飲む。「モダン日本」誌時代の集まりの由。派手に騒がうといふので誰彼れに電話しようといふことになる。池田満寿夫は風邪で藤野一友は高血圧でダメ、結局松山俊太郎氏が巨軀をあらはす。隣りにゐる西洋人に語りかけると笑ひながらフランス人新聞記者マルセル・ジュグラリスと名乗るので乾盃。大岡信の友人といふはなし。ボルガに出かけて各国の歌の合唱、マルセル氏はナチの収容所にゐたらしい。落書にいって飲む。澁澤夫妻に拉致されて車で新宿西口から鎌倉へ――。途中、休むことなく軍歌など大合唱。松山俊太郎とマルセルの同行者ユニフランス・フヰルムの山田宏一君も一緒。澁澤居でゾンネンシュターンやジャリのはなしなど。ひる頃起きると山田君が消えてゐる。またビールのもてなしで雑談。松山氏の自己模倣説が愉快。矢川さんに湯豆腐をつくって貰って、食べ飲み語り蕩然として夜気に押し包められる。十一時頃、松山ブーデー氏と帰る。

ここに出る「山田君」は、のちに映画評論家として有名になる山田宏一のことだろうか？「ブーデー」は「デブ」を逆さにした松山俊太郎の渾名である。

もう一つおまけに、彼らの喧嘩風景を紹介しておこう。これは加藤の日記でなく、松山のエッセーからの引用で、日付は一九六三年（昭和三十八）の三月十日だ。

新宿の「カヌー」で飲んでいると呼び掛けられたので振向けば、澁澤さんと矢川澄子さんであった。ほかに加納光於夫妻、野中・篠原両女史、土方氏とボリショイ熊のような男が一連隊である。この新顔が加藤郁乎だと紹介されたが、かれは土方さんとの激論に夢中で、やがて二人は表に消えた。

果して喧嘩の御注進があったので、戦場に赴くと、鶏卵大の石が飛んで来るのが土方さんの砲撃である。観戦武官としては黙って見とどける義務を感じたが、通行人の危険を考え、間に立つの止むなきに至った。いま知り合ったのも忘れて「てめえは何処の地廻りだ」と怒号する剣幕から、郁乎が挑んだと判断したが、実は土方さんの先攻で、既に一軒追い出されているのであった。

それでも目出度く仲直りして、一行は土方さんのアパートに河岸を更えた。ところが、自宅に酒がないのに憤慨した土方さんが簞笥の上にあった砂糖壺を打撒けたので、一緒に来た郁乎とわたくしは雪をかぶったように白くなり、部屋は砂糖だらけになった。後の車で着いた澁澤さんたちが、事情を察し、魔法を使って午前三時半の街から二升も調達してくると、瓶を見て安堵した土方さんは、忽ちがっくりとしてしまい、軍歌の大合唱の中でも覚めなかった。土方さんが求めた酒は、客をもてなすためのものだったのである。（「再観「謎の日本人」」）


この松山の文章のあたまに名前が出てくるカヌーは、新宿に一九六五年（昭和四十）まであった伝説的な文壇バーで、戦後の文学者、芸術家、編集者たちが多数出入りしていた。澁澤もサド裁判の帰りに、石井恭二らといっしょに立ち寄ることがあった。カヌーのマダムだった森泉笙子《しょうこ》（関根庸子）の回想録『新宿の夜はキャラ色』を読むと、松山からたいそう心のこもったプレゼントをもらって喜んだ話や、石井恭二にタクシーのなかで挑みかかられて憤慨した話などが出てくる。裁判の特別弁護人だった埴谷雄高は、サド裁判をきっかけにこのバーのいちばんの常連客となり、カヌーを覗けばいつでも埴谷に会えるという伝説が流れていたくらいだったが、実際のところは週に二日ほど通っていただけらしい。

当時のネオンの瞬く新宿の夜のありさまを、「そこには自称アナキスト、トロツキスト、あるいは年少の犯罪者同盟などといった、得体の知れぬ連中が目を光らせて、野良犬のようにうろうろしていた」

と澁澤は書いている（「あの頃の埴谷さん」）。

野坂昭如の実名自伝小説『新宿海溝』（一九七九年）の第一章に、このカヌーに入って来た大男の石堂淑朗が、松山と種村季弘の消息をたずね、もしこのヤバイ二人が来る気配があるならずらかろうとする場面がある。先にも少しふれたが、この三人は東大時代からの大の呑み友だちであり、松山と種村は、石堂の奴をもう少しイタぶれば発狂するのではないかと、二人して〈石堂淑朗発狂促進委員会〉を結成していた。

脱線ついでに、野坂昭如が小説で描いた松山の姿を次に引こう。「庄助」は『新宿海溝』の主人公（＝野坂）である。

松山俊太郎は東大印哲を卒《お》え、若いながら梵語の権威、学会長老の論文を代筆して生活するとも、浅草ストリッパー何人かが、彼を経済的に援助し、ストリッパーのヒモも、また松山に心服しているという説もあった。

片方の手の指が何本か欠けていて、これもピストルを弄《もてあそ》ぶうちに暴発した、あるいは、黒猫を爆死させようとして失敗したと、二つの説がある、東大時代、空手部の主将、冬も浴衣一枚で、その襟からのぞく肌は、透き通るほどに白いが、胸板がっしりと厚く、酔えばしばしば器物を節くれ立った拳で破損せしめる、プラスティックの波板は、打撃に強いはずだが、松山これをしつこく打って、紙吹雪の如くにしてしまったのを、庄助、見たことがある。

器物に対する暴力はまだしも、いったん彼がサディスティックにからみはじめたら、これは蟻地獄だった、まがうかたなき美男子、すずやかな眼で相手の視線をとらえ、張りのあるバリトンで、

徹底的に追いつめる、［…］

加藤の日記と松山のエッセーでも、澁澤が軍歌を高唱する場面が出てきた。酔った澁澤が軍歌を歌うのは有名で、驚く人も多かった。美術評論家の東野芳明のように、その姿を見て「ぞっとした」と述べている者もいる。

高橋たか子の長篇小説『誘惑者』（一九七六年）は、澁澤をモデルとした松澤龍介という学者が登場することで知られるが、『デモノロギーの手帖』の著者であるこの松澤龍介も、鎌倉の自宅の二階の八畳で友人たちと酒を飲んでは延々と軍歌を歌いつづける。「無垢な、子供のような笑顔なのだが、子供のようである故に、子供のような酷薄さも仄見えている」と描かれる松澤が、「ここはお国を何百里」で始まる《戦友》を歌いはじめる場面を、次に見てみよう。鳥居哲代というのは、小説の主人公の女子大生である。

そこまで松澤龍介に独唱させた上で、それがこの家の酒宴の定りとなっているのか、二連目から詩人と画家が加わった。三人は声を合わせて、つぎつぎと歌い続けていった。

「戦争に行ってらしたんですか」

と、鳥居哲代は夫人に言った。男の学生たちと酒を飲む時には誰も軍歌を歌ったりする者はなかったからである。

「いいえ、ずっと胸を患ってたものですから」

と、夫人が答えた。

夫人の声がかぼそいので、それに男たちの歌声が大きいので、鳥居哲代は二度も聞きなおした。

「軍歌をうたわれるのですか」

鳥居哲代は松澤龍介と軍歌がどうしても結びつかない気がした。戦争に行ってないのなら、なおさらそうである。

「この人、何でもうたうのです」

夫人は、丸い黒い眼で松澤龍介のほうをちらりと見ると、自分もするすると軍歌をうたう仲間に入ってしまった。

この小説での松澤龍介の妻は、「丸い黒い眼」だけでなく、「オカッパの髪型や軀の細さ」とか「鳥ほど軽い、少女のような女」とされていて、明らかに矢川澄子を連想させる。酒宴の軍歌に加わる「詩人」は、喧嘩っぱやいところから見て加藤郁乎をモデルとしているようで、そうだとすると、「画家」は池田満寿夫か加納光於あたりになるのだろう。

松山によれば、軍歌の内容をいちばん真に受けたのは、昭和では三年から六年までのわずかな年代に属する者たちであるという。そして、軍歌の肯定的な印象をのちまで保持した者はいっそう少数だとしたうえで、澁澤がそうした稀有な存在でありえた理由を松山は五つ挙げている。

はじめの二つを引こう。

「第一に、澁澤氏にとって、戦争や軍歌は、あくまでも観念上のもので、しかも、これらとの心理的な一体化によって、現実の肉体的な非力感を解消させるものとなっていた。

第二に、軍歌にしばしば含まれる帝国主義の理念を、人間の根源的な衝動の必然的な所産として認め、この衝動をもっとも無害に充足させるものの一つとして、軍歌の代償的な機能を評価した」(「澁澤さんと軍歌」)。

とはいえ、澁澤の歌は軍歌に限られていたわけではない。小学校唱歌、鉄道唱歌、革命歌、ロシア民謡、シャンソンなども歌ったが、旧制高校寮歌だけは歌わなかった。歌詞は長大なものでも、初めから終りまで、驚異的なまでの非凡な記憶力できちんと憶えていた。「歌は時間としてではなく、空間として、まるごとすっぽりと、頭のなかに入っているのであるらしい」と、巖谷國士が書いている(「澁澤さん」)。

松山が小町の澁澤の家に年始に行く習慣がつくのは一九五七年(昭和三十二)からだが、そのごく初期の頃、大晦日から三が日まで連日連夜松山と二人で酒盛りやトランプにふけっている兄に、妹の幸子がせめて新年の御慶に階下に降りてくれるよう申し入れた。すると癇癪玉が破裂した澁澤は、幸子を階段から蹴落とした。客に対して失礼千万だという気持だけではなく、他人に命令されたり干渉されたりするのが澁澤は厭だったのだろうと、松山は推測している。

演出家・劇作家であり、澁澤より五つ年下(一九三三年生まれ)の堂本正樹は、澁澤の家まで徒歩三分という近所住いで、近づきになる前には、自著を澁澤家の郵便受けに投げ込んで、悪いことでもしたように一目散で逃げたこともあったらしい。この堂本は、一九六三年(昭和三十八)以降たびたび澁澤の家に出入りしていたが、彼もまた、澁澤が、「泥酔しては妹さんを階段から突き落とすので我らシラフ組は肝を冷やし、当時の夫人矢川澄子さんが、表情のみ冷静で、「貴方、駄目じゃないの」などと、必死に客の前を繕ったりもした暴走があった」と伝えている(「『血と薔薇』の時代」)。

松山は、もしも堂本の言うことが他人から耳にした話に基づく幻視でないならば、澁澤の「兄妹には、安全に蹴落とし蹴落とされる、特技があったことになる」と書いている。松山らしいこの諧謔は笑えるけれども、堂本の方の記憶も決して幻視などではない。矢川もまたこの時の事実を証言している。蹴り落とされて痣ができた幸子は、暴君の兄とはしばらく口もきかなかった。

澁澤には、気に入らなければ母がととのえた卓袱台をひっくり返すような、抑制のきかない癇症な一面があった。

当時の小町の家のことを、矢川は次のようにも回想している。

「狼藉はしばしば深更にまで及び、その高歌放唱は階下の人びとの安眠を妨げた。そう、この二階屋の上階と下階はそのまま上界と下界でもあって、下ではあたりまえのテンポで時計が時をきざみ、母と妹の日常茶飯が営まれていたのだ。天上ならぬ天井の神鳴りがあまりにはげしくなると、さすがに下界からは怨嗟の声が立昇ってきた。けれどもそんなことにでもなれば、上にいるお兄ちゃんの俠気はもちろん肉親を見捨てて一方的に友人たちのためにのみ発揮され、かえって狂躁《オーギイ》に油をそそぐ結果ともなりかねなかった」（「わたしひとりの〈たま〉」）。

松山は今でも「胸の痛む想い出」として、次のようなエピソードを伝える。

ある正月、澁澤と松山のために、矢川は慈姑《くわい》の薄切りを油で揚げていた。台所は一階にあるので、二人にあつあつのを食べさせてあげようと矢川は何度も何度も階段を昇り降りして、そのあいだ自分では一枚も口にしなかった。矢川が最後の一皿を運び終わり、自分の分は残しておいてくれるだろうと期待して台所のあとかたづけで下に降りたとき、「これをみんな食べちゃうと、きっと澄子、泣くよ」と澁澤は松山に言った。慈姑は残らず男二人に平らげられ、それを知った矢川はベソをかいた。……

「この鎌倉の私の茅屋には、ひとを惹きつける不思議な魔力があったらしく、天才や豪傑や奇人や美男美女が雲のごとく集まった。大げさに言えば、六〇年代のアングラ文化の一部がここで形成されたとも言えるのである」（「藤綱と中也」）。

2　昭和三十八年／「世界悪女物語」／サド裁判控訴審判決

一九六三年（昭和三十八）の一月より、「世界悪女物語」の連載が「新婦人」で始まっている。十二月までの十二回連載だった。

「新婦人」は華道の池坊《いけのぼう》が出していた雑誌で、ルクレチア・ボルジア、エルゼベエト・バートリ、則天武后といった歴史上の女性十三人の小伝「世界悪女物語」は、この雑誌の編集者だった田村敦子《あつこ》の企画である。法政大学文学部出身の田村は、一九三八年（昭和十三）生まれだから澁澤より十歳若く、当時まだ二十代半ばの女性だ。田村敦子はその後も、この原稿料のかなりいい「新婦人」で、澁澤に「エロスの解剖学」と「幻想の画廊から」を連載させることになる。

「世界悪女物語」の連載には、澁澤の推薦で藤野一友が挿絵を描いている。藤野は一九五九年（昭和三十四）に三島邸でコックリさんを一緒にやったメンバーのうちの一人であり、先に引いた加藤郁乎の日記にも名前が見えるが、中川彩子の名前でもってSM画を描いていた画家でもあった。澁澤は藤野が書いた小説も評価していた。

一年の予定のフランス留学を半年で切り上げることになった出口裕弘に宛てた一月下旬の手紙で、澁澤は『十九世紀ラルース百科事典』と「アポカリプス」関係の本を送ってくれるよう頼んでいる。その手紙の末尾では、遥かなるヨーロッパの地の友人をこう羨んでいる。

「イタリア旅行は、いいな。うんと写真を撮ってきて下さい。めずらしい悪魔の写真や、バロックな装飾の写真……もっとも、イタリアの僧院やカテドラルには、あまり悪魔はいないだろうな。ビザンティンなら、天使だな。モザイコやフレスコには、最後の審判図なんかあって、面白いだろうね。……などと、勝手なことを書いて、失敬。あと二カ月足らずで、会えるのか。まあ、せいぜい足まめに……」。

三月一日、小町の家にようやく電話が敷設された。

六月、『毒薬の手帖』の単行本が桃源社より刊行された。函と本体の天地小口の三方を緑色で統一した、『黒魔術の手帖』の姉妹本のような体裁となった。

この年の七月頃、瀧口修造が国際シュルレアリスム展へ送る「サド事件の原稿」を澁澤に依頼した事実が、瀧口の加納光於宛の書簡から分かる。ただし、その原稿をはたして澁澤が実際に書いたのかどうかは不明である。

矢川澄子のブレヒトの翻訳『暦物語』が現代思潮社より十月に出版され、その装丁を澁澤が担当している。自著は別にすると、澁澤が〈装丁家〉として起用された唯一の本である。一九六〇年（昭和三十五）に澁澤は加納の版画教室で双頭を持った怪鳥の版画を作っていて、『暦物語』の函にはその自作の絵が使用されている。

土方巽の舞踏《あんま——愛欲を支える劇場の話》が十一月五日に上演された。丹下健三設計の草月会館ホールに、畳約五十枚が敷かれ、目黒のヘルスセンターから何をするかも分からないまま連れてこられた四人のお婆さんたちが三味線を弾いた。公演中、このお婆さんたちは怖くて逃げだそうとしたが、土方に袖をつかまれて怒鳴られた。

この公演ではプログラムに代わる豆本詩画集を池田満寿夫が制作し、三島由紀夫、埴谷雄高、加藤郁乎、三好豊一郎とともに、澁澤も文章を寄せている。

この頃、土方の暗黒舞踏は、ネオ・ダダやハイレッド・センターをはじめ、数多くの前衛芸術家たちをそのメールシュトレームの大渦に巻きこんでいた。

同月二十一日、七月に始まったサド裁判の控訴審（書類のみ）の判決が出る。第一審判決を棄却し、有罪。澁澤に七万円、石井恭二に十万円の罰金が科せられた。被告側は直ちに上告手続きをとる。

十二月、澁澤と矢川は、馬込の三島邸で開かれたクリスマス・パーティーに出席している。

3 昭和三十九年／中井英夫と塚本邦雄／『夢の宇宙誌』／矢川澄子の役目／種村季弘／『サド侯爵の生涯』

東京オリンピックが開催され、ベトナム戦争が始まった一九六四年（昭和三十九）――

正月の一月二日に、三島由紀夫が小町の澁澤の家に立ち寄る。同じ鎌倉に住む川端康成と林房雄の家への年始挨拶の帰りがけだった。三島のこの習慣は、一九六六年（昭和四十一）まで三年間つづくことになるが、この年は玄関だけで、家には上がらずに辞去した。

この月から、前年「世界悪女物語」を掲載した「新婦人」で、「エロスの解剖学」の連載が始まる。やはり十二回の連載で、十二月までつづく。単行本になる際には、『エロスの解剖』と改題された。

二月、母の節子が鎌倉の山ノ内に好適な土地を見つけ、四月には賃貸契約を結んでいる。

「敗戦の翌年から住みついていた小町の借家がかなり老朽化して大家から立退きを申し渡されたのと、裁判以後すこしは経済的ゆとりもできたためもあって、いずれは持家をということになり、前年から土

1964年5月8日、中井英夫『虚無への供物』出版記念会にて。左から塚本邦雄、三島由紀夫、澁澤。

地を物色しはじめていた。地所はきまったもののすぐには建てはじめられず、この年カッパ・ブックスの書下しを引受けたのも半ばはそのためである」（「矢川年譜」）。

澁澤の終《つい》の住処が建つこととなるこの場所は、鎌倉五山の一つの円覚寺の、裏山中腹にある六十坪程の土地で、横須賀線の北鎌倉駅から徒歩五分、あじさい寺として有名な明月院がすぐそばにある。

三月二十八日、浪人時代にアルバイトをした「モダン日本」編集部の同窓会が開かれて、澁澤も吉行淳之介らとともに出席している。この会のことは、先に引いた加藤郁乎の日記にも見える。

四月、『世界悪女物語』が桃源社より出る。装丁と装画は真鍋博が担当した。

中井英夫（塔晶夫）の『虚無への供物』の出版記念会が五月八日に銀座の米津風月堂で開かれた。澁澤が中井英夫と知り合ったのは一九五八年（昭和三十三）頃にまで遡るようで、当時「短歌」の編集長だった中井を紹介したのは角川書店の編集部にいた永井淳《じゅん》である。

この出版記念会には発起人の一人として三島も出席しているが、澁澤はこの場で、前衛歌人として当時注目を集めていた塚本邦雄に会っている。澁澤、塚本、三島の三人が談笑している写真も残されている。

小説家の塚本青史《せいし》が著した『わが父塚本邦雄』に拠ると、塚本邦雄が澁澤に会ったのはこの会が初めてだという。ただし、塚本邦雄は一九六二年（昭和三十七）の加藤郁乎『えくとぷらすま』の出版記念会に出席しているので、すでにそのときに澁澤と対面していたかもしれない。澁澤は一九五九年（昭和三十四）「短歌」に発表した評論「異端者の美学」で、春日井建、寺山修司とともに、塚本の歌を論じている。（そもそも中井に初めて会ったのもその原稿の件だった。）また、処女評論集『サド復活』も塚本に贈っていた。いっぽう塚本は、第三歌集にあたる『日本人霊歌』（一九五八年）から、著作を澁澤に贈呈している。

六月、『夢の宇宙誌――コスモグラフィア・ファンタスティカ』が美術出版社より刊行された。〈美術選書〉の一冊として出た本書は、もともとは石井恭二が編集をつとめる現代思潮社の雑誌「白夜評論」に連載された「エロティシズム断章」と、「現代詩」に連載した「玩具について」をもとにしている。この二つに徹底的なまでの加筆・改筆をほどこすことで出来上がった本文に、百三十点にも及ぶ図版を添えたのがこの本だった。旧稿を全面改稿して一冊に纏めるのは、澁澤としてはかなりめずらしいケースといえるだろう。

編集を担当した雲野良平《くものりょうへい》は、一九三五年（昭和十）東京生まれ。早稲田大学国文科出身で、澁澤より七歳年下の、やはり当時まだ二十代の青年である。雲野は一九六二年（昭和三十七）の暮れに、はじめたばかりの美術選書の一冊として、「魔宴の庭」とか「アポカリプス美術」といった題名で、長篇の書下ろしを澁澤に書面で打診した。すると即座に、次のような葉書が届いた。

「お手紙拝見、委細了承致しました。来年早々にでも、拙宅へご来駕くだされば幸甚です。鎌倉市小町四一〇澁澤龍彦」。

翌一九六三年（昭和三十八）の年明け早々に雲野が喜び勇んで小町の家を訪ねると、澁澤はブルトンの『魔術的芸術』やバタイユの『エロスの涙』、フランドル派の大判画集などを次々に雲野に見せて、「では折を見てやりましょう」ということになった。すると翌年になって、澁澤から電話が入り、とりあえず「白夜評論」などに連載したものを纏めて一冊にできないかと言ってきたという。

こうしてできあがったのが、それまでのダークなイメージが克《か》つ著作とくらべて、「一ランク天使的段階に昇ったような、むしろ明るく透明な異世界の眺望」（荒俣宏）を備えた『夢の宇宙誌』だった。本の表紙袖には、三島がいうところの「美少年湯上りの図」があり、このあぶな絵のような澁澤の写真は矢川澄子が撮影したものである。

雲野良平は、この後も二冊の美術論集『幻想の画廊から』と『幻想の彼方へ』を出し、澁澤の仕事にとって逸することのできない役割を担う重要な編集者の一人となっている。

稲垣足穂への献辞をもった『夢の宇宙誌』は、一九六〇年代の澁澤を代表する著作として名高い。先の荒俣宏や、高山宏、谷川渥《あつし》などの戦後まもなくに生まれたポスト・サド裁判の世代には、本書から澁澤体験が始まったとする者が多い。澁澤自身も、文庫版（一九八四年）のあとがきで、「六〇年代に刊行した十数冊の著書のなかで、私のいちばん気に入っているのが『夢の宇宙誌』である。この作品によって、私は自分なりにエッセーを書くスタイルを発見したのだった」と書いている。

本書は刊行当時の評判もすこぶる高く、埴谷雄高、森本和夫、栗田勇、東野芳明らのたいへん好意的な書評が数多く出ている。それにくわえて、「東京新聞」の名物コラム「大波小波」が本書を絶賛している（六月二十七日）。

一風も二風も変わっていてしかもシンのある文学者はタルホだけでおしまいかと思っていたものの、

澁澤龍彥という後継者を見いだしたとするこの匿名の記事は、ほとんど紹介されたことがなく、またなかなかふるっているので、その後半をここに挙げよう。

サド裁判の被告だった澁澤は、先に、「黒魔術の手帖」「毒薬の手帖」の連作を出しているが、奇抜で楽しい本をさらにつけ加えたわけだ。「夢の宇宙誌」は「玩具について」「天使について」「アンドロギュヌスについて」「世界の終りについて」の四章よりなっているが、そのどれもが人類がこれまでもった想像力の不思議な大きさを示していて、一読しただけで、胸が数倍ふくらむこと受け合いだ。

その中で、ことに「アンドロギュヌスについて」が、これまであまり紹介されなかった両性具有者を多角的にあつかっていて興味深い。渉猟された文献がきわめて豊富なのは前記の二著と同様だが、澁澤の特徴は単なる文献の羅列ではなく自己の見解がそこにはっきり打ち出されていることにある。

こういう書物が出されているかぎり、魔道の後継者も絶えることがないだろう。

「タルホの後継者澁澤龍彥」というタイトルがついたこの匿名批評には、「ペラダン」という洒落た署名があった。『夢の宇宙誌』にも名前のみえる、フランス十九世紀末の小説家にして魔法道士たるサール・ジョゼファン・ペラダンのことである。

結婚の当初から、妻・矢川澄子の澁澤の仕事に対する貢献には絶大なものがあったようだ。その頃の二人の仕事ぶりをよく知る編集者の田村敦子は、矢川は「本当に片腕以上の存在だった」と語る（「〝女性誌に登場〟の頃」）。

この当時の二人のようすが、矢川によって回想されている。文中に出てくる「少年」が澁澤で、「少女」が妻の矢川であるのは言うまでもない。

引用とインスピレイションとを綯いまぜて、自分の気に入った文脈に仕立て直し、好きなことばをちりばめて彼独得の彩色をほどこしてゆく、一種の職人芸といおうか、そのあざやかな手際。そこまではもちろん彼の独壇場で余人の容喙をゆるさぬところです。けれども原稿にさいごのピリオドが打たれたとたんから、それは彼の、というよりすでにしてこの部屋のものであり、ということは共にいる少女のものでもあったのです。

書けたよ。どんなに疲れて眠っていたりしても、少女はその一言でとびおきることができました。少年はそのまま寝床に倒れるか、でなければ寝酒を所望します。入れ替りに机に向うのはこんどは少女自身でした。翌朝編集者のあらわれるまでに、少女はこれを浄書しなくてはならないのでした。

書き上げられた草稿をつねに最初の読者として読ませてもらうよろこびと、このひとにこんなに頼られているという責任感が交々少女を支えていました。浄書ばかりではありません。協同態勢はとっくに開始されていました。文献を入手するための工面からはじまって、資料調べを手伝い、時には下訳をし、いよいよ上梓が近づけば近づいたで校正を繰返し、装幀に頭をひねり、といった具合に、ほとんどこの工程のすべてに少女は望まれて関わっていたのでした。（「少年と、少女と、幾冊かの本の話」）

当時澁澤の原稿はほとんどすべて矢川が浄書したものだったが、私自身、矢川から初めて原稿をもらった際、その筆跡が澁澤の筆跡に酷似していたのに驚いた記憶がある。手蹟だけでなく、文字の訂正の仕方などもうり二つなのだ。そのことを伝えると、「長年澁澤のお清書係をやってたからこうなったのよ」と矢川は嬉しそうに笑っていた。

矢川はこうした秘書代りの役割を果たすだけにとどまらなかった。澁澤の『世界悪女物語』の「クレオパトラ」、同じく一九六三年（昭和三十八）に『近代美術の先駆者』のために執筆された評伝「パブロ・ピカソ」は、現在では矢川の代筆だったことが知られている。（当時、「澁澤龍彦ともあろうものが、奥さんに書かせて自分の名前で発表するとは何事だ！」と、野中ユリが激怒した。）

そんな矢川にとっても、『夢の宇宙誌』は、夫婦二人の「最上の達成」であり、協同した澁澤の著作のなかから選べば、「極言すればこの一巻にしぼられる」と矢川は述べている。

『夢の宇宙誌』刊行の少し前から、矢川は『迷宮としての世界』の翻訳を手がけていた。マニエリスム美術復権の口火を切ったグスタフ・ルネ・ホッケのこの名著は、もともとは渡欧帰りの大岡昇平が澁澤に紹介したようだが、いざ本を取り寄せてみるとドイツ語だったので、澁澤は矢川に翻訳をすすめた。邦訳版は雲野がいる美術出版社から刊行されることが決まり、当初、矢川は一人で翻訳をはじめたが、なにせ大部の著作だから共訳をする人物を探していた。

その共訳者として二人の前に現れたのが、種村季弘である。

種村季弘は一九三三年（昭和八）東京生まれ。澁澤の五歳下である。東大の独文科を出た種村は、雑誌編集者などを経て、一九六四年（昭和三十九）からは駒澤大学の専任講師をつとめていた。種村はもともと、光文社の「女性自身」の編集者をしていた一九五八年（昭和三十三）の年末に、取材で一度澁澤家を訪問している。先に記したように、種村は松山俊太郎の大学時代からのきわめて親しい友人で、ホッケの共訳も、「その本は種村くんが宮川淳《あつし》たちといっしょに読んでいるから、あいつと組めばいい」という、松山の推輓があったのだった。

幻想文学や幻想美術、錬金術、悪魔学、人形など、澁澤と共通したテーマで厖大な著作をあらわし、一九七〇年代には、「仏文の澁澤、独文の種村」として〈異端文学者〉の両輪のごとく扱われることになる種村季弘も、この当時はまだ一冊の著書も訳書も持たない三十一歳の青年である。種村は、澁澤の死後、『全集』の編纂委員の一人をつとめ、数多い自身の澁澤論を『澁澤さん家《ち》で午後五時にお茶を』という一書に纏めることになる。

六月、山形月山、羽黒山方面に旅行。東北地方に澁澤が足を踏み入れたのは、これが初めてだった。澁澤の自宅に家出の少女が来ているのでどこか勤め口を探してくれないかと、現代思潮社の松田政男から電話があったという話が、加藤郁乎の七月の日記に見える。

八月、その加藤の軽井沢の山荘に矢川とともに招かれている。

九月、〈マルキ・ド・サド選集〉の別巻として、『サド侯爵の生涯』が桃源社より刊行される。選集全六冊は、これで完結をみている。

『サド侯爵の生涯』は、書下ろし七百枚という澁澤にとって最長の著作でもあったので、執筆は難航し、桃源社の矢貴昇司は澁澤を御茶ノ水の駿台荘にまたカンヅメにした。数日後に矢貴がそっと原稿の進み具合を覗きに行くと、澁澤は友だちをいっぱい呼んで、飲めや歌えのドンチャン騒ぎをしていた。

日本で初めてとなるこの本格的なサド伝には、磯田光一や遠藤周作のものなど多くの書評が出ているが、それらのいずれもは、埴谷雄高が述べた「今後長く私たちがもちうる最上のサド伝」という賛辞に集約されるだろう。

澁澤のこの明晰な評伝に触発され、後年、三島由紀夫が戯曲『サド侯爵夫人』を、稲垣足穂は「ヴァニラとマニラ」を書いている。

十一月、アメリカの舞踏家マース・カニンガムの舞踊団の来日公演を産経ホールへ見に行っている。この年はこのカニンガムのほかにも、ジョン・ケージとロバート・ラウシェンバーグという米国の最先端の前衛芸術家が揃って日本に来て舞台でハプニングを披露した。評論家や若い芸術家たちはみなこぞってこのハプニングを支持したが、澁澤は黙殺した。「「土方ダンスの方がずっと面白い。マース・カニングハムなどは、彼の爪の垢でも煎じて飲むがよい」と放言して顰蹙を買ったおぼえがある」と澁澤は述べている（「肉体のなかの危機」）。

十二月二十二日には三島邸のクリスマス・パーティーに澁澤と矢川は出かけている。同席者には石原慎太郎をはじめ、森茉莉や奥野健男らがいた。

4　昭和四十年／三島の年賀／『快楽主義の哲学』／高橋睦郎／金子國義／《サド侯爵夫人》

《オバケのQ太郎》と《ジャングル大帝》のテレビ放映が始まった一九六五年（昭和四十）——

一月二日、三島由紀夫が年始にくる予定なので待ちうけていると、昼過ぎから池田満寿夫、富岡多恵子、加納光於夫妻らがどっと来て酒盛りとなる。夕方、しらふの三島がやって来る。このときのようすは、矢川が刻明な文章にしている。

「昼頃から親しい同年輩の友人たちが打ち連れてぞくぞくつめかけてきて、酒がまわり、暮れ近くにはすでに和気藹々どころか、たえまない高歌の放唱でそれこそ陋屋もゆらぐばかりになっていたのだ。なかんずく最も酩酊のきわみにあったのはこの家のあるじだったかもしれず、この思わぬ番狂わせが多少はその酔いに拍車をかけてもいたことだろう。対蹠的にただひとり醒めて気を配りつづけていたのがここの主婦であったのは、立場からいってももちろん当然のことであったが、さもなければそのひとの訪う声さえ聞きつけることはむづかしかったにちがいない。

「今年はこのとおりのありさまで」

出迎えてそう謝ったときから、そのひとの表情にあるぎこちなさが混った。導かれて入ってきたそのひとの顔を、男女とりまぜて十幾つの酔っぱらった眼がいっせいに見上げた」。

池田、富岡ら、三島に無関心というより反抗心がある面々のなかに溶け込めずにほどなく三島は退散する。この時のいたいたしい三島の姿を、矢川は次のようにつづけている。

「それから数時間後。自分もようやく欠け茶碗を箸で叩きはじめ、さいごにはいつもの高笑いをむりやり満座の上にひびかせて引揚げるまで、その間のそのひとのいたいたしい努力のさまをつぶさに記すことはためらわれる。［…］紫烟と軍歌猥歌のうずまく八畳の片隅から、その間くりかえし訴えかけるようにこちらへむけられていた、そのひとのまなざし。そのほとんど幼児にも似た、よるべない、苦痛と恐怖とのいりみだれたまなざしのなかに、少女はその夜、このひとりの作家の全生涯に書き遺した何千頁よりもはるかに多くのものを、たしかに読み取らせてもらったような気さえする」（「ある「一期一会」」）。

いっぽう、この同じ場面の澁澤の方の回想は、「ある正月のごときは、鎌倉の私の家で酒を飲んでいる真最中、その杯盤狼藉のなかへ、ちょうど三島由紀夫が飛びこんできたこともある。池田満寿夫と三島とでは、何とも珍妙な取り合せとしか言いようがなく、いったいどうなることかとホストの私は心配したが、まあ、和気藹々のうちに一晩を過ごしたのは慶賀の至りであった」という調子である（「アルティストとアルティザン」）。

澁澤のノーテンキな書きぶりと矢川のそれとの間には、天地雲泥の差があるようだ。もっとも、澁澤は三島が来た時にすでにそうとうにできあがっていたから、翌日になって「エッ、三島さん来て、いつ帰ったんだっけ？」と言うような有様だったというが。

三島の方は、一月十二日付けで、澁澤に次のごとき葉書を出している。

「お正月の一夜は、実に愉快なワルプルギス・ナハトで、昨年のお正月と又ちがふ貴兄の御一面と附合ひ、たのしいことこの上なしでした。奥様にもくれぐ〵もよろしくお伝へ下さい。又そのうち、陰々滅々、鬼火の飛ぶやうな一夕も持ちたいものです。匆々」。

一九六五年（昭和四十）の一月から、「秘密結社の手帖」の連載が早川書房の雑誌「ＥＱＭＭ」で始まる。十一月まで続く十回にわたるこの連載を慫慂したのは、当時早川書房の編集部にいた常盤《ときわ》新平《しんぺい》である。

美術評論「幻想の画廊から」の連載が「新婦人」で始まったのも、同じくこの一月からである。こちらは十二回の連載で、十二月まで。

同月十五日、澁澤家でカルタ会が開かれた。出口裕弘、加藤郁乎、秋山清、田村敦子、それに当時現代思潮社にいた松田政男とその夫人、のちに評論家となる平岡正明が参加した。この日の酒盛りで平岡正明は窓ガラスに頭を突っ込んで怪我を負い、翌日に行くはずだったデパートの就職試験を断念した。

磯田光一の第一評論集『殉教の美学』の書評を、この一月に「図書新聞」に発表している。澁澤は磯田のことを「衛生思想の発達した批評家」、「お行儀のよい、優等生的評論家」とくさし、もしこの書評に文句があるなら私信の形で返事をよこせと書いた。

このあとの澁澤と磯田の交流を考えると、この時に、実際私信のやりとりがあったのかもしれない。澁澤はまた、「わたしなんぞのような生まれつきの風来坊を戦中派世代のなかに無理に割りつける必要は毫もなかった」とも、その書評で書いている。

二月、石井恭二の招きで、澁澤と矢川は、谷川雁とともに箱根・伊豆に遊び、さらに京都まで足をのばしている。

三月、カッパ・ブックスの一冊として『快楽主義の哲学』が光文社より刊行された。

カッパ・ブックスは当時ベストセラーを数多く出していた、新書サイズのシリーズである。「現代人の生き甲斐を探求する」という、澁澤が大嫌いな自己啓発本風のサブタイトルがつけられた本書の書下ろしは、光文社からの依頼だった。〈マイナー〉〈異端〉の代表選手として世間に名を馳せていた澁澤へのカッパ・ブックスからの単行本依頼には本人自身も驚き、光文社の編集者だったことのある種村季弘に、「あそこは原稿をズタズタにして見る影もなく書き換えさせるというが本当か」と問い合わせたという。

刊行時、「澁澤龍彥とあろうものが、なんであんな俗っぽいものを書いた！」と、カンカンに怒った野中ユリが澁澤に食ってかかった。澁澤はそれに対し、「僕は学校の先生をしてないし、こういうこともやらなきゃならないんだ」と返答した。

半ばは新居建築のために引きうけたと矢川が言う『快楽主義の哲学』は、初版部数が三万部、最終的には八万部以上売れたようだ。定価は二百四十円。私の手許にある本には、昭和四十年三月五日発行「第8版」と奥付に表記されている（初版は同年三月一日発行）。この本は澁澤の生前には一度も再刊をみることがなかった。

『快楽主義の哲学』のカバー裏には、三島由紀夫の推薦文が刷り込まれている。

> サド裁判で勇名をはせた澁澤氏といふと、どんな怪物かと思ふだらうが、これが見た目には優型の小柄の白皙の青年で、どこかに美少年の面影をとどめる楚々たる風情。しかし、見かけにだまされてはいけない。胆《たん》、かめのごとく、パイプを吹かして裁判所に悠々と遅刻してあらはれるのみか、一度などは、無断欠席でその日の裁判を流してしまつた。酒量は無尽蔵、酔へば、支那服の裾をからげて踊り、お座敷小唄からイッツァ・ロングウェイまで、昭和維新の歌から革命歌まで、日本語、英語、フランス語、ドイツ語、どんな歌詞でもみな諳《そら》で覚えてゐるといふ怖るべき頭脳。珍書奇書に埋もれた書斎で、殺人を論じ、頽廃美術を論じ、その博識には手がつけられないが、友情に厚いことでも、愛妻家であることでも有名。この人がゐなかつたら、日本はどんなに淋しい国になるだらう。

推薦文としてまさに間然するところがない文章である。ただし、三島の全集を覗くと、こうした類いの調子の高い推薦文のおびただしさに、いささかびっくりさせられる。

種村によると、『快楽主義の哲学』の編集を担当した光文社の古嶋一男は、一種の破滅型の人物で、そのアナーキーなところが澁澤に気に入られて出版後も家に出入りしていたが、「一夜聖なる酔いどれと化して以後、双方のつきあいは絶えた」という（『全集6』解題）。これだけしか種村は書いていないので詳しいところはとんと不明なのだが、なにやら面白そうなエピソードだから、ここに記しておく。

この三月には、詩人の高橋睦郎《むつお》が、はじめて小町の澁澤宅を訪ねている。

高橋睦郎は一九三七年（昭和十二）福岡県生まれ。前年の一九六四年（昭和三十九）に男色を主題とした詩集『薔薇の木 にせの恋人たち』を出して注目されていた。この高橋睦郎の「第九の欠落を含む十の詩篇」を読んで、高橋の友人だった三島由紀夫は、澁澤を訪ねてモンス・デジデリオの画集を見せてもらうように言い、その場で澁澤に電話をかけた。そんな経緯をもった来宅だったが、実はすでに高橋は前年十一月のマース・カニンガムの来日公演の際に、会場のロビーで歌人の深作光貞から澁澤を紹介されていた。

その時の印象を、高橋睦郎は次のように言っている。

「ロビーでの澁澤さんは蒼白なまでに色白、細おもての小柄な躰に縞の三ツ揃いの背広を着込んでブライアーのパイプを啣《くわ》えているところは少年が大人を気取っている図で、これがあの畏怖すべきサド侯爵の決然たる紹介者だとは、とても思えなかった」（『友達の作り方』）。

澁澤は翌年に出版された高橋の第三詩集『汚れたる者はさらに汚れたることをなせ』に跋文を寄せて、次のように記している。「わたしには、高橋氏が、観念過剰な貧血症の日本の現代詩壇におどり出た、一匹の優雅な野獣、傲慢な野獣のようにも見える」。

秋になって、赤坂の草月会館でこの高橋睦郎にばったり会った澁澤と矢川は、なかば強引に、四谷に住む一人の画家のアパートに連れて行かれた。画家といっても、自分の部屋を飾るものがないから絵を描いているだけだという。壁も椅子も家具も真っ黒に塗った部屋には、おびただしいドライフラワーが飾られ、止まった時計がいくつもあった。

それが金子國義だった。一九三六年（昭和十一）埼玉県生まれの金子は、当時まだ三十歳にも満たない若者である。

澁澤は壁にびっしり掛けてあった金子の絵を見るなり、「プリミティヴだ。いや、バルチュスだ」と言ってコートも脱がずに話しはじめた。結局は四時間ほども部屋にとどまり、金子があり合わせのもので夜食を出すと、「うまい」とひとこと料理の腕前を誉めた。金子は手早くラーメンを作り、そこに数滴胡麻油を垂らしたのを澁澤が喜んだのだ。

帰宅の電車のなかで、澁澤と矢川は近刊予定の『オー嬢の物語』の挿絵画家に、いま会ったばかりの金子を採用することに決めた。また翌年、澁澤は金子に等身大の絵を描いてくれるよう依頼した。そうして出来上がったのが、北鎌倉の澁澤邸の応接間に飾られつづけることになる、「痴呆的なほど甘美な」大作《花咲く乙女たち》である。

七月、『エロスの解剖』が桃源社より刊行される。

同月十四日、三島邸の増築披露パーティーに澁澤と矢川は出席している。森茉莉、高橋睦郎、堂本正樹、それに横尾忠則が同席した。増築された三階のバルコニーに面した円い部屋で、『美しい星』の作者は丹沢の山並みの方を指さし、「ホラ、澁澤君、あの山の頂上に空飛ぶ円盤が現れたんだよ」と言っ

1965年8月18日、加藤郁乎『終末頌』出版記念会にて。女装をした澁澤と、土方巽。

た。

八月、土方巽のアスベスト館の一角にあった、バー・ギボンのパーティーが開かれた。浅草から皿回しと紙切り芸人が呼ばれ、丸山（美輪）明宏がヨイトマケを唄ったというが、澁澤はここでも三島に会っている。

三島はある日、石原慎太郎にむかい、「あいつ、怖いよなあ。ひょっとしたら、人を殺したことがあるんじゃないかしら」と、土方巽を指さしながら言った。

ギボンは銅版の会員証を野中ユリがつくったが、土方とスタッフばかりが飲みすぎたために早々に潰れた。

加藤郁乎の『眺望論』と『終末領』の出版記念会が八月の十八日に開かれて、澁澤は加藤にお祝いの花束を渡す役柄をつとめ、女装姿で出席している。白石かずこからサックドレスを借りた澁澤は、ストッキングを穿き、カツラをかぶり、マスカラと口紅を濃く塗った。本人の言によるならば、「自分でもおどろくほどの、オードリー・ヘップバーンに似た凄艶な美女に一変していた」という（「衣裳交換について」）。

八月二十九日から九月一日にかけては、前年に続いて軽井沢の加藤の山荘に矢川と行っている。野中ユリ、加納光於夫妻がいっしょで、来られないはずだった土方が三十一日になって突如姿を現した。

みんなで朝食に納豆めしを囲んでいると、ひとり食べ終った土方がいきなり東北弁で怒鳴りだした。澁澤をはじめとしたほかの面々はわけも分からぬまま箸を置いてポカンとなった。あとで立腹した理由を尋ねると、土方は、「納豆めしをゆっくり喰っているようでは、口のなかで舞踏が腐ってしまうではないか」と言った。

九月の上旬には、三島が自作自演した映画《憂国》の内輪の試写会を見に行っている。京橋の大映本社の試写会場には高橋睦郎、横尾忠則、堂本正樹、雲野良平らがいた。映画の切腹の場面、血が飛び散って腸がはみ出すところで、澁澤は貧血を起こしそうになった。試写の後のお茶の席でそのことを聞いた三島は、澁澤のことをさんざんに笑った。

この試写会の席で、三島は、矢川が種村と共訳した『迷宮としての世界』の推薦文を雲野に渡している。三島は翌六六年の九月に、ダンヌンツィオの霊験劇の翻訳『聖セバスチャンの殉教』を美術出版社から出しているが、この出版を取り持ったのも澁澤だった。

「アサヒ芸能」の九月二十六日号より、コラム風の書評エッセー「快楽図書館」の連載を始める。翌年三月六日号まで。

十月、桃源社の〈新サド選集〉の刊行が始まる。旧版より二巻増えて、全八冊の巻立てになった。完結は翌六六年の十一月である。

十一月十四日、澁澤の『サド侯爵の生涯』に材を得て三島が書き下ろした戯曲《サド侯爵夫人》の劇団NLTの公演が始まる。澁澤は初日の舞台がはねたあとの楽屋で、三島に紹介されて東京藝大教授の作曲家、矢代《やしろ》秋雄と知り合っている。同じ横須賀線沿線の逗子に住む矢代とは、その後も親しい交友を持った。

三島の代表作の一つとなるこの戯曲の公演パンフレットに、澁澤は一文（「サドと三島文学」）を寄せ、翌月出版された『サド侯爵夫人』の単行本にも序文（「サド侯爵の真の顔」）を執筆している。のちに澁澤自身が書いているように、澁澤がもっともしばしば三島と顔を合わせたのもこの一九六五年（昭和四十）だったのである。

昭和三十一年に最初のサド選集（彰考書院版）を出したとき序文をもらったのが機縁となって、私と三島氏との交友が始まったとすれば、四十年における『サド侯爵夫人』（逆に私が序文を書いた）の完成は、この交友の最後の成就であったかもしれない、と今にして私は思う。なお死までには五年があり、その間、決して交友が断ち切られたわけではないが、すでにこのとき、三島氏は私を置いて、遠い世界へどんどん駈けて行ってしまっていたからである。（「『サド侯爵夫人』の思い出」）

十一月二十七日、暗黒舞踏派の公演《バラ色ダンス——A LA MAISON DE M. CIVEÇAWA（澁澤さんの家の方へ）》が開かれる。場所は、信濃町駅近くの葬儀会場、千日谷会堂である。

土方巽は、舞踊の舞台に澁澤を用いようと、本気で考えたこともあったらしい。《バラ色ダンス》の内容は直接には澁澤の著作と関係ないものの、その副題には土方の澁澤に対する大きなオマージュが込められている。美術は中西夏之、加納光於、赤瀬川原平が担当し、横尾忠則が作った公演ポスターには澁澤の写真が小さく使われた。

アスベスト館では木戸御免の存在だった澁澤は、のちにこの時代をふり返り、自分の一九六〇年代の薄明のパースペクティヴのなかには、土方の「くろぐろとした影」が立っていると言う。そして、「おそらく私の六〇年代は、土方巽を抜きにしては語れないであろう」と書いている（「土方巽について」）。

年末には、公庫融資を受けて、北鎌倉の新居がようやく着工の運びとなった。

大きな帽子をかぶり優雅に白い手袋をはめた矢川澄子が、澁澤と由比ヶ浜の海辺でコイコイをしている、細江英公の有名な写真が撮られたのも、この年のことである。

5　昭和四十一年／皿屋敷事件と暴風雨の一夜／「異端の肖像」／唐十郎／世界異端の文学／古典文庫／北鎌倉の新居／高橋たか子

ビートルズとサルトルが来日した一九六六年（昭和四十一）――

この年の正月二日は、〈皿屋敷事件〉と〈暴風雨の一夜〉の日として知られる。

鎌倉小町の家の二階には、澁澤のほかに、三島由紀夫、松山俊太郎、高橋睦郎、金子國義、横尾忠則、堂本正樹がいた。三島は前年の九月から連載を始めた「豊饒の海」のことで頭がいっぱいで、しきりに唯識《ゆいしき》の阿頼耶識《あらやしき》について、専門家の松山俊太郎に質問をくり返していた。

そのときのようすを、澁澤は書いている。

「[…]その晩の三島は唯識説にすっかり熱中していて、口をひらけば阿頼耶識、阿頼耶識といっていた。阿頼耶識の説明をするのに、やおらテーブルの上にあったお皿を二枚とりあげ、一枚を水平に、もう一枚をその上に垂直に立てて、「要するに阿頼耶識というのはね、時間軸と空間軸とが、こんなふうにぶっちがいに交叉している原点なのではないかね」というのである」(「三島由紀夫をめぐる断章」)。

目をまん丸にして、両手に皿をもって夢中になって説明している三島の様子があまりにおかしかったので、澁澤が思わず、「三島さん、そりゃアラヤシキではなくて、サラヤシキ(皿屋敷)でしょう」と半畳を入れた。同席者たちはいっせいにげらげら笑い出した。「まいった、まいった。もう申しますまい。こう手酷く冷やかされちゃ帰るほかはない」と三島は言って、そそくさと帰って行った。

暴風雨が吹き荒れたのはこの後のことである。

潰滅思想の唯識説を三島が小説の骨子にすると聞いて、「不吉の予感がにわかに高まった」松山が、酒とともに荒れ狂いはじめた。

同席していた高橋睦郎の文章を読もう。

「まず、客のひとりが押えこまれて黄色い声を出して引き上げ、つづいて矢は横尾、金子、私のほうを向いた。松山さんは金子の絵、なかんずく澁澤夫人所有の補虫網を持った少女像がお気に入りらしく、だから金子は一応、暴風雨の圏外だった。暴風雨はもっぱら、横尾と私にむかって吹き荒れ、横尾のポスターと私の「詩」は完膚なきまでにやっつけられた。澁澤さんはと言えば、ただにこにこ笑ってパイプをくゆらせておられるきりだった」。

高橋はつづけている。

「この夜の暴風神は見えるかたちでは松山さんだったが、ほんとうの主役はじつは澁澤さんだったのではないだろうか。澁澤さんは終始微笑《わら》って見ていて、時に半畳を入れる程度だったが、そういう澁澤さんの存在じたいがひとつの場となって、この場がすなわち松山嵐の吹き荒れさせる第一原因になったような気がする」(「澁澤龍彥家の暴風雨の一夜」)。

この夜は「私のその後の何かを決めた一夜」になったと、高橋自身は述べている。

そんな高橋睦郎は、澁澤に一度だけこっぴどく叱られたことを書いている。人の噂をしていて、「AさんとBさんは仲が悪いのだそうですね」と高橋が言うと、それを聞いた澁澤は声を高くして、「そんな話はいちばんくだらんよ」と怒った。話の接ぎ穂に困った高橋は恥じ入って、矢川に蒲団を敷いてもらい、そこにもぐりこんで寝てしまったという。

澁澤は愚痴は決して言わず、他人に対する評価も、「あいつはいい!」「あいつはばかだ!」ですぐに結論が出てしまう性格だった。


この一月から、「文藝」で「異端の肖像」の連載が始まる。隔月連載で、計六回。ルードヴィヒ二世、グルジエフ、ロベール・ド・モンテスキウ、ウィリアム・ベックフォード、ジル・ド・レ、サン・ジュストという六人の評伝からなるシリーズは、翌年に単行本化される際には、『神聖受胎』にも収録されていたヘリオガバルス伝一編が追加される。

単行本のあとがきで澁澤は、「古代から近代までのヨーロッパにおける、さまざまな種類の絶対の探求者たちの評伝を書き、これを一冊の書物にまとめようと考えたのは、かなり以前のことである」と書いているが、三島由紀夫が澁澤に宛てた一九五九年(昭和三十四)六月八日付けの手紙には、次のような文言が見える。

「異端列伝の御企て、もつとも興味津々たるものを覚えます。早速「聲」の同人たちに、その旨申してみませう。パラケルズスといふのだけ小生未詳、サヴォナロオラやチェザレ・ボルジアは、ゴビノオ伯で親しみをりました」。

三島でさえパラケルススを知らないというのが時代を感じさせるけれども、それはそれとして、この手紙からは澁澤がすでにルードヴィヒ二世伝を用意していたことも分かる。澁澤は少なくとも七年前から、「異端の肖像」の構想を胸に温めていた。「聲」に掲載したのは結局ヘリオガバルス伝だけにとどまったものの、この年の「文藝」連載で、長年の宿望がようやく果たされたことになる。

「正統を嫌い、文学史の表通りを嫌って、裏通りを、からめ手を、闇を、薄明を頑固一徹に択んできたその一貫性も、並たいていのものではない」。こう述べる出口裕弘の書評が、「日本読書新聞」に出ている。

「異端」という言葉は一九七〇年代までは澁澤の代名詞になっていた感があるが、『異端の肖像』を、『夢の宇宙誌』についで澁澤の一九六〇年代を代表する作とみるむきも多いだろう。七〇年代以降と較べると、このころの澁澤の文体はある種の「型の美学」に近いところがあり、本書はそうした文体のピークをかたちづくっていると言えるかもしれない。

本書を論じて、種村季弘が次のような指摘をしている。「もっとも、今日になって読み直してみると、これらの肖像のモデルになったのは異端者というより、むしろ生物学にいうネオテニー（幼形成熟）のまま生き、かつ死んだ人物たちであったという気がする」。そして種村はこうもつづける。「いつまでも子供のまま幼児固着を引き延ばして生きなければならなかった、例外的人物の栄光と悲惨の劇を肖像化した珍品蒐集室。それがどこかで著者自身の自画像と二重写しになっている、とまではいえそうだ」（『全集7』解題）。

意外と指摘をされないが、『異端の肖像』がとりあげた七人のうち実に五人までもが、同性愛の傾向を顕著に持った男たちである。

三月、『秘密結社の手帖』が、早川書房から、〈ハヤカワ・ライブラリ〉の一冊として刊行される。

春ごろ、唐十郎《からじゅうろう》が、小町の家の最後の時期の客人として来宅する。

唐十郎は一九四〇年（昭和十五）東京生まれ。天井桟敷の寺山修司、早稲田小劇場の鈴木忠志とともに〈アングラ御三家〉と称され、のちには芥川賞作家ともなった唐も、その頃は土方巽のもとにワラジをぬいで、場末のキャバレーで金粉ショーをやりながら脚本を練っていた。

できあがった脚本を土方に見せると、土方は澁澤に会うように唐に言った。しばらくすると、「今、澁澤が来ているから、すぐ来い」と土方から電話がかかってきた。夜中の零時頃だった。唐は李礼仙《りれいせん》（李麗仙）と住んでいた西荻窪のアパートからタクシーを飛ばして行き、澁澤と矢川が土方と飲んでいるところへしずしずと現れた。その時のようすを、澁澤は書いている。

「初めて出会ったのは、もう何年前であろうか、目黒に住む伝説的な暗黒舞踏の教祖、私の親しい友人である上方巽の稽古場の二階、――いや、二階というよりも、それはオペラ劇場のボックスみたいに中二階に張り出した、奇妙に宙ぶらりんの空間であった。どういう風の吹きまわしだったのか、唐十郎はそこに、きちんとドレス・アップして、形のよい卵のような顔を輝かせて登場した。まるで悪魔が美少年紳士に化けたような感じである。「これはただの人間ではないな」と私は心中に思った」（「唐十郎『盲導犬』解説」）。

澁澤は、この年六月、新宿の日立ホールへ、劇団状況劇場の芝居《アリババ》を見に足をはこんでいる。澁澤と矢川は、持参の折り詰めを広げて、酒を飲みながら舞台を見た。十月にも、戸山ハイツ野外音楽堂に《腰巻お仙　忘却篇》を見に行っている。観客はたったの二十五人くらいしかおらず、寒風吹きすさぶ野外観劇の寒さしのぎに澁澤は剣菱の一升瓶と紙コップを持って行った。一九七〇年代には大入り満員の大盛況を誇った状況劇場も、当時の観客席は閑古鳥が鳴いていた。

《アリババ》公演の時の、前から二番目の席に座った澁澤の観劇の姿を、唐十郎が書きしるしている。「芝居の山場を越して、なんとか結着にさしかかろうとしたところで、二階席から、途方もないぶちこわしの野次が入り続行不可能となって、役者は二階席にかけ上り、野次った集団と乱闘になった。撲り合いながら、澁澤さんは帰るのではないかと、僕は、何度か盗み見た。澁澤さんは、独得な高音で、「そりゃ、こうなろうぜ！」と言いながら、少し浮き足だった矢川さんの手を、「まだいろ、恐いことない」と言わんばかりに握っていた」（「澁澤さんの観劇体験」）。

この年の三月より、桃源社から〈世界異端の文学〉の刊行が始まる。クレジットはされていないものの、この叢書は実質的な監修を澁澤がつとめている。桃源社の矢貴昇司から「変わった文学のシリーズでも」と相談を持ちかけられた澁澤は、自分自身で収録作を決めて、その翻訳も出口裕弘や種村季弘ら友人たちに声をかけた。

「十九世紀末から二十世紀初頭にかけて、名のみ高くして紹介されたことのない作家、難解かつ高踏的なるが故に、外国文学研究者に敬遠された作家［…］そのような忘れられた作家を、逐次系統的に紹介してゆく企画」（「「異端文学」のすすめ」）とするこの〈世界異端の文学〉は、翌六七年二月まで、全部で六冊が刊行をみている。

ラインナップを記しておこう。

1　ユイスマン『大伽藍』出口裕弘訳
2　シェーアバルト『小遊星物語』種村季弘訳
3　レニエ『生きている過去』窪田般彌訳
4　ユイスマン『さかしま』澁澤龍彦訳
5　ユイスマン『彼方』田辺貞之助訳
6　クロソウスキー『肉の影』小島俊明訳

第六巻の巻末広告には、第七巻として澁澤訳のビアズレー『美神の館』が予告されている。これは翻訳が遅れ、一九六八年（昭和四十三）九月になって独立した単行本として桃源社から出版された。また、ユイスマンスの作品が三冊も含まれていて叢書としてのバランスをいささか崩しているが、第四巻にはレーモン・ルーセルの『ロクス・ソルス』が当初予定されており、これも澁澤が翻訳することになっていた。それができあがらなかったために、すでに限定版で出ていた『さかしま』の普及版が穴を埋めたわけである。ルーセルの方は、澁澤は生涯、とうとう翻訳を完成させることができなかった。

ちなみに、一九七五年（昭和五十）に白水社で刊行が始まった〈小説のシュルレアリスム〉シリーズでは、このルーセルの小説を今度は生田耕作が翻訳することになっていた。しかし、これも刊行には至らず、結局、この天下の奇書の邦訳は、澁澤の没年である一九八七年（昭和六十二）になって岡谷《おかや》公二《こうじ》が完成させている（ペヨトル工房刊）。

「全集年譜」のこの年の項には、「五月ごろ、巖谷國士がはじめて来訪。飲んで一泊。現代思潮社で企画されつつあった「古典文庫」の一冊として、フーリエ『四運動の理論』を全訳することをすすめる」

とある。この時期には〈古典文庫〉の企画がだいぶ動いていたことが窺える。

現代思潮社が刊行した古典文庫は、その名が示すとおり、世界の文芸・哲学・思想・宗教・社会科学などの古典作品を発掘し翻訳したシリーズで、刊行開始は一九六七年（昭和四十二）の五月。〈古典文庫〉という名称は、澁澤の愛着が深い〈世界古典文庫〉（戦後まもなく日本評論社が刊行していた）を踏襲したものである。岩波的古典の裏をいくこの叢書についても、澁澤が企画立案したことを現代思潮社の石井恭二が証言している。

ある時二人で酒を飲んでいると、澁澤が「石井さん、古典を出そうよ」と言うので、石井の方も「いいよ」というような返事をした。すると澁澤は、ともかくよく知っているのも知らないのも何でもかまわずに名前を書くからと言い、一週間ぐらいでそのリストができてきた。「何だ、これは」と石井が慌てるほどで、大きな紙にぎっしり全部で二百冊ぐらい書名が書いてあった、と石井は回想している（「〈サド裁判〉前後」）。

このリストをもとに、澁澤、石井、出口、粟津則雄、白井健三郎が編集会議を開いて、刊行作品や翻訳者の候補を検討した。澁澤は、東大仏文時代の恩師の一人である鈴木信太郎や、一面識もない林達夫にまで手紙を出して相談していて、この企画にかなりの力が入っていたようすが窺える。

「新しき正当性《オーソドクシー》」を提示しようとしたこの叢書は、一九七四年（昭和四十九）まで、総計五十一冊が刊行されている。「精神のあらゆる指導原理がその基盤を失い、既成の諸思想がすべて無効性を暴露したかに見えるとき、古典は私たちに何を語るであろうか」という一文で始まる古典文庫の発刊宣言文は、澁澤が執筆したと石井は述べていて、この事実は私自身も澁澤自身から聞いたことがある。

ところで、二〇〇四年（平成十六）に蔵書目録の制作のために澁澤の蔵書をひっくり返している過程で、「古典文庫　目録（試案）」と書かれた紙が、一階の書棚から発見された。これはB5サイズの紙二枚に書かれたリストで、筆跡は疑いなく澁澤のものである。古典文庫の収録作品を絞りこむいずれかの段階で作られた「目録」だと推測できる。

貴重なこのリストの全部を、以下に記しておくことにしよう。

❶ヴァレリイ「テスト氏」粟津則雄
❷ネルヴァル「幻視者あるいは社会主義の先駆者」入沢康夫（「東方旅行記」）
❸ミシュレ「妖術論」藤本治
④シャンフォール「省察・箴言・逸話」渋沢
⑤ヴォルネ「廃墟」原宏
⑥マンドヴィル「蜂の寓話」上田辰之助
⑦ベッカリア「犯罪と刑罰」星野
❽カンパネルラ「太陽の都」大岩誠
⑨ヴィコ「新科学原理」
⑩レオナルド「レオナルド・ダ・ヴィンチの手記」杉浦明平
⓫チェリーニ「チェリーニ自伝」黒田正利
⑫リヒテンベルク「箴言」川村二郎
⑬セルバンテス「模範小説集」会田由
⓮デフォー「疫病流行記」泉屋治

⑮ウナムーノ「生の悲劇的感情」高見
⑯オルテガ「傍観者」
⓱スウィフト「書物合戦」山本和平
⑱エルヴェシウス「人間論」「精神論」高橋安光
⑲ラ・メトリ「エピクロスの体系」杉捷夫
⓴グラッペ「ドン・ファンとファウスト」小栗浩
㉑ホルベア「ニルス・クリムの地下旅行」
㉒マラニョン「ドン・ファンとその伝説の起源」
㉓メレジュコーフスキイ「神々の死」
㉔ペイター「享楽主義者マリウス」
㉕道元「語録」
㉖ベルジャーエフ「ロシア共産主義の源泉と意味」
㉗シュペングラー「人間と技術」
㉘ユング「現代の神話」
㉙ソレル「暴力論」
㉚T・E・ヒューム「スペキュレーションズ」
㉛スタンダール「ローマ、ナポリ、フィレンツェ」富永明夫
㉜エルクマン・シャトリアン
㉝ゴビノー「ルネッサンス」「プレイアッド」山崎庸一郎

㉞サド「書簡集」
㉟ダンテ「地獄篇」平川祐弘
㊱メリメ「百姓一揆（ジャックリイ）」
㊲レヴィ・ブリュル
〔以下は欄外に記入されたもの〕
ド・クインシー「殺人と見なされた美術」
アレティノ（一橋）
ヴァザリ（高階関係）
ヴォルテール「カンディード」
ホイジンガ
マンハイム

ご覧のように、書名や作家名が四十程度あがり、候補の訳者名も半分ほどは記載されている。黒丸数字が実際に現代思潮社より刊行となった本で、意外なことにそれはわずか八点しかない。企画の現実化に向けて動く過程で収録作は柔軟に変更されたのだろうが、現代思潮社の色が濃厚な実際刊行された古典文庫に較べ、リヒテンベルク、ペイター、ホルベア、ゴビノー、ド・クインシーなどを含んだこの「試案」の方はそうとう澁澤色が濃い。

この古典文庫をめぐっては、一つのエピソードが記憶の底にとどまっている。たしか、邦訳出版してしかるべき作品をめぐって話をしていた際だったと思うけれども、澁澤はスカロンの『ロマン・コミック』がめっぽう面白いという話をした。「あの小説の訳稿は京大の渡辺明正さんがすでに持っているはずなんだが」とも澁澤は言った。私は当時スカロンについては何も知らなかったので、話はそこで尻切れとんぼになってしまったのだが、澁澤没後の一九九三年（平成五）に、不思議なえにしからその渡辺訳『ロマン・コミック』の出版をじぶんが手がけることとなり（邦題『滑稽旅役者物語』）、その時に訳者から、この訳稿が実はかつて古典文庫に収録を予定されていたという事実を聞いた。

のちの章で詳しく述べるが、澁澤は一九七〇年の後半に、個人セレクションの〈世界文学集成〉を出版する準備を進めている。その叢書の試案にも、このスカロンの長篇小説の名は見える。

ポール・スカロンの名前は我が国ではほとんど知られていないだろう。十七世紀フランスの諷刺詩人で、若いときにリューマチ性の重い病いを患い、四肢がひどく捩くれたが、そんな不自由な体のまま台に乗っかって、客人と接したり詩を書いたりして、このめっぽう面白い小説も遺した。なみはずれた諧謔の精神によって知られる、このひたすら陽気な小説のどういった面に、澁澤はそれほどまでに惹かれていたのか。一見意外とも思えるこの取り合わせの理由を考えるのは、なかなかに興味深いことである。

いずれにせよ、この時期、澁澤が生涯にわたって持ちつづけることになるアンソロジストの思考が、かなり活発に動いていたようだ。

七月、土方巽の《性愛恩懲学指南図絵――トマト》を紀伊國屋ホールに見に行っている。野中ユリが公演のポスターと案内状を担当した。。

八月の初旬、鎌倉市山ノ内の新居が完成をみた。木造二階建て、二十七坪ほどの、瀟洒な西洋館式の家で、当時の金額で四百万円だった。庭木は石井恭二がプレゼントしたもので、石井の父の鎌倉の家から植樹された。

澁澤と矢川、澁澤の母の節子の三人は、小町の借家からこの新居に移った。

設計をした有田和夫は一九五五年（昭和三十）頃からの澁澤の友人だった。もともとは、有田の妻が鎌倉の「新人評論」のグループにいたという。

最初澁澤は、石造りや煉瓦のイメージで、城とか僧院みたいなのを作れないかと有田に持ちかけた。いくらなんでもそれは予算上無理だというので、それならば、田舎の学校や停車場で見かける板を横に重ねて貼る木造建築はどうかと澁澤が提案し、これが採用された。建築用語で〈イギリス下見〉とか〈南京下見〉とか呼ばれる、めったにみられない工法である。

有田と澁澤のあいだでは、家について次のような方針が決められた。

一、当世流行にのらざること。

二、材料、仕上、色彩などできるだけ制限し華美ならざること。

三、人間空間、クラシック家具及び調度に耐えられるインテリヤ。

四、ただし食事や衛生のための諸設備は最新の便利さを存すること。

五、総じて古いものへの郷愁におちいらず、その良さを再発見し、さらに新しいものを正当に評価する態度、など。

第四の項目には「おや？」と思うむきもあるかもしれないが、前年、一足先に持ち家を建てた出口裕弘の平屋宅を澁澤が見た際に、いちばん羨ましがったのは、当時最新の水洗便所だったという。

八月二十五日、新居の完成祝いが開かれ、出口裕弘、加藤郁乎、多田智満子、富岡多恵子、野中ユリ、巖谷國士、加納光於・美年子夫妻、土方巽、白石かずこ、堂本正樹の面々が来宅した。

1967年3月、北鎌倉の自宅にて。後列左から杉山正樹、森茉莉、土方巽、加納光於、加藤郁乎。前列左から山田美年子、白石かずこ、野中ユリ、池田満寿夫、矢川澄子、富岡多恵子、澁澤。

翌二十六日には、土方の弟子である笠井叡《あきら》の公演《笠井叡処女璃祭他瑠》を、銀座のガスホールに見に行っている。

十月、三島由紀夫がこの新居を祝うために訪れた。このときは出口裕弘が同席している。革ジャンを着てすごい幅広のベルトを締めた三島は、入ってくるなり「いい家じゃないですか。これはいい」と、野太い、誰はばかることのない大声で言った。

澁澤はこの秋に、小説家の高橋たか子と知り合っている。

高橋たか子は、夫である作家の高橋和巳が明治大学の講師に招かれたため、前年秋に京都から鎌倉の二階堂に転居をしていた。高橋たか子の著書を読むと、鎌倉転居の直後にお手伝いさんを派出所へ申し込んだところ、「磯部さんという、お手伝いさんどころではない、いい家の奥さんが、暇だから仕事をちょっとしたいと思うので、と言って、来られることになった」という記述がみつかる（『高橋和巳という人』）。なんと、この「磯部さん」は、澁澤一家が終戦の年に居候した家の奥さんであり、つまりは澁澤龍彦の母方の伯父の妻である。

高橋たか子の自筆年譜には、一九六八年（昭和四十三）の項に、「このあたりの時期、澁澤龍彦の影響を濃く受ける」という記述が見られる。

十一月、ポーリーヌ・レアージュ『オー嬢の物語』の翻訳を河出書房新社から刊行。サド、バロウズ、ナボコフ、ヘンリー・ミラーなど古今のエロティック文学を集めた〈人間の文学〉シリーズの一冊で、挿絵を金子國義が担当した。

この翻訳は矢川が下訳をおこなった。澁澤と矢川の共訳名義で出版するというプランも出たが、このエロティックな小説が『悪徳の栄え』同様に司法とのあいだに悶着を起こすケースも考えられたので、それは取りやめたという。

十一月十九日には、三島由紀夫の芝居《アラビアン・ナイト》を、日生劇場で見ている。

同月二十五日、赤瀬川原平が制作した千円札の「模型」が通貨偽造に当たるとする、いわゆる〈千円札裁判〉に、澁澤は被告側の証人として出廷している。この裁判は一九六〇年代の芸術裁判の代表として知られるが、澁澤が証人席の椅子に座ると、弁護人席にいた瀧口修造が「本日のハイライト！」と言って手をパチパチたたく真似をした。

澁澤は、「裁判について最後にご意見を」と弁護士に問われると、間髪を入れずにただ一言、「税金の無駄遣いですよ」と言った。

6　昭和四十二年／四谷シモン／林達夫／喧嘩

ツィギーが来日し、ミニスカートがブームになった一九六七年（昭和四十二）――

正月、金子國義に連れられて、弱冠二十二歳の、未来の世界的な人形作家四谷シモンが、北鎌倉の家にはじめてやってきた。

四谷シモンは、一九四四年（昭和十九）東京生まれ。十歳の頃から人形作りをはじめた四谷シモンは、一九六五年（昭和四十）、たまたま本屋でのぞいた「新婦人」で、ハンス・ベルメールについて書かれた澁澤の文章を見て大きな衝撃を受ける。ベルメールの痙攣的な人形の写真を目にして、すぐさまその雑誌を持って家に飛んで帰り、自宅にあった人形の材料を捨てた。「ああいうものが人形だとしたら、こんなものもういらない」と思ったという。

その日から、四谷シモンにとって、澁澤龍彥の名前は特別のものになったという。

四谷シモンは、この年の五月から唐十郎の状況劇場で女形として五年にわたり活躍し、一九七三年（昭和四十八）、第一回の個展《未来と過去のイヴ》を青木画廊で開いた。その際、澁澤は、「四谷シモンの人形は、古くてしかも新らしい、実物の少女よりもエロティックな、ギリシア以来の人工美女の純血種である」というオマージュを寄せている。

「当時、ものを作る人間にとって、澁澤さんに一筆もらうということは、天下を取ったというくらいの力があると思っていました。背水の陣の僕は、どうしても澁澤さんに寄稿して欲しかったのです」（『人形作家』）。

この四谷シモンの発言からは、当時の先鋭的な若いアーティストたちにとり、澁澤がどれだけ特別な存在だったかが伝わってくるだろう。

二月九日、加藤郁乎の『形而情学』の出版記念会が築地の灘万で開かれる。澁澤は、西脇順三郎や池田満寿夫らとともに、めずらしくもスピーチをやったようだ。

三月、《桜姫東文章《さくらひめあずまぶんしょう》》（郡司《ぐんじ》正勝補綴・演出）を国立劇場に見に行く。「あれはぜひ見ておくべき」と、三島由紀夫や堂本正樹にしきりにすすめられたからだったが、この舞台で、澁澤は十六歳の坂東玉三郎の美しい姿に初めて接して注目をしている。

四月二日には、赤坂の草月会館ホールへ、及川広信《ひろのぶ》主宰のアルトー館公演《ゲスラー・テル群論》を見に行っている。この舞台では土方巽がビートルズの《イエスタデイ》をバックに踊った。

林達夫に宛てたはじめての手紙を、澁澤はこの四月に書いている。現代思潮社の〈古典文庫〉に関する相談だった。のちに林達夫の追悼文で、澁澤はこの時のことにふれ、「さる出版社の古典シリーズの刊行計画の仕掛け人として、こちらから林さんに働きかけたところ、意外にも打てば響くように、林さんの懇篤な手紙をいただくことになり」云々と書いている。だが、矢川の記憶によるならば、最初の手紙への林達夫の返事は、「あなたと私の間には何の情実もない」と書かれた、にべもない断りに近い文面だったという。

とにもかくにも、これがきっかけとなり、林達夫と澁澤とは、もっぱら手紙や電話を通じての交友がつづくことになった。

五月、『異端の肖像』と『サド研究――「牢獄文学」覚え書き』の二冊が桃源社から刊行された。前者はまた貼函入りで、各ページが紫色のインクで刷った画で飾られた凝った本である。

五月七日より、「エロティシズム」の連載が始まる。創刊されたばかりの週刊誌「潮流ジャーナル」が舞台である。毎週の連載で、九月十七日までの二十回。

六月、新潮社が刊行していた〈ジャン・ジュネ全集〉の第二巻に、翻訳『ブレストの乱暴者』が収録された。

同月には、これまでの単行本から洩れた作を纏めた『ホモ・エロティクス』を、現代思潮社より出版。

七月には高井富子の《形而情學》（新宿紀伊國屋ホール）を見て、八月には石井満隆の《舞踏ジュネ》（日比谷第一生命ホール）に足をはこんでいる。二人はともに土方の弟子にあたる舞踏家であり、前者は同名の加藤郁乎の詩集に拠り、後者は澁澤が翻訳刊行したばかりのジュネ『ブレストの乱暴者』をもとにした舞台だった。

九月、銀座の青木画廊でひらかれた金子國義の初の個展に、オマージュ「花咲く乙女たちのスキャンダル」を寄せた。金子の絵を青木画廊に紹介する労をとったのは澁澤自身である。画廊主人の青木外司《とし》の心配をよそに、個展は大成功で、金子國義の絵は全部売れた。

この秋には、筑摩書房の社員でもあった詩人の吉岡実が、北鎌倉の澁澤邸をはじめて訪問している。出口裕弘が、この頃鎌倉二階堂の高橋たか子の家でおこった喧嘩沙汰を筆にしている。澁澤と矢川、それに出口と生田耕作の四人が、高橋の家に二晩泊まり込んだ。夫の高橋和巳《かずみ》は京都大学に行って留守だったが、玄関脇の書棚にあった和巳の著書『文学の責任』のタイトルを澁澤が問題にした。「文学者の責任っていうんならわかるよ。でもさ、文学の責任ってなんだ。文学に責任なんかないよ」。出口が続きを書いている。

飲んだあげく、私は澁澤にからんだらしい。ほとんど記憶にないのだが、あとからの高橋たか子の証言によると、私は澁澤にむかって、お前の文学は葛藤がないから駄目だ、というたぐいのことをさんざん言い立てたのだという。とうとう澁澤が頭に来て、私の顔面に一発、パンチを食らわした。彼は指輪をしていたので、私の眼の下に、小さいながら傷ができた。……

「悪い酒だなあ。今日はやめてくれよ」

1967年頃の北鎌倉の家の応接間。左から矢川澄子、澁澤、青木外司、画家の横尾龍彦。

翌る日、つくづくという調子で澁澤がそういった。（『澁澤龍彦の手紙』）

ただし、高橋たか子の発言（「澁澤龍彦の真髄」）をみると、「澁澤さんがカッとなられて、取っ組みあいのけんかになっちゃって、澁澤さんのつめが出口さんの顔をひっかいて、血が流れ出た」とある。出口のいう「顔面に一発、パンチを食らわした」とは大分ちがっている。

火事と喧嘩は江戸の華だが、血の気の多い一九六〇年代にあっては、澁澤のまわりでも喧嘩や暴力沙汰は日常茶飯事に近い。土方の暗黒舞踏団や唐の状況劇場はもともとが肉体派だから理解はしやすいだろうが、そういった武闘派集団の外でも、俳人の加藤郁乎は、必ず一発殴るのが何か挨拶みたいになっているような無類の喧嘩好きであり、サンスクリット学者の松山俊太郎はといえば、その立派な図体と東大空手部出身の腕っ節には本物のヤクザがひるむようなあんばいだった。唐十郎が親分格の土方巽を殴り、その喧嘩を止めに入った独文学者の種村季弘が、「あいつも殴れ」と唐から命令された唐組の乾分《こぶん》連中から寄ってたかってボコボコにされたというすごい逸話も伝わっている。(もっとも、これは七〇年代になってからの話のようだが。)

新宿を中心にしたこうした六〇年代独特の荒っぽい光景は、嵐山光三郎の小説『口笛の歌が聴こえる』が、デフォルメしつつおもしろく描いている。ここには、三島由紀夫や池田満寿夫、それにいま名前が挙がった土方、唐、加藤、松山らとともに、澁澤自身も実名でたびたび登場してくる。この小説をちょっと引用してみよう。紅テントが忽然と新宿花園神社に出現した、一九六七年の場面だ。

天幕の中は藁の筵が敷かれていて、そこへ座ると、暑さのため汗がだらだらと出た。[…]天幕《テント》の中の客という客が汗をだらだらと流していた。
開演前の客席には、美人女優が篠山紀信と並んで坐っていた。その左側には、黒眼鏡姿の澁澤龍彥を取り囲んで、土方巽、松山俊太郎、加藤郁乎、富岡多恵子、白石かずこ、種村季弘、細江英公が坐っていた。澁澤組一帯は、闇の沼族一味といった感じだ。
後方には寺山修司が、四〜五人の乾分を引き連れ、相撲部屋の親方然として坐っていた。

この引用にみえるように、この頃の澁澤は黒いサングラスをかけた姿が多かった。
ところで、こうした組員連中の中核にいたかに見える澁澤だが、澁澤自身が殴られたというエピソードはどこからも伝わってこない。サド裁判の主役としての澁澤がまわりから一目置かれていたこともあったろうが、巖谷國士も言うとおり、身長百六十センチあるかないかの白皙の澁澤があまりにもフラジャイルな感じなので、正直なところさすがに誰も手を出そうとはしなかったのではないだろうか。喧嘩屋の加藤郁乎でさえ、澁澤と取っ組み合いをするとわざと負けてやっていたと、池田満寿夫が伝えている。

そんな澁澤の六〇年代の喧嘩のありさまを、四谷シモンが伝えている。

「突っ張ると云えば幾度か派手な喧嘩がありました。そのつど私はどういうわけかその場にいあわせて、最初から最後まで付き合っちゃうのです。その時も澁澤さんは最後まで突っ張ってましたが、何せがたいがそんなに大きくなく腕力もない澁澤さんの事ですから立ち回りはしませんが、口でもって立ち回ってしまうのです。「お前らが先に手を出したから、お前らが悪い」と、これを最後まで云っているのです。相手はヤクザでしたから、私は話せばわかると思い、「ねえ、お兄さんめんどうになるといやだからおねがいやめてよ、ねえ」とやさしい声をかけると、私の方にむきなおって「何んだオカマか」って一休みしてくれるのですが、傍で澁澤さんがまだ突っ張っているもんですから、話しはぶりかえし又山盛りの大喧嘩になってしまうのでした。それは下手したら人一人がさされていたかもしれない様な本物の喧嘩でしたが、かすり傷とほんの腫れものでおさまりました。相手のヤクザはと云うと頭から血がしたたりおちるほどの怪我でそれはそれはいい気味でした」(「鎌倉の一寸法師」)。

状況劇場の看板役者だった大男の麿赤児《まろあかじ》は、澁澤は「無垢」なので「喧嘩になったら守ってあげなくちゃ」という存在だったと語っている。

十月三十日、笠井叡の舞踏リサイタルを、第一生命ホールで見ている。

十二月、金子國義装丁の『エロティシズム』が桃源社より出た。また美術評論集『幻想の画廊から』

が美術出版社より刊行された。

「日本読書新聞」に載った後者の書評で、詩人の大岡信が書いている。「ぼくが澁澤龍彦の文章の愛読者であるもうひとつの理由は、澁澤氏の用いる日本語が、思わせぶりな曖昧さをもたず、いつわりの熱狂によって曇らされていない点にある。いいかえればこの反日常的、幻想的な世界の住人は、きわめて厳格かつ正確な日本語で語る。しかしこれはもともと、幻想的な事象について語ろうとする人にとっての必須の条件ともいうべきものなのである」。

後年（一九八七年）、大岡はこの自身の澁澤論にふれて、「私がこれを書いた当時、世間はいわゆる大学紛争で揺れに揺れていた。いつわりの熱狂と思わせぶりの文章の洪水だった。私はたぶんそのことを念頭に置いてこの書評を書いたはずである」と述べ、さらにはこうもつづけている。「それらの文章の筆者たちの中には、もちろん澁澤龍彦のファンやエピゴーネンもたくさんいただろう。オリジナルとコピーのへだたりは大きかった」（「少年のおもかげ永遠に」）。

一九六七年（昭和四十二）は、ここ数年の仕事が次々にまとまり、翻訳書をふくめ、六冊もの本が刊行をみた。

この年澁澤は三十九歳になった。

第Ⅵ章　ホモ・エロティクス（一九六八―一九七〇）

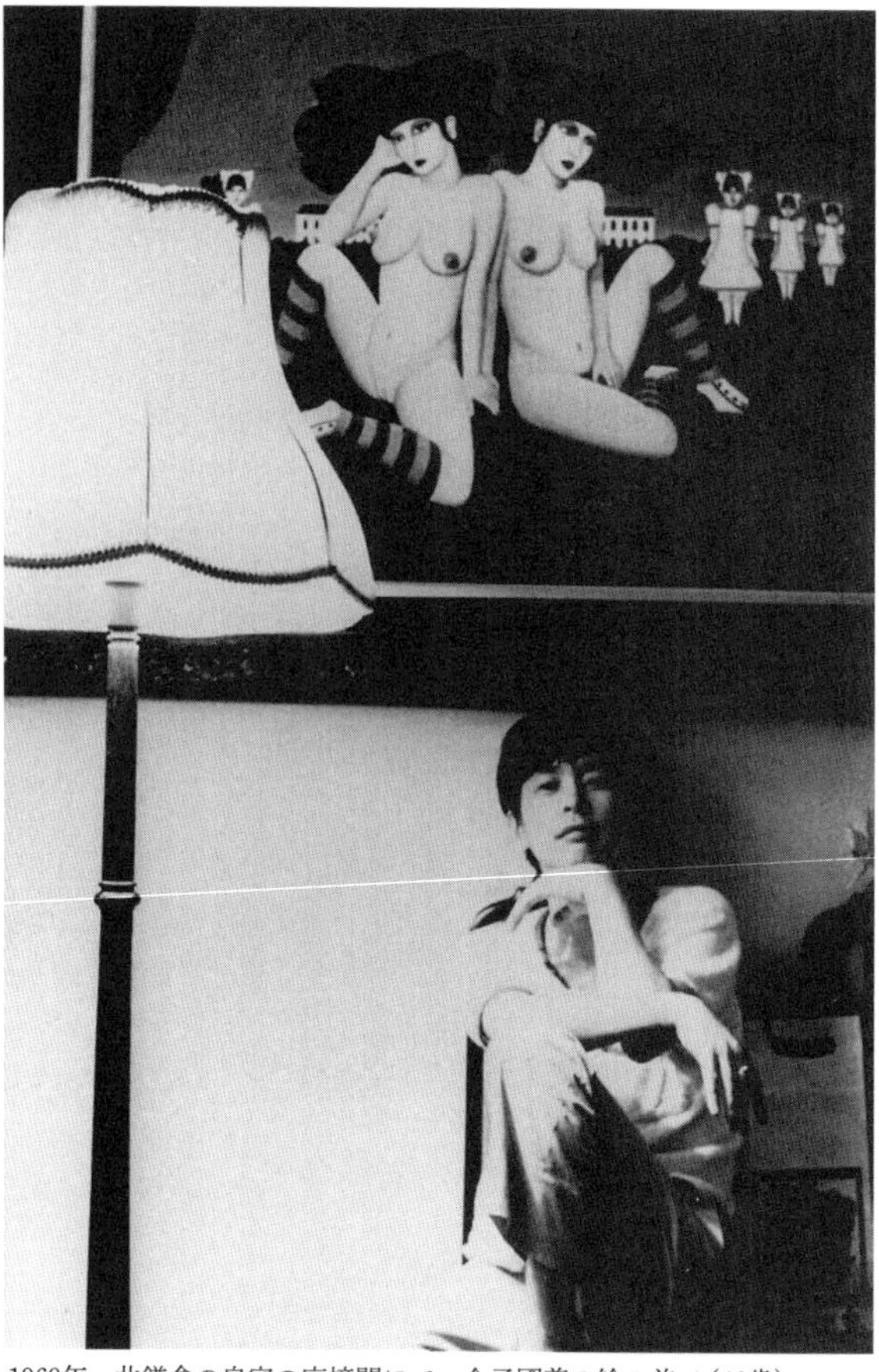

1969年、北鎌倉の自宅の応接間にて、金子國義の絵の前で(41歳)。

1 矢川澄子との離婚

いま、文芸の「F104」と、新潮の「奔馬」と、批評の「太陽と鉄」とを、興味ぶかく読み了えたところです。

今や、貴兄のスタイルは、完全に自己中心的、権力意志的、ニーチェ的スタイルになってしまわれました。

そして私が立っている地点から、じつにじつに遠くの高みへ貴兄は翔け上ってしまわれたようです。いつまた貴兄は、この地上へ舞い下りて来られることでしょう?

烏滸がましい言草ですが、私は貴兄とは反対に、ますます無倫理の動物性に退行して行こうと考えています。

一九六八年(昭和四十三)の一月十八日、三島由紀夫に宛てて、澁澤はこうした手紙を書いている。その二日あとの同月二十日、三島がしたためた澁澤への返事には、次のような文句が見られる。

いろ〳〵近作にお目とほしいただいてゐて、恐縮ですが、その御感想によりますと、澁澤塾から破門された感あり、寂寥なきをえません。小生がこのごろ一心に「鋼鉄のやさしさ」とでもいふべきtendernessを追及してゐるのがわかつていただけないかなあ?

＊

一九六八年三月三十一日、澁澤龍彥と矢川澄子は協議離婚をした。

一九六五年（昭和四十）二月に、澁澤と矢川は石井恭二の誘いで谷川雁と一緒に旅行をしているが、谷川雁は矢川に思いを寄せた。矢川もいつしか谷川に惹かれていき、関係ができた。その事実が澁澤の知るところとなり、この年の二月、三月にさまざまにごたついた結果、澁澤と矢川は別れることになった。

以上が、この離婚に関する事実の骨子である。

「それからいろいろなことがあって、少女はある日、ふいにその家を去ることになった。おにいちゃんにとっては寝耳に水の、度し難い裏切りであったろう。話を冷静にききわけられる状態ではなかったので、妹としては何もかもそのままにして、だまって遠ざかるしかなかった」——一九八八年（昭和六十三）になって、矢川はこう書いている（「おにいちゃん」）。

種村季弘が「一卵性双生児」と称し、中井英夫が「天使の男の子と女の子が一つの家に棲んだとも、矢川さんが澁澤を守護しているイコンともみえ、乳母日傘というのは二人をいう言葉だと思った」と言ったこの二人の関係のとつぜんの破局は、周囲の友人たちにも寝耳に水で、とうぜん驚きの声が上がった。

谷川雁は一九二三年（大正十二）熊本生まれ。〈革命詩人〉として一九六〇年代には全共闘からカリスマ視された人物であり、民俗学者の谷川健一は兄にあたる。澁澤は矢川の異変をまったく察知することがなく、谷川みずからが澁澤に電話でこの一件を知らせた。

矢川はこの間、澁澤に対して、「あなたはなんで気づいてくれないの」と思いつづけていたという。

矢川はこの澁澤との離婚については、後年、いろいろな形で文章に何度もとり上げている。また座談会やインタビュー等での発言も数多く残している。矢川は、澁澤とはあらゆる意味で正反対といえるような大男であり、九州訛りで話す谷川雁にかつての自分の父親の姿を見たようだが、澁澤との離婚の裏面に巣食う要因としては、子供を持つことを拒否する澁澤が避妊には自分でなんの責任も取ることなく四度も堕胎させたことや、反俗を志向して始まった関係が変質していつしか母子関係のようになってしまったことなどを、そうした場では主に挙げている。

早い話が執筆の時でさえ、故人はひとりきりになることを嫌いました。そばに少女のいてくれた方が安心して仕事に没頭できるのでした。いま思えば、あれは八畳一間ではじまった二人のライフ・スタイルの悲しい習性でもあったでしょうか。傑作だったのは新しい家に移ってしばらくでした。今度こそは居間と書斎と寝室がそれぞれ独立した空間をもてるように、念願かなって建てた家なのに、こちらがちょっとでも他の部屋で過していたりすると、少年はきまってさがしに来ました。

「なにしてるの？　なぜそっちにいるんだ？」

まるでもう母親のあとにつきまとう子供でした。（矢川澄子「少年と、少女と、幾冊かの本の話」）

また、一九六六年（昭和四十一）に知り合った高橋たか子と澁澤は関係を持ち、このことは公然と矢川の知るところであった。矢川はそうした関係を許していただけでなく、同居している澁澤の母節子が長男の浮気に勘づいてしまわぬよう、義母にたいしても必死になって取り繕うばかりだった。

十年間、その男はわたしにとって神の代りをつとめてくれた。男がほかの女を見ておまえよりすてきだといえば、ほんとうにその女はわたしよりすぐれて映った。男が親たることの愚劣を拒めば、わたしはいそいそと、身籠ったものを片っぱしから闇に葬った。（矢川澄子「これはわたしの……」）

矢川没後の二〇〇二年（平成十四）になって、雑誌「ユリイカ」の増刊号が矢川澄子の特集を組んだ。その際、高橋たか子自身がこの澁澤をめぐる事実にふれた文章を発表している。

数十年の長い期間を経て、ともに齢六十半ばになった高橋と矢川は、一九九六年（平成八）に再会をはたした。高橋は黒姫の矢川の家に泊まりに訪れたのだが、そこへ赴く直前に、矢川から「自伝的小説」（おそらく『失われた庭』だろう）が送られてきた。「会う前に、これを読んでおいてください」と書かれた紙片が、本には挟まれていた。高橋たか子は言う。

二泊させてもらった間、いろんな昔の人々のことを喋りつづけた。寡黙な人だった澄子さんはよく喋るようになっておられた。私にとって澄子さんは姉妹みたいな——実際の年とは逆に私が姉で澄子さんが妹であるような感じだった、と再認しつつ、私は二人の間に一つの暗黙のタブーがあるのを感じてもいた。洗いざらい何でも喋っているのに、ぜったいに口に出してはならない何かがある。それが何であるか二人にとって言いようもない。

つづけて高橋はまた、次のような場面をも筆にしている。

たぶん一九六八年の春だったと思うが、澄子さんが、突然、不意打ちに、澁澤家を出て行かれ、私はびっくり仰天した。澁澤龍彥は、びっくり仰天というより、ショックで大声をたてて泣いた。「澄子がいなくなった」と。その一場を知っているのは私だけなので、ここに記しておこう。(「言いようもないことのうちの、一言」)

一九七六年(昭和五十一)に高橋たか子が発表した短篇「結晶体」は、澁澤・矢川・高橋の三人の関係をベースに組みたてられた小説作品である。

この離婚は、矢川にいっさいの財産分与が無くおこなわれた。二人の共通の友人である白石かずこがこのことに激怒した。矢川に請われて、松山俊太郎が一緒に白石に会うことになった。だが、矢川は途中で逃げてしまい、松山はやむなく一人で訪ねたが、まるで松山が澁澤の化身であるかのように、烈火のごとく白石は怒った。後日、松山がそのことを話すと、澁澤は、「だって澄子はそれでいいって言ってんだろ」と応えた。

離婚の話が進む過程では矢川は谷川雁と再婚する予定だったが、実現しなかった。離婚直前に澁澤との間にヨーロッパ旅行が計画されており、それで、「この旅行だけはいっしょに行ってくれよ」という澁澤の願いを受けて、最後の務めとして旅行について行きたいと矢川が言ったところ、谷川が激怒したのが決裂の原因だった。

矢川は三月に澁澤家を離れたあとも、その時までに自分がやりかけていた澁澤の原稿（『美神の館』）の浄書を、まだつづけていたという。

澁澤といっしょだった時は、著作といえば小説集『架空の庭』（一九六〇年）一冊くらいしかなかった矢川だが、独りとなったあとは、生活のためにはじめた絵本の翻訳だけでなく、詩、小説、エッセー、文芸評論の場で独自の活躍を見せ、数多くの著書や訳書を世に出した。澁澤をめぐる文章は、一九九五年（平成七）になって『おにいちゃん――回想の澁澤龍彥』という一書にまとめている。

矢川澄子は二〇〇二年（平成十四）に没した。享年七十一。自死であった。

矢川の書いた『失われた庭』（一九九四年）と『兎とよばれた女』（一九八三年）の序章「翼」は、澁澤との関係を題材にした小説作品である。「翼」には〈ウィング〉という避妊器具が重要な役割を持って出てくるが、このウィングは実際に矢川が「からだに植えつけて」いたものである。

子供を作らないことに関して澁澤は、一九七二年（昭和四十七）に発表した「インセスト、わがユートピア」などでも自分の信条を書いているが、その十年ほど前の一九六三年（昭和三十八）におこなわれたインタビューではこう語っている。

「日常生活とのかかわりっていえばね、一つの例だけれども、僕は、たとえば、父親になりたくないんだな。日常生活ではいつまでもこどもでいたいんですよ。それにいまの父親って、封建時代のとちがって権威ないしね。せめてそのくらいが、僕の精神にそった、実現可能なものじゃないかと思うなあ。こどもっていうのはそうなんだけど、僕もまあ、現実に生きていないんでしょうね」（「愛媛新聞」七月十一日）。

矢川が家を出たあと、澁澤は高橋たか子にむかって、「ぼく、谷川雁、高橋和巳、三人とも埴谷雄高とつながってる男たちだよ。こんな出来事を演出したのは、埴谷雄高なんじゃないか」と言い、そうして二人で笑った。

澁澤は翌一九六九年の年賀状で、離婚事件で面倒と迷惑をかけたことを埴谷に詫びている。

この離婚について、澁澤の方は公けにはほとんど一切筆にしていない。矢川が家を出たあともその原稿の浄書をつづけていた『美神の館』の、一九六八年（昭和四十三）六月の日付をもつ訳者解題の末尾で、「今年の初めから私の身辺に浮世の俗っぽい事件が起って、つい完成が延び延びになってしまい」という翻訳遅延の弁を書いているのや、同年末に行われた丸山（美輪）明宏との対談の冒頭で離婚に少し言及しているのが、ごくごくわずかな例外である。

ただし、この年の澁澤の仕事ぶりには、離婚事件の影が窺えないわけではないようだ。「別冊小説現代」に連載していた「妖人奇人館」の四月発売号の原稿「血まみれの伯爵夫人」が、『世界悪女物語』の一編「エルゼベエト・バートリ」のたんなる蒸し返しだったのは、おそらく、離婚騒動のなかで新しいネタを執筆できなかったからだろう。（この「血まみれの伯爵夫人」だけが単行本になる際に収録されていない。）また、この年の作品のいくつかには、澁澤にはめずらしく、真偽のほどははっきりしない自分の性体験を妙に露悪的に書いたものがあり（やはり単行本未収録の「CRITORIS」『砂の上の植物群』に描かれた性について」等）、これなど当時の澁澤の心理状態と関連しているようにも思われなくもない。

ともあれ、「澄子がいなくなった」と言って泣きじゃくる澁澤のとり乱した姿を記した先の高橋たか子の証言がなくとも、十年間にわたって一卵性双生児の片割れのように連れ添った矢川との別離が、澁澤にとって大変な出来事だったことを想像するのは難くはないだろう。

それも、最愛の人物に去られたことによる心の痛手ということだけではない。そうした内面にかかわる重大な問題はひとまず措いても、なにしろ毎日の実生活にまつわる諸事には、澁澤はまったくもって無能なのである。同居していた実母は当時まだ六十歳代前半だったから、食事や洗濯という最低限の世話はこの母がやってくれたのだろうが、仕事のサポートをはじめ、ちょっとした外出やら何やらにもつねに矢川がついていってなにくれとなく面倒を見るという、中井英夫いうところの「乳母日傘」の世界が、突如として崩壊した。

この時期の北鎌倉でのエピソードを、妹の幸子が書いている。


兄が最初の妻と離婚し、母と二人で鎌倉の家に暮らしていた頃のことだが、私が行くと、兄と母が電気屋を呼ばなければと騒いでいる。聞けば、トイレの電灯の壁スイッチが壊れたというのである。どれどれと、ドライバーでカバーを開けてみれば、大したことではない。私は近所の電気屋に走って部品を買ってきて、ちょこちょこっとなおしてしまった。

「へーえ、おまえ、こんなことできるのか」

と、兄は心底、驚いた顔で私を見た。

「へーえ、おにいちゃんはこんなこともできないの」

私も呆れて言った。(『澁澤龍彥の少年世界』)

「およそ子供であることの美点と欠点のすべてを少年は十分にのこしてもいました」――矢川澄子はこう澁澤について語るが、幸子がさまざまな例をあげてなんども強調するように、「実生活ではほとんどバカと言っていい部分」が澁澤にはあった。母の節子は、長男だったから家の手伝いをさせず、それで何もできない大人になってしまったと言っていたものの、そうではなくて「あれは資質の問題である」といちばん上の妹は断言する。

家人がいない時に一人で仕事をしていて、喉が乾いても自分でお茶を入れるという知恵が回らない。腹が減ってきても冷蔵庫を開けて食べ物を物色するという知恵も回らないし、冷蔵庫のなかに食べるものがいっぱい入っていても取りだして食べることをしない。（無人島に流されたら、まず真っ先に死ぬタイプである。）「全集年譜」を見ると、この年、澁澤の手帖の六月二日の項に「サッポロ一番ラーメン」と記されていたことがうかがえる。母が就寝中の夜食にでも、生まれてはじめて自炊をやってみていたようだ。

2　昭和四十三年／日本文学へのアプローチ／『美神の館』／アスベスト館

一九六八年（昭和四十三）は三億円事件がおこり、《帰って来たヨッパライ》が大流行した年だが、この二月、〈全集・現代文学の発見〉の第三回配本として第九巻『性の追求』が刊行された。この巻の解説を澁澤は担当している。

學藝書林から出た全十六巻、別巻一冊の〈全集・現代文学の発見〉は、テーマ別に編纂した文学全集として若者を中心によく読まれ、「世界にも例のないアンソロジー」（安原顯《けん》）と称えられた叢書である。

全巻の責任編集には、大岡昇平、平野謙、佐々木基一、埴谷雄高、花田清輝の五人が当たった。各巻の収録作品の選定は基本的にはこの五人がおこなったのだろうが、この第九巻のセレクションには澁澤の意向がなにがしか採りいれられていた。収録作品を次に挙げよう。

「卍」谷崎潤一郎／「私は海を抱きしめていたい」坂口安吾／「遠めがねの春」室生犀星／「鳩」大江健三郎／「砂の上の植物群」吉行淳之介／「エロ事師たち」野坂昭如／「僧侶」吉岡実／「未青年」春日井建／「A感覚とV感覚」稲垣足穂

紙幅が許したならば、犀星の作品は「蜜のあはれ」にして、川端康成の「眠れる美女」も収録したかったと澁澤は解説で書いているが、そうした言いぶりや、収録作の好みをみると、このセレクションには通常想定される以上に澁澤の意向が採用されている匂いが嗅ぎとれる。

だが、その作品選定の妙以上に驚かされるのは、巻末に掲載された「現代日本文学における「性の追求」」と題する澁澤の解説文である。八十枚ほどもある分量もさることながら、澁澤ならではの眼識を備えた、堂々たる筆致の力作である。収録作家の他の作品にまで余すところなく目が行き届いているのにも感心させられるし、なによりもありきたりの日本文学史観にはとらわれないフレッシュな感性が横溢している。フランス文学者として立っていた澁澤は、それまで発表した日本文学関係の文章となると書評くらいしかまだなかったのだから、この異貌の外国文学者の秘められた力量のほどには、当時目をみはった読者も少なくなかったのではないだろうか。

一九七〇年の半ば頃から、『思考の紋章学』（一九七七年）を筆頭にして、澁澤は日本文学への独自の見解をさまざまに披露し始める。『性の追求』の解説文は、そうした仕事の下地がすでにこの時期に十分培われていたことを裏づけているだろう。

澁澤の日本文学への眼力を証明する仕事が、この年にもう一つ見いだせる。十一月におこなわれた、泉鏡花をめぐる三島由紀夫との対談である。これは、当時中央公論社が刊行していた文学全集〈日本の文学〉の月報のための仕事だった。

対談の冒頭、三島は「いわゆる鏡花ファンというのは、ちょっといやらしさを感じるんで、いやらしくない鏡花を理解してくれるであろう澁澤さんを引っ張り出した」と述べているが、当時まったく等閑視されていた戯曲「山吹」を絶賛するなど（「山吹」を読んでいる人に会ったのは澁澤が初めてだと、対談相手の三島は驚いている）、ここでも、鏡花作品について澁澤の造詣の深さは大したものである。

この三島と澁澤の対談は、一九七〇年以降の鏡花復権への口火を切った、画期的な意味をもつ対談ともなった。

一九七三年（昭和四十八）には、「現代詩手帖」の編集長もつとめた桑原茂夫の企画で、泉鏡花の新しい選集が學藝書林で編まれる動きがあった。岩波書店が全集を復刊することになったため結局は実現しなかったけれども、この選集には編集委員として、澁澤と種村が加わる予定だった。この時の澁澤のプランは、半世紀近くたった二〇一九年（令和元）になって、国書刊行会が本にしている。

四月、種村季弘の映画評論集『怪物のユートピア』が三一書房から出版され、澁澤は本書に跋文を寄せている。

この種村の初めての著作の出版記念会が、五月二十二日、新宿のカプリコンで開かれた。澁澤はなぜか出席していないが、松山俊太郎、加藤郁乎、唐十郎、矢牧一宏《やまきかずひろ》、映画評論家の小川徹《とおる》、映画監督の大島渚と足立正生《まさお》、それに種村の本の編集を担当した松田政男ら、コワモテの面々が顔を揃えている。この時、二次会の店ユニコンで、六〇年代の伝説的な喧嘩があった。〈ユニコンの乱〉と呼ばれるこの喧嘩については、状況劇場に在籍していた映画評論家の山口猛《たけし》の本から引こう。

「そこで唐と足立が背中合わせで座って、足立が「あいつを殺してやる!」などと言うものだから、唐が自分に言われていると錯覚して殴り合いがはじまった。唐は足立に階段から蹴落とされたものの、タクワン石を持って階段を駆け上がり、カウンターに向かって投げつけた。止めに入った加藤郁乎は肋骨を折られ、足立は道路で悶絶、唐は頭髪の三分の一が抜けたという、凄絶なものだった」(『紅テント青春録』)。

山口猛は続けてこうも書いている。「澁澤龍彥は意外にもこうした酒場の喧嘩が大好きで、たまにそうした場にいあわせると、止めるよりむしろけしかける側に回っていた」。

ちなみに、この乱闘は、パトカーがすっ飛んで来て二人を連行したので、主賓の種村みずからが四谷署に出向いて足立と唐の身柄を引き取った。この足立正生は一九七四年(昭和四十九)にパレスチナに渡り、日本赤軍に合流して国際指名手配され、その後はレバノンで逮捕拘留、三年の禁固刑を終え日本へ強制送還された。後年、足立は語っている。「日本赤軍では、相当ひどい目にはあいましたけど、それでも新宿の酒場ほどはひどくなかった」。

六月頃から、「血と薔薇」の編集作業が始まった。この伝説的な雑誌については、次節でまとめて述べることとする。

七月三日、草月会館ホールへ、芦川羊子の第一回リサイタルを見にいっている。芦川は、土方門下の女性一番弟子である。

巖谷國士が初夏の頃、北鎌倉を訪れると、澁澤は一冊の雑誌を手にして開口一番、「これすごいね!

見たかい？」と言った。澁澤が巖谷に示したのは、つげ義春が描いた漫画《ねじ式》だった。

九月、オーブリ・ビアズレー『美神の館』の翻訳が、桃源社から刊行された。先にふれたように、この翻訳はもともと〈世界異端の文学〉の一冊として予告されていたもので、翻訳が遅れたためにこの年に単独で出版された。一九八四年（昭和五十九）になって本書が再刊された折に、澁澤は、『さかしま』とともに『美神の館』はもっとも気に入っている自分の翻訳の一つだとしたうえで、「この小説の徹底した人生の不在、モラルの不在、そして視覚的感覚の絶対的優先といった特徴」が大いに気に入っていると書いている。

この月、京都に行き、生田耕作とともに、稲垣足穂のところを八年ぶりに訪れている。

十月九日、十日、《土方巽と日本人――肉体の叛乱》を、千駄ヶ谷日本青年館ホールで見ている。美術は中西夏之で、ポスターは横尾忠則。

この公演は土方の頂点ともいうべき舞台で、黄金の擬似男根をつけた土方が踊り狂い、ラストには、手足をロープで吊り上げられ、キリストのごとく昇天した。

同月二十三日、六本木の小料理屋で三島由紀夫に会う。「血と薔薇」の口絵グラビアの打ち合わせのためだったが、三島は二日前の国際反戦デーの新左翼系学生の動きに備えて、カーキ色の戦闘服に身を固め、ヘルメットに長靴といった姿でやって来た。

三島は前年に楯の会を組織していた。澁澤はそんな三島に会うたびに、「近ごろ、兵隊ごっこはいかがですか」と、冷やかしていた。三島はいつも、「はい、相変らず、ラクロのように軍務にはげんでおります」と答えた。

十一月四日、前に記した、三島由紀夫との対談「泉鏡花の魅力」が、赤坂のフランス料理店シドでおこなわれた。澁澤が三島といっしょに、この年にオープンしたばかりの有名なディスコ、ムゲンに行ったのは、この対談の後だろう。三島と澁澤が夜の街を二人だけで歩いたのは、後にも先にもこの時だけだった。

同月二十三日から二十五日まで、目黒のアスベスト館へ行く。おもな目的は、限定本詩画集『土方巽舞踏展　あんま』にサインをすることだった。『あんま』は、土方と親交のあつい美術家六人と文学者六人の作品を編んだ十枚の紙片を大型函に入れるという豪華本で、澁澤はアントナン・アルトーの訳「ヘリオガバルス」を提供している。

当時の澁澤サークルの面々が一堂に会したこの時のようすを、吉岡実が日記のなかでつぶさに書いている。

午後遅く、目黒駅で待てど、ついに飯島耕一は来ない。地図を頼りに油面のアスベスト館をたずねる。すでに、瀧口修造、澁澤龍彥、加藤郁乎、三好豊一郎のめんめんは、署名に没頭しているようだ。また画家たちのうち、中西夏之、加納光於、池田満寿夫、野中ユリ、田中一光、三木富雄、中村宏などは、制作に余念がないように見うけられた。頃合いで休憩し、酒となる。弟子たちばかりか、土方巽や夫人も手伝って、料理をはこんだりしている。そこには唐十郎のほか、李礼仙、リラン、矢川澄子と女性群が花をそえるのだった。卓子の上には、まぐろの刺身、さざえ、かに、寿司から寄せ鍋といった馳走の山だ。ビール、ウイスキー、酒と各自好きなものを飲むので、その賑やかなこと。夜になっての、作業再開がまた大変だった。分散してある作品を、元の位置に戻したり、詩人と画家の間を弟子たちがゆきかい、次々と仕上る絵と署名を汚さぬように、整理して行く。

1968年冬、『あんま』出版準備の頃、アスベスト館にて。左から元藤燁子、澁澤、土方巽。

深夜になっても終らず、みんな疲労し、不機嫌になったり。いつの間にか、飯島耕一、種村季弘、松山俊太郎、矢牧一宏の顔が見える。二時も過ぎさすがに疲れたので板の間に寝た。だれかが布団をかけてくれたようだ。近所の人たちが怒鳴り込んで来たので、眼をさます、暁の四時だった。どうやら『あんま』はすべて完成した。半数ぐらいの人は帰って行った。そして残った者はくつろぎ、十八番《おはこ》の小学唱歌、軍歌、放言、飲食が続いた。正午近く、大きく重い『あんま』一冊を抱えて帰る。

(『土方巽頌』)

吉岡をはじめ、大勢いた客の多くは二十四日の昼前には帰ったが、残った何人かはまた夕方になると酒盛りを始め、澁澤の音頭で加藤の「唄入り進化論」を合唱した。(この加藤の詩が、懐メロの「星の流れに」の替え歌になることを発見したのはほかならぬ澁澤だった。)翌二十五日も、澁澤と加藤郁乎だけが夕方まで居残ってまた酒を飲んだ。

右に引いた吉岡の文章に「不機嫌になったり」とあるが、二十三日に澁澤は苛立って本の紙片をビリビリに破いた。不機嫌の理由の一端は、離婚した矢川が同席していたことにあったようで、その後土方たちは、澁澤と矢川が鉢合わせしないように神経質になったという。

閑静な住宅街にあったアスベスト館は、公演の音漏れや劇場周辺にたむろする観客が迷惑を及ぼすだけでなく、こうした夜を徹しての酒宴の軍歌高唱や喧嘩などの騒音から、近所の住民とのトラブルが絶えなかった。そうしたトラブルのことは、右の吉岡の文からもうかがえるが、ある時、激怒して怒鳴り込んできた近隣住民から「頭から水ぶっかけてやるぞ」と言われた澁澤は、「かけてもいいから盥もってこい！」「敷くものもってこい‼」と言い返した。そのあと松山俊太郎が小用に立ち、外に出て行くと、赤い文字で、「あんたがたは人か鬼か、隣では五歳の男の子が熱にうなされて、目に涙を浮かべているのに……」と書いた貼り紙がしてあった。

この年に澁澤は、吉岡実から大きな拳玉をもらっている。少年時代、メンコもベーゴマもうまくなかった澁澤は、なぜか拳玉だけには腕に覚えがあり、「編集者と競争しても、おれより上手い奴はいない」と得意顔をしていた。だが、神業のごとき超絶技巧をつぎからつぎへと繰り出す詩人の腕前を目の当たりにして、その天狗の鼻は折れた。

翌一九六九年（昭和四十四）の五月、「朝日新聞」夕刊の「近況」欄で、澁澤は次のように書いている。

　去年はビアズレーの翻訳本（何という時代錯誤！）を一冊出したきりで、仕事らしい仕事を何もしなかった。今年の三月まで豪華雑誌の編集をやったが、これもまあ、いってみれば道楽のようなものだ。

世は大学紛争と安保問題で、これからますます騒がしくなるだろうが、私はアクチュアリティ（現実問題）を敬して遠ざけ、すべてをアレゴリー（寓喩）とメタファー（隠喩）の中に解消してしまいたい欲求を感じる一方である。それは決してノン・ポリの態度ではなく、乱世に生きる知識人のダンディズムである。（「著作集刊行を予定」）

この「道楽の豪華雑誌」について、次に見てみたい。

3　「血と薔薇」

澁澤龍彥責任編集の雑誌「血と薔薇」は、天声出版に在籍していた内藤三津子《みつこ》の企画である。内藤三津子は一九三七年（昭和十二）上海生まれ。青山学院大学の英米文学科を卒業したのち、新書館ほかのいくつかの出版社を経て、設立されて間もない天声出版の編集者となった。当時三十歳。『神聖受胎』の頃から澁澤の愛読者だった内藤は、その少し前から、仕事を通して澁澤とは二、三回の面識があった。内藤は、「どうしても自分の編集者人生に澁澤龍彥という人物を引き入れたいとずっと熱望していた」という。

天声出版は、ボリショイ・バレエ団やボリショイ・サーカスなどの呼び屋として有名だった神彰《じんあきら》（有吉佐和子の元夫）がスポンサーとなり、矢牧一宏が副社長をつとめる会社だった。一九二六年（大正十五）生まれの矢牧は、昭和二十年代に学生たちがつくった文芸雑誌「世代」の同人の一人で、この「世代」は、吉行淳之介、いいだもも、小川徹、栗田勇、清岡卓行《きよおかたかゆき》、菅野昭正などが属していたことで知られる。サド裁判で弁護人をつとめた中村稔と大野正男もこの雑誌の同人である。矢牧は、河出書房、七曜社、芳賀書店などを経て天声出版に勤めていたが、澁澤は矢牧と大学生の頃からの顔見知りだったようだ。

この年（一九六八年）に入社したばかりの内藤が、澁澤龍彥が責任編集をつとめる高級エロティシズム雑誌の企画を申し出ると、「面白い。澁澤さんが引き受けてくれるなら金を出してもいい」と神彰はこたえた。当時天声出版には、矢牧とは昔から新宿の風紋などで呑み友達だった松山俊太郎が社友みたいに入りびたっていたので、その松山を引き込み、やはり矢牧を知っていた種村季弘にも応援を頼むことになった。内藤、矢牧、松山、種村の四人が北鎌倉の澁澤の家におもむき、酒を飲みながら夜を徹して相談したところ、最後には澁澤も首を縦に振った。雑誌名は、内藤が提案した「血と薔薇」に決まった。ロジェ・ヴァディム監督の吸血鬼映画からとった名前である。

ちょうど独身生活になっていた澁澤は気晴らしを求めており、「一度は編集長というものをしてみたかった」とも言っていたという。晩年になって、矢牧の追悼文のなかで、この頃をふり返り澁澤は書いている。

「ちょうど六〇年代が終ろうとしている時期だった。私にとっても、なにか新しい分野で自分の可能性をためしてみたいという気がないこともない時期だったから、この新雑誌の企画には二つ返事で乗った。私も若かったので、今だったら、とてもそんな蛮勇はないだろう」（「矢牧一宏とのサイケデリックな交渉」）。

後日あらためて北鎌倉を訪れた内藤が、アートディレクターの候補者として堀内誠一の名を挙げると、澁澤は「いいでしょう、力はいちばんある人じゃないかな」と答え、懸案の問題もすんなりと解決した。内藤は、澁澤と堀内が古くからの知り合いだとは当時知らなかったという。もっとも、堀内の妻である路子の方は、二十代の頃からの澁澤の友人ではあったが、堀内自身はこの時まではまだ澁澤と深い付き合いはなかった。

五月二十五日、最初の編集会議が、檜町《ひのきちょう》にある小料理屋の檜苑で開かれた。澁澤、堀内、松山、種村のほかにも加藤郁乎や中田耕治らが呼ばれ、この場で三島由紀夫をブレーンとしてむかえることが決まった。澁澤が三島に電話をかけると、三島は「男の死」というグラビアをまずやりたいと言った。

編集作業が始まると澁澤も週二日ほどは赤坂にあった天声出版に足をはこび、打ち合わせが終れば例のごとく酒になった。深夜になるとみんなでどやどやとタクシーに乗り込んで北鎌倉に行くこともあり、そこではまた酒盛りがはじまる。

1968年、「血と薔薇」編集会議、北鎌倉の自宅にて。左から澁澤、堀内誠一、内藤三津子、矢牧一宏。

当時の澁澤の印象を、内藤は次のように語っている。

「山の上ホテルにカンヅメにしたりして、どこかへ食事に行きましょうなんてお誘いに行くでしょう。そうすると、レストランに行ってメニューで料理を選ぶということもできない。それから、どこのレストランがいいかということもあの頃は一つもご存知ないという……とても不思議な方でした」(「「血と薔薇」の頃」)。

創刊号の発売が間近にせまった九月三十日、雑誌の宣伝のために澁澤はテレビ出演を果たしている。澁澤が出たのは当時の日本テレビの人気深夜番組〈11ＰＭ〉で、司会は大橋巨泉である。題して「エロスに時代はない」。大のテレビ嫌いを公言している澁澤に同行した種村季弘は、「出るのをよそうとか、いろいろダダこねてまた飲み始めて、出た時は正体不明だよ。何しゃべっているのか分からない」とその時のことを回想している。しかし、当時、日本テレビに勤めていた加藤郁乎は、当日の日記に、「初めてテレビに出てくれた澁澤龍彥は、どうしてこの電気紙芝居が嫌ひだつたのかわからないくらゐの度胸のよさとうまさがあつた」としたためている。種村は自分も出演したと言っているが、加藤の日記では、澁澤といっしょに出たのは池田満寿夫と加藤となっている。

第一号は、刊行に先立つ大評判のなかで、この年の十一月一日の奥付で出版された。おもな特集は「男の死」と「吸血鬼」。発行部数は一万一千部。定価は千円。前年に出た澁澤の単行本『サド研究』が四九〇円、『エロティシズム』が四八〇円の定価なのだから、どれだけべらぼうに高価な雑誌だったかが分かる。それにしても、編集会議が始まってからわずか四か月あまりで、この二百ページを超える豪華雑誌ができあがったのだから驚くばかりだ。

「本誌『血と薔薇』は、文学にまれ美術にまれ科学にまれ、人間活動としてのエロティシズムの領域に関する一切の事象を偏見なしに正面から取り上げることを目的とした雑誌である」——こうした一文から始まる、七か条の『『血と薔薇』宣言」が、巻頭に掲げられた。

十一月二十三日の「図書新聞」に、エドワード・サイデンステッカーが「澁澤龍彥編集『血と薔薇』を読んで」を発表し、雑誌の根無し草性を批判した。澁澤は同紙十二月十四日号に「土着の「薔薇」を探る」という一文を書いて反論している。

翌一九六九年（昭和四十四）一月一日、第二号が刊行される。特集は「フェティシズム」。

三月二十日、第三号刊行。特集は「愛の思想」。

「血と薔薇」の売れ行きは悪くなかったものの、この三号目の編集が進む頃から、本業の呼び屋がらみで神彰の資金繰りが怪しくなり（マイルス・デイヴィスの来日がだめになったのがその原因だという）、神と矢牧の間にもトラブルが起こった。矢牧は会社から追い出され、そのため内藤三津子もいっしょに辞めるはめになった。内藤がその旨を報告に行くと、「ちょうどいいから三号でやめようよ」と、澁澤は言った。

神彰は康芳夫《こうよしお》らとともに、矢牧と内藤抜きでも責任編集を続けてくれるよう澁澤を説得したが、澁澤は首を縦には振らず、「血と薔薇」は文字通りの三号雑誌となった。

以上が、澁澤龍彥責任編集「血と薔薇」の、創刊から終刊までのあらましである。

「このたび、私こと、雑誌『血と薔薇』の責任編集者を辞しましたので、御通告申し上げます。今後、同名の雑誌が継続刊行されたとしましても、私とは一切関係はありません」――こうした葉書を、澁澤は関係者に四月付けで出した。堀内誠一に宛てた手紙には、「貴兄をひっぱりこんで、こんな結果になってしまって、申しわけなく思っています。いずれ心機一転して、何かやりたいものです」としたためている。

当時、世間一般には、澁澤の突然の編集長降板は不可解な出来事として受け取られたようだ。神彰の次のような発言が週刊誌に載っている。

「確かに十八、十九世紀のエロティシズムについては、彼〔澁澤〕は権威です。全力投球で実に華麗な本ができた。しかし、現代の政治がない。現代の政治にはタッチしないというあの人の面。いまの学生運動、ヤングパワー、彼らは勝つ見込みがないのに使命感と情熱にかられ、機動隊に激突し、鉄棒でなぐられ、水をかけられている。そこに現代政治とかかわる異常なマゾヒズム、エロティシズムがある。まあ、私は彼の文学者としての姿勢をあれこれといえませんがね」(「週刊サンケイ」一九六九年五月五日)。

「血と薔薇」はのちに、平岡正明の責任編集、粟津潔の装丁で、編集方針も執筆陣もさまがわりした一冊が作られたものの、この「第四号」は刷り上がった直後に親会社とともに天声出版が倒産し、印刷所で差し押さえられた。

その平岡正明が、編集長交代の挨拶に澁澤邸に行った時のことを書いている。

『血と薔薇』は三号までが澁澤龍彥の編集であり、敗戦処理号のかたちとなった四号の編集者が俺だった。その旨を挨拶に行ったとき、澁澤龍彥はこう言った。

――きみが損するよ。神彰には金がない。

俺は、ひきうけてから事情がわかったが、こちらもひっこみがつかなくなった、やらせてもらいますと答えたように記憶している」。

「やめろ」とも「やれ」とも言わず、腕組みをして「きみが損するよ」とポンと言った澁澤には、貫禄があり、任侠の風格を感じた、と平岡は回想している。「ふつう自分の執着した雑誌の末路にかかわるときには、インテリはもう少し情緒的な、言論表現の一角が崩れるだとか、価値あるものに垢がつく、といった言い方をすると思うが、彼はそうではなかった」(「澁澤龍彥の俠――雑誌『血と薔薇』とその後」)。

平岡は三号までの執筆者たちに挨拶に行き、連載の継続を頼んだが、一人の例外もなく断られたという。

ちなみに、神彰は、一九七〇年代になると、居酒屋チェーン「北の家族」をつくって名を馳せた。

今では伝説の雑誌として語られるこの「血と薔薇」は、三十年以上経った二〇〇三年(平成十五)になって復刻版が出版され、のちには内容を再編集した文庫版(河出文庫)が出ているので、その中身には容易に接することができる。

特集のテーマや執筆者の選定を、澁澤はすべて自分の手でおこなった。「血と薔薇」の目次を見るとまず気がつくのは、この時代の澁澤サークルの面々が軒並み勢ぞろいしていることである。書き手として、三島由紀夫、種村季弘、松山俊太郎をはじめ、加藤郁乎、堂本正樹、高橋睦郎、出口裕弘、巖谷國士がおり、美術や写真やモデルには、金子國義、野中ユリ、池田満寿夫、横尾忠則、細江英公、土方巽、唐十郎がいる。これら、〈呑み会常連メンバー〉以外でも、稲垣足穂、埴谷雄高、吉行淳之介、吉岡実といった、澁澤との交友が以前から深かった年輩者たちの名前を見ることができる。

それまでの澁澤の交友関係からみてめずらしい部類に入るのは、植草甚一《うえくさじんいち》、中田耕治、堀口大學、杉浦明平《みんぺい》、高橋鐵《てつ》、川村二郎、倉橋由美子、野坂昭如、武智鉄二といったところか。特に、中田耕治と植草甚一を執筆者に選んだことを、澁澤は得意に思っていたらしい。前衛歌人の塚本邦雄が小説に手を染めたのも、「血と薔薇」での澁澤の依頼がきっかけだった。

内藤によれば、澁澤の名があったおかげで執筆を断られることはほとんどなかったという。ただし、各巻末の次号予告欄に載った名前を追ってみると、安部公房、武田泰淳《たいじゅん》、中村真一郎、石川淳、林達夫、吉本隆明、呉茂一《くれしげいち》、瀧口修造などの大物たちの名前がありながら、これらの人たちの原稿は実際には掲載されていない。たんに、原稿が〆切に間に合わなかったのかもしれないが。

とまれ、「血と薔薇」の三冊は、まさに「六〇年代最後に打ち上げられた「異端の花火」とも言うべき華やかな暗黒趣味の開陳」（高原英理《えいり》）という趣きだった。

中心メンバーの一人だった種村季弘が、二十一世紀になって面白いことを語っている。「血と薔薇」はエロティシズムの雑誌とはいえ、米国由来のヒッピー文化に絡んだ性解放論のごとき、その頃流行していた時代思潮とはむしろ対極的な方向をも打ちだしていたのではないかというのだ。今にして思うと、それは永遠の少年の世界、「コドモノクニ」の世界だった、と種村は述べている。

> もしかすると「血と薔薇」は、戦後のセックス解放や自由恋愛の風俗を桂馬とびで飛び越していたのかもしれません。視覚的にも堀内誠一デザイナーの職人的なきちんと枠のはまったレイアウトで構成されていましたし、書き手もどちらかといえば自由詩の詩人より、加藤郁乎や塚本邦雄のような定型詩人が主流でした。新しそうに見えて古いんです。
>
> あんな全共闘世代の（その裏の経済界の）成長幻想の跋扈するなかで、成長を拒否して、子供部屋の玩具オブジェに熱中してたようなものなんですから、経済成長が止まって、引きこもり世代が出現してきた今と、百八十度ぐるりと回って通い合うところがあるかもしれません。（「コドモノクニあるいは「血と薔薇」の頃」）

4　昭和四十四年／美学校／『怪奇小説傑作集4』／サド裁判最高裁判決／再婚／薔薇十字社

「血と薔薇」以外の、一九六九年（昭和四十四）の澁澤に目を移そう。

一九六九年は、全共闘による東大安田講堂占拠があり、アポロ11号が月面着陸に成功した年である。この年の四月、現代思潮社が新宿に美学校を開設した。美術・音楽・表現メディアを教えるこのユニークな学校は、その後は神田に場所を変え、現代思潮社の母体を離れながらも、二〇一九年の現在も活動をつづけている。

開校時の講師陣は、現代思潮社の豊富な人脈を活かしたもので、唐十郎、埴谷雄高、粟津則雄、赤瀬川原平、土方巽、種村季弘、松山俊太郎などが名を連ねており、教壇に立つのが大嫌いな澁澤も四回ほど講義らしきものをした。

初期の美学校は、作家になった村上龍、服部まゆみ、平出隆《ひらいでたかし》や、役者になった佐野史郎などなど、生徒の方にもユニークな人材がいたようだ。そうした生徒の一人だったイラストレーターの南伸坊が、美学校でのあきれた澁澤講師のようすを伝えている。

南伸坊の目にはどう見ても二十代としか見えない「濃いサングラスをかけた天才坊や」みたいな澁澤は、教室に玉座のごとき高い教壇を作らせて、そこにどっかりと座った。

「ハハ、カッコイイナ」

と私は思って、さて、どんな講義が始まるかと仰ぎ見ていたのだ。が、校長から紹介があって、講義が始まるはずなのに、先生は何も言わない。あたりをへいげいしている。王座のような教壇は、生徒どもと同じ平面なんかにいられるかい、といってつくらせたものだという。まるでヤンチャ坊主である。

しばらくそうするうちに、先生は言った。

「何か質問はないか」

いきなりである。（『私が聴いた名講義』）

二〇一七年（平成二十九）、山口雄也《かつや》の註と校異による『黒死館殺人事件』が刊行された。この出版から四十年近く歳月を遡る一九六九年に、桃源社が復刊したこの小栗虫太郎一世一代の大長篇小説の解説を、澁澤は「ぜひ書かせてほしい」と、自分から矢貴昇司に申し入れて執筆した。澁澤は虫太郎をめぐる文章で、『黒死館殺人事件』のエディション・クリティクづくりを熱望する「わたしの友達」についてふれているが、これはむろん松山俊太郎のことである。

そんなわけで、二十一世紀になってからの山口雄也によるこの出版は、虫太郎と黒死館に生涯執着した松山の遺志を継いだ大仕事だったのだけれども、この山口もやはり美学校の最初期の生徒であり、松山の講義はもちろん、数少ない澁澤の貴重な授業も体験している。講義の雑談のおりに澁澤と面識のできた山口は、その年の夏、友だち何人かと鎌倉へ遊びに行った際、思いたって澁澤の家に電話を入れ、「これから遊びに行っていいか」と尋ねて快諾された。そして、酒と肴を振る舞われただけでなくて、なんと、みんなで一泊してお土産には澁澤の本をもらって帰ったという。

多くの友人知人たちが異口同音に語るように、澁澤は底なしのホスピタリティの持ち主だった。澁澤のサロンに入れ替わり立ち替わり集まる人々については、種村などは、「おれだったら金輪際近づけないような奴もいそうなのに」と正直に述べている（「サロン、庭園、書斎」）。

たった一度の面識しかない二十歳そこそこの〈生徒たち〉へのこの歓待は、高橋睦郎の言う澁澤の「際限のないもてなし」を伝える、愉快なエピソードの一つだと言えるだろう。


六月、この年に設立された青土社から、雑誌「ユリイカ」が創刊される。この創刊号に、澁澤はエッセー「ミューゼアム・オブ・カタクリズム」を寄せている。のちに見るように、この「ユリイカ」は、一九七〇年代、八〇年代の澁澤のもっとも重要な発表舞台となる。

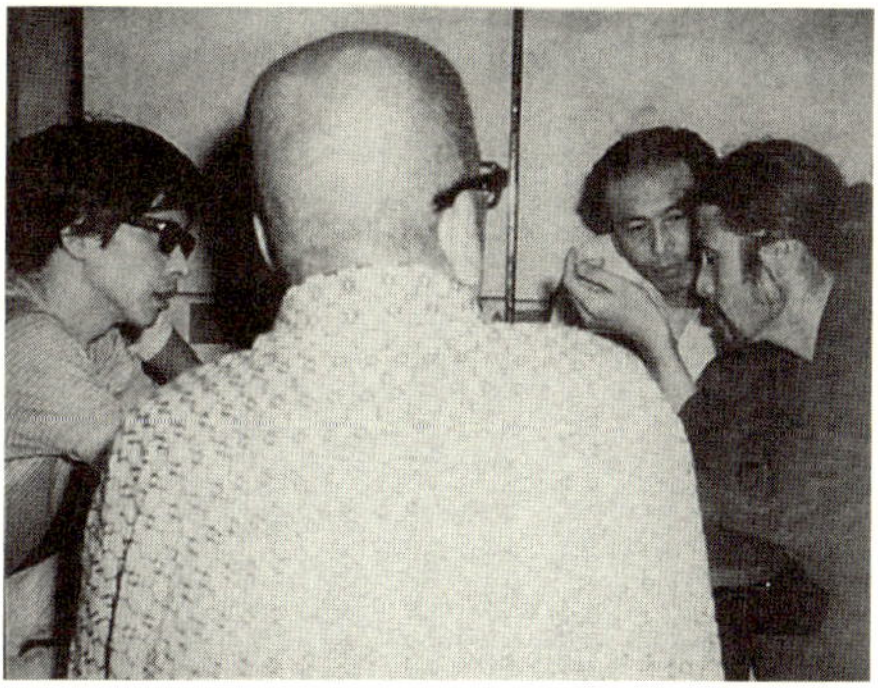

1969年6月、京都の稲垣足穂宅にて。左から澁澤、足穂、生田耕作、土方巽。

六月十九日から二十二日まで、京都へ旅行し、土方巽を東京から呼び出して、生田耕作もまじえて稲垣足穂に会っている。現代思潮社から全六巻の『稲垣足穂大全』の刊行がはじまったのもこの月からだった。

やはりこの六月、『怪奇小説傑作集4』が東京創元社より出版された。

これは同社の五巻本の文庫シリーズ〈怪奇小説傑作集〉のフランス編として刊行された一冊で、十年前の一九五九年（昭和三十四）にやはり東京創元社から出た『列車〇八一』（〈世界恐怖小説全集〉第九巻）を増補した内容となっている。新版は、旧版収録の十五編に、澁澤が訳した七編が新たに加えられ、また旧版では二編収録されていたゴーティエの作品のうち一編（「オンファール」）が削られて全二十一編となった。

このアンソロジーが、澁澤と親子ほど歳の離れた仏文学者・青柳瑞穂（一八九九年生まれ）との分担訳という形になっていたのはなぜなのか。『翻訳全集』の解題で、本書の成り立ちを詳細に扱った巖谷國士は、「青柳瑞穂が途中までやっていたことを澁澤龍彥が引きつぐかたちで仕上げたのか、それとも、すでにあった青柳瑞穂のいくつかの翻訳をいわば土台にして、澁澤龍彥がひとつの「系譜」をつくる編集の仕事をあとからおこなったのか」と推論している。

この巖谷の推測は、後者の方が正しいようだ。青柳瑞穂の孫にあたるピアニストで、著述家としても名高い青柳いづみこが、次のように書いている。

「モーパッサンの翻訳と骨董随筆でわずかに名を残しているにすぎない祖父と、怪奇・幻想文学の元締め澁澤龍彥との間に生前交遊があったという話もきかず、年代的にも三十年ほどの開きがあり、突飛な組みあわせだと思っていたが、ついさきごろ、家の本棚から古い本が二冊みつかり、一挙に疑問がとけた。一冊は、祖父が昭和六年に先進社から出版した『怪談・仏蘭西篇』である。［…］もう一冊は、昭和三十四年に東京創元社『世界恐怖小説全集』第九巻として刊行された『列車〇八一』である」。

青柳瑞穂編訳の『怪談・仏蘭西篇』は、この分野の先駆的な出版物〈世界怪談叢書〉の第三巻にあたり、十三の短篇を収録している。『列車〇八一』には、この本から半分以上に当たる七編が再録されている。青柳いづみこは続けて書いている。

「『列車〇八一』の」内容は、先進社刊の祖父の翻訳七点をベースに、祖父が「フルートとハープ」やシュオッブの「列車〇八一」など三点を新たに訳し、澁澤は、バルベー・ドールヴィイの「罪のなかの幸福」、ジャン・ロランの「仮面の孔」など五点を加えている。［…］当時サドの翻訳を次々と発表していたものの、まだ三十一歳と若かった澁澤が、六十歳になった祖父の翻訳集の復刊に便乗する形をとったのだろう」（『ショパンに飽きたら、ミステリー』）。

ただし、この孫による推定も全部が正しいとはいえない。

青柳いづみこは、右の文で瑞穂が三点を新訳したと書いているが、その三点のうち、シュオッブの「列車〇八一」とゴーティエの「オンファール」の二点は、青柳瑞穂の戦前の他の訳書にすでに収録されていたのが確認できる。となると、残るアルフォンス・カルの「フルートとハープ」も、新訳ではなかった可能性が高いだろう。

想像するに、〈世界恐怖小説全集〉の企画が立ち上がった際、版元はまずベテランの青柳にフランス編編纂の話を持っていった。だが、青柳は「その方面の既訳はいくつかあるが、自分は適任でないからだれか若い人に編纂と解説は頼んでくれ」とでも言ったのだろう。そうして、何らかの経緯で、三十歳そこそこだった澁澤が抜擢され、いま見た形におさまったのではないだろうか。先の巖谷の解題によれば、澁澤の手帖には、大学生時代の一九五二年（昭和二十七）からこの種のアンソロジー「フランス怪異譚集」に関する記述が見いだせるという。

いずれにせよ、十年前の『列車〇八一』をいっそう澁澤の思い通りに充実させたこの『怪奇小説傑作集4』は、二年後に出た本書の日本文学版ともいうべき『暗黒のメルヘン』とともに、幻想文学好きの若い読者に多大な影響を与えた名アンソロジーとして知られる。巻末の解説「フランス怪奇小説の系譜」は澁澤が新たに書き下ろしたものだが、こちらも前年の『性の追求』の解説文に匹敵するような長文の力作である。

十月十五日、〈サド裁判〉の最高裁判決が下る。被告側の上告を棄却して、有罪。石井恭二に罰金十万円、澁澤には罰金七万円。十年近く続いた裁判はこれで終結し、澁澤は前科一犯の身となる。

有罪の連絡はすでに前日に弁護士からあった。澁澤は北鎌倉の家で砂澤ビッキら友人たちと夜中まで飲んで騒いでいた。翌日は遅刻して出廷し、着いた時はすでに判決が下りた後だった。映像がないと困るとテレビ局から言われたので、澁澤は裁判所に入るところを演じた。日比谷の松本楼で石井恭二と食事をして帰宅。秋の午後の淡い陽を浴びた静かな日だった。

この最高裁判決が下った直後、「サドは裁かれたのか」と題した文章のなかで、澁澤は六〇年代の精神分析として、次のように記している。

「私の漠然とした印象では、この十年ばかりのあいだに、世界はあたかもサルバドール・ダリ氏描くところの時計（『記憶の持続』）のように、堅牢なその形体を徐々に喪失して、ぐんにゃりと溶けはじめたらしいのである。解体とか崩壊とか言うよりも、溶解と言った方が一層ふさわしい。アモルフになってしまったのだ」。

十一月二十四日、前川龍子《りゅうこ》と再婚。これにより、二年近くにおよんだ〈独身時代〉が終わる。この結婚については章をあらためて詳しく述べることにするが、以後、澁澤の外出の時は、そのほとんどが新夫人の同行となる。

この華燭の祝いに、三島はオルゴール付きの小卓を澁澤に贈った。

十二月、コクトーの翻訳『ポトマック』が、薔薇十字社から刊行される。『大腭びらき』脱稿のすぐ後の、一九五五年（昭和三十）頃に手がけ、十数年のあいだ篋底に眠っていた古い翻訳である。

薔薇十字社は、天声出版を辞めた内藤三津子がこの年に興した出版社で、澁澤訳『ポトマック』が最初の刊行物となった。出版社をつくることに決めた内藤がその突拍子もない社名を伝えると、「それはとてもいい」と澁澤は言い、「これ、お祝い。若い時のだけれど」と、分厚い原稿の束をテーブルに置いた。それが『ポトマック』の翻訳原稿だった。

十二月二十三日には、この薔薇十字社の出発を祝う会が、渋谷の南国酒家で開かれた。澁澤夫妻、種村、松山、加藤郁乎、中田耕治、野中ユリ、金子國義、四谷シモン、それに深夜叢書社を興した齋藤愼《しん》爾《じ》らが内藤三津子の新しい首途《かどで》に乾杯をあげた。

薔薇十字社の活動は四年続き、三十六点ほどの書物を出している。そのうち、澁澤が関係するものはこの『ポトマック』以外にも、『ひとさらい』（シュペルヴィエルの小説の翻訳）、『黄金時代』（評論集）、『大坪砂男全集Ⅰ・Ⅱ』（編纂と解説）、『マゾヒストたち』（澁澤編のトポール画集）と、計六点にのぼる。

この社の出版物は他にも、塚本邦雄『悦楽園園丁辞典』、種村季弘『吸血鬼幻想』、堂本正樹『男色演劇史』など「血と薔薇」に一部が掲載されていたものや、三島由紀夫、加藤郁乎、中田耕治、久生十蘭、ユイスマンス、バルベー・ドールヴィリーなどのものがあった。薔薇十字社は、さながら澁澤龍彥を顧問にむかえた出版社のように、読者の目に映っていた。

いま名前が出た大坪砂男の全集もその一つに挙げられるが、一九六〇年代の終りから七〇年代の初めにかけて、出版界には怪奇幻想ブームが沸きおこり、稲垣足穂、先にもふれた小栗虫太郎、それに江戸川乱歩、夢野久作、久生十蘭、橘 外男《たちばなそとお》といった、〈幻想文学作家〉〈異端作家〉の復権復活が盛んになった。澁澤はそれらの出版にいろいろなかたちで関わり、ブームを牽引する一人をつとめた。

その出会いが二十歳の澁澤に強烈な印象を残した久生十蘭の全集は、一九六九年（昭和四十四）から三一書房より刊行が始まり、澁澤は推薦文と力作の解説文を寄せた。夢野久作の全集はその少し前から同じ三一書房が刊行していたが、もともとこれは現代思潮社から出る予定だった企画で、その時にはどうやら澁澤が関与していたようだ。当時、鶴見俊輔らの「思想の科学」がしきりに夢野久作の再評価を企てていたが、澁澤はそれとは違った「独自の観点」から、久作の復刊の今日的意義を説いていた。

一九六〇年代最後の年も終りに近づいた、十二月二十二日号の「図書新聞」に、「私の一九六九年」と題された文章が発表されている。そこで澁澤は、次のように述べている。

私の一九六九年は、十年がかりのサド裁判のようやく決着のついた年として、長く記憶に残るであろうが、これは要するに公的な事件であり、年表に書きこまれるための事件のようなもので、私の内面生活が、それによって昂揚したり、影響されたりするというようなことは全くなかったのである。［…］いずれにせよ、観念こそ武器だと思っていた私たちの六〇年代は、いま、ようやく終ろうとしているような気がする。

5 昭和四十五年／澁澤龍彥集成／初のヨーロッパ旅行／三島の死

大阪万博とよど号ハイジャック事件があった一九七〇年（昭和四十五）――
一月、「幻想の肖像」と「女のエピソード」の連載が、それぞれ「婦人公論」と「花椿」で始まった。前者は巻頭口絵の解説で、七二年の十二月まで全三十六回。後者は七一年の十二月まで全二十四回。

一月七日から十日、齋藤愼爾に誘われて山形を旅行した。

二月より〈澁澤龍彥集成〉の刊行が桃源社で始まる。当初は全六巻の予定だったが、好評のため増巻して全七巻となった。配本は順調に進み、完結はこの年の九月である。

一九五一年（昭和二十六）に創業された桃源社は、もともとは一九二三年（大正十二）創設の書籍販売業社の矢貴書店が前身母体である。一九四〇年（昭和十五）に同社のなかに出版部ができ、川口松太郎の『愛染かつら』を出版してベストセラーとなった。一九五九年（昭和三十四）、創業者矢貴東司《とうじ》の息子・昇司が入社すると、それまでの大衆文学路線に加え、推理小説の分野に本格的に参入し、六〇年代には〈書下し推理小説全集〉〈江戸川乱歩全集〉や、国枝史郎、小栗虫太郎等を復刊した〈大ロマン・シリーズ〉などを刊行している。

一九六〇年代の澁澤の著訳書は全部で二十四点を数えるが、その出版元の内訳を次に整理してみよう（再刊物等は基本的に含まない）。

桃源社……十一点
現代思潮社……五点
美術出版社……二点
光文社、早川書房、河出書房新社、新潮社、薔薇十字社、東京創元社……各一点

実に、半数近くが桃源社からの刊行だったのが分かる。この数は新旧二回にわたる〈サド選集〉を含んではいないから、実質的にはそれ以上の数だと言えよう。澁澤のそれまでの仕事を集大成した初の著作集が、桃源社から出版されたのはきわめて自然な成り行きだった。

集成の企画そのものは矢貴が持ちかけたが、巻構成は最後には澁澤自身が決めた。単行本未収録作品

の取捨選択なども全て著者本人がおこなった。『快楽主義の哲学』ははずされ、『サド復活』『神聖受胎』『ホモ・エロティクス』など一部の単行本は解体され整理された。

内容見本には、石川淳、稲垣足穂、埴谷雄高、三島由紀夫という錚々たる顔ぶれの懇《ねんご》ろな推薦文が並び、圧巻である。「日本中の人がおれを認めてくれなくても、この四人が認めてくれればいいんだ」と、澁澤は語っていたという。

ここでは、「読書界を裏返した男」と題された稲垣足穂の推薦文を挙げることにする。


澁澤龍彥は、彼の左の手袋をくるりと裏返して、これを元のように左の手に嵌めた。次に右の手袋をも裏返して右の手に収めた。注意すべきは裏返した手袋を相互に取換えたのではなく、裏返したままで同じ側の手にかぶせたという一事である。こうしておいて、彼は自らの仕事に取りかかったものに相違ない。なぜなら澁澤龍彥の名が世間に現われて以来、何かが、殊に読書界の嗜好が根本的に変ってきたと思われるからである。私はこれを「時間的思考」(風俗と人情)が「空間的思考」(オブジェと精神)と入れ代りつつある証左だと見る。

「われら世界の最頂上に立ち再び星々に向いて戦いを挑まん」

これは未来派のコトバだが、この予見のおどろくべき黎明にいま置かれているような気がしてならない。躍り出てまず澁澤龍彥集成全六巻を身辺に備えられよ。自身読むつもりもない全集物の提灯持ちをするような人間で私がないことは、先刻卿らが知っている通りである。


矢貴の筆になる「刊行のことば」の一部も次に引こう。

現下の混沌とした文学界に在って、唯ひとり悠然と壮大な夢の宇宙を創る稀有の人に澁澤龍彥氏があります。

人類の夜の思想の博大な探究者である澁澤氏は、西欧中世魔道の奥義に通暁し、サド侯爵の巨大な哲理に沈潜する。真個の魔術師と申せましょう。瘦身瀟洒、左手に把るパイプの紫煙と共に、泰西異端の肖像を談り、世紀末の緑の色調を愛で、しかも今日の危機的情況を透徹せる眼で裁断する氏は、サド作品の美事な日本語への移入の仕事を端緒として、研究・評論に、創作に、典雅にして尖鋭なる魔筆を自在に揮っております。

この矢貴の文には、当時の澁澤が読者や世間からいだかれていたイメージが集約されているようだ。黄色い紙に印刷された月報の書き手には、第一巻の種村季弘と土方巽をはじめ、加藤郁乎、松山俊太郎、池田満寿夫、巖谷國士、出口裕弘等々が揃い、澁澤の親しい友人が総出演を果たした感がある。第三巻の月報には、集成の書評として「共同通信」に掲載された匿名の文章の抜粋が再録されているが、この匿名書評は、塚本邦雄の弟子だった歌人の須永朝彦《あさひこ》が書いたものである。

澁澤にとって「ひとつの分水嶺」となったこの〈澁澤龍彥集成〉は、本文を二段で組んだ収録分量のある書物で、その割に価格が安かったから、それまでの高価な単行本には手が出なかった若い読者層へまで澁澤の著作を広く浸透させる役割を果たした。七〇年代になってから初めて澁澤を知る世代にはこの七巻本の集成で澁澤を愛読しはじめた者が多く、この世代にとってはとりわけ愛着の深いシリーズだと言えるだろう。雑誌「幻想文学」の編集長として、澁澤没後に二冊の別冊「澁澤龍彥スペシャル」を手がけた東《ひがし》雅夫の回想を、この世代の代表として次に掲げよう。一九五八年（昭和三十三）生まれの東は、この当時まだ小学六年生だったはずである。

「私にとっての澁澤体験は、生まれ育った横須賀市の繁華街にある平坂書房駅前店の二階フロア、階段を上がって右手の文学全集がならぶ棚の一隅で、見るからに異様な気配を放っていた桃源社版『澁澤龍彦集成』に始まる。

時に一九七〇年、学習塾にかようバス停で三島由紀夫自決の第一報を耳にし、訳の分からぬまま心騒ぐものを覚えたのと前後する時期だったように記憶する。

蛇に睨まれた蛙、もしくはラスプーチンに睨まれた貴婦人たちよろしく、一巻また一巻と小遣いをはたいては家に持ち帰り、細かい活字が二段組でびっしり詰めこまれた同書に読み耽ったあのころを思いかえすと、濃緑色のクロス装に使用されていた塗料が発する独特な匂いが、いまも鼻先をかすめるような心地がする。

オカルティズム、エロティシズム、怪奇幻想の文学と美術……六〇年代の十年間に著者が紡ぎあげた初期文業のほぼすべてを、わずかひと月足らずのあいだに、改造人間用の手術台に括りつけられた本郷猛（仮面ライダー1号）よろしく、幼稚な頭脳に集中投与されたのである。どこまで理解できていたかは甚だ怪しいものだが、その刷り込みは絶大だった。世界観を丸ごと一変させられるような体験であった」（河出文庫『妖人奇人館』解説）。

この東の回想にも出る、野中ユリの手になる装丁も忘れることはできない。グリーンを基調にしたマーブル調の貼函と、黒のバクラムにやはりグリーンと金を二度箔押しした本体。現在なら〈ゴシック〉と称されるような、集成のこの格調高い装丁があまりに印象的なため、澁澤龍彦本＝野中ユリ装丁といらイメージがたいそう強いが、意外にも、集成以前に野中が装丁した澁澤の本は実は一冊もない。もっとも、共同の書物としては、佐々木桔梗《ききょう》のプレス・ビブリオマーヌから出た『狂王』がある。一九六六年（昭和四十一）に刊行されたこの二百七十五部限定の豪華本は、澁澤の本文に野中のコラージュが九点添えられている。

先の章ですでにみたように、澁澤と野中の出会いは、一九五九年（昭和三十四）まで遡る。その頃の澁澤について、野中はこう回想している。

「その当時の澁澤さんは、ある種の傾向をもった、何かをやろうとしている人間たちの間で、暗号のようにその名をささやかれる存在でした。澁澤龍彥を読んでるとか、好きだというだけで、もうその人の何かが分かってしまうような感じで、一種秘密結社めいた暗黙の了解がなされるような……」（「兄の力」）。

三月、平凡出版（現マガジンハウス）から、若い女性のための雑誌「アンアン」が創刊された。同誌のアートディレクターを務める堀内誠一の依頼で、創刊号から九月まで、澁澤はシャルル・ペローの童話を中心としたフランス短篇の翻訳を連載する。

三月三十日の「読売新聞」に、この月の十四日から開催された大阪万博批判の文章「万博を嫌悪する――あるいは「遠人愛」のすすめ」を発表している。

同じ日、細江英公『鎌鼬《かまいたち》』の芸術選奨文部大臣賞受賞記念の祝賀会に出ている。場所は赤坂プリンスホテル。この写真集は土方を被写体にしたもので、出版元は現代思潮社だった。加藤郁乎、横尾忠則、高橋睦郎、田中一光、川仁宏、土方巽、瀧口修造、三好豊一郎、細江、澁澤が、それぞれてんでばらばらな方を睨んでいる有名な集合写真は、この時に撮られたものだ。

四月、編著『性の深淵』が學藝書林より出る。先の〈全集・現代文学の発見〉の姉妹版〈全集・現代世界文学の発見〉の第七巻だった。

この四月から、自宅に二階の書庫と新夫人の部屋を増築する工事が始まった。六月に竣工し、家は計三十八坪ほどになる。

五月八日、赤坂のシドで、三島由紀夫との対談「タルホの世界」がおこなわれた。一九六八年（昭和四十三）の鏡花をめぐる対談と同様に、中央公論社〈日本の文学〉の月報のための仕事だった。

三島はこの時、「僕はこれからの人生でなにか愚行を演ずるかもしれない。そして日本じゅうの人がばかにして、もの笑いの種にするかもしれない。［…］もしそういうことをして、日本じゅうが笑った場合に、たった一人わかってくれる人が稲垣さんだという確信が、僕はあるんだ」と、澁澤にむかって発言している。

七月より、「ユリイカ」で「悪魔のいる文学史」の連載が始まる。一九七二年（昭和四十七）の一月まででつづき、計十四回の不定期連載である。年頭から始まった「幻想の肖像」と「女のエピソード」を合わせて、この時期は月三本の連載を抱えていたことになる。

堂本正樹の出版記念会が、七月三日、新宿の中村屋であった。松山、種村、内藤三津子、四谷シモンらといっしょに出席した澁澤は、この日は洗足《せんぞく》の加藤の家に泊まり、翌日は目黒の土方の道場で寝たので、帰宅は五日になってからである。

八月三十一日、新夫人の龍子とともに、澁澤にとって初めての海外旅行に出発する。まだまだ海外旅行が特別だった時代であり、羽田空港には、母の節子や家族だけでなく、土方、種村、巖谷、野中、堀内誠一、谷川晃一ら多くの友人たちも見送りに集まった。

当日楯の会の例会があった三島由紀夫は、楯の会の白い、ひどく目立つ制服を身にまとって惜別に来た。ウイスキーでほろ酔い加減の澁澤が、ソファの上に置いてあった三島の帽子をひょいと頭にかぶって、「出不精で有名なぼくが、ようやく腰を上げて、ヨーロッパくんだりに出かけようってんですからね。飛行機が落ちて、奇蹟的に死ぬかもしれませんよ」と茶化すと、三島は「はっはっは」といつもの豪傑笑いをした。そして、「澁澤さんはダメだから」と言って、外国旅行のこまごました注意を念を押して龍子の方に説明した。

夫婦のこの時の旅程は、澁澤の死後発表された『滞欧日記』につまびらかだ。

滞在した国は、チェコ、オーストリア、西ドイツ、ベルギー、フランス、スペイン、スイス、イタリア、ギリシャなどである。旅行嫌いの書斎派としてならした澁澤の二か月に渡る初のヨーロッパ旅行は、その多くの時間が、今まで書物を通して親しんでいたお気に入りの美術作品を確かめに行くことに費やされている。帰国後、ルードヴィヒ二世のノイシュヴァンシュタイン城や、マンディアルグの文章で馴染みのボマルツォの庭園などの印象を、紀行文として発表している。

旅行の間、九月にはジルベール・レリーの研究書の翻訳『サド侯爵――その生涯と作品研究』が筑摩書房から、十月にはジュール・シュペルヴィエルの翻訳『ひとさらい』が薔薇十字社から刊行された。後者は、文筆家としてデビューしたての一九五五年（昭和三十）頃に出版のあてもなく訳し、その原稿を旧制浦和高校時代の恩師、平岡昇に預けてあった長篇小説である。

十一月七日に帰国。

帰国から間もない十一月二十五日、三島由紀夫が、楯の会メンバー四人とともに市ヶ谷の陸上自衛隊東部方面の総監室に押しかけ、バルコニーで演説ののちに、割腹自殺を遂げた。

事件のことは、昼過ぎに種村が澁澤家に電話で知らせた。龍子は慌ててテレビをつけて、寝ていた澁澤を起こした。澁澤は「ああ、やっぱり」というようなことを呟き、自分のそばでとても動揺している若い妻に向かって、「僕はそういうことはしないからね」と告げた。

翌々日の二十七日、澁澤と龍子は、土方夫妻とともに三島邸へ弔問におもむく。

事件から間もない十二月十二日、野坂昭如が来宅し、「週刊読書人」新年号のための対談がおこなわれた。「エロチスム・死・逆ユートピア」というお題の対談は三島の自決の話から始まったが、初対面の澁澤と野坂は、二人してべろべろに酔っぱらい、お終いの方は何がなんだかさっぱり訳がわからなくなった。

第Ⅶ章　胡桃の中の世界（一九七一―一九七五）

1975年2月、龍子と、網走・知床旅行にて（47歳）。

1　前川龍子／昭和四十六年／三島事件の余韻／『暗黒のメルヘン』／『黄金時代』／石川淳／アラブ旅行

澁澤龍彥の新しい伴侶となった前川龍子は、一九四〇年（昭和十五）に生まれた。その名前から知られるように辰年で、澁澤の十二歳下である。

前川家の長女（弟が一人）として鎌倉に生まれ育ち、当時も澁澤の自宅から遠からぬところに住んでいた前川龍子が、澁澤と初めて出会ったのは一九六七年（昭和四十二）のことだった。早稲田大学文学部を卒業後二年ほどして新潮社に入社した前川は、その時は「藝術新潮」の編集者をしていた。

野球をはじめとしたスポーツや、車、ヨットが好きで、スポーツライターのような仕事に憧れていた龍子は、いわゆる文学少女とはおよそ正反対の、外向的で活発明朗な女性である。澁澤の本も結婚まで読んだことはなかったというだけでなく、石原裕次郎のファンだった彼女は、初対面の際の澁澤の印象についても、「わたしの好きなタイプというわけではありませんでした」と述べている。

龍子の著書『澁澤龍彥との日々』（二〇〇五年）には、一九六九年（昭和四十四）の春頃より急速に親しくなっていた澁澤との結婚の経緯について、次のように記されている。

結婚のきっかけは外国旅行でした。友人がフランスに旅行するというのを聞いて、わたしも急に行きたくなり、ちょっと芸術の勉強をしてきたいので、一か月ほど休ませてほしいと会社の上司に言いました。すると、「きみには給料を払っているだけでも腹が立つんだ。こっちが月謝をもらいたいくらいだ。それなのに一か月も休むとはどういう了見だ。行きたかったら会社を辞めてから行きなさい」と叱られてしまいました。その話を澁澤に伝えたら、「ああ、それならぼくが世界中どんなところへでもきみを連れてくから、すぐ会社を辞めちゃえ」。これがプロポーズの言葉だったのかもしれません。

前章で、一九六九年（昭和四十四）の六月に澁澤が京都へ旅行したことを記したが、この旅にはすでに龍子が同行している。稲垣足穂の家を訪問した際、酒の席で明るくにこにこしている龍子を見て、足穂は「あなた、モナリザのような人ね」と言った。

結婚前のある日、二人は銀座の画廊で会う約束をしていた。待てど暮らせど澁澤は現れない。怒り心頭に発した龍子が帰りがけに家に寄ると、「だって眠かったから寝ていたの」と澁澤はケロッとしていた。「エッ！　あなたの眠いのと龍子とどっちが大事なのよ」と怒ると、澁澤は、「だって、この宇宙はぼくを中心に回っているから、これからもずっとそうだよ。そんなことで怒るのはおかしいよ」といけしゃあしゃあと言った。

こういう人もいたのだと感心した龍子は、怒りがすうっと消えて、にこにこ笑っていたという。

前章でもふれたが、結婚は一九六九年十一月二十四日だった。澁澤は四十一歳、龍子は二十九歳。式は挙げず、双方の家族が集まって鎌倉の大仏近くにある中華料理店の華正樓《かせいろう》で食事をした。翌一九七〇年には、新婚旅行を兼ねて二人が二か月にわたりヨーロッパ各地を旅したことも、先に見たとおりである。

大学時代は自動車部に所属し、車の運転に堪能な龍子のため、澁澤家に自動車が購入されたことも、ここでつけ加えておかなければならない。

＊

一九七一年（昭和四十六）——

日本中を仰天させた三島由紀夫の割腹自殺事件の余韻は続いていた。

澁澤は、「三島由紀夫氏を悼む」と「絶対を垣間見んとして……」という二つの三島追悼文を、それぞれ「ユリイカ」一月号と「新潮」二月号に発表している。

二月二十日には右翼の脅迫状が澁澤に届く。そこには、三島由紀夫の死をエロティシズムの極致とする見方が気に入らぬから殺す、などと書かれていた。

三島の思想など一度も信じたことはないと公言し、〈政治〉は三島のアリバイにすぎないとする澁澤にとって、マスコミや世間一般が騒々しく取りざたする三島事件の政治的・イデオロギー的な側面は、一顧だに値しなかった。

「イデオロギーを信用していないということにかけては、三島さんは、ぼく以上だったと思います。三島さんこそ、最もラディカルなアンチ・イデオローグでした。それは要するにニヒリズムの深さということなんだ。三島さんの自決の問題が謎みたいに言われているけれども、これはぼくに言わせれば、世間で受け取られている常識的見解に反して、意外に単純な問題なんです。深いけれども単純なこと、おそろしいほど単純なことですね。ずばりと言えば、まさにニヒリズムとラディカリズムの問題で、それ以上でもそれ以下でもない」（「原型に遡る形象思考」）。

澁澤家の書庫の片隅には、三島事件を特集した当時の週刊誌や新聞類が大量にまとめて保管されていた。それは、かけがえのない尊敬すべき先達であり、自分を世に出してくれた恩人でもあった三島の死が、澁澤に与えたはかりしれない衝撃の痕跡を見るかのようでもある。

「昭和二十年の敗戦の報が、私の少年時代の終りを告げるエポックメーキングだったとすれば、昭和四十五年の三島由紀夫の死も、私にとってはそれに準ずるほどのエポックメーキングだった」――一九八三年（昭和五十八）になって、澁澤はこう述懐している（「『三島由紀夫おぼえがき』あとがき」）。

土方巽、池田満寿夫、野中ユリの三人が目黒にある池田のアトリエで飲んでいるとき、「澁澤は三島の自決について本心を言っていない。これから鎌倉へ行き詰問しよう」と土方が言い出した。三人が夜中に北鎌倉に赴き、土方が澁澤に喰ってかかると、澁澤は三人を睨みつけ、「冗談言っちゃいけない。三島はおれの友人だ。それがすべてだ。文句あるか」と、語調激しく応えた。その年月を詳らかにしないが、たぶんこの年のエピソードだろう。

三島の死を批判する人間にたいして、澁澤がかなり感情的になったという似たようなエピソードは、小学校からの友人の武井宏や、松山俊太郎も伝えている。

三島と公私にわたる深い関係だった堂本正樹は、澁澤家恒例のこの年の新年会にも松山や加藤郁乎らとともに顔をみせている。その堂本は、澁澤も一翼を担っていたところの一九六〇年代の前衛的芸術運動を終焉させたのは、この三島の事件であり、またそのあとに起こる浅間山荘事件等の日本赤軍派の一連の事件であったとする。堂本は次のように語っている。

あの時代が終わるのは、はっきり言って、三島の切腹と、赤軍派の総括ですよ。身も蓋もない。そこへ行くのをみんな見たくなかった。赤軍派はお互いに殺し合ってね。それが暴露されたときの不愉快さというのはね、憎しみじゃないのよ、不愉快なのよ。自分たちが言っていたことをやれば、あそこへ行っていたんだから。みんなあそこへ行かないためにはどうしたらいいかと、迷って立ちすくんでいたわけよ。三島さんと赤軍派が、あの当時の様々な不定形の芸術というもの、悪夢としての我々の夢を、引っさらっていったのだと思う。夢が覚めちゃうわけ。皆が興ざめするような、あれだけは見たくなかったというものを見せられてしまって、みんなショック死するわけよ。(『土方巽　絶後の身体』より)

同業者として、また盟友として、澁澤のすぐ近くにいた種村季弘は、一九七〇年代の前半、一つの季節が終焉を迎え、新たな季節が始まった澁澤の生活と、その周囲の変貌を、次のように纏めている。

三島の死、それに先立つ澄子前夫人との離婚と「血と薔薇」終刊が、あたかも一つの季節を終わらせたかのようである。宴の後の静けさのようなものが足音を殺してひたひたとやってくる。「血と薔薇」時代にあれほどしきりだった友人たちとの往来もふっつりと絶え、龍子夫人とともにたまさかの国内外の旅に出るほかは、ほとんど北鎌倉に閉じこもりきりになる。

最後の大花火が打ち上げられた後のように、「血と薔薇」時代の友人たちもそれぞれが散りぢりに古巣に帰った。矢牧一宏は数年後に他界する。加藤郁乎はほとんど筆を折って宗教団体に亡命してしまう。土方巽もどこかへ雲隠れしてしまった。石井恭二の現代思潮社は、長い社内争議の後で事実上の開店休業状態に追い込まれる。六〇年代の極端な充血の後で一挙に放血をしたかのように、すみやかに衰弱と頽廃が忍び寄ってくる。（「澁澤龍彥・その時代」）

種村ならではの見事な要約だが、やはり種村らしく、細部については正確さに欠けるところもあるから、補足をしておこう。

内藤三津子とともに最後の大花火「血と薔薇」を仕掛けた矢牧一宏は、一九七四年（昭和四十九）に内藤と二人で出帆社という新しい出版社を作るが、ここも二年余りで会社を閉じている。矢牧の早すぎる死には澁澤も追悼文を寄せている。だが、矢牧が病に倒れたのは一九八三年（昭和五十八）で、「数年後」というわけではない。

加藤郁乎は、一九七三年（昭和四十八）いっぱいで日本テレビを退職し、真光教での活動が目立つようになる。一九六〇年代にあれほど頻繁に顔を合わせていた澁澤との交際は、七〇年代前半はまだそれなりに続いていたものの、七〇年代後半からはぱったりとなくなる。ただし、その間も執筆活動は続けており、著作も出版されていたから、「ほとんど筆を折って」という表現は当たらないかもしれない。

土方巽は、一九六八年（昭和四十三）の公演《肉体の叛乱》を頂天にして、七四年以降はまったく舞台に立たなくなる。「雲隠れしてしまった」と種村が書くように、土方は一九七八年（昭和五十三）頃から澁澤ら友人たちと会うことも避けるようになる。

石井恭二の現代思潮社は、ピークには二十人あまりの社員をかかえていたが、七〇年代あたまに社内に労働争議が起こり、多くの社員が辞めた。出版点数も激減した。一九七二年（昭和四十七）を最後に、澁澤が関わる新しい出版物もなくなる。

1971年の新年会、北鎌倉の自宅にて。左から澁澤、四谷シモン、加藤郁乎、松山俊太郎、高橋睦郎。

一九七一年(昭和四十六)の一月二日、先にも記した恒例の新年会がひらかれ、松山、加藤、高橋睦郎、四谷シモンらが来訪した。

同月七日から九日、金沢へ旅行に出かけている。龍子のほかに、近所住いで、平凡出版編集部にいた若い友人加藤恭一・文子夫妻が同行した。

二月、『妖人奇人館』が、桃源社より刊行される。『異端の肖像』につづく一種の西洋奇人列伝だが、中間小説雑誌が発表媒体だったこともあり、『異端の肖像』にくらべてずっと軽い読み物風のタッチになっている。しかし、いま目次を眺めてみると、本書に登場するノストラダムスやカリオストロやパラケルススといい、『異端の肖像』が採りあげたルードヴィヒ二世やジル・ド・レといい、みな今ではわが国でも大変知られた名前となっている。澁澤の時代を十年以上先取りする感覚にはいつも驚かされる。

四月二日には、故・杉田總《さとし》の一周忌と、その遺稿集『龍神淵の少年』の出版記念会のために龍子の車で種村と長野へおもむく。

長野に住み高校の教師を務めていた杉田總は、花藻群三のペンネームをもつ詩人で、一九六八年（昭和四十三）ガリ版刷りの『澁澤龍彥著作目録』を作った人物だった。前年（一九七〇年）四月に、小腸腫瘍のため三十三歳の若さで亡くなった。澁澤はその時も種村とともに葬儀に出席している。『龍神淵の少年』は、杉田の未発表の小説やエッセーなどを編んで、遺族が刊行した私家版の遺稿集である。澁澤は生前の杉田には一度も会うことがなかったが、葬儀に出て、この本の序文も書いた。

この澁澤の序文には、いま読むと、たいそう異様な箇所がある。杉田の死にふれたところだ。少し長くなるが次に引用しよう。

しかし、病中の氏の文章のなかで、私が最も心を打たれるのは、氏が自意識の最後の力をふりしぼって、自分に対して圧倒的に襲いかかってくる苦痛や病気を、客観視しようとしているということである。肉体が刻々と破壊されて行く危機のさなかで、氏の精神はユーモアを忘れず、ユーモアを武器として、この忌わしい破壊に抵抗しようとしたということである。

たとえば、氏は自分が「吸血鬼に変身した」と言い、自分の存在が「汚物のまわりにくっついた生命」にすぎないと言う。腸に穴があき、腸が癒着して閉塞し、輸血によって辛うじて生きる体力を保ちつつある人の、これは実感であるにはちがいない。しかし、この実感を言葉で表現し、文章で形にした途端に、たしかに氏は病魔に打ち勝ったのである。氏のユーモアは、精神の自立性を守ったのである。私は、氏が生涯を文学に捧げたことが無駄ではなかったと、しみじみ思う。

単行本未収録のこの澁澤の文章には種村も当然注目し、澁澤の死の直後に発表されたエッセーで、右の序文をやはり引用しつつ、「他者の死に託して、自分自身への先取りした弔辞を書くということがある」と書いている（「ある書誌学者といる澁澤龍彥」）。

杉田の法事の後、澁澤と龍子は秩父の種村の家に寄って一泊している。種村はこの年の三月に、都立大学と國學院大学をともに辞めていた。

四月十一日から十五日、京都旅行。十三日には生田耕作の家を訪問している。

五月、『暗黒のメルヘン』が立風《りつぷう》書房より出た。これは澁澤編纂の日本幻想文学アンソロジーの一冊で、泉鏡花、坂口安吾、石川淳に始まる十六人の短篇小説を収録している。

先にもふれたように、この『暗黒のメルヘン』は二年前の『怪奇小説傑作集4』の姉妹版といってよいような名アンソロジーである。本書の刊行当時はまだ学生だった山尾悠子は、二〇一六年（平成二十八）になって、「もし澁澤龍彥がもう一度こうしたアンソロジーを編んだとしたら、そこに収録してもらえるような作品を書くことが自分の目標」だと述べている。

この山尾の一言からも一端が十分うかがえるように、「スタイル偏重主義」の旗印のもとに、潔癖な選択眼が選り抜いたこの幻想小説集は、当時の若い読者たちの美意識にはかりしれない広い影響をひそかに与えた。また、澁澤が十年前の「推理小説月旦」で、「世間はこの作家の力量をもっと認めるべきである」と力説した日影丈吉の復活を強力にあと押ししたのは、当時半ば忘れられた作家になっていた日影の名品「猫の泉」を収めた『暗黒のメルヘン』であることは疑いを入れない事実だし、大坪砂男や椿實《みのる》の作品がのちに全集にまとまったのも、この澁澤の仕事と決して無関係ではなかった。

状況劇場の稽古場「乞食城」が山中湖平野村に完成し、その落成記念パーティーが七月に開かれた。土方巽、種村季弘、松山俊太郎、高橋睦郎、金子國義、吉岡実、白石かずこ、細江英公、鈴木清順、大島渚、石堂淑朗、嵐山光三郎、村松友視ら、そうそうたる顔ぶれが総勢五十人以上集まった。七日から三日三晩の飲みあかしの会だったようだが、澁澤と龍子は五日から十日まで山中湖のホテルに泊まり、七日の一日だけ参加している。

山口猛の『紅テント青春録』に、この時の澁澤をとらえた記述が見える。

「澁澤の妻龍子は『腰巻お仙』を出版した現代思潮社の名編集者川仁宏とオイチョカブをしていたし、それぞれが勝手なグループを作って飲んでいた。主賓である土方、澁澤、松山、種村らは唐を囲む形で飲んでいたが、唐と土方との口論から殴り合いになりそうになって、それを澁澤が止めたりしていた。そのうち澁澤と松山は軍歌を歌いだして、それがいつ果てるともなく続いた」。

国分寺の笠井叡の「天使館」落成記念パーティーにも、翌月の七日に澁澤は顔を出している。

この七月には、『黄金時代』が薔薇十字社より、ピエール・ド・マンディアルグの小説の翻訳『大理石』が人文書院より出る。後者は高橋たか子との共訳である。

著者自装の『黄金時代』は、前年の〈澁澤龍彥集成〉に収められた作品の再録がほとんどを占める単行本である。「黄金時代」のコンセプトのもとに編纂された自選アンソロジーのような趣きだったが、「朝日新聞」の文芸時評で石川淳が本書を大きくとり上げた。〈マイナー〉の王様みたいに世間から見られていた当時の澁澤にとって、大新聞の文芸時評で正面から扱われること自体が異例に属する事件といってよかったし、石川淳の書評は、八月の三十日と三十一日の二回にわたってこの澁澤の本だけを論じた大ががりなものだった。

澁澤の石川淳との交流は古く、一九六二年（昭和三十七）に訳書『さかしま』を献呈した際に礼状が来たことに始まる。もともと澁澤は学生の時から石川淳の小説の大の愛読者であり、澁澤の最初の本『大胯びらき』の献呈リストにも石川の名前が見いだせる。初対面は「血と薔薇」時代の一九六八年（昭和四十三）のことだろう。尊敬する石川淳に会ってみたいと澁澤が言い出し、内藤三津子が連絡を取ると、石川からもぜひ澁澤とは話してみたいとの返事があった。二人は赤坂のホテルあかはねの座敷で、内藤と矢牧を交えて三時間ほど酒を呑みながら話をかわした。

石川淳は〈澁澤龍彥集成〉刊行の際（一九七〇年）には推薦文を寄せており、澁澤もこの一九七一年七月に学習研究社より刊行された文学全集〈現代日本の文学〉の石川淳の巻に長文の解説を執筆している。

九月十八日には、その解説文の御礼として石川淳に招かれ、鎌倉で食事をしている。やはりこの文学全集の月報で石川と対談をおこなっていた丸谷才一が同席した。石川と丸谷の二人は帰りに北鎌倉の澁澤の家に立ち寄ったが、大いに酔っ払った澁澤は丸谷にむかって「違う！」とか「電話!!」とか大声を張りあげ、酒乱で名高い石川淳の方が、「まあまあ澁澤」などと言ってなだめ役に徹していたらしい。

石川淳との会食の二日後の二十日に、澁澤はレバノン、イラク、イランへの旅行に出発している。帰国は十月二日。

この旅行は、「太陽」編集部の発案による、いわゆる取材旅行である。もともとは吉行淳之介が依頼されたが、気乗りのしない吉行は、「それは澁澤がいいから、あいつに声をかけろ」と答えた。澁澤も初めは腰が重かったものの、「バビロンの空中庭園」を見られることが心を動かしたようだ。幼い頃からの愛読書だった『千夜一夜物語』のイメージももちろん影響したのだろう。中近東が、日本から見て今よりもずっと遠い国だった時代である。

この旅行には龍子は同伴していなく、驚くべきことに、澁澤は独りで二十日に羽田を発ち、翌日はベイルートでひとり歩きをしている。二十二日にバグダードの空港で写真家の石元泰博と、当時の「太陽」編集長・祐乗坊《ゆうじょうぼう》英昭の二人に合流した。旅行については、この年の「太陽」十二月号に、「千夜一夜物語紀行」と題した文を書いているが、道中をともにし、紀行文のなかでY君として登場する祐乗坊は、のちに作家となる嵐山光三郎である。

バグダードで落ち合うまで、澁澤はなれない外国のなれないひとり旅に大いに緊張していた。人でごった返す空港のなかで、いたずらの好きな嵐山は、アラブ人の格好をして、「アブダジャ・ババロア・モハメドアリ。バグダド・ハッサン・マルキドサド」といんちきなアラビア語で話しかけながら近づき、澁澤の腕をぐいとつかんだ。「もうダメだ、日本に帰ろう」と澁澤は思ったという。

その嵐山は一九九〇年（平成二）になって、澁澤との旅の思い出を綴ったエッセー「泥の王宮」を発表している。澁澤はイスパハンで、のちに北鎌倉の応接間を飾るアストロラーブ（天文観測機）を購入したが、澁澤はその時のことをこう抒情的に記している、「私は、かなり重い青銅製のアストロラーブを小脇にかかえて、イスパハンの夜の街をぶらぶら歩きながら、心は「千夜一夜物語」時代の中世に遊ばせていた。星が降るようであった」と。ところが、嵐山によると、そのひどく重たい骨董品を持たされて、ぜいぜい息を切らしながら夜の街を歩いたのは、本当は嵐山の方だったそうだ。

先に久生十蘭の引越しや三島への推薦文依頼の際にも見たけれども、澁澤のエッセーは、もっぱらこうした見栄から来るような〈虚構〉をまま含んでいる。その具体例のいくつかを、妹の幸子が著書で指摘している。

中近東から帰ると、澁澤は吉行に電話をかけて、「行けどもいけども舗装していない道ばっかりで、尻の皮が擦り切れてひどい目に遭った」と泣きごとを洩らした。

十月二十五日から二十九日、初めての山陰旅行。帰りには今度も京都の生田耕作宅に寄っている。「ユリイカ」の臨時増刊号として、澁澤龍彦責任編集〈特集・エロティシズム〉が十一月に出た。青土社の編集者である三浦雅士が用意したリストをもとにして、執筆者の選択はすべて澁澤がおこなった。刊行直後に、三浦が北鎌倉の家に行くと、澁澤は開口一番、「足穂さんが、この特集号を批判して、書斎のエロティシズムに過ぎないと言っているんだよ。面白いねえ、まったくその通りなんだから」と嬉しそうに話した。

この月の二十五日に、三島由紀夫の一年祭が丸の内のパレスホテルで開かれ、澁澤はそこで生涯に一度だけ磯田光一に会った。そのとき磯田は、「三島さんが亡くなってから、澁澤さんのお書きになるものは、いくらか変ってきたのではありませんか」と言った。

同月二十七日、新宿にある花園神社会館で加藤郁乎の出版記念会が大々的に開かれ、澁澤は龍子とともに出席している。

細江英公が撮影した、八十名にのぼる参加者が一堂に介した有名な写真が残っている。そこには、澁澤の一九六〇年代の交友関係の核だったメンバーの顔がほとんどみんな、いっしょに写し出されている。加藤、土方、松山、種村、池田、唐、シモン、出口、巖谷、矢川、野中がおり、それに、瀧口修造、吉岡実、中井英夫や、内藤三津子の顔も見える。だれもがまるで同窓会の写真のようににこやかな笑顔だ。だが、この写真がうつす穏やかな顔は次のような事実を逆説的に示してはいないだろうかと、稲田奈緒美は指摘している。すなわち、六〇年代のような彼らの濃密な交友関係、あるいは共犯関係は、すでに過去のものになったという事実である（『土方巽　絶後の肉体』）。

この年澁澤は四十三歳になった。

2　昭和四十七年／鷲巣繁男／『偏愛的作家論』／『悪魔のいる文学史』

連合赤軍による浅間山荘事件がおきた一九七二年（昭和四十七）――

一月十一日、笠井叡の舞踏会を新宿の厚生年金会館小ホールで見る。

三月二日、神奈川県の鵠沼《くげぬま》に住んでいた林達夫を訪問している。紋章詩についての本を借りるためだった。

前々章でみたように林達夫とは一九六七年（昭和四十二）から交友を持っていたものの、それは手紙と電話だけに限られた関係で、実際に対面したのはこの時が初めてである。（その後も会ったのはもう一度だけだった。）龍子がちょうど台湾旅行から土産として持ち帰っていた夜来香《イエライシャン》の花束を、植物の好きな林のために持って行った。この時に林達夫から借り受けたアルベール・マリー・シュミットやミハイル・バフチンの書物は、翌年に執筆された「紋章について」（『胡桃の中の世界』収録）で活かされている。

この三月は、二十四日に美術家の飯田善國の一家が、二十七日には音楽家の矢代秋雄の一家が来訪し、ともに澁澤家の前の空き地で土筆《つくし》つみをした。澁澤は土筆が大好きで、油で炒めたり、佃煮にしたりしてよく酒の肴にした。土筆ご飯も好物だった。

五月、『女のエピソード』が桃源社より刊行される。装丁と装画は加納光於が担当した。

六月三日、この年の三月に北海道から埼玉に転居してきた鷲巣繁男《わしすしげお》の定本詩集の出版記念会が、日本出版クラブで開かれた。澁澤は高橋睦郎、種村季弘、加藤郁乎らとともに、発起人の一人に名を連ねている。この『鷲巣繁男定本詩集』の栞《しおり》に、澁澤は一文を寄稿しており、その礼として氷下魚《こまい》が鷲巣から贈られてきた。長らく札幌に在住していた「メタフィジック詩人」鷲巣の存在は、稲垣足穂の大ファンの友人木ノ内洋二を介して以前から知っていたものの、会ったのはこの時が初めてだろう。生地横浜の魔窟について、蘊蓄を傾け愉しげに語る鷲巣の話に澁澤は聞き入った。二次会ののち、鷲巣、安東次男とともに加藤の家に行き、深夜まで語りあって一泊した。

六月十日、米国人の日本文学研究家ジョン・ネイサンが来訪し、三島由紀夫伝のためのインタビュー取材を受けた。

翌七月の十七日、そのネイサンの夫人小田まゆみの個展を銀座に見に行くと、ばったり石川淳に出会う。石川淳は並木通りにあった西洋料理店の胡椒亭に澁澤と龍子を連れて行き、店主に「これは澁澤というんだ。よろしく頼む」と紹介した。澁澤はその後、胡椒亭にはたびたび足をはこぶことになる。

『偏愛的作家論』が七月に出る。装丁の長尾信《まこと》は、高麗隆彦《こまたかひこ》の本名である。

三浦雅士が企画した本書は、青土社から出た澁澤の初めての単行本となった。この本で対象となった作家は、石川淳、三島由紀夫、稲垣足穂、林達夫、瀧口修造、埴谷雄高、吉行淳之介、鷲巣繁男、野坂昭如、花田清輝、安西冬衛、泉鏡花、谷崎潤一郎、日夏耿之介、江戸川乱歩、久生十蘭、夢野久作、小栗虫太郎、橘外男の十九人。あとがきで澁澤はこう書いている。「これが要するに私の好きな近代現代の日本の作家たちで、好きでない作家については、私はもともと文章を書かないから、すべてオマージュに終始している」。

澁澤は本書で、「私はもともと、スタイルの劃然と際立った作家に熱中する性癖があり、スタイルさえ見事に光っていれば、他のすべての欠点も容易に見逃すことができる、と思っているほどの人間なのだ」と啖呵《たんか》を切っているが、加藤郁乎はこの『偏愛的作家論』を、「徹底した文体論を中心にした渦巻状のマニフェスト」、「厳しい文明批評家による愛着を極めた文体批評の書」と評した（「図書新聞」）。

また生田耕作は、『悪魔のいる文学史』とだき合わせの「海」の書評において、次のような意見を述べている。

「いまひとつ強く印象づけられたのは、氏の姿勢に見られる時評的要素の欠如である。批評家澁澤龍彥は自らの好みにかなった対象しか取り上げない。注文さえ受ければ、味噌も糞も、玉も石も、見境なしに論評し、不得要領の無責任な迷文で紙面をふさぎ、お座敷の数をかぞえて得々たる、不見転《みずてん》芸者流の批評家の世渡りがはびこる文壇で、氏のごとく筆一本のなりわいをつづけながら、時流におもねらず、自己の選り好みを貫いて、長い歳月に耐えぬくことは、そんじょそこらの人士にできるわざでない」。

生田は、こうした澁澤の〈賞讃者《アドマイヤラー》〉の色濃い資質が、わが国のなかに先例を求めるならば「上田敏、日夏耿之介、矢野峰人と連なる、日本英文学界の逸材たちの学風」と近いことを指摘した後、こうもつづけている。すなわち、「以上の人たちが、すべて抜群の博識と、たしかな鑑識眼と、見事な文章力の持ち主であるのは、いったい何を明かしているのであろうか」と。

この『偏愛的作家論』も、当時の若い読者たちの趣向と感性に深い影響を与えたことで名高い本である。一九七六年（昭和五十一）と七八年（昭和五十三）には増補されていて、そこでは、岡本かの子、中井英夫、吉岡実、南方熊楠、堀辰雄の項が加わった。

八月、編著『マゾヒストたち』が薔薇十字社から刊行。フランスの異色の小説家であり画家でもあるローラン・トポールの漫画を、澁澤が編集した本である。

九月、編著『変身のロマン』が立風書房より出る。前年に同じ書肆が刊行した『暗黒のメルヘン』につづく幻想文学アンソロジーで、こちらにはカフカやアンデルセンや『聊斎志異』といった外国作品も収めている。立風書房は当時「異色のアンソロジー・シリーズ」と銘打って、文学アンソロジーを数冊出しており、澁澤のほかには筒井康隆や吉行淳之介が編者をつとめていた。

十月、『悪魔のいる文学史——神秘家と狂詩人』が刊行された。「ユリイカ」の同名の連載を軸にして、別の折に発表したエッセー四編を加えたものである。柱となった連載は青土社の雑誌だったが、単行本の方は中央公論社から出た。『快楽主義の哲学』を例外とすれば、大手出版社が刊行した初めての澁澤の本となった。

本書は、エリファス・レヴィやジョゼファン・ペラダン、ペトリュス・ボレルやグザヴィエ・フォルヌレといった文学史上の〈神秘家と狂詩人〉を扱った著作で、サド関係のものを除けば、澁澤のフランス文学関係の著書は実のところこれ一冊しかない。文庫版あとがき（一九八二年）にあるように、「フランス文学者たる私の初心としての、純然たるフランス文学に関するエッセー集」だった。

この本については、種村季弘の書評が出ている（「週刊読書人」）。

「そもそも澁澤氏の世界の遠近感の独特の魅力は、そこにどんな衒学的な素材が雑然と犇めき合っていても一つ一つが他と切り離され明晰な輪郭を失わず、時間的にはどんなアクチュアルな発言もそこに嵌め込まれると生《なま》の時代性を失って数世紀前の事象とごく無造作に並列され、全体が鮮明なミニアチュールとなって現前してくる驚きにある。童話的中世が生の現実のすぐ隣にあっけらかんと並置されている歴史の博物誌的表現、時間のモザイク化のアナルシーが、私たちに不意に野生状態に還元された眼の快楽を開示するもののようだ」。

そして種村はこうもつづけている。

「ミシェル・フーコーやジル・ドルーズのような、当世流行の構造主義者の文献を参照しながら、引用の角度も効果も世の秀才フランス文学者のそれと似もつかないのはそのためであるにちがいない」。

もう一つ『悪魔のいる文学史』の書評を紹介しよう。澁澤の連載とほぼ同時期に、泰西浪曼派文学講義「ミソ・ウトポス」をやはり「ユリイカ」誌上に載せていた、英文学者の由良君美《ゆらきみよし》のものだ。

「軽快な、至極口当りのよい文章で綴られている本書ではあるが、卑小なもののみが真に探り当てうる人恋しい小粒の純金のありかと、その裏にひそむホロ苦さとを、これほどノンシャランに語りおほせるのには、いかに空怖ろしい修練がいるかを、まざまざと知らせる本である、ということができよう」（「日本経済新聞」）。

本書のあとがきで、「ここに採り上げた十数名の西欧の作家たちは、その大部分が日本では未紹介もしくは未知の作家」だと澁澤は述べている。その後、レヴィも、フォルヌレも、ボレルも、ラスネールも、オネディも、エルヴェ・ド・サン・ドニ侯爵も、モンフォーコン・ド・ヴィラールも、マゾッホも日本語で読めるようになった。これは、澁澤の先見の明と、読書界への影響の深さの一端を示す一つの好例だといえよう。

この十月には、当時新進の中国文学者だった中野美代子の評論集『迷宮としての人間』の序文を書いている。のちに（一九七七年）、『悪魔のいない文学』を著すことになる中野美代子は、澁澤に関する文章も多く、澁澤とは接点が多そうに見えるが、意外にもこの二人は生涯一度も会ったことはなかった。

十一月、土方巽の燔犠大踏鑑《はんぎだいとうかん》《四季のための二十七晩》を、アートシアター新宿文化で見る。新宿ノアノアでの打ち上げの会（二十日）では、澁澤は土方に花束を放り投げた。その夜は、二つの階にまたがる土方の広々した目黒のマンションに、松山俊太郎、加藤郁乎らとともに宿泊。翌日の夕方になって帰宅した。

〈叢刊《アンソロジー》日本文学における美と情念の流れ〉と題されたシリーズがこの年の十二月から翌七三年の六月まで計五冊、現代思潮社から刊行され、その最初の巻の『幻妖』の編纂を澁澤が担当している。

この『幻妖』も、『暗黒のメルヘン』の系譜に連なる幻想文学アンソロジーの一冊だといえようが、二十一編の収録作品のうち、『堤中納言物語』『今昔物語』『御伽草子』といった古典文学から十一編選ばれているのが際立った特色となっている。

この本が、澁澤が関わった最後の現代思潮社の書物となった。

年の瀬の十二月二十二日、内藤三津子の薔薇十字社の創立三周年を記念するパーティーが、赤坂のくれーんで開かれた。薔薇十字社の印刷所や製本会社に対するデモンストレーションみたいな会だったが、澁澤をはじめ、松山、種村たち著者関係の者も多く顔を出し、司会は加藤郁乎がつとめている。

＊

龍子との結婚後、澁澤の生活のうえに認められる大きな変化といえば、なにより、国内外への旅行が目立って増えたことが挙げられるだろう。それまで極端なまでに旅行嫌いだった澁澤が、一九七一年（昭和四十六）には、金沢、京都、山陰と三度の旅行に出かけ、この七二年も、やはり三回の旅をしている。こうした旅行の行程は龍子の著書『澁澤龍彥との旅』（二〇一二年）に詳しいが、以後は、取材旅行以外の国内の旅は、その年の記述の末尾にまとめて、行き先と日を記すことにする。

四月十八日から二十二日、奈良、吉野を旅行。

七月二十三日から二十九日、東北六県を車で旅行。加藤恭一夫妻が同行。この旅は恐山に行くのが主な目的だった。

九月十一日から十二日、日本平へ旅行。やはり加藤夫妻が一緒だった。

3 昭和四十八年／青土社／別冊新評「澁澤龍彥の世界」

第一次オイルショックがあった一九七三年（昭和四十八）——

この年の一月には「朝日新聞」で「今日の映像」の連載を開始。七月からは「読売新聞」で「空想の詩画集」の連載を始めており、澁澤はこうした大新聞から連載依頼を受ける書き手にだんだんなっていた。

一月、「ミクロコスモス譜」の連載が「ユリイカ」で始まる。翌年の一月まで。単行本化の際には、「胡桃の中の世界」と改題された。

「ユリイカ」での連載は、一九七〇年（昭和四十五）七月から始めた「悪魔のいる文学史」に続く二回目である。当時「ユリイカ」の編集長だった三浦雅士は一九四六年（昭和二十一）生まれ。青森の弘前高校を卒業後上京し、青土社の創業とともに入社、一九七二年（昭和四十七）から同誌の編集長をつとめている。当時はまだ二十代の半ばのたいそう若い編集長である。後年高名な文芸評論家になる三浦は、この連載を澁澤から取りつけた際には「天国にのぼるような気持ち」だったと回想している（「直線の人「シブタッ」」）。

「ユリイカ」版元の青土社は、河出書房に在籍していた清水康雄が創った新しい出版社だった。清水は河出が一九六八年（昭和四十三）に二度目の倒産をした際に退社し、翌六九年に青土社を興した。その年の六月には第二次「ユリイカ」を創刊した。一九六一年（昭和三十六）に四十歳で死んだ伊達得夫の「ユリイカ」を継ぐ、〈詩と評論〉の雑誌であった。

澁澤のこれからの重要な発表場所となる「ユリイカ」は、「悪魔のいる文学史」連載開始時は、まだリトル・マガジンと言ってもよいような存在で、百三十ページほどの薄い雑誌だった。「胡桃の中の世界」を掲載していた頃には、二百ページくらいに増えていたが、その後の同誌と比べると、天地のサイズが五ミリほど小さく、逆に左右が五ミリほど大きい。

一月二十二日、〈林達夫著作集〉の朝日賞受賞パーティーがあり、澁澤はその席に一人で出ている。四月、バタイユの評論の翻訳『エロティシズム』が二見書房から出た。この月はまた、ヨーロッパ旅行の紀行文を中心とした『ヨーロッパの乳房』が、野中ユリの装丁で立風書房から刊行された。

〈ジョルジュ・バタイユ著作集〉の第七巻にあたる『エロティシズム』は、澁澤が三年の歳月をかけた苦心の翻訳だった。第Ⅲ章で見たように、澁澤は一九五八年（昭和三十三）の年頭には、すでに本書の翻訳を計画している。このバタイユの主著は、翌五九年に他の訳者による邦訳が一度刊行されているものの、それが「箸にも棒にもかからぬ珍訳」だったために、澁澤が新たな訳を世に問うことになった。訳書が刊行された月の「朝日新聞」に、澁澤は書いている。「翻訳の問題は、出版社と翻訳者の良心の問題であり、あいまいにすべきではない。私にしたところで、いつでも自己批判する用意はある」（「バタイユを翻訳」)。

四月四日、野坂昭如との対談がおこなわれた。「週刊朝日」の連載対談「野坂昭如の清談俗語」の第十八回目に当たる。

澁澤は生涯、講演はいっさいやらず、対談や座談の席に出た数もかぞえるほどである。「その理由はまことに簡単で、要するに、面倒くさいから嫌なのである」と、澁澤は書いている。「私は物書きだから、ただ文章を書いていればいいので、それ以外のサーヴィスをする必要はあるまい、と考えているのだ。なるべく贅沢に生きていたい、と思うのだ」(「贅沢について」)。

それでも、三島由紀夫とこの野坂が相手の対談だけは、それぞれ二回引き受けている。野坂は、〈四畳半襖の下張事件〉で「ワイセツ文書頒布者」としての起訴が間近な時期だったので、斯道の大先輩である澁澤との対談もこの話題に終始した。

掲載誌の冒頭に、「主人敬白」として、野坂の次のような文が載っている。

「近ごろ、知識人という言葉は、どうもいいイメージを与えない。これは実に由々しきことだと思うけれど、澁澤さんにお目にかかると、ぼくはいつもほっとするのだ。澁澤さんは本来の意味における知識人、文化人であり、しかも、軍歌の達人、抜群の腹筋、背筋の所有者でいらっしゃる」。

四月二十日、自宅の裏山で龍子と竹の子を掘り、二人でキャッチボールをした。

八月、シャルル・ペローの童話の翻訳『長靴をはいた猫』を大和《だいわ》書房から刊行。稲垣足穂、加藤郁乎、唐十郎、中井英夫の小説集も収録された叢書〈夢の王国〉の一冊で、『美しい日々』の画家片山健《けん》の挿絵が印象的な、真四角に近い判型のしゃれた本である。装丁は、筑摩書房の製作部に在籍していた中島かほるだった。

一九六〇年代の桃源社や現代思潮社に代わって、七〇年代から八〇年代にかけて澁澤の書物を数多く手がけた版元としては、青土社、白水社、立風書房などの小出版社の名があがるだろう。大和書房もそうした版元の一つで、訳書をふくめ合計七冊の澁澤の本を刊行している。これらの本を一貫して担当した編集者の山岸久夫は、そののち大和書房から独立して王国社を創業し、一九八七年（昭和六十二）には、澁澤の二十代の翻訳書『かも猟』を復刊している。

この八月には、薔薇十字社が倒産している。

九月二日、燔犧大踏鑑《静かな家》を渋谷西武劇場で見る。これは、土方巽の自作の公演としては最後のものとなった。

九月二十七日、足立正生が来訪する。《鎖陰》の映画監督であり、また若松プロでの数多くのピンク映画の製作者としても知られる足立は、前章で、種村の出版記念会で唐十郎を相手に大乱闘を繰りひろげた人物としてすでに登場している。パレスチナ出発を控えて、足立は澁澤に借りていた本を返しに、松田政男とともにやって来た。

足立は石井恭二や松田を通じて澁澤とは一九六〇年代の初めから交流があり、小町や北鎌倉の家もいくどか訪れていた。映画作家として六〇年代の澁澤の思想に少なからぬ影響を受けた事実を述懐している足立だが、澁澤が酔っ払って寝るときは、「クオーン、クオーーーン」という犬の遠吠えを、二階の壁の窓から客にむかって何度も繰り返す芸を持っていたのを伝えている。

十月三日、麿赤児らの大駱駝《だいらくだ》艦《かん》の公演《陽物神譚》を、日本青年館ホールへ見に行く。この公演は同名の澁澤の小説を舞踏化したもので、澁澤は舞台評も書いている（「カナブンブンと青空」）。プログラムには「鍛冶屋」＝澁澤龍彦とあったので、澁澤が出演するのかと思った、と吉岡実は日記に記している。

この公演で客演をした土方巽は、これ以降、舞台に立つことが一切なくなった。

この十月、「別冊新評」の全ページ特集号「澁澤龍彥の世界」が出る。

「別冊新評」は、一九七三年（昭和四十八）から七七年（昭和五十二）頃までに、野坂昭如、深沢七郎、唐十郎、筒井康隆、稲垣足穂、花田清輝など、異色の文学者の特集号を多数出しているが、澁澤の大がかりな特集を組んだ雑誌は、この「別冊新評」が初めてだろう。

「澁澤龍彥の世界」は、池田満寿夫、野中ユリのコラージュと、石黒健治の撮り下ろしを含めた澁澤の写真数十ページが巻頭を飾っている。本文の方も、三島由紀夫、埴谷雄高、石川淳をはじめとした、澁澤にゆかりの深い面々のエッセーや書評をふんだんに再録して、磯田光一の書き下ろし作家論「兇器のダンディズム」、中田耕治・種村季弘・高橋たか子・四谷シモンの座談会や、読者アンケートまで掲載した、盛りだくさんの内容だった。杉田總の遺稿となった澁澤論「憂い顔の革命家」も、ここに再録されている。

一九七〇年代初期の刊行物だから、特集全体は当然のように、〈異端と暗黒の澁澤龍彥〉という六〇年代のダークなトーンがまだそうとうに色濃く滲みでている。澁澤自身は巻頭グラビアで、なんと全裸になって男根ダンスを披露におよんでいる。（内藤三津子によれば、「血と薔薇」のグラビアあたりから澁澤には露出狂の癖があったそうだが……。）表紙を飾った澁澤の写真も、見なれない真っ赤な民族服みたいなもの（内藤のプレゼントらしい）を着てポーズをとっている。現在では、その意図にはちょっと首を傾げる人も多いだろうが、この表紙写真のポスターが、私が初めて澁澤家を訪れた一九八三年（昭和五十八）頃は麗々しく応接間の扉に貼られていた記憶がある。

「別冊新評」刊行直後に澁澤は、磯田光一へ宛てた礼状のなかで、自分の心境を次のようにしたためている。

「小生も何となく中年の坂にさしかかり、自分の気持の整理のために、少しくストリップを演じ（精神的な意味で）、次の段階への足がかりにしようという気もあり、それであの、いささか馬鹿馬鹿しいような企画を承諾したわけでありまして、貴兄の御文章は身に沁みるものでした」。

この特集のために澁澤は、「アイオロスの竪琴」「三島由紀夫の手紙」「澁澤龍彥自作年譜」を書き下ろしているが、この新稿三編はいずれもが澁澤の生涯を辿るうえで逸することのできない貴重なものだ。「アイオロスの竪琴」は、先に第Ⅱ章でも少しふれたように、私生活上の要素を含んだ作品を澁澤が初めて積極的に筆にしたという点で、重要な文章の一つとなっている。

「つい近年にいたるまで、私は文章のなかに私生活上の雑事を持ちこむということを、固くみずからに禁じてきた。それは若年の私が文章というものを書きはじめるにあたって、まず自分に課したところのタブーにひとしいものだった」と、澁澤は一九七九年（昭和五十四）になって書いている。「このごろになって、そのタブーをいくらか緩和する方向に私が傾いているのは、べつに私の潔癖が年齢とともに薄れてきたためばかりではない。結局のところ、私の生活は透明で、抽象的で、どう筆を舞わせたにせよ、世間一般が生活と呼んでいるようなものの影は、私の文章のなかに入りこむ懼れがないということに気がついたためである」（「ビブリオテカ澁澤龍彥Ⅳあとがき」）。

ただし、澁澤が、私生活上の要素を含む文章を六〇年代にはまったく筆にしていなかったかというと、事実は必ずしもそうではない。この時期にも、「ないないづくし——わが青春期」「東京感傷生活」、それに「みずからを語らず」といった、少なからぬ数のそうした類いのエッセーが発表されている。だが、それらの文章が、自身の単行本からは厳重に排除されていたことは本当だった。

誕生から作家デビューまでの出来事を年譜形式で記した「澁澤龍彦自作年譜」の末尾には、「生活から生活の実質を追放したい」と書く澁澤らしい、次のような追記を読むことができる。

「その後の私の精神の歩みについては、別項の著作目録を参照の上、どうなりとも自由に想像していただきたいと思う。これだけ書くのも、私には精いっぱいであり、まことに苦痛のきわみであった。ストリップを演ずるような苦痛である。肉体のストリップなら、まだましであるが、精神のストリップは、性に合わない」。


この十月には、『夢のある部屋』が桃源社より刊行された。野中ユリのコラージュを数多く収めた大型本で、装丁も野中が担当した。

十月二十七日、四谷シモンの初めての個展《未来と過去のイヴ》が青木画廊で開かれ、澁澤はオープニングに出席している。

十月二十九日から十一月一日まで、平凡社編集部とともに、京都と奈良、滋賀に行く。執筆の取材として、聖衆来迎寺《しょうじゅらいこうじ》の《六道絵》を含む、数多くの地獄絵を見た。

加納光於に宛てた十一月十日付けの手紙には、澁澤は、「孤独の城に閉じこもる以外　もう私たちにはやることが残されていない　そんなことも感じます」と書いている。


この年の旅行は次のとおり。

三月二十六日から三十一日、紀伊半島。施無畏寺《せむいじ》で澁澤が好きだった明恵上人《みょうえしょうにん》の羊歯《しだ》を得る。

九月十八日から二十日、天龍峡、妻籠《つまご》、飛騨高山、上高地など。加藤恭一夫妻と自動車での旅だった。

4　昭和四十九年／イタリア旅行／『胡桃の中の世界』／吉田健一

オカルト・ブームが起こり、三菱重工爆破事件があった一九七四年（昭和四十九）――

一月十九日、府立第五中学校のクラス会があった。澁澤は中学からの友人である臼井正明を連れて深夜に帰宅する。俳優になった臼井とは誕生日が同じで、毎年祝電を打ち合うほどの親しい仲だった。

澁澤はこの年の誕生日で四十六歳をむかえるが、その外見はあいも変わらずふしぎに若いままである。前年、対談の際、澁澤のこの異様なまでに若い風貌に驚いた野坂昭如は、「澁澤さんは、ぼくより二つ年上なのに、ずいぶんお若く見えますね。フランスに行かれた時なんか、いくつに見られましたか」と問いかけた。「高校生に思われたらしいですね」と澁澤は返答している。

きっとこの同窓会でも、中年のオヤジになったクラスメートたちから寄ってたかって、「なんでお前だけがそんなに若いんだよ！」と、嫉妬まじりの冷やかしをやんやと受けたことだろう。澁澤が五十七歳の時に撮られた、旧制浦和高校の同窓会写真がある。そこに、頭が禿げ上がったり、でっぷり太って貫禄がついたりした同級生たちといっしょに写っている澁澤の姿は、まるで異星から来た生物が一人紛れこんだみたいに見える。

五十一歳の時に、自分の若さの理由について澁澤はこう説いている。

「私はよく若いといわれる。二十年前あるいは三十年前と、その風貌が少しも変っていないとさえいわれる。そんなことは嘘にきまっているが、しかし、この若いということは、私に生活らしい生活がないためであろう。そのために、いつまでも青二才のような、極楽とんぼのようなつらつきをしているの

1985年11月、旧制浦和高校同窓会にて、同級生たちと（57歳）。

であろう」（「ビブリオテカ澁澤龍彦Ⅳあとがき」）。

澁澤がいちばん長髪だった一九八〇年（昭和五十五）前後の写真を見ると、ちょっとオカッパみたいな髪型で、なにやら「かぶろ」の姿が連想されなくもないが、澁澤は、このかぶろの髪型について、『ドラコニア綺譚集』のなかで次のように説明する。

童子の特徴たる「かぶろ」の髪型は、山の行者の髪型でもあろうが、同時にまた、いつまでも幼年のままでいたいという退行願望の表現にほかならなかった。意識するとしないとにかかわらず、この退行願望のために、あえてアウトローの存在たることを選ばねばならなかったのが伊吹童子や酒呑童子であったと私は考える。生まれついての異能のために、彼らは山に捨てられたり、追放されたりすることによって、アウトローの人生を切りひらくのである。「かぶろ」が退行願望の象徴なら、山はそのまま無時間の世界というべきであろう。（「童子について」）

これとほとんどまったく同一の文章を、澁澤は短篇小説「ねむり姫」のなかにも書き入れている。ところで、種村季弘は、澁澤がこの頃から石川淳や林達夫といった年長者たちと付き合いだすとともに、しきりに少年時代の同窓会へ顔を出している事実に目を注いでいる。「胡桃の中の世界」の精神の秘密を解き明かすような、種村の解釈を聞こう。

子供時代の友達には、赤とんぼやからたちの花があった原っぱの名残の面影がある。子供時代という過去と、年長者がげんに体得している来たるべき老い。時間は縦方向に濃密になりまさり、横方向の同時代との接触がいよいよ希薄になる。幼年と老いの時間が翁童譚でのように円環状につながってぐるぐる回転する。極左・極右イデオロギーを両極限に空間的ユートピアの円環を夢見たかつての青年は、翁童の円環的時間構造のなかにようやく別様に精神の自由を発見しはじめるのである。（「澁澤龍彥・その時代」）

四月、翻訳『ハンス・ベルメール』（サラーヌ・アレクサンドリアン著）が河出書房新社より出る。日仏共同出版のシリーズ画集〈骰子の7つの目――シュルレアリスムと画家叢書〉の第三巻に当たる。叢書の日本語版監修者は瀧口修造がつとめた。

五月十日、映画《エクソシスト》の試写を見たあと、「京橋南天子《なんてんし》画廊のリラン展オープニングに行く。西脇順三郎、瀧口修造、堀田善衞らと会い、歓談」と「全集年譜」にはある。

リランは、富岡多恵子と別れた後の池田満寿夫のパートナーとなった画家だが、こうしたパーティーなどで、澁澤は西脇順三郎と何度か顔を合わせたようだ。池田をはじめ、加藤郁乎、吉岡実、それに瀧口修造と、澁澤の周りにはこの大詩人と親交が深かった者が多く、松山俊太郎などは、西脇の「橋上」という詩に登場までしている。しかし、澁澤自身が西脇や西脇の作品に特に親しんだ形跡は見つからない。現代思潮社の〈古典文庫〉発刊の際に、加藤を通じて推薦文を頼んだことくらいが唯一の探し出せる接点である。西脇順三郎の作品が持つ奇妙に自由なポカーンとした晴朗感は、晩年の澁澤の世界に近い点もだいぶある気がするのだが。

ただし、澁澤のエッセーのなかで、一つだけ西脇順三郎の姿が出てくるものがある。最晩年の一九八六年（昭和六十一）に書かれた「東勝寺橋」という文章だ。戦中の一時期鎌倉に住んでいたことのあった西脇に、澁澤が「先生の『旅人かへらず』のなかに、たしか名越の山々ということばが出てきましたっけね。名越のあたりはよく御存じなんですか」と訊ねたという話である。名越というのは澁澤がかつて住んでいた小町の家の少し先の地名なのだが、耳の遠かった老大詩人は、「え、名古屋？　私の詩には名古屋なんぞ出てきませんよ」なるお答えで、閉口した澁澤は、さすがに二の句が継げなかったという。

五月十六日から六月六日、龍子とともに二度目になるヨーロッパ旅行に出かけている。

今回は行き先をイタリアだけに絞った旅で、その大部分は、同地に在住していた美術評論家の小川熙《ひろし》の案内だった。小川は、「藝術新潮」時代の龍子の同僚でもある。

シエーナではシモーネ・マルティーニが画く眷恋の《グイドリッチオ騎馬像》を見て、プーリア地方ではマンディアルグのエッセーで親しんだ塔カステル・デル・モンテを訪れ、ゲーテの『イタリア紀行』にも出るシチリア島のパレルモへも予定外の足を伸ばした。ローマでは、やはりヨーロッパを旅行していた種村季弘に会っている。南イタリアへの紀行は、「ペトラとフローラ」という文章になった

（『旅のモザイク』収録）。

このイタリア旅行のあいだに、前年に取材旅行をした『地獄絵』が、〈平凡社ギャラリー19〉として平凡社から刊行された。

七月五日には、唐十郎、種村季弘、野中ユリ、四谷シモン、それに出版プロダクションのカマル社を立ち上げる桑原茂夫の五人が来訪し、唐十郎が責任編集をつとめる雑誌「月下の一群」への協力を澁澤に依頼している。

「月下の一群」は季刊誌として、創刊号（特集＝人形）が一九七六年（昭和五十一）の五月に、第二号（特集＝幻獣）が同年の十二月に出た。執筆陣には、澁澤をはじめ、種村、松山、加藤、巖谷らがおり、かつての「血と薔薇」を彷彿させるところもあったが、この二冊だけで終っている。

九月二十三日、花田清輝が死んだ。澁澤は、二か月後に出た花田の遺稿集『箱の話』の栞に「花田清輝頌」を寄せた。また、一九七七年（昭和五十二）より刊行が始まった〈花田清輝全集〉の推薦文のなかで、「私にはやはり、彼が一風変ったタイプの文人であったような気がしてならない」と書いた。

この九月には、翻訳『レオノール・フィニー画集』（コンスタンタン・ジェレンスキ著）が大型本画集として河出書房新社から刊行。

十月、『胡桃の中の世界』が青土社から出た。また、『人形愛序説』が第三文明社から刊行された。

著者の自装になる『胡桃の中の世界』は、「ユリイカ」に連載した「ミクロコスモス譜」を改題したものである。のちに、「七〇年代以後の私の仕事の、新しい出発点になった」と回想されるこのリヴレスクな博物誌は、「エッセーを書く楽しみをみずから味わいつつ、自分の好みの領域を気ままに飛びまわって、好みの書物から好みのテーマのみを拾いあつめる」という方法によって書き上げられた、澁澤の全著作のなかにあって画期的な意味を持つ傑作と言えよう。

澁澤も「年来の望みを満たすことのできた、私にとっては幸福の星のもとに生まれたと言ってもよいような著書」だと述べていて、「ここには埃っぽい現実の風はまったく吹いていない」という本作が、著者自身にとっても会心の出来映えだったことがうかがえる。世間の評判もすこぶる高く、丸谷才一、高橋英夫、出口裕弘、中田耕治、田中美代子、日影丈吉らの書評が続々と出たが、そんななかでも特筆されるのは、若手の富士川義之《よしゆき》が雑誌「牧神」の創刊号に書いた「事物の変容」と題された新鮮な書評だった。

富士川義之は、澁澤よりひと世代若く（一九三九年生まれ）、当時は三十歳半ばの新進英文学者である。このあと数多くの澁澤論を発表することになる富士川の長文書評は、それまで異端、暗黒、オカルト等々のおどろおどろしい概念だけで安直にくくられることの多かった澁澤の文学が本来持つ、「全体として明澄で端正な古典主義的な特性」を明確に指摘した最初の澁澤論と言えるだろう。

この「ミクロコスモス譜」を載せた「ユリイカ」は、一九八〇年代になると「ドラコニア綺譚集」と「私のプリニウス」という、澁澤の同じように重要な連載の舞台ともなるが、一九七〇年代の同誌の大黒柱だった書き手となれば、澁澤とともにもう一人、吉田健一の名が挙がるだろう。澁澤の「悪魔のいる文学史」の連載は、「ユリイカ」創刊号から始まった吉田健一の名高い「ヨオロツパの世紀末」の連載の終了を受けて、まさにその翌月から開始されたものだった。また「ミクロコスモス譜」連載の前半には吉田の「交友録」の連載が重なり、後半はやはり吉田の「覚書」の連載がかぶさっている。

一九七〇年代の前半、「ユリイカ」の目次には、二大看板として、「澁澤龍彥」と「吉田健一」の名前がつねに登場していたわけだ。この二人はともに十八世紀ヨーロッパを重要な文学的バックボーンの一つに持ちつつも、一方は牢獄文学者サドにうちこむ作家であり、もう一方はワトーの《雅なる宴》の絵やホレス・ウォルポールの書簡に時代のそのもっとも完成した姿を見いだした作家である。いっけんは対極にさえある存在同士とも思えなくもない。

だが、澁澤と吉田には、奇妙に似たところがないだろうか。

二人がそろって、明治の偉人を輩出した名門の家系の生まれだった事実はともかくとしても（吉田茂の長男の健一は牧野伸顕《のぶあき》の孫であり、奇しくも、澁澤榮一と衝突した大久保利通の曾孫にあたる）、吉田も澁澤も翻訳家として文学的キャリアをスタートさせ、その後は博物誌的な特質を色濃くそなえたエッセーをものする風変わりな反時代的文学者として活躍した。そして、自分のきらいな作家や作品には洟もひっかけないその一貫した態度が、一部の層からはディレッタントだとか暇人の道楽だという批判を受けながらも、少数の熱烈な愛読者を贏《か》ちえた。そうして両者ともにその早い晩年には、反近代的、あるいは非近代的とでも評するしかないような、不思議な姿をした小説を書いていた。

そういえば、長生きしそうに見えたのにあまり長生きせずに世を去ったことや（吉田の方は一九七七年に六十五歳で没した）、またその死後、異色作家のレッテルを貼られて日本文学史に円満には収まりきらないまま、生前にもまして読者の数がどんどん増えていったことなども、なにやらふしぎと似ているのである。

一九一二年（明治四十五）生まれの吉田健一と澁澤の間には十六の年齢の開きがあったが、澁澤のデビュー当時にも、二人は接点を持っている。一九五九年（昭和三十四）から六〇年代の初頭、三島由紀夫の推輓を受けて澁澤の初の檜舞台となった「聲」である。この高級同人誌はもともと吉田が福田恆存らと創刊したものだった。澁澤が短篇小説「キュノポリス（犬狼都市）」を発表した「聲」の第七号には、吉田健一の「文学概論」とボードレールをエピグラフにした短篇小説「流れ」が掲載されている。当時の澁澤の作品を吉田が評価していたとはあまり考えられないが、「雅び」を感じたと出口裕弘が評した『胡桃の中の世界』ならば、吉田も十分に気に入ったのではないだろうか。澁澤の文学について多田智満子が述べた、「苦渋の跡が少しも見えないので、どんな労作も労作と見えず、楽しい読みものとなる」という美しい賛辞は、そっくりそのまま、吉田健一の文学に対して捧げることもできる。

「吉田健一をどう思いますか?」と、私は澁澤に質問を投げかけたことがある。澁澤は、「うーん」と少し考えたあとで、「やっぱり、あの文体がね……あの文体は好きになるとみんな真似するんだけどね。倉橋さんとか、金井くんとか」という返答で、どうも吉田健一独特のあのくねくねと長い文章が澁澤の口に合うとはいえないようだった。

しかしながら、澁澤の愛読者には、同じように吉田健一をきわだって愛読する者が目立って多く、これは決して軽視できない事実であるだろう。たとえば、澁澤が名前を出した倉橋由美子と金井美恵子がそんなケースの筆頭としてあがるし、先の富士川義之や、それに磯田光一、池内紀、三浦雅士、松浦寿輝《ひさき》、四方田《よもた》犬彦らもいる。石川淳と種村季弘だってここに入れてもよいかもしれない。ずっと若い世代となれば、千野帽子《ちのぼうし》や朝吹真理子といった名前が頭に浮かぶ。ふつうの読者のなかにもきっとこういう人は多いだろう。

読書をつねに快楽とみなすエピキュリアン的な姿勢が二人に通じ合っているのは見やすいけれども、しかし、それだけではないだろう。吉田健一は「観念に奉仕することによる野暮と野蛮と滑稽」を嫌悪し、そうした精神を規準としてものごとの価値判断を下した人物だった。そして、自分の敬愛するプリニウスについて、「なんらかの現実によって保証されていないような観念を、彼は信じていなかったのである」(「火山に死す」)と書いた澁澤の気質の基底にも、同様のしなやかで強靭な自由な精神を認めることができる。
一九七〇年代の前半におこなわれたインタビューに印象的な発言が残っている。澁澤はそこで、「ぼくには、どこを探したってイデオロギーなんぞ出てこやしない」、「何なのか、と言われたら、アンチ・イデオローグ、普通の人間だと答えるしかありません」と述べる。そして、この時代の大学紛争でオタオタしたり、深刻ぶって自己批判したりした知識人の「インチキな使命感」を強い口調で批判した後に、「ぼくは何といいますか、自分では審美家だと思ってます」とつづけている。

これにはいささか説明が必要かもしれません。つまり、魚屋が自分の知識によって、イキのいい魚と悪い魚とを判別することができる、といったような意味での審美家です。価値判断の規準としてね。魚屋でなくて、今川焼屋でもいいんです。深沢七郎さんは、「どうして今川焼屋をはじめたんですか」という質問に対して、「近頃おいしい今川焼がどこにもないから、おれがそれをつくろうと思って。おれは今川焼が好きなんだよ」と言ってますけど、ぼくは、これはみごとな思想だと思うし、痛烈な知識人批判にもなってると思いますね。(「原型に遡る形象思考」)

十一月四日から十五日、沖縄、九州、山陰などを取材旅行。
この頃、高橋康雄がいた潮出版社で〈永遠の少年文学〉というシリーズの企画があり、中井英夫や松山俊太郎らとともに澁澤も参与していた。この企画の内容見本のために書いた澁澤の原稿も残っているが、出版は実現を見ていない。

毎日、鎌倉にひきこもって隠者のように暮らしています。いま、ディトリッヒが日本にきていて、クリスマス・イヴには、ぼくもホテル・パシフィックに彼女の唄を聴きに行くつもりです。まあ、そんなことで外出するくらいで、新宿あたりはさっぱり御無沙汰です。でも、相変らず騒いでいる連中もいることでしょう。

フランスに住む堀内誠一に宛てたこの年の十二月二十三日の手紙で、澁澤は自分の平穏な近況をこう報告している。この文面にあるとおり、二十四日には来日中のマレーネ・ディートリヒのディナーショーを見にいっている。「澁澤感激して涙ぐむ」と龍子のノートにある。

この年の国内旅行は次のとおり。
一月八日から十一日まで、金沢をはじめとした北陸旅行。
七月一日から二日、伊豆旅行。

5 昭和五十年／ユリイカ特集号

ベトナム戦争が終結した一九七五年（昭和五十）――
一月、「幻想博物誌」の連載が、「野性時代」で始まる。翌年十二月まで、二年にわたる連載だった。この月には青森、二月には北海道を旅行。前年十一月の沖縄などの旅行につづき、同じく一月から始まった日本交通公社の雑誌「旅」の連載「新・風景論」のための取材旅行で、最後の北海道をのぞき、龍子は同伴せず、同誌編集部の石井昂だけが同行した。

心臓などの本格的な検査のため、五月七日から十七日まで、順天堂大学病院に入院する。特に異状は発見されなかった。

この五月には、『貝殻と頭蓋骨』と『超男性』が刊行されている。前者は桃源社から、後者は白水社から出た。

アルフレッド・ジャリの小説の翻訳『超男性』は、白水社の全十二巻のシリーズ〈小説のシュルレアリスム〉の第一回配本だった。ロールシャハ・テストの図版を使った野中ユリ装丁の本叢書のために、澁澤は当初、アルトーの『ヘリオガバルス』も訳すプランがあったようだが、多忙のために断念し、こちらは澁澤の推挙で多田智満子が翻訳を担当した。（もともとこの澁澤訳の『ヘリオガバルス』は現代思潮社の一冊だけで途絶した〈アルトー全集〉のパンフレットにも予告が出ていた。）

一九七五年は、この〈小説のシュルレアリスム〉だけでなく、紀田順一郎と荒俣宏が編纂した〈世界幻想文学大系〉が国書刊行会から刊行が始まっている。こうした「従来では考えられないような突拍子もない企画」の実現について澁澤は、「十年前に、私が「世界異端の文学」なんてのを企画したころとは、まさに隔世の感がありますなあ。何でも私のやることは十年早いんでして」（「ネルヴァルと幻想文学」）と書いているけれども、実際、一九七〇年の初めより、いま名前が出た国書刊行会や、薔薇十字社を引き継いだ出帆社、生田耕作のプライヴェート・プレスの奢灞都館《さばと》、それに牧神《ぼくしん》社、創土社、森開《しんかい》社、南柯《なんか》書局、青銅社等々、一九五〇年代の昔より澁澤が営々孜々として渉猟し紹介につとめて来た〈異端文学〉や〈幻想文学〉を手がける小出版社が陸続と現れていた。

五月二十四日、府立第五中学校のクラス会が、鎌倉のちゃんこ料理店とり一《いち》で開かれ、澁澤は生まれて初めて幹事をつとめた。まわりに無理強いをされたわけでもないのに、どういう風の吹きまわしか澁澤の方から、「来年、俺やってもいい」と言いだしたという。（ただし、会場の予約とかの実務は、澁澤はやっぱり龍子にやらせていたようだ。）

そのクラス会の当日、臼井正明ら遅くなって帰宅できなくなった数人が澁澤の家に押しかけた。そのなかに、いつものグループ以外の男が一人紛れこんでいた。その男が急に政治の話を始め、今度立候補するとかなんとか事前運動みたいなことを口走ると、澁澤は突然、「そういう男は、この部屋にいては困る。帰れえッ！」と烈火のように怒り出し、男は真夜中に外に放りだされた。

六月、西欧絵画にあらわれた女性像を解説した『幻想の肖像』が、大和書房から刊行される。三十六点のカラー図版を収録した綺麗な本だった。

「ユリイカ」の〈特集・澁澤龍彦――ユートピアの精神〉が九月に刊行された。

前々年に出た「別冊新評」の澁澤特集は再録の文章が大半だったが、今度の特集はすべて新稿で出来上がっている。

巻頭に、吉岡実が「示影針（グノーモン）」という詩を寄せている。「澁澤龍彦のミクロコスモス」という副題のついた、この詩の一節を引いておこう。

「わたしは幼年時代　メリー・ミルクというミルクの
罐のレッテルに　女の子がメリー・ミルクの罐を抱
いている姿の描かれている」

その罐を抱えている屋敷の女の子を眺めながら
わたしは水疱瘡に罹っていた
どんぐりやさやえんどう豆のなる
田舎の日々
体操する少女のはるかなる視点で
わたしは矮小し
「動物と植物の中間に位置する
貝殻や骨や珊瑚虫」
それら石灰質の世界へ
通過儀式を試みる

ほかには、松山、土方、出口、加藤、唐、シモンといった友人たちが人物論エッセーを書き、本格的な作家作品論は、種村季弘、富士川義之、川本三郎、田中美代子、郡司正勝、有田忠郎、中野美代子が執筆している。なかでも、種村の「メートル原器のある庭園」は、この時期までに書かれた澁澤論のなかでも出色の文章と言えるだろう。

論考の冒頭で、種村は、戦後の文化状況一般における澁澤の存在は、「パリの国際度量衡局の一室にあるあの黄金製のメートル原器のようなものを私たちの間にもたらした」と指摘する。

私のある友人は澁澤龍彥を目して「無葛藤の人」といい、またある友人は「王道」を行く人といった。コンプレックスのない人といっても同じことだろう。［…］一般に表現活動に従事する人間は、軽微の、あるいは重症の二元論に冒されている。彼の内部と外部、影と光、過去と現在との間には調停し難い落差があり、その対立物の葛藤から作品世界が形作られているので、葛藤を形成する主要な原型的モチーフを洗い出せばそこから作家の全貌が窺い知れるだろう。しかるにこの場合には、当の葛藤が存在しないのである。つまり、二元論がきれいさっぱり欠如しているのだ。したがって、澁澤龍彥はしばしば「白痴的」に見える。

つづけて種村は、世評が言うように澁澤は「異端」なのだろうか、と問う。そういった従来澁澤に安易に貼り付けられてきたレッテルとはことは違っていて、むしろ澁澤は、世にあり得べくもない「異端審問所」なのではないかと、種村は問うのである。

とはすなわち、異端がそこでみずからの異端としての位階をはじめて獲得し、そこでならおのが異端性を大々的に白状し、吹聴すらすることができるような場で澁澤龍彥があることが、しばしば彼自身が異端であることと混同されているのではあるまいか、と私には思えるのである。いかにも彼はルートヴィヒ二世やヘリオガバルスの評伝を書き、六〇年代の文化状況にあって奇矯な芸術家や異端の詩人、文士のサークルの中心にいた。しかしそれは、彼個人が変り者であるためだろうか。犯罪者がおのれの犯行を顕示したがるように、怪物はおのが怪物性が立証されるような場を本能的に探し求める。怪物性がそれに照らされると析出され、その磁場に身を置くだけで怪物としての歪みや畸形性が正確に際立つような場を。つまりそれが万物の測定器たるメートル原器であり、白状がごく自然に――とはつまり快楽原則に則って促されるお白州である。

この特集号で、澁澤は心理学者の馬場禮子《れいこ》のロールシャハ・テストを受けている。澁澤のテストについて、馬場は、「生々しい情感のふれ合いを避ける特徴と、同時に知的観念的な世界を愛し、実に敏捷に自動的に、その世界に入りこんでしまう特徴とが、鮮やかに示されていた」、「これほど観念を愛し、観念にエネルギーを注ぎながら、なお現実を歪めないでおく能力は稀有のものといえよう」と結論づけている（「観念的エロスの夢」）。

四年後に、このテストのことをふり返り、澁澤は、「私は生まれてから一度も本当のことはしゃべったことがないような気もする」、「簡単にいえば、裸になることができない人間なのである」と述べている。また、「心理学というのは一種のオカルティズムではないかという疑いが、どうしても私の心底から消えないのである」とも言っている（「テストのあとで」）。

「現代詩手帖」九月号の書評欄で、澁澤は、「独創性の迷夢に溺れ、言語の破壊と称しつつ、じつは破壊でも何でもない発育不全の言語、支離滅裂の譫言をまき散らすしか能のない当今一般の若手詩人たち！（ああ、頼むから今後一切、私のところへ新しい詩集を送ってこないようにしてほしい。）」と書いた。

松山俊太郎は、「澁澤さんは詩を必要とはしない人じゃないかな」と言っていた。また、「そもそも、詩がわかるんだろうか？」とも語っていた。

十月、「サド侯爵の手紙」の不定期連載を「現代思想」で始める。一九七八年（昭和五十三）七月まで合計十三回。

同じく十月から、「思考の紋章学」の連載を「文藝」で始める。翌年九月まで計十二回。「思考の紋章学」の連載の初めを飾る「ランプの廻転」は、三島由紀夫の最晩年の評論「小説とは何か」を枕にすえて、澁澤が鍾愛する泉鏡花の幻想小説「草迷宮」を扱ったものだった。『澁澤・三島・六〇年代』（一九九六年）で、澁澤と三島の関係を丹念に追求した美術評論家の倉林靖は、澁澤がこの画期的な連載を始めるにあたって表明した、三島の文学観に対する小さな異議申し立てに注目している。倉林は、「現実と概念を矛盾のまま接合させようとする」三島由紀夫とかなり近い性向をその初期には持っていた澁澤が、三島の死を契機にして、自己のうちの三島的なるものとは反対の方向へ自分を導いていったと言う。そして、そのことが「澁澤の個性を真に澁澤的な方向へ発展させることになった」と指摘している。

十一月十三日、映画《愛の嵐》を見る。そのあと、野中ユリの《イリュミナシオン》展を六本木青画廊で見て、野中、種村と会食をする。

十二月、「東西不思議物語」を「毎日新聞」に連載開始。これは週一回の連載で、翌年十一月まで四十九回にわたった。

この時期は、かかえる連載はつごう四本を数え、旺盛な執筆意欲を示すとともに、澁澤の読者層が明らかに広がりを持ってきたようすがうかがえる。四つの連載はテーマも多彩で長短もさまざまだが、それぞれが見事なまでに充実した、芳醇で豊饒な実りの秋の書き物となっている。なかでも「思考の紋章学」と「東西不思議物語」には、従来ほとんど見られなかった日本の古典への言及が数多く見いだせる。澁澤は日本や東洋の古典を自家薬籠中のものにしつつあったようだ。

十二月十六日、芦川羊子らの白桃房公演を、新宿アートヴィレッヂへ見に行っている。公演終了後、瀧口修造、森茉莉、唐十郎、池田満寿夫らと集まった。

大晦日の十二月三十一日、龍子は正月の準備に追われ、澁澤はパジャマの上にガウンを羽織り、一年間に溜まった手紙や書類を落ち葉といっしょに燃やしたり、本や雑誌の整理をしたりしていた。「ウォーン」という犬の遠吠えみたいな声が北鎌倉駅の方角から聞こえた。その遠吠えがだんだんに家に近づいてきて、玄関先には松山俊太郎がその巨体を現した。

この年の旅行は以下のとおり。

四月二十二日から二十六日、京都旅行。

九月四日から五日、山形へ旅行。谷川晃一展のオープニングに出席した。郊外の禅寺で色紙を出された澁澤は、「魔」の一文字をしたためた。

十一月七日から九日、奈良へ旅行。正倉院の御物展を見た。

第Ⅷ章　記憶の遠近法（一九七六—一九七九）

1977年6月8日、マルキ・ド・サドの城にて(49歳)。

1　昭和五十一年／怪人松山俊太郎／音楽

ロッキード事件に揺れた一九七六年（昭和五十一）――

前章の最後で、一九七五年の大晦日の晩に犬の遠吠えをまねしながら巨体を現した松山俊太郎は、澁澤家で年越しをした。元旦、池田満寿夫とリランがやって来て、少し遅れて加藤周一が合流した。三人は、同じ鎌倉に住む音楽評論家、吉田秀和の家からの帰りだった。

中村真一郎や福永武彦らとともにマチネ・ポエティクのメンバーでもあった評論家の加藤周一は、澁澤とは初対面で、加藤が澁澤に興味があると言いだしたので連れてこられたらしい。池田満寿夫が電話で、加藤さんが行きたいと言っているけど連れて行っていいかと訊くと、澁澤は「それはいいけれど、いま松山がいるよ」と答えた。池田が、「お願いだから、とにかく俊太郎が加藤さんにからまないようにしてくれ……」と懇願し、澁澤は笑いながら請け合った。

六人でおせちを囲んだその時のようすは、「牢名主のようにどっかり胡坐をかいて「チャンコロ」などと超右翼的発言をして煙にまいている松山さんに、加藤さんはすっかり驚かれて」いたと、龍子が記している（『澁澤龍彥との日々』）。あとで加藤周一は池田満寿夫に、「いったいあの人は何者なんですか」と訊いた。

この松山俊太郎との、サドの縁で始まった生涯の交遊は、少なからぬ奇人変人怪人が犇めく澁澤のにぎやかな交友関係のなかにあっても、もっとも特筆しておく価値のあるものの一つかもしれない。

澁澤は、先に第Ⅲ章で引いた『美神の館』の解説文の最後で、松山の横顔を簡単に紹介した後、「彼とのあいだに幾度となく酌み交わした酒にまつわるエピソードは、また別席の話題として取っておこう」と書いている。だがけっきょく、澁澤は松山に関する本格的なポートレートを筆にすることはなく、松山のみごとな肖像となれば、種村季弘が「絶対の探求」と題した名文を残している。こちらからその一部を引いておこう。

大学時代からの古い友人の種村は、「三十年来つき合っていて、私は彼が何をしているのだかよく知らない」という松山の正体不明の怪人物ぶりを、次のように紹介する。


大変な学者で、大酒飲みで、空手の達人であること位は知っているが、肝腎の学問の内容がよく分らない。知り合ったばかりの学生時代には、何でも「時間」と「蓮」の研究をしているとかいうことだった。そのうち「時間」の方はハイデッガーやアインシュタインにもやって出来ないことはなさそうだからと、これは彼らに任せて、「蓮」一本に的をしぼったらしい。

一本にしぼれば話は簡単になりそうなものだが、それは松山という怪人物を知らない人の言うことだ。尋常一様な研究方法ではない。

『バルトリハリ』とかいう古サンスクリット語詩はもとより、大蔵経からハイネ詩集まで、群書類従から南方熊楠全集まで、古今東西、和漢洋、唐天竺の万巻の古書のなかから「蓮」という語の出てくる章句を手当り次第抜いてカードを作る。この本来の研究のための基礎作業とかいうものだけで、当人の言うところでは、どうすくなく見積っても三百年は掛るのだそうだ。

世田谷の野沢にあった松山の住むマンションに行くと、部屋のいたるところに散乱している書物の天の部分には、ところどころに黒いマジックが塗られている。仏教書だろうがチャンバラ小説集だろうが、「蓮」の文字が出てくるページになると、どれにもこれにも付箋代りに黒のマジックで印がつけてあるのだ。暑い季節はいつもパンツ一丁の姿で家にいる松山は、「だから、もし蓮實重彥論なんていう本だと、全ページ天が真っ黒になっちゃうんだな」と、持ちまえの諧謔を交えて説明していた。

松山の本格的なポートレートを澁澤が書かなかったと記したが、そうはいっても、澁澤のいくつかのエッセーには、この怪傑無類のインド文学者がいろんなかたちで登場している。たとえば、次の「聖母子像について」(一九七四年)の冒頭に出てくる「友人」とは、この松山俊太郎にほかならない。

「私の友人だから、もう頭もかなり白くなり、やがて四十歳の半ばに達しようという年齢であるにもかかわらず、いまだに極端なマザー・コンプレックスに取りつかれていて、お酒に酔えばすぐ「オッパイ、オッパイ」とわめき、見境いもなく、手をのばして近くにいる女性の乳房に(もちろん服の上からだが)接触しようと試みる男がいる。たぶん、この男の頭の中では、幼時、自分をいつくしんでくれた母親のシンボルとして、女性の乳房一般が、何物にも替えがたいものとなっているのであろうと考えられる」。

これは隻腕の松山が「ブドウ狩り」とか「ジカパイ」とか称していた妙技(?)のことだが、松山といっしょに酒を飲むと、澁澤の方も持ち前の幼稚さが全開になったようだ。二人の酒宴が佳境に入ると、よく澁澤は何の脈絡もなく突然に、「トルナスク! トルナスク!」と声をあげた。この正体不明の呪文みたいなものは、少年時代の大の愛読書である南洋一郎の『海洋冒険物語』に出てくる言葉なのである。

澁澤のエッセーに描かれる松山との酒席の姿は、本人ご自身も認めるように、二人そろって凄まじく幼稚である。

「私が得意の「トルナスク！」をやり出すと、松山俊太郎も得たりやおうと、ひときわ声を張りあげて、「怪外人ダブラ！」と応酬する。これは私の記憶にないのだが、何でも彼の言うところによると、山中峯太郎の小説に出てくる怪人物の名前なのだそうだ。こんな幼稚なことを言い合って、嬉しそうに酒を飲んでいる昭和初年生まれの私たちを傍から眺めれば、さぞや馬鹿丸出しに見えることであろう。頭の程度を疑われても仕方があるまい」（「読書遍歴」）。

松山はこの一九七六年（昭和五十一）に、四十六歳で遅い結婚をしている。相手の女性は種村の幼馴染だった。

澁澤の死後におこなわれたインタビュー（「澁澤さんのこと」）のなかで、松山俊太郎は、自分は澁澤とは友人の関係ではなかったと言う。つまり、二歳年上の澁澤は「兄事」する相手であり、対等の友人という意識は松山にはまったくなかったと言うのだ。もしも対等の関係だったなら、早晩喧嘩になり、澁澤との関係は破綻していただろうとも述べている。

松山を「稀代のモラリスト（人間観察者）」と称した巖谷國士は、「澁澤さんという人物と、澁澤さんの書いたものと、くらべてみたら、どっちが上だろうか」と松山に訊かれたことを書いているけれども、そもそも松山は自分を澁澤の書くものの好い読者だと思ったことは一度もなくて、澁澤に対する関心は「九十九パーセントは、澁澤さんの人柄から感ずる魅力が主」だとする。澁澤は松山のことを、「一見したところ幼稚なようでいて、ともすると本質的な問題にふれていることを、しばしば好んで口に出す傾向のある私の友人」と評しているが（「マルジナリア」）、その澁澤の人物像については、松山は、「論理がたわむ、紆余曲折するということのない、非常に剛直な人」、「総てが直線的であり、結晶性であって、ウェットなところがほとんどない」人だったと語る。そうして、いちばん重大なのは「明晰な人」だったことだとつけ加えている。

「何か澁澤さんというのは、それこそどこかの星から落っこちてきて、落ちたところがショックで砂場みたいになって、そこで一人でいろんなものを並べて遊んでいるような人」だとも松山は語っているが、ほかのインタビューでも、「率直に考えれば澁澤さんは友人が要る人かどうかもわからない」、「孤独な人というか単独者で、まわりに森羅万象の気に入ったものをまとめて一種のプラトン的立体みたいなものの真ん中にいる」と述べている（「丸ごと謎の人」）。

これらの発言は、澁澤と周りの友人たちとの間にある距離についての明察を含んでいて、モラリストの眼に映った鋭い観察であるだろう。

一九七六年（昭和五十一）は三月二日から五日まで、「太陽」の取材のため、九州旅行をした。写真家として細江英公が同行したこの時の紀行文は、「ガラス幻想行」と題して、『記憶の遠近法』に収められている。

四月十日、横浜の成仏寺でおこなわれた、矢代秋雄の告別式に参列している。一九六五年（昭和四十）に、《サド侯爵夫人》の公演の際に三島由紀夫を介して知り合った矢代は、澁澤にはめずらしい音楽関係の友人だった。

澁澤家の親族にあたる尾高家は、作曲家の尾高尚忠《ひさただ》と尾高惇忠《あつただ》、指揮者の尾高忠明らを輩出した有名な音楽一族である。しかし、澁澤には美術関係の友人はいくらでもいたものの、音楽関係の親しい友人となればこの矢代くらいだろう。同世代の外国文学者を兼ねた評論家たちのなかには、粟津則雄や川村二郎や篠田一士のように、音楽にも通暁して音楽評論に手を染めた者も少なくなかったけれど、澁澤が音楽作品をとりあげて本格的な批評作品を書くことはまったくなかった。澁澤が視覚型の文学者であり、聴覚型のそれではないことは、本人みずからが公言するだけでなく、一般に読者の認めるところとなっている。

しかし、いささか異なった証言も残されている。

二十代の頃のいちばん親密な友人小笠原豊樹は、澁澤は、「ぼくが思うには、音楽が非常に好きだった人」だと回想している。そして小笠原は、コンサート帰りの澁澤に出会った際、演奏会で聴いたばかりのブラームスのヴァイオリン協奏曲の主題を、澁澤がたいそう嬉しそうに口ずさんだことを伝えている（「非正統派、戦後初期翻訳界を行く」）。たしかに三十歳前後の頃の澁澤は、イタリア・オペラの初来日をはじめ、ウィーン少年合唱団やアムステルダム・コンセルトヘボウ管弦楽団など、当時はまだその数が少なくてチケットの値段も高額だった海外音楽家の来日公演を含む演奏会に、けっこう足をはこんでいる。

小学校からの友人である武井宏は、澁澤は小学生の時から「歌の好きな、歌の上手な少年で」、「節回しが巧みで、一度聴くとすぐ歌うことができた」と言い、「小学唱歌、国民歌謡や軍歌等の歌詞をよく覚えていることで有名で、クラシックの本格的鑑賞の方は、意外に知られていないのではなかろうか。このことは彼が単に「視覚型」だけの人間ではないという証左とも受けとめられよう」とコメントしている（「半世紀の友わが澁澤龍彥」）。

また妻の龍子も、澁澤が「とても耳のよい人で、クラシックからジャズ、シャンソン、軍歌から童謡に至るまで大好きでした」と述べ、矢代との間の次のようなエピソードを伝える。

「早世なさった作曲家の矢代秋雄さんは、ご一家でわが家の前の空き地に土筆を摘みにいらしたり、三島由紀夫さんとの共通の友人であったりして親しくお付き合いしていたのですが、会えばやはり話題は音楽のことになり、「あの曲のヴァイオリンがこう入るところ」と、澁澤が口ずさんだりしますと、「ほんとうに音感がいいね。どうして音楽のこと書かないの。いつか二人でオペラを作ろうよ」「そうだね」などと楽しそうに話しておりました」(『澁澤龍彥との日々』)。

北鎌倉の澁澤邸には、二階の寝室に古いステレオがあって、遺されたＬＰレコードの数はたしか三、四十枚ほどである。そのうちクラシックのレコードは、澁澤が書いた数少ない音楽エッセー「クラシック音楽談義」のなかに愛聴盤として出てくる、「シャルル・ミュンシュ指揮のベルリオーズ『幻想交響曲』、カール・オルフ『カルミナ・ブラーナ』、カール・リヒターの『バッハ・オルガン・リサイタル』、モーツァルトの『鎮魂ミサ曲』、アンセルメ指揮のストラヴィンスキー『春の祭典』、クープランやラモーのクラヴサン曲、グレゴリオ聖歌……」というリストと一致している。

私はいちど澁澤とクラシック音楽談義を交わしたことがあった。「先生は本格的な音楽評論は書いたことはありませんね」と訊くと、澁澤はちょっとニヤッとして、「でも、けっこうひと通りは知ってるんだぜ。エリック・サティなんか、絶対そのうち流行ると思っていたよ」と言い、自分がいちばん好きだという作曲家の名前を挙げた。それはかなり意外なことに、ガブリエル・フォーレだった。フォーレは十九世紀末のモーツァルトとでも言えるような面があるので、そう考えるとこの予想外な澁澤の発言も納得できなくはないが、澁澤にいちばん相応しいのは、同じフランスの作曲家でも、モーリス・ラヴエルではないだろうか。

四月二十日、「このところ、「O嬢の物語」が日本でも当って、小生のホンヤクが文庫で30万ばかり出て、あぶく銭がはいってきて、これはありがたいことです」と、フランスにいる堀内誠一への手紙に書いている。一九六六年（昭和四十一）に翻訳した小説が映画になった。それで角川文庫に入っていた原作本が売れたのである。

六月、「ユリイカ」の臨時増刊「シュルレアリスム」特集号に、「シュルレアリスムと屍体解剖」を発表した。澁澤はここで、「昨今、シュルレアリスムに関する、何の発見もない、くだらない書物が目立ってふえてきているような気がする。くだらない発言もふえてきた。［…］この文章を最後にして、私は当分、シュルレアリスムについて発言することをやめたいと思う。それが私の精神衛生法である」と書いた。

同月、紀行文集『旅のモザイク』が人文書院から出た。

同月二十一日の「読売新聞」に、「サド侯爵はバスティーユの獄中で『ソドム百二十日』を書いているとき、最大限に自由だった。谷崎潤一郎は「中央公論」で掲載禁止になった『細雪』を、発表の当てもなく書きつづけているとき自由だった。『断腸亭日乗』を死ぬまで書きつづけた荷風散人が、どうして自由でなかったはずがあろうか。そもそも作家の自由とは、そういうものだろうと私は思う。「表現の自由」とは、単なるお題目にすぎない。具体的なのは「自由な表現」でなければならない」と澁澤は書いた（「「表現の自由」ではなく「自由な表現」を」）。

七月、編著『マックス・ワルター・スワーンベリ』が河出書房新社より出た。これは一九七四年（昭和四十九）にも『ハンス・ベルメール』の巻を翻訳した〈骰子の7つの目〉シリーズの一冊だが、澁澤が編集し文章を書き下ろした日本版独自の別巻である。

澁澤が、「現存する世界の画家のなかで、いちばん好きな作家」と明言するこのスウェーデンの美術家を論じた文章は、次のように始まる。

「マックス・ワルター・スワーンベリの絵は、見る者に不安や、はげしい衝迫や、深刻な動揺や、あるいは熱い昂揚感を与えるような絵ではなく、私たちをひたすら陶酔に誘ってくれるような種類の絵ではないかと思う。私はこの画家を、あえて楽園志向の画家と呼んでもよいと思っているほどだ。〔…〕スワーンベリの世界は、子宮のように螺旋的であり求心的なのである。そこから甘美なノスタルジアが発散してきて、私たちを浄福でいっぱいにしてくれるような世界なのである」（「女の楽園」）。

種村季弘は、この頃より澁澤が、「幼児退行やネオテニー（幼形成熟）説を真向から肯定する言説を洩らしはじめる」ことに注目している（「澁澤龍彥・その時代」）。

八月、美術評論集『幻想の彼方へ』が美術出版社から出た。

十一月六日、種村季弘の『壺中天奇聞』私家版の出版記念会が少人数で開かれ、澁澤も龍子と出席している。場所は麻布十番の永坂更科《ながさかさらしな》だった。二階に上がってくるなり吉行淳之介が、「蕎麦屋の二階とは、まるで四十七士の討ち入りだね」と言った。

澁澤は、こうした友人たちの出版記念会にはそれなりに顔を出しているものの、自分の本のパーティーとなると一度もやったことがない。一つには、スピーチをしなければならないのが嫌だったのだろう。

十二月、一九六〇年代の夜には澁澤が軍歌を高唱した、目黒のアスベスト館が閉館された。

この年の旅行は以下のとおり。

二月二日から五日、鳥取旅行。「旅」編集部の石井昂夫妻といっしょに蟹を食べた。帰りに神戸に寄り、多田智満子に会った。

四月二十七日から二十八日、伊豆下田へ。

七月二十九日から三十一日、京都旅行。生田耕作に会った。

十月七日から十日、長野を旅行。

2　昭和五十二年／『思考の紋章学』／フランス・スペイン旅行／世界文学集成

王貞治がホームラン世界新記録を達成した一九七七年（昭和五十二）――

「ユリイカ」二月号がコクトーの特集を組み、そこには澁澤も巻頭エッセーを寄せているが、堀内誠一に宛てた前年十二月十二日付けの手紙には次のような一節が見られる。

どういうわけか――たぶんアール・ヌーヴォーとかサーカスとか、エリック・サティとかディアギレフとかの流行と関係があるのかもしれません――突如としてコクトーが日本で注目されるようになり、野暮な文化人類学者などがコクトーについて発言している昨今です。彼らは観念が先に立っているのです。つまり、もともとコクトーが好きだからコクトーについて語るのではなく、道化とか祝祭とかいったテーマのために、知りもしないコクトーを引っぱり出してくるのです。まことに変な現象ですね。

つづけて、こうも書いている。

流行といえば、怪奇幻想につづいて、アリスやメルヘンやら大人の童話やらマザー・グースやら(これは貴兄も意図せずして流行を生み出す元凶になってしまったわけですが)、こういったものの氾濫には、つくづくうんざりします。早く下火になってくれればよい、と思わざるを得ません。おそらく貴兄も同じ気持でしょう。

何だかんだと、ぶつぶつ文句ばかり言っているのは年をとった証拠かもしれませんね。

三月三日より、「サンケイ新聞」に「玩物抄」を不定期連載。翌月十一日まで、計十八回の連載だった。

この三月、筑摩書房の〈筑摩世界文学大系〉に、澁澤訳のサド「美徳の不運」他が収録される。世界文学全集にサドが入ったのはこれが初めてだったが、五月には、講談社が刊行していた〈世界文学全集〉にも、やはりサドの『食人国旅行記』が収められている。

堀内に宛てた、三月二十六日付けの澁澤の手紙には、次のような注目すべき一節がある。

僕自身はまったく相変らずの日常で、江戸時代の随筆を読んだり、そうかと思うと、スペイン十六世紀の詩人ゴンゴラの本などをぱらぱらめくって拾い読みしたり、もう今では、おどろおどろしいオカルトだの何だのについて書く気はなくなり、このままの状態がつづけば、やがては小説でも書くより以外には行き場がないんじゃないか、と思うようになってきています。貴兄にもおそらく経験はおありでしょうが、自分を追いつめるということは、スリリングなものですね。自分が他人のようにも見えてきます。

「思考の紋章学」の連載の完結は前年の九月で、「唐草物語」が始まるのはまだ二年ほど先だが、すでにこの頃より澁澤は、遠くない将来自分がふたたびフィクションにむかうことを予感していたようだ。

五月二十二日から二十五日、「新劇」の連載「城」のための取材旅行で、白水社編集部の和氣元《わけげん》と写真家の井上修とともに、彦根城、安土城、姫路城を見る。「新劇」は当時「日本風景論」という紀行文シリーズを掲載しており、そうした枠組みで長篇エッセーをお願いしたいと和氣が持ちかけると、澁澤は即座に〈城〉を書きたいと答えた。

この旅行にはめずらしく龍子は同伴していない。二十四日の神戸では、多田智満子に会っている。多田はこの月の四日、高橋睦郎、金子國義、四谷シモンらといっしょに北鎌倉を訪れている。

この月、『思考の紋章学』が河出書房新社から刊行される。著者自装の本である。

「文藝」連載の十二編を纏めたこの『思考の紋章学』が、澁澤の全文業のなかで、一つのピークを形づくっている著作であることは疑いを入れないだろう。澁澤自身も、「自分としては、或る意味で、行きつくところまで行ったという感じのする作品」と述べている（「ビブリオテカ澁澤龍彦VI あとがき」）。

澁澤はまた、文庫版（一九八五年）のあとがきで、「それまでもっぱらヨーロッパに向けられていた私の目が、この作品とともに日本にも向けられるようになった。その意味でも、この作品は一つの転機になっている」と書いているけれども、それとともに、単行本のあとがきでは、ヨーロッパのことを書くのも日本のことを書くのも「私にとっては、要するに、どっちだって同じことなのである」と述べている。

松山はこの時期の澁澤の日本文芸に関する知識について、①露伴、鏡花、谷崎、折口、柳田らを中心に近代作品には三十年の蓄積があり、②古典については岩波版〈日本古典文学大系〉の繙読を主に二十年近く親しみ、③江戸時代の随筆に関しては〈日本随筆大成〉等で短期間ながら集中的に吸収したとして、これらが「三層をなして」いると解説している(『全集15』解題)。

ただし②に関しては、事実はいささか違うようだ。松山は、日本古典文学大系を一九五七年(昭和三十二)の配本開始頃より澁澤が購入繙読していたと推測したうえで「二十年近く」としているのだが、澁澤の書庫にある蔵書現物を見ると日本古典文学大系はほとんど初版ではなく、一九七〇年(昭和四十五)頃の後刷りの版である。ということは、松山の想定よりだいぶ遅く、澁澤は日本の古典に関しては、一九七〇年以降に急速かつ集中的に親しみ始めたようだ。

『思考の紋章学』は数多くの書評が出た。なかでは、ドイツ文学者の川村二郎の「文藝」に書いた文章が、澁澤の「ディオニソスの領分をアポロンの精神で探求するという営みの孤独さ」を指摘した含蓄のあるものだが(「amor figurae」)、「東京新聞」の七月五日の「大波小波」欄には、「パラドクサ」と署名のあるコラムが掲載されている。タイトルは「〝澁澤学〟の解釈」。ごく一部を省略しただけで、ほぼ全文を挙げよう。

澁澤龍彥の「思考の紋章学」(河出書房新社)が評判のようである。相も変らぬ〝澁澤学〟であるのは「ランプの廻転」とか「円環の渇き」といった題をみただけでも察知できるが、従来の澁澤の万華鏡的絢爛さが、ここにいたって、何か〝決定的瞬間〟めいたものへむかって収斂しようとしていると受けとられているようだ。［…］

これまで澁澤龍彥にたいして無関心を装ってきた文壇が澁澤に触手を動かすとすれば、「思考の紋章学」においてはチャンスはないようであるが、さてそこでどうなるかということは予想がつけにくい。しかし長い目でみれば、ここで澁澤をまともに評価しておくことは、文壇にとっても損にはならないであろう。好奇心を失ったじいさんだけの文壇では、先がみえている。

だが〝澁澤学〟はやはり始末にこまるようなところがあって、新聞に出た書評のいくつかがお粗末きわまるのは、澁澤にも責任の一半はあるであろう。「思考の紋章学」はけっきょく〝面白い面白い〟と言っていればいいような本であって、それらの書評の表面的紹介に終始しているのも、気取って場当たり的になってしまうのも、〝ごくろうさま〟と言いたくてもとても言えないていたらくである。澁澤もこのへんで、ファンや崇拝者だけでなく、批判者が必要になってきたのではないか。澁澤の本の書評のサンタンたる有様をみると、どうもそう思わずにはいられないのである。

褒めているのかそうでないのかちょっと微妙な、なかなか奥の深い匿名批評だ。実際この頃より、澁澤批判のような文章もちらほら出てきている。それらについては、まとめて後の章に委ねることとしたいが、当の澁澤自身はこの本の刊行当時、「わが著書を語る」という副題がついた文章で次のような姿勢を表明している。

私は文芸評論家ではなく、自分ではエッセイストのつもりでおり、この『思考の紋章学』も、エ

1977年6月、フランス・ランスの美術館にて。左から龍子、澁澤、出口裕弘、堀内誠一、平凡出版社長清水達夫、案内通訳をしたベルナール・ベロ。

ッセーのつもりで書いた。また私は学者でもないので、自分の仕事を堅苦しい文学研究の一種だとは思われたくない。そういう誤解はぜひとも訂正しておきたいと思う。つまり、私はエッセイストとして、読者に楽しい読書体験を味わってもらえればそれで十分なのである。

六月一日から七月七日にかけて、龍子とフランスとスペインを旅行。ひと月以上にわたるこの三度目のヨーロッパ旅行は、当時ソルボンヌ大学留学中だった出口裕弘と、一家四人でパリ郊外に住んでいた堀内誠一がガイド役をしている。

六月八日には、南仏ラコストにあるサドの城跡を訪ねた。その日の日記の最後には、「有意義な一日であった。生涯の思い出になるだろう」と記されている。

種村季弘はこの年の六月から西ドイツのヴォルプスヴェーデに滞在しており、六月二十八日から四日間、パリにいた澁澤を訪ねた。

この旅行の間の六月に、『東西不思議物語』が毎日新聞社より刊行された。装丁と挿絵は藤本蒼。

七月二十八日、筑摩書房の〈世界文学集成〉の最初の試案を、同社の編集者淡谷淳一に渡している。澁澤龍彥一人の好みにより編まれた世界文学全集というこのプランは、もともとは筑摩書房サイドから提案された話だった。企画はこの年の初めより動きだし、最初は全三十六巻の規模で構想され、のちには二十数巻になった。

〈集成〉に関する澁澤の試案は、この七月に作成された三十六巻案をはじめ、四つほど残され、それらは澁澤の死の翌年（一九八八年）になって「別冊幻想文学4　澁澤龍彥スペシャルⅠ」に、淡谷のインタビューとともに公表された。ひとまずの最終案とおぼしい「二十四巻試案」は文庫本（『西欧文芸批評集成』）にも収められているから、一九七七年（昭和五十二）十一月二十一日の日付を持つ「全二十七巻（第二案）」の方をここでは挙げておこう。

1　ダンテ「地獄篇」
マキャベリ「マンドラゴラ」「悪魔長ベルファゴール」
2　スペイン悪漢小説
セルバンテス「びいどろ学士」
エスピネル「従士マルコス・デ・オブレゴンの生涯」
ケベード「悪党物語」
3　トマス・ブラウン「医者の宗教」「伝染性謬見」「壺葬論」

シャンフォール「格言集」

リヒテンベルク「箴言」「イギリス便り」

4 シラノ・ド・ベルジュラック「日月世界旅行記」

5 スウィフト「桶物語」「奴婢訓」「書物合戦」

6 ホルベルク「ニルス・クリムの地底旅行」

7 サド「悪徳の栄え」

8 フーリエ「愛の新世界」

9 ホフマン「カロー風の幻想」

10 ドイツ・ロマン派

ボナヴェントゥーラ

クライスト

フーケ

ノヴァーリス

11 ネルヴァル「暁の女王と精霊の王の物語」

12 ゴビノー「プレイヤッド」

13 ポー

14 ド・クインシー「亜片吸飲者の告白」「殺人と見なされた芸術について」

ボードレール「人工楽園」「玩具のモラル」「パリの憂鬱」

15 フローベール「聖アントワーヌの誘惑」

16 ルイス・キャロル「アリス」
ワイルド「幸福な王子」「芸術論」
17 リラダン「未来のイヴ」
18 マルセル・シュオッブ「黄金仮面の王」
ピエール・ルイス「ポーゾール王の冒険」
19 エレミール・ブールジュ「神々の黄昏」
20 ユイスマンス「さかしま」「大伽藍」
21 ヤコブセン「ニールス・リーネ」
ローダンバック「死都ブリュージュ」
イェンゼン「グラディーヴァ」
マイヤー「僧の婚礼」
22 プルースト「ソドムとゴモラ」
23 ジャリ「超男性」
アポリネール「虐殺された詩人」
24 カフカ「流刑地にて」「田舎の婚礼準備」「オドラデク」
ボルヘス「伝奇集」
25 コクトー「山師トマ」
ジュネ「葬儀」
26 ブルトン「ナジャ」

マンディアルグ「大理石」

27「千一夜物語」

ご覧のごとく、数多い既成の世界文学全集とは根本的に異なった、かなり大胆な、澁澤の趣向が思うさまクローズアップされた異色のセレクションである。その顕著な特色の一つとしては、少しへんな指摘に思えるかもしれないが、恋愛小説がほとんど選ばれていないことがあがるだろう。

通常の世界文学全集だと、男女の恋愛をテーマとした名作がめじろ押しになる。『パルムの僧院』『ウエルテル』『アンナ・カレーニナ』『チャタレイ夫人』『狭き門』『嵐が丘』『クレーヴの奥方』『ロミオとジュリエット』『風と共に去りぬ』……などなど。ところが、澁澤のセレクションは、この「全二十七巻案」に限ってみても、そうしたまともな恋愛をメインのテーマとするような作品は第21巻収録の四作くらいしか見当たらない。その巻にしたところで、『グラディーヴァ』や『死都ブリュージュ』は、恋愛ものだとはいっても、そうとうに風変わりな恋愛小説である。また、『ソドムとゴモラ』『葬儀』それから『未来のイヴ』なども恋愛小説だといえば言えるかもしれないが、これらが扱うのは男女の愛ではなく、前者は男性同士の愛であり、後者は男と人形の愛だ。澁澤を論じて、「二十世紀末に残された最後の貴族的な情熱は、ひょっとすると「不毛性崇拝」なのかもしれないのである」と言ったのは、磯田光一である（『城と牢獄』書評）。

この企画には澁澤自身もかなり力をそそいでいたようで、何人かの翻訳者も決まり、澁澤が昔から大好きだった『ニルス・クリムの地底旅行』の訳者には野沢協が内定し、これで旧交を温めることができると喜ぶ葉書を野沢に出したりもした。だが、残念ながら本企画は、翌七八年に筑摩書房が倒産したために流産を余儀なくされている。当時これが予定通りの実現をみていればかなり大きな話題を呼んでいたかもしれない。澁澤が遺した重要な仕事の一つになったことは確かだろう。

ごく若い時よりアンソロジーへの志向を強くいだいていた澁澤には、『列車〇八一』を皮切りに『暗黒のメルヘン』『変身のロマン』『幻妖』といったすぐれた編著や、〈古典文庫〉の発案などもあったことはこれまで見てきたとおりである。「アンソロジーを編んでオレ程うまいヤツはいない」と澁澤は言っていたそうだが、それにしても、ほぼ同時期（一九七五年）には、ホルヘ・ルイス・ボルヘスがやはり個人編集による世界文学全集〈バベルの図書館〉を手がけ、イタリアのユニークな出版社フランコ・マリーア・リッチから出版している。澁澤が一九七〇年以降ほかならぬこのボルヘスに大きく傾倒していただけに、この事実は世界文学史上の意味深い類似として興味がつきない。（そういえば、このボルヘスの世界文学全集も、恋愛小説をほとんど含んでいない。）

一九八五年（昭和六十）に、私がこの〈バベルの図書館〉の日本語版の出版を用意していることを伝えると、澁澤は「へえー、それはいいね。あのシリーズはフランス語版を何冊か持っているよ。パピーニなんていうのは、とっても面白いんだ」と話していた。とはいっても、この筑摩書房の企画の時点では、たぶん、澁澤はまだこのボルヘスの叢書は知っていなかったのではないだろうか。

筑摩書房版のセレクションはほぼ欧米の作品に限定したものだが、松山は、『東西不思議物語』における澁澤の東洋の文芸への精進ぶりを検証したあとで、「澁澤は、もう十年の寿命があれば、東西文学の知識の比率逆転を実現し、二十年生きていたら、史上稀な〈世界文学達観者〉となっていたであろう」と述べている（『全集15』解題）。

澁澤の死後の一九九〇年（平成二）になって、この実現をみなかった世界文学集成のプランをもとに、

〈澁澤龍彥文学館〉という企画が、再建なった筑摩書房より刊行された。全十二巻構成で、編集にあたったのは、出口、種村、巖谷の三人だった。刊行当時、推薦文で、荒俣宏が次のようなたいそう面白いことを言っている。

「一人の作家が世に残す最大の作品は、読み抜いた自身の蔵書目録なのではないか。［…］ここに集められた名著の群は、実のところ、すべて澁澤龍彥が時をさかのぼり筆名を用いて書き置いた創作にほかならない」（「シブサワヌスの世界に通ず」）。

八月十二日には、滝野川第七尋常小学校のクラス会に出席している。

翌十三日、池田満寿夫の小説「エーゲ海に捧ぐ」の芥川賞受賞を祝いに二子玉川に龍子とともに行く。彫刻家の岡崎和郎《かずお》宅でのパーティーだったが、主人の岡崎は米国に行っていて不在で、主賓の池田も身内の病気見舞いのため中座していた。澁澤はここで加藤郁乎と土方巽に会った。三人が、そろって顔を合わせるのは実にひさしぶりだった。一面識もない岡崎夫人の前で三人とも泥酔し、加藤は褌《ふんどし》一丁で踊り出し、土方はステレオを大音量にし、澁澤はまるで我が家にいるみたいに「酒だー、酒を持ってこい！」と怒鳴った。

酔っぱらった時のこの三人のことを龍子はつねづね〈三馬鹿〉と称していたが、三馬鹿の蛮行狼藉ぶりは、同席していた吉岡実がエッセーに書いている（「都乎断章」）。仮眠している岡崎夫人に、吉岡がいいわけとも、詫びともつかない辞去の挨拶をすると、夫人は、「とても愉快な夜だったわよ」と微苦笑した。

澁澤は池田満寿夫の小説には批判的で、そのことが編集者の口を介して池田の耳に入り、池田は澁澤の評価を大いに不満にしていた。

九月、『洞窟の偶像』が青土社より刊行された。著者自装。

十月四日、吉岡実が筑摩書房の同僚の淡谷淳一とともに来訪。澁澤は吉岡が好きなポルノをいろいろ見せて、そのあと鎌倉駅前の天ぷら屋ひろみで食事をした。

同月二十五日、稲垣足穂が死去し、澁澤は「読売新聞」に追悼文を書いた。

十一月一日、澁澤が編纂委員の一人をつとめた矢代秋雄の遺稿集『オルフェウスの死』の出版記念に、矢代家に招かれている。中井英夫や、作曲家の三善晃、この本の版元である深夜叢書社の齋藤愼爾らが同席していた。


この年の国内旅行は次のとおり。

四月十九日より二十三日、京都へ。龍子が運転するレンタカーで丹後半島を一周する。

九月二十七日から二十八日、西伊豆の戸田へ。

十一月二日から五日、武井宏夫妻と那須高原、塩原温泉を旅行。

3 昭和五十三年／「玩物草紙」／『記憶の遠近法』／蔵書／日本の古典

キャンディーズが解散した一九七八年（昭和五十三）——

この年で、澁澤は五十歳を迎える。

一月、「玩物草紙」の連載を「朝日ジャーナル」で開始。七月まで、計三十回にわたった。

「精神も肉体もふくめた私白身というミクロコスモスに関する、一種のコスモグラフィー」とすることの連載については、前年の堀内誠一宛の手紙（十二月二十三日付け）のなかで、「これは今までの僕のものとはちょっと変ったスタイルを出そうと考えています。告白ではないが、具体的な経験に即して、気質的なものをぶちまけようと……まあ、そんなことを目論んでいる」としたためている。

連載開始前に澁澤は、「連載ものの依頼があったんだけど、もう書くことがないんだよ。何を書いたらいいんだろうね」と種村季弘に訊いた。種村は「それじゃあ、自分のことを書いたらどうです」と答えた。従来の澁澤の気質や信条からして、当然この提案ははねつけるだろうなと種村は思ったが、案に相違して澁澤は、「うーん、そうか」と言った。

それまで一貫して拒否してきた自己について語ることを、澁澤はこの「玩物草紙」で扱った。このことに関して、連載の折り返しにあたる第十五回の「体験」と題された対話体の文章で、澁澤は次のように書いている。

――きみも年だな。今までは、けっして自己告白ということをしない男だったし、おれもそういう男として、長いこと、きみを見てきたわけなんだが、最近では、やたらに自分の体験をぶちまけているようじゃないか。これも心境の変化というやつか。

――ははあ、そう見えるかね。そう見えるとすれば、はなはだ心外です。心境がどう変化しようと、おれにとっては、そもそも体験なんていうものは何の意味もないのだから。世の中には、むろん、いろいろな体験があるだろうさ。たとえば冬の夜、道頓堀を歩いていると、突然、モーツァルトの交響曲のテーマが頭の中で鳴り響くというような体験もある。パリに住んで、毎日毎日、ノートルダム寺院を眺めているというような体験もある。ところがおれには、そんな立派な体験は一つもありゃしない。いったい、きみ、おれがいつ体験を語ったというのかね。

——まあ何も、そう最初から喧嘩腰になることはあるまい。なるほど、立派な体験は、きみにはふさわしくないかもしれない。おれが言っているのは、ごく日常的な体験ということさ。

——だからさ、そんなものはおれにとって、存在しないも同然の、夢みたいなものだと言ってるのだよ。いや、夢にくらべては、もったいないね。夢のほうが、ずっと値打ちがあるような気がする。

一月二十一日、小説家の金井美恵子と姉の久美子といっしょに大相撲の初場所を見に行く。北の湖と輪島が土俵で横綱をはっていた時代だが、澁澤のご贔屓は旭國と鷲羽山だった。この二人の力士の、小さくて、気が強そうで、意地っ張りな感じが、澁澤は気に入っていた。金井姉妹は、前年の十月も、北鎌倉に来て、建長寺に椎の実とムカゴを採りにいっている。

金井姉妹が来宅したある時、おいしい物を食べることと、色気と、見栄のうち、どれがいちばん重要かという話になった。澁澤は即座に、「見栄だ」と答えた。

二月、翻訳『魔術』（フランシス・キング著）が出る。平凡社が刊行していた〈イメージの博物誌〉の一冊で、このシリーズの訳者には種村や松山も加わっていた。

四月、『記憶の遠近法』が大和書房より出る。パオロ・ウッチェロの絵をカバーに使った装丁は長尾信である。

「記憶の遠近法」というタイトルについては、澁澤の次のような説明がある。

現在があるから記憶があるのではなく、むしろ記憶があるから現在があるのであり、記憶は現在に先行している。──そんな不条理なニュアンスを、この言葉によって私は示したかったのである。体験とはすべて一種のジャメ・ヴュ（未視感）にすぎない、という印象を私は最近にいたって、ますます深めつつある。つまり隠れた記憶が先行しているので、それは或る種の操作によって、容易にデジャ・ヴュ（既視感）に転換するであろう。この或る種の操作というのが、要するに『押絵と旅する男』の望遠鏡なのであり、私のいわゆる「記憶の遠近法」なのである。（「望遠鏡をさかさまに」）

この頃より澁澤は、望遠鏡をさかさまに覗く〈記憶の遠近法〉について、たびたび語っている。翌年に掲載した「唐草物語」の第十回「蜃気楼」は、このテーマを、古代中国の徐福伝説を下地に織り上げた物語である。

五月、映画評論集『スクリーンの夢魔』が潮出版社から刊行。また『機械仕掛のエロス』が青土社から出た。後者の装丁は高麗隆彦。

七月九日、ダンサーの大野慶人《よしと》夫妻のはからいにより、横浜の大佛《おさらぎ》次郎記念館で旧懐のつどいが開かれる。大野慶人は、土方巽の盟友の舞踏家大野一雄の息子で、澁澤も龍子とともに出席した。土方の友人たちが久しぶりに揃って顔を合わせた当日のようすを、吉岡実が日記に書いている。「陽子」というのは吉岡の妻である。

吉岡実と澁澤。左はしは龍子。写真：青木外司

朝、曇のち小雨。午後から晴れ、暑くなる。三時ごろ、迎えのくるまで目黒元競馬場まで行く。松山俊太郎夫妻と車外に出て、涼をとっていると、建売り的な文化住宅から、土方巽夫妻が出てくる。久しくゆききがないので、ここに移転したのは知らない。それにしても、彼のイメージにふさわしくない住居だと思った。第三京浜で横浜の港が見える丘公園へ向う。大佛次郎記念館のなかの一室に集ったのは、澁澤龍彦夫妻、種村季弘夫妻、唐十郎・李礼仙夫妻それに四谷シモンなど。陽子は体調をくずし、来られなかったのが残念だ。港を眺めながら小憩し、見学よろしく館内をひと巡りした。そして静かな和室で、酒宴となる。近頃、おたがいに疎遠になっていただけに、楽しい旧懐の一夕。会費は五千円であったが、酒と料理は豊富に出る。

（『土方巽頌』）

酒も話題も尽きた後、一同は茶房のほうへ移り、コーヒーをのみながら四谷シモンが唄うのを聴いた。散会となって表へ出ると、外はすっかり暮れていた。

この会より三日を経た七月十二日、吉岡実が勤務する筑摩書房が倒産した。日本最大の書店として東京駅前に八重洲ブックセンターがこの年オープンしたり、出版産業の凋落はまだまだ遠くにあった時代だったので、良心的文芸出版社として出版文化を代表するがごとき筑摩書房の突然の倒産は、社会的にも大きなニュースとなった。澁澤が力を入れていた個人編集の〈世界文学集成〉の企画は、これにより頓挫した。

八月十九日、高輪プリンスホテルで開かれた、旧制浦和高校の同窓会に出席。

十一月二十五日には、第五中学のクラス会に出席。

同月三十日、唐十郎の泉鏡花賞受賞パーティーが九段下のホテル・グランドパレスで開かれる。挨拶を予定されていた澁澤が定刻になっても姿が見えないので、吉岡実が代りにマイクを握った。宴たけなわの頃になってようやく姿を現した澁澤に、吉岡が代役をつとめた旨を告げると、澁澤はいたずらっぽく笑った。スピーチが嫌だったから、わざと遅刻したのである。

踊らなくなった土方は、この頃から友人たちと会うのを避けるようになっていた。妻の元藤燁子が六本木で数軒のキャバレーを経営して、弟子たちをそこに出演させていた。「あいつはもう、キャバレーの用心棒だよ。過去の人だよ」と澁澤が言ったのが土方の耳に入り、それを澁澤が気にしていたという話が、稲田奈緒美の土方伝に出ている。

十二月十五日、『幻想博物誌』が角川書店より刊行。池田満寿夫が装丁を手がけた本だった。

「全集年譜」には、「この年、『唐草物語』の執筆に先だって、日本、東洋の古典の研究はいよいよ本格化していた」とある。

澁澤は、〈群書類従〉〈続群書類従〉〈続々群書類従〉〈廣文庫〉〈大語園〉〈古事類苑〉〈日本随筆大成〉といった日本の古典に関する膨大な叢書類を、この時期に軒並み揃えている。これらの本のほとんどは、最終的には二階の寝室に侵入して、その狭い部屋のベッドの脇の本棚にまとまって収められている。本屋への支払いが、ある時期からは洋書より和書の方が多くなった事実を、龍子も証言している。

北鎌倉の家を建てた時に、一階に広い書斎とうなぎの寝床のように細長い書庫を設けたので、蔵書はしばらくはそこにきれいに収まっていたが、だんだん書斎の床にも積まれてあふれるようになり、二階にも書庫をもう一つ増設した。そうはいっても、澁澤の蔵書数は最後の時点でも一万五千冊程度だから（そのうち洋書は三千冊くらい）、そうはべらぼうに多いわけではない。世に蔵書家と言われる人たちのなかには、その倍以上の本を所有している人はざらにいるだろう。

澁澤の蔵書目録『書物の宇宙誌』をつくる際に、本棚をつぶさに見てなによりも印象深かったのは、いわゆる雑書の類が皆無に近いことだった。本の扱いは丁寧だが、べつだんコレクターや愛書家というわけではまったくなく、豪華本とか稀覯初版本の類はほとんど所有していない。雑誌は、洋雑誌を含めてあまりない。

近代の日本の作家で大部の全集が架蔵されているのは、森鷗外、幸田露伴、泉鏡花、永井荷風、谷崎潤一郎、芥川龍之介、木下杢太郎、岡本かの子、小林秀雄、石川淳、花田清輝、堀辰雄といったところで、それに、柳田國男、折口信夫、南方熊楠という学者が加わる。

ところで、澁澤が日本や東洋の古典に急速に親しみはじめたきっかけの一つには、どうやら、現代思

北鎌倉の澁澤邸、二階書庫の本。

潮社の石井恭二からはっぱをかけられたこともあったようだ。〈サド裁判〉以来の深いつき合いの石井は、「日本の知識を増やさなかったら、こいつはこれ以上いかないわ」と澁澤に対して感じていたので、いろいろなものを読めと忠告したという。石井恭二を評して松山俊太郎は、「一生道楽息子とか若旦那という立場を一貫」した人と言っているが、少なくとも三回以上結婚をし、一九九〇年代には『正法眼蔵』の現代語訳を成し遂げたこのラディカルな出版人は、松山との対談のなかで、その時分を回想して面白いことを語っている。

「やっこさん、飽きたんですよね、ヨーロッパに。ヨーロッパというのは、大体徹底してものを考えて考えて考え詰めてやれば必ずすべてわかるんだ、というんでしょう、ヨーロッパのものの考え方というのは。だけれども、やっこさん、それがあんまり苦手なんだよね。それで東洋のほうに行くというのは、最初からわからないんだ、わからないのはあたりまえなんだというところのほうが、やっこさんはいきやすいんです。

それで古典というぐあいにドヤされたのが、ちょうどピタッとなったんじゃないですか、そういうこともあったと思いますよ」（「〈サド裁判〉前後」）。

澁澤自身も、最晩年の池内紀との対談で、中国や日本の方に関心が移った理由を問われて次のように答えている。

「やはり三島さんが亡くなってからですね。ヨーロッパ的な二元論にいや気がさしたのかもしれない。もう絶対主義はうんざりですね。老荘思想のほうがずっといいです」（「澁澤龍彥氏に聞く」）。


この年の旅行は以下のとおり。

三月十四日から十八日、九州旅行。長崎で輪鼓《りゅうご》を買った。

九月十一日から十五日、北海道旅行。

十一月二日から四日、武井宏といっしょに広瀬温泉へ。

4 昭和五十四年／時評／『悪魔の中世』／ビブリオテカ澁澤龍彥／著述の分量

イラン革命がおこり、インベーダーゲームが大流行をみせた一九七九年（昭和五十四）――

この年の一月から、「今月の日本」という社会時評の連載を、「太陽」で始める。十二月まで計十二回。

この時期、澁澤の書きもののなかには、時評的な文章がしばしば見うけられるようになっていた。澁澤がもとめてこうしたテーマを筆にしたというより、ジャーナリズムが澁澤にそうした役割を要求し、澁澤もあえてその要求を断らなくなっていたのだろう。「時事的なことや、アップ・ツー・デートなことを書くのはどうも苦手」だという澁澤のこの類いの文章は、時評とはいっても政治問題や社会的大事件を扱うことはまずなくて、デジタル反対とか、言葉の誤用とかをめぐって書かれている。

そして、こうした澁澤の時評エッセーに対して、評価がまったく相反する見方が存在するのは興味深い。

澁澤に関する文章も数多い英文学者の高山宏は、「オドラデク跳梁――ドラコニアの一九六〇年代」という長文の評論のなかで、澁澤が一九七〇年の大阪万博の際に書いた「万博を嫌悪する」という社会時評に「裏切られた思いを味った」という。そして、「抽象思考や具体的なオブジェを離れたところで澁澤のする「時評」のたぐいなどは、むしろ人を裏切る体の、そらぞらしいものが多くて、ぼくは大嫌いである」と、高山は澁澤の時評を一刀両断に切り棄てている。

その一方、一九九三年（平成五）に『澁澤龍彥の時代――幼年皇帝と昭和の精神史』を著した批評家の浅羽通明は、澁澤を「パラダイム変換、知の変革の先駆者」とする高山が澁澤の社会時評のなかに見落としたものを指摘しながら、晩年の時評類に表れた澁澤の「モラリストとしての貌」に、「表層的な理解では捉えきれなかった澁澤龍彥の根底にあったもう一つの相貌」を発見する。そして、そこに高い評価を与えている。

その浅羽も言及しているのだけれども、澁澤のこうした時評類には、絶妙なかたちで「女房」の龍子がときおり登場してくる。

中央アフリカで悪業を重ねたボカサ皇帝が失脚すると、その別邸内の冷蔵庫から切断された死体がたくさん発見された。澁澤があきれてこのショッキングなニュースを伝えると、龍子は少しも騒がず、「へえ。やっぱり人食い人種だったのかしら」と言った。

「なーるほど」と澁澤は思ったという。「そう考えれば、なにも不思議なことはないわけである。なにも驚くことはないわけである。人食い人種が人を食うのは、あたり前だからだ」(「今月の日本」)。新聞に掲載された某人類学者の短い映画論のなかに、「パラダイムという言葉が五回にわたって」、「知的という言葉は四回も」出てきたので、その硬直した精神に澁澤は腹を抱えて笑った。それで、あんまりおかしかったので、その新聞を龍子に見せて言った。「おい、おもしろいぞ。この記事を読んでごらん。パラダイムが五回だぞ」

すると龍子が言うには、「パラダイムってなによ。ああ、分った。パラダイスの誤植でしょ」。澁澤はますます愉快になって、新聞をほうり出して大笑いした(「一頁時評」)。

また、時評とはちょっとちがうところにも、こういう風な登場のしかたをしている。

——いったい、あの文芸雑誌にのっている純文学というやつは、だれが読むんですかね。
——まあ一握りの時評家と、それから暇をもてあました家庭の主婦でしょうな。
——ふーん。でも、うちのかみさんは読んでませんよ。まあ、そんなことはどうでもいいや。
(「ネルヴァルと幻想文学」)

この一月には、「鳥と少女」を皮切りに、「唐草物語」の連載が「文藝」で始まった。翌年一月まで、計十二回。

「唐草物語」は、『犬狼都市』収録の小説から数えると、澁澤がおよそ二十年ぶりに書いたフィクションだった。この作品はエッセー風小説と言ったほうが適切かもしれないが、前年の六月二十七日付けの堀内誠一宛の手紙に澁澤は、「来年からまた、「文藝」にエッセーを連載しなければならない」としたためている。これを見ると、どうやら当初から小説の執筆を予定していたわけではなかったようだ。

のちに澁澤は「『唐草物語』とは、うまい題名だと自分でも思っている」と書いているが、実は、連載を始める前に同一の書名が鷲巣繁男とも親しかった和田徹三の詩集にあるのを知り、「貴殿の御題名を横取りするようでまことに心苦しく申しわけなく存じますが何卒題名の使用をお許しいただきたくお願い申し上げます」という手紙を和田徹三に出している(一九七八年十一月二十日)。この和田宛の封書のなかで、澁澤は自分の題名について、「いわゆるコント・アラベスクといったような意味で、いくつかの短篇がもつれ合いからまり合っているようなイメージを思い浮かべている」と説明している。

二月、『悪魔の中世』が桃源社より出た。また『玩物草紙』が朝日新聞社より刊行された。『玩物草紙』の方は栃折《とちおり》久美子の装丁で、「朝日ジャーナル」の連載を飾っていた加山又造の挿絵が収録されている。

おもにロマネスクやゴシックの美術にあらわれる悪魔像を論じた『悪魔の中世』は、もともとは一九六一年(昭和三十六)の昔に発表した連載に、若干の手を新たに入れて出来上がった本である。そうした点で、澁澤の著書のなかでも、異例の成り立ちをもっている。

澁澤はこの若書きの連載を全面的に書き直したうえで本にしたかったようだが、結局それは果たせないまま、一章分と少しを新しく書き足しただけに終わった。全面改稿が不可能だったのは、本書が悪魔学という、澁澤にとり昔のようには熱意が寄せられないテーマだったことだけが理由ではないだろう。『全集』解題で種村も指摘しているが、二十年に近い歳月とともに澁澤の文体そのものがかなり変貌し、自分の昔の文章を無理なく書き継ぐことは容易ではなくなってしまっていたのだろう。

桃源社は一九六一年の『黒魔術の手帖』以来、再刊物や限定版を入れると四十点を超える澁澤の著訳書を刊行してきたが、『悪魔の中世』が最後の澁澤の本となった。

三月六日、笠井叡の舞踊《ソドム百二十日》を第一生命ホールへ見に行く。

五月には、澁澤の短篇小説より材を採った《唐版犬狼都市》を状況劇場が上演した。

六月、ピエール・ド・マンディアルグの翻訳『ボマルツォの怪物』を大和書房より刊行。装丁は高麗隆彦。

七月一日、瀧口修造が死去。翌二日、西落合の自宅での通夜に出席。通夜の後、高橋睦郎、四谷シモン、金子國義、野中ユリ、合田《ごうだ》佐和子らと麻布の中華料理屋に行き、老酒《ラオチュー》を飲んで笑って騒いだ。「ユリイカ」に瀧口の追悼文「美しい笑顔」を書いた。

八月十日、種村季弘と対談。〈ビブリオテカ澁澤龍彥〉の刊行に合わせて澁澤の自宅でおこなわれた対談だったが、種村はここで、澁澤が六〇年代に書いてきたものの多様性のようなものが、三島の死をきっかけに、「自分の宿命の自覚」という方向でカチッと決まってきたのではないかと発言している。のちに澁澤も、「さすがに種村さんだけあって、「宿命の自覚」とは、うまいことをいったものだと思う。少なくとも三島由紀夫の死が、それだけのものを私にあたえていたことは確かだといってもよいであろう」と書いている（『三島由紀夫おぼえがき』あとがき」）。

千葉県の寺が経営する動物園から虎が一頭逃げ出し、やがて発見された虎が射殺されるという事件がこの八月におきた。虎が撃ち殺されたことを聞いて、涙を浮かべて「かわいそうに」といった子供のことを伝える報道があった。少年時代に南洋一郎の猛獣狩りの冒険小説を読んで育ち、「人間と野獣が死闘を演ずる場面に、文字通り、血沸き肉躍る思いを味わった」経験のある澁澤は、「これは少し不健康ではないか」と言う。

「猛獣狩りというのは、帝国主義の植民地全盛時代に、ヨーロッパ人によって創始された野蛮な遊びだから、むろん、いまでは行われていない。いまでは世界の大勢は、野生動物を保護するという方向に向っている。それは結構なことだし、必要なことだと私も思う。しかし、鯨を捕えることが決して悪ではなかった時代があったように、猛獣を狩ることが決してそれほど残酷ではなかった時代もあったのだということを、おぼえておいても無駄ではあるまい」。

虎に高丘親王を食わせた澁澤は、時評欄にこのように書いている（「今月の日本」）。

九月七日、旧制浦和高校のクラス会に出席。一週間後の十四日には、滝野川第七尋常小学校のクラス会に出ている。

十月、〈ビブリオテカ澁澤龍彥〉の刊行が、白水社で始まる。全六巻構成で、翌年三月に完結。

この二度目になる澁澤の著作集は、白水社の千代《ちよ》忠央《ただなか》が立てた企画である。京都大学の仏文科を出て、一九五九年（昭和三十四）に白水社に入社した千代は一九三四年（昭和九）の生まれ。編集者泣かせで知られる難しい生田耕作とつき合うことのできる唯一の編集者として同業者の間では有名だったが、澁澤とも入社当時からの長い交遊があったようだ。

桃源社の〈澁澤龍彥集成〉が一九六〇年代の仕事をまとめ上げたものだったのに対して、白水社の〈ビブリオテカ澁澤龍彥〉は、一九七七年（昭和五十二）の『思考の紋章学』が澁澤の著作の一区切りをなすという見方に立って、「一九七〇年代の澁澤龍彥の世界を具現するため」（内容見本の「刊行のことば」）の新たな著作集として企画されている。一九七一年（昭和四十六）刊の『黄金時代』から一九七八年（昭和五十三）の『機械仕掛のエロス』まで、十二の単行本が一巻に二冊ずつ収まり、『女のエピソード』や『妖人奇人館』などは外された。また『東西不思議物語』『記憶の遠近法』といった出版から日の浅い作は収録をみていない。

推薦文は石川淳と齋藤磯雄の二人が寄せている。日夏耿之介とも縁の深かった齋藤磯雄は、澁澤の尊敬する仏文学者で、そのヴィリエ・ド・リラダンやボードレールの名訳を澁澤は若き日より愛読してやまなかった。

次に齋藤磯雄の推薦の言葉を、ルビを少し補ったうえで全文挙げよう。文章の格調が高いだけでなく、その指摘がたいそう正確である。

　むかし後漢のころ店頭に一壺を懸けて薬を売る翁があり、これが実は謫仙人《たくせんにん》、日日のあきなひを了《を》へるや跳んで壺中《こちゆう》に入り、そこにある壮麗な日月星辰《じつげつせいしん》を楽しんでゐたといふ。――澁澤龍彦氏にはこの壺中の天がある。独り悠然とあそぶ別天地がある。

　氏の精神の著しい特徴は潑剌たる好奇心だ。常に最初の眼で物を見る少年時を、氏は今になほ失つてゐない。「天才とは欲する時に取戻される少年時、そして今や自己を表現するための逞しい器官と分析精神とをそなへてゐる少年時にほかならぬ」とボオドレエルは言ふ。氏にはこの、何物にも囚はれぬ *enfance* がある。そして「独リ自ラ楽シム」、これが氏のあらゆる探究、あらゆる思考に刻まれてゐる燦《あき》らかな紋章だ。――世俗に多識を衒《てら》ふ権威主義者、時流に右顧左眄《うこさべん》する文化人、さてはまた日夏耿之介詩伯爵謂《い》ふところの「チョコマカ外国文学者」なぞとは、全くわけが違ふ。

　奇異なるものに対する氏の飽くなき欲求は、もとより天賦の資質であらうが、また、意想外や驚きを「美」の本質的な一面と観ずるポオ、ボオドレエル、リラダンの流れを汲むことにもなる。奇異を求める氏の執念は、現代詩の似て非なる奇異を嫌悪するまでに、高まりかつ純化しつつあるやうだ。亜流、凡庸、群居からの超脱の意志は、すなはちこれ詩精神の根源であり、氏の散文にポエジイの含有量が極めて多大なのも蓋《けだ》し当然のことである。

汝南《じよなん》の人費長房《ひちやうばう》は、偶々《たまたま》かの売薬の翁が跳んで壺中に入るのを目撃したばかりに、許されて相共に壺中に入り、金殿玉楼に導かれて嘉肴珍饌《かかうちんせん》を饗せられ、辞去するに臨んでは小さな酒壺を贈られたが、これがまた滾滾《こんこん》として飲めど尽きせぬ芳醇であつたといふ。わたくしも亦《また》、謫仙龍彥子に陪従して、その壺中の天に遊びたい。

この〈ビブリオテカ澁澤龍彥〉に集めた著作群を、〈澁澤龍彥集成〉の収録作と比較してみると、一九七〇年代の澁澤の仕事の特質や特徴がはっきり見えてくるだろう。一九六〇年代の仕事をまとめた全七巻の〈集成〉は、テーマごとに各巻がふり分けられて構成されていたが、次に〈集成〉の各テーマに〈ビブリオテカ〉収録の著作を当て嵌めてみる。ただし、『黄金時代』『スクリーンの夢魔』『機械仕掛のエロス』はほとんどの収録作がすでに〈集成〉に収められていた単行本であり、また『人形愛序説』はごった煮的な本なので、この四点はここでは除外した。

第Ⅰ巻　手帖シリーズ篇↓該当なし
第Ⅱ巻　サド文学研究篇↓該当なし
第Ⅲ巻　エロティシズム研究篇↓該当なし
第Ⅳ巻　美術評論篇↓胡桃の中の世界、幻想の肖像、幻想の彼方へ
第Ⅴ巻　創作・評伝篇↓悪魔のいる文学史

第Ⅶ巻　文明論・芸術論篇→旅のモザイク、偏愛的作家論、ヨーロッパの乳房、思考の紋章学
（第Ⅵ巻は「翻訳篇」で省略）

『胡桃の中の世界』は『夢の宇宙誌』の系譜に連なる本なのでⅣ巻に当て嵌めたが、それだったら『思考の紋章学』をどこに位置づけるかなどなど、細かいところを言いだせばいろいろきりがないけれども、とりあえずはざっとこんな具合になるだろうか。一見して特徴的なのは、オカルト、サド、エロティシズムといった、六〇年代における澁澤の代名詞ともなっていた分野の著作がまったく見られなくなっていることだ。

なかでも、「手帖シリーズ」に代表されるオカルティズムについては、以前のような強い関心をすでにいだいていないことを、澁澤は一九七〇年以降ことあるごとにたびたび述べている。「もう今では、おどろおどろしいオカルトだの何だのについて書く気はなくなり」と、堀内誠一宛の手紙にあったことは先に見たとおりだが、「おれはもうデモノロジーはやらないんだ」と、パリの本屋で澁澤に言われた思い出を出口裕弘は記している（「このめずらかな生涯曲線」）。また、一九八五年（昭和六十）におこなわれたインタビューでは、澁澤は一九六〇年代の自著をふり返り、「オカルティズムとか悪魔学とかいろんな自分の資質に合わない方向に仕事が拡散していた」という発言をしている（小笠原賢二「澁澤龍彥「螺旋的運動」と「東洋的虚無」」）。

ついでに記しておくと、澁澤はある時期から、バタイユについても、「もう嫌だよ、読みたくないよ」と言っていたという。

とはいっても、サドはもとよりのこと、このオカルティズムにしても、あるいはエロティシズムにしても、一九六〇年代のようにそのテーマだけが生《なま》のかたちで全面に出た単行本がなくなったというだけ

で、この時期の著作にも、そうした主題がより精粋された結晶体のようなエッセンスとして多量に含まれている事実は、あらためて指摘するまでもないだろう。

〈ビブリオテカ澁澤龍彥〉の装丁は澁澤自身が手がけた。澁澤は装丁にはかなりうるさい方で、当時一世を風靡していた杉浦康平らの饒舌なタイプのデザインには嫌悪感をしめしていた。澁澤の自装の本は一九七一年（昭和四十六）の『黄金時代』が最初で、それ以後も、青土社の刊本を中心に七冊ほどを数える。どれも素人らしいシンプルなものだけれども、この〈ビブリオテカ〉とかエジプトのスカラベの絵を函に使った『思考の紋章学』などはなかなかの出来ばえである。

〈ビブリオテカ〉の古雅な装丁については、本人が第Ⅲ巻の「あとがき」でいろいろと説明をしている。函の背と表紙の金の箔押しに配された蝸牛の図は古い動物誌の本から採られ、見返しと本扉の図案は十七世紀の銅版画から採っている。表紙に選んだのは黄色味をおびた堅牢なバクラムで、澁澤は「本の表紙の素材っていろいろあるけど、やっぱりバクラムがいちばんいいね」とよく語っていた。

ところで、澁澤は一九七〇年代にいったいどのくらいの量の原稿を書いたのだろうか。

『全集』の頁数をベースにして、大雑把にだが換算してみると、四百字詰め原稿枚数で、およそ八千七百枚となる。ただし、澁澤の場合は翻訳の仕事量も多いので、これらを無視することはできない。こちらを『翻訳全集』をもとに計算すれば、約三千枚。創作と翻訳を合わせて約一万一千七百枚だから、年に約一千枚、ひと月当りだと八十枚程度の執筆量という数字が出てくる。

ついでに、一九六〇年代の数字も見てみよう。創作原稿は一万枚程度で、この分量は七〇年代より少し多いだけだが、翻訳原稿の方はなんと倍を超える約七千五百枚もある。合計は約一万七千五百枚となる。

ちなみに、生涯の原稿総量は約三万六千枚を数える。

生涯を文字通り筆一本で暮らした澁澤にとっても、これは決して少ない量ではない。長い作品がほとんどないにもかかわらず、死後刊行された全集は、翻訳篇を含めて総計四十冊をみる。作家という職業に往々にして見られるスランプで書けなくなる期間は澁澤にはまったくなく、つねにコンスタントに着々と仕事を進めていられたことが、膨大な仕事量をこなしていけたもっとも大きな要因だと思われる。

澁澤の最晩年に対談の相手をつとめたドイツ文学者の池内紀が、その対談で、「文章とは別のところでぼくが澁澤さんをスゴイなと思うのは、ご本人を目の前において何だけど、教師をなさらなかったことですね」という発言をしている。「一度も教師をせずに、ペン一本でやってきた人だということ。これはスゴイですよ。たぶん、一人だけじゃないですか。小林秀雄だって明治の教師をしていましたよね。現代はむしろ言わないほうがいいでしょう」（「澁澤龍彥氏に聞く」）。

それでは、そうした筆一本が支える、澁澤家の経済状態はどうだったのだろうか。興味深くはあるがいささか不躾とも思えるこの質問を、蔵書目録の作業の合間に龍子夫人にしてみると、「澁澤の場合、雑誌なんかに書いた原稿が必ず単行本にもなるので、私が結婚して以降なら、同年代のサラリーマンの平均なんかに比べても多いくらいの収入があったわよ。そういう意味で、経済的に困ったということはないわね」という回答だった。

澁澤は特に贅沢ということはない人だった。出口との対談で種村は、澁澤は「根本的にはやはりストイックな人だったと思いますよ」、「お金ってものはいらない人じゃないですか」と言い、一方の出口も「あの人はいわゆる遊びをしない人だしね」と応えている（「澁澤龍彥の幸福な夢」）。書物にしても、初版本や豪華本に対する嗜好はまったく持たず、コレクターではさらさらなかったのである。

とはいえ澁澤は、この一九七〇年代になっても、NHKのテレビ番組で特集が組まれたり、〈文豪ストレイドッグス〉のキャラクターに祭りあげられたりするような、人気有名作家なるカテゴリーからはほど遠い人物で、まだまだ世間的には、知る人ぞ知るマイナー作家のチャンピオンとでもいった存在だった。著書の文庫本などは一冊もない。実際、〈ビブリオテカ澁澤龍彥〉の各巻の初版部数も、三千部から四千部といった程度である。澁澤本人の口からも「普通の単行本はだいたい三千部くらいなもの」と聞いた記憶があるけれども、この数字は、当時私が編集者としてつくっていたマイナーな外国文学の翻訳書の部数と比べても、どんぐりの背くらべなのである。澁澤のほとんどの著作が文庫になって書店の棚を大いに賑わし、その文庫本が累計何万、何十万と売れ、さらには海外で翻訳が出版されている現在とは、まさに隔世の感があるだろう。

澁澤は、「そりゃあ大手出版社の方が原稿料はいいけどさあ、自分の作品をよく知ってくれている編集者がいる、小さな出版社と仕事する方がやっぱりいいよね」と語っていた。

*

十一月二十七日、宝生能楽堂で狂言を見る。澁澤は非常に面白がり、これ以後よく狂言を見に行くようになる。楽屋で野村万作に紹介された。

十二月二十六日、起きがけにやっている自己流の柔軟体操の最中に、重度のギックリ腰になった。ヨガの真似事をしてみたらなったらしい。そのまま五日間、寝たきりで動けなくなる。痛みのために寝返りも打てず、トイレにも行けなかった。

一九七九年（昭和五十四）の旅行は以下のとおり。

五月八日から十一日、東北旅行。会津若松のさざえ堂を見る。

十月二日から五日、京都、宇治旅行。生田耕作と会う。

この年の十二月に発表された「唐草物語」の連載第十一回「遠隔操作」は、この時の旅行のことを下地に使っている。作中に登場する、「一度もフランスに行かないフランス文学者たるの誇りを保持している」K大学教授「麻田」は、もちろん京大教授だった生田がモデルである。

物語の冒頭で、「私」は来日するサドの子孫に翻訳者として会うのが面倒で京都へすたこら逃げ出すが、これはこの年十月のピエール・ド・マンディアルグの来日時にあった実際のエピソードをもとにしているようだ。

第Ⅸ章　魔法のランプ（一九八〇—一九八六）

1982年頃、四谷シモン作の人形と、北鎌倉の自宅の書斎にて（53歳頃）。

1　澁澤の日常／昭和五十五年

「〝眠るひと〟との日常」と題された一九八八年（昭和六十三）のインタビューで、澁澤との結婚生活を回想した龍子は、一九七〇年（昭和四十五）以降の澁澤の後半生にはほとんど事件らしい事件がなかったと語る。日常生活のサイクルもほとんど一定し、新婚早々に起こった三島由紀夫の死くらいが唯一の例外と言える事件で、「十七年間というもの、まるで時間が止まったようというか、何にもなかった」と、二人の穏やかな暮らしをふり返っている。

一九七〇年代から八〇年代における、この澁澤の安定した静かな日常を、少しみることにしよう。

澁澤は、昼夜逆転の生活が基本だった。夜起きて昼間に寝る。起床は午後の二時頃が多い。ただし規則正しくそうだというわけではなく、締め切り間際の仕事に集中している時は、三十時間でも四十時間くらいでも起きっぱなしで続けて執筆をしていた。そのかわりに、物も食べずにまる二日間くらい寝続けている日もあった。

起床したあとはふつうパンで軽く食事をとる。来客があれば人と会い、庭に出たりする。夜の八時くらいになって二回目の食事。そのあと紅茶を飲みながら読書をする。紅茶はリプトンをポットで淹れて、砂糖もミルクもレモンも入れない。家ではいつも楽なパジャマを愛用し、寒ければガウンをはおる。新聞は五紙ほどとって隅々まで読んでいたが、テレビはまったくといっていいほど見ない。

横須賀線のグリーン車に乗って展覧会や芝居を見に東京に出かけるのは、月に一、二度程度しかない。龍子との結婚後に目立って増えていた旅行は、一年分の外出全部をそれで間に合わせているような塩梅だった。とりわけ、一九七七年(昭和五十二)頃からは、澁澤は書斎に一定の期間閉じ籠りきりになって、人との面会も極力制限して執筆に集中するような習慣もできていた。

読書は、応接間のソファに寝そべったりしてすることが多かった。原稿の執筆は、必ず家の書斎の大きな机でおこなった。机の上には地球儀と、クラウン、大修館の仏和辞典がある。いちばん古い白水社の『模範仏和大辞典』は一九四八年(昭和二十三)から使いつづけているもので、革表紙がボロボロになっている。原稿はどこでも書けるというタイプではなくて、自分の机以外の場所で執筆することはまずなかった。本の置き方一つにしても気になるので、仕事部屋の掃除は年に四、五回しかさせなかった。自分の蔵書だけをもちい、図書館や人から借りて本を読むことは、皆無といってよかった。

原稿はまず2Bの鉛筆で書く。鉛筆は、ハンドルを手でぐるぐる回す古い手垢のついた鉛筆削りで削る。その鉛筆で書いた原稿にパーカーの万年筆で手を入れる。澁澤龍彥の手蹟のネームが入った専用の原稿用紙もあった。推敲を終えた原稿は龍子が清書をした。(龍子がいちばんの幸せを感じるのはこの時だった。)清書原稿に澁澤が目を通し、最後に自分でタイトルと名前を入れる。推敲の跡をとどめない完璧な原稿を編集者に渡すのが澁澤の変わらないスタイルだった。

とりわけグルメというわけではない澁澤は、ご馳走を何種類も食べるタイプではなくて一品豪華主義である。若い頃はとんかつとかステーキとかが好きだったが、歳をとるにつれて魚を好むようになった。エビ、鰻、カニも好きだった。かぼちゃとにんじんは絶対口にしなかった。クリームを使うことが多いフランス料理もあまり好みではなかった。

晩酌をする習慣はないが、酒は、ウイスキー、焼酎、ワイン、日本酒、なんでも嗜んだ。銘柄にうるさいことも全くなかった。また、大体が明け方になる就寝前の寝酒は欠かさなかった。

紙巻き煙草は吸わず、喫煙は葉巻かパイプだった。ブライヤーのパイプは必ずマッチで火をつけ、ライターは使用しない。パイプの掃除には紙縒《こより》を愛用し、紙縒を作るのは妻の役目である。外出時には、必ずパイプを左手に握っていた。

自宅は北鎌倉の山の中腹にあるので、四季を分かず、鳥の声や虫の声が聞こえる。澁澤は手帳に、ウグイス、トラツグミ、ヒグラシ、ミンミンゼミの声を初めて聞いた日を、忘れずに書きとめていた。

夢はよく見て、それもいつもよい夢だった。

近所の寺や鎌倉のハイキングコースを含め、家の近くを龍子と二人でよく散歩した。

龍子との夫婦喧嘩もしょっちゅうだった。澁澤は、「龍子ってほんとうにバカだね」とか「バカな龍子」とよく言った。龍子は、「あなたってバカね」というのが口癖だった。

子供を作らないことは、二人の最初からの約束だった。

十七年間のこうした澁澤との生活をふり返って、龍子は自著『澁澤龍彥との日々』のなかで、次のように記している。


澁澤との日々を改めて考えてみると、世間一般でいう、いわゆる家庭生活というものがあったのか疑問に思います。地に足つけて、しっかり日常を生きるというよりも、今でもそうなのですが、幻想のなかに生きているような、夢のなかにいるような生活だったと思うのです。同時に、澁澤は毎日の暮らしをとても楽しみ、大切にした人でした。

「思想としての趣味」という一九七八年（昭和五十三）に発表された澁澤論で、文芸評論家の川本三郎は、澁澤をルキノ・ヴィスコンティの映画《家族の肖像》の主人公である世捨て人の老教授になぞらえている。この老いた学者は、ローマの古い邸宅の書斎のなかで、おびただしい自分の好きな書物と絵だけに囲まれて、ひっそり隠者のように暮らしている。

一九八六年（昭和六十一）に、一九六〇年代に対する澁澤の総決算の書ともなった『黄金時代』が河出文庫に入った際、そのあとがきで、「ユートピア、終末観、デカダンス、幻想。よくまあ飽きもせずに、こんなテーマを何度となく語ってきたものだと自分でも思う。しかし、こういうテーマをなまのかたちで論ずることに情熱を燃やしたのも、本書『黄金時代』までである。七〇年代以降、私は大問題を論ずる興味を急速に失っていった」と、澁澤は書いた。一九七〇年代半ば頃より晩年にかけての澁澤は、川本三郎が思い浮かべたような、ある種の隠者のごとくに世間の多くの眼に映っていたようだ。澁澤が日本語に移した『さかしま』のデ・ゼッサントや、『ドラコニア綺譚集』で描かれたシドニウス・アポリナリスのごとく、「現実から目をふさぎ、孤立した精神世界に閉じこもろう」（「ラテン詩人と蜜蜂について」）としているかに映っていたようだ。

高丘親王同様に「俗塵をきらい幽居を好んだ」かのような澁澤が、「紅旗《こうき》征戎《せいじゅう》ハ吾事《わがこと》ニアラズ」と思っていたかは分からない。だが、その像は、かつて同じ世間の耳目を集めた、異端アングラの教祖とか、猥褻裁判で権力と抗争し時代と斬り結んだ過激なアジテーターとかの像からは、大きな懸隔があるだろう。

一九七九年（昭和五十四）、連載時評「今日の日本」で専業と兼業の問題をとり上げた澁澤は、現代の女性が職につくのには「社会とのつながり」を持ちたいという理由が多いことにふれて、こう書いている。「私なんぞは、社会的視野を広めたいとは少しも思わないし、つねづね「社会とのつながり」なんか糞くらえと思っている人間だ」。この時評の少し先で、澁澤は次のような自分の信条をつづける。

正直にいって、私は「社会とのつながり」とか「社会的視野」とかいうことの意味がよく分らない。それを求めるひとの気持が分らない。戦時中アメリカに亡命したトーマス・マンは「私のいるところにドイツがある」といったが、私もそれにならって、「私のいるところに社会がある」といいたい気持である。たとえ妻と二人きりで家に閉じこもっていようと、私のいるところに社会がないなんて、いったい誰がいえるだろうか。

＊

竹の子族が出現した一九八〇年（昭和五十五）――

一月より、「一頁時評」という読書時評を「文藝」で始める。この年の十二月まで、十二回の連載だった。

「毎日新聞」の匿名批評「変化球」が、同年秋にこの澁澤の時評をとり上げて、「老いたりといえどもなかなか読ませるよ」と書いている（九月十三日「澁澤龍彥の一頁批評」）。

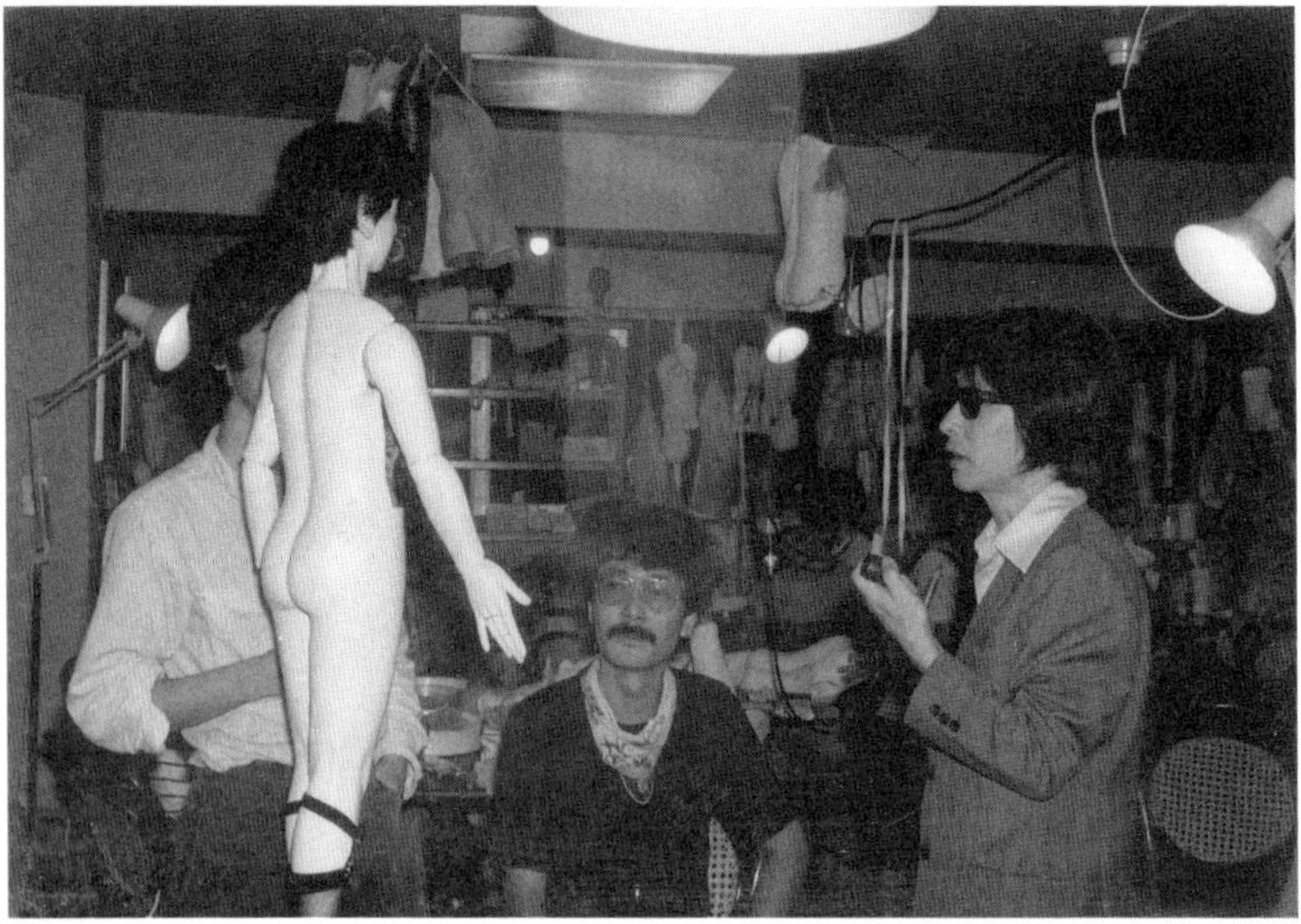

1980年、四谷シモンのアトリエにて、人形を見る。真ん中が四谷シモン、右が澁澤。
写真：青木外司

〈ビブリオテカ澁澤龍彦〉の完結祝いが、二月二十九日に赤坂のふぐ料理店鴨川であった。種村季弘、野中ユリや、白水社編集部の藤原一《かず》晃《あき》、千代忠央らが出席した。のちに白水社の社長となる藤原は、種村とは東大独文科の同級生だった。

四月十九日、堀内誠一の『パリからの手紙』の出版記念会に出席した。場所は六本木の西ノ木。出口裕弘、巖谷國士夫妻らとともに、朝まで六本木で痛飲する。

「ドラコニア綺譚集」の連載を五月から「ユリイカ」で始める。翌年六月まで十二回にわたった。「ユリイカ」での連載は七年ぶりである。

六月、『城と牢獄』が青土社より出る。著者自装。

七月十二日には、戦時中に勤労動員でかよった板橋の大和合金の工場を、旧制第五中の同級生たちとともに訪れる。戦争当時からの社長は八十歳を越えていたが矍鑠《かくしゃく》としており、その頃まだ十六歳だった澁澤たちのこともよく覚えていた。

九月、野中ユリの画に文章を添えた『妖精たちの森』が講談社から出る。また、『太陽王と月の王』が大和書房から刊行された。装丁は高麗隆彦。

四谷シモンの第二回個展《機械仕掛の少年》が十二月に開かれた。澁澤は個展の少し前にシモンのアトリエを訪れ、人形たちを鑑賞した。

十二月、翻訳『サド侯爵の手紙』が筑摩書房より刊行された。

野中ユリの個展を、この月の十七日に渋谷の西武デパートに見に行っている。そこで鷲巣繁男に出会った澁澤は、この和服姿の詩人を、ちょうど同席していた中村真一郎に紹介した。

池田満寿夫が装画を手がけた三百五十部限定の豪華本『おんな・おとこ』が出版21世紀から刊行されたのもこの年である。これは、ヴェルレーヌの好色詩篇を澁澤が翻訳したものである。


この年の旅行は以下のとおり。

五月十三日から十七日、京都、室津、赤穂、岡山を旅行。

十二月三十一日、京都へ行き、旅館柊家《ひいらぎや》で年越しをした。

2　昭和五十六年／オスカル／ギリシア・イタリア旅行／澁澤の旅／『唐草物語』と泉鏡花賞

パリ人肉事件がおきた一九八一年（昭和五十六）――

澁澤と龍子は、大晦日に行った京都で、正月三が日を過ごした。前年の十一月二十三日、堀内誠一宛の手紙でこの正月の予定を伝えた澁澤は、「今から浮き浮きしています。五十年のわが半生で、お正月を自宅以外で過ごしたということが一度もないので、一度ぜひやってみたいと考えたわけです」と書いている。大晦日の夜は、旅館のテレビで、レコード大賞や紅白歌合戦をちょっとのぞいた。澁澤はふだんはテレビをほとんどまったく見ないので、紅白なるものを見たのは生まれて初めてだったろうと龍子は言っている。

三月四日、ギュンター・グラスの小説を原作とした、映画《ブリキの太鼓》の試写を見る。退行の意志を持った少年オスカルが、町の塔のてっぺんに登り太鼓を叩きながら叫び声を発すると、建物の大窓が次々に割れ落ちる。映画のこの場面を見て、澁澤は、「オスカルは私だ。私にそっくりだ」と思ってあやうく涙をこぼしそうになった。

この年の七月に発表された映画評で、澁澤はこう書いた。

オスカルはモラトリアム人間だろうか。私はそうは思わない。なぜかといえば、彼はみずからの意志をもって幼児退行するからである。[…]無気力なモラトリアム人間には、オスカルのように強固な意志で退行することは、とても無理であろう。(「ブリキの太鼓――あるいは退行の意志」)

映画のあと、フランス映画社の川喜多和子や、当時中央公論社の編集者だった安原顯らといっしょに南千住の尾花へ行き、鰻をぱくぱく食べた。

世田谷区羽根木《はねぎ》の中井英夫の家で五月二十三日に「薔薇の会」が催され、澁澤も龍子とともに出席している。ほかには、吉行淳之介、出口裕弘、近所の巖谷國士夫妻、それに作曲家の武満徹夫妻らが招待されていた。

中井英夫が丹精こめた薔薇の花を愛でる会のはずだったが、中井のアシスタントの若い男が知ったかぶって軍歌のことを論じだすと、澁澤が「お前のような奴にわかるか！」と突然怒り出した。酔っ払った澁澤は軍歌を歌い出し、それに武満夫妻も加わった。同世代の武満と澁澤は初対面に近かった。武満は歌がばつぐんにうまく（当たり前だが）、レパートリーも広大無辺で、それに気をよくした澁澤と二人でまるで歌合戦のようになった。夜がふけてくると近所から苦情の電話がかんがんかかって来たので、家のなかの座敷に席をかえた。

中井英夫は歌には加わらず、苦笑しながら、「あなたも文弱の徒ですよね？」と巖谷に同意を求めてきたという。ホスト役の中井はそのうち頭痛がすると言って、二階に上がってふて寝をしてしまった。

澁澤はこのドンチャン騒ぎの四日後に、出口に宛ててこんな手紙を出している。「今度は少しゆっくりお話しようと思っていたのに　なんだかまた騒いじゃったような気がする　どうも酒を飲むと　とめどもなく歌を歌いたくなってしまうのは　どこの悪魔のいたずらなのだろうか」。

六月二十三日、ひと月にわたるヨーロッパ旅行に龍子とともに出発する。今回の目的地は、ギリシアとイタリアである。

いちばん下の妹の万知子が夫の坂齋勝男と当時ギリシアに住んでいて、澁澤は七月一日まではテッサロニキにあるこの坂齋宅に宿泊している。六月三十日に、堀内誠一の一家と合流し、クノッソスの遺跡やデルフィの神殿をみる。

七月九日から、堀内夫妻、坂齋夫妻とともに、ヴェネツィア、フィレンツェ、ボローニャ、ラヴェンナ、サン・マリノなどに行く。最後はパリに行き、シャルトル大聖堂を見て、帰国したのは七月二十四日。

この四度目のヨーロッパ旅行は、結果として澁澤の最後の外国旅行になるわけだが、一九七〇年以降のこうしたたび重なる国内外への旅が、澁澤自身やその作品にどんな影響をもたらしたのかは考えてみる価値があるだろう。

澁澤の後半生における旅の役割に熱心な目を注ぎ、その役割の重要性を強調する最右翼の論者は、みずからが紀行作家でもある巖谷國士である。ある時期までは、「このまま一生、外国になど出ることはあるまい、と思いさだめているようなふしもあった」澁澤の、七〇年以降のゆるやかな変貌と成長を、〈庭〉から〈旅〉へとして捉える巖谷は、「旅というものが、澁澤さんの文章のありかたを、すこしずつ別の方向へ導きはじめていたのではないか」と述べる。そして、次のようにつづけている。

もちろん、実際に旅に出ることが多くなったからというだけではなく、そういう旅また旅の日々は、むしろ結果であったと見るべきかもしれない。だがいずれにしても、それまでは明らかに一種のユートピストとして、城壁にかこまれた小宇宙のような空間の維持・強化をことしていた澁澤龍彥の文学が、時間へと、水へと、流動的な自己へと溶けひろがっていったのは、旅という契機にかかわることではなかったろうか。

旅が彼を変えた、あるいは、彼は旅にみずからの変化を託した、あるいは、彼は変ったから旅をしはじめた、どれでもいい。（「澁澤さん」）

『高丘親王航海記』を書いた澁澤の、イタリア半島南下の旅をとりわけて重視する巖谷は、『澁澤龍彥考』や『澁澤龍彥の時空』において、「作品の中に自己の旅を賭けた作家」としての澁澤像を提出している。

出不精の書斎人を旅行へ連れ出したところの重要な張本人である龍子も、やはり旅によって澁澤が変わったことを認める一人だ。妻の著作のなかには次のような発言が見られる。「［一九七〇年の］ヨーロッパ旅行を境に、澁澤は変わったと思います。どう説明してよいかわかりませんけれど、内から外に向かって、何かパアッと開かれた感じがしました」（『澁澤龍彥との日々』）。

澁澤が「パアッと開かれた」のは旅のせいというよりはむしろ龍子そのもののおかげではないかとみるむきも多いだろうが、それはそれとして、片時も離れることなく旅のお供をした愛妻のこうした証言、それに膨大かつきわめて精緻な澁澤論の書き手である巖谷の意見、この二つが出揃えば、この旅の問題にはもはや決着がついたも同然に思える。しかしながら、さまざまな回想や論考に目を通すと、必ずしもそうとは言いきれないようだ。いささかニュアンスの異なった証言や、対立するような視点も出されている。

たとえば、一九七七年（昭和五十二）のフランス・スペイン旅行に夫の堀内誠一とともに同行した堀内路子が伝えるところによると、パレルモに行った際、街でたまたま出くわした人形芝居を観てすごくよかったという話をしたところ、澁澤は「僕がそんなものに出会うはずないだろう。タクシーで目的地に行っちゃうんだから」と怒った。そのとき澁澤は、「偶然出会うものなんかない！」と断言していたという（「欧州旅行のこと」）。

予定されたものしか見ない旅。それでなくとも、龍子の回想を読むと、背広をまとった澁澤の旅行は、チケットを買うとか金を払うとかは何からなにまで他人まかせで、時刻表すら見たこともなく、一種の大名旅行の面持ちが強い。一人旅はもちろんない。それどころか外国の町を一人歩きすることもなければ、不得手な外国語会話を試みることさえも最後までほとんどなかった。女房抜きでは「とても旅行なんぞ出てゆく気はしないのである」という、「遠隔操作」（『唐草物語』収録）の「私」の心境は、そのまま澁澤の意見とみなしても大差はないのだろう。

堀内夫妻とともにやはり一九七七年の欧州旅行に同行した出口裕弘は、『澁澤龍彥の手紙』のなかに、「パリの澁澤龍彥」という一章を割いている。澁澤の海外旅行のガイド役をつとめた出口によれば、澁澤は、「面白いものを観、旨いものを食べ、嫌なもの、嫌な人間は避け、いい気分で日本へ帰る。それでいいじゃないか」と旅行を考えていたし、留学身分の出口に向かって、「君はヨーロッパと格闘するつもりらしいが、おれは格闘なんてめんどうくさいね。いいものだけ見て帰るよ」と言いもしたという。出口のみるところ、澁澤はパリにはついに馴染まなかった。「もともと「街」にも「人」にも、ガラス一枚隔てたような関心しか持てない資質なのだから当然だ」と、澁澤とは正反対の資質を持った、十代の頃からの澁澤を知る親友は書く。そして、旅と澁澤のかかわりを、次のように結論づけている。

澁澤は、誰しもいうように、書斎の人だった。本から離れたら手も足も出ないという意味のことを、パリを歩きながら彼が述懐したのを憶えている。日々、たゆみなく、飽きることなく、好きな本を読み、その本から想を得て、自分の本を作る。その循環で五十九年の生涯を終えた彼は、パリを歩こうがプラハを歩こうが、実はいつも書物の中を歩いていたにすぎないのかもしれない。

松山俊太郎は『高丘親王航海記』を論じて、澁澤の変化を、「庭から旅へ」とする巖谷の指摘を踏まえながら、「卵から鳥へ」であると見なす。松山は、そのうえで、さらに次のような指摘をしている。

しかし、〈旅〉に出て見出すのはより広い〈庭〉であり、〈鳥〉に孵って飛び立って気がつくのはより大きな〈卵〉の中に閉ざされた自分であるというようなことが、澁澤自身の感想としてあったのではなかろうか。(『全集22』解題)

*

中島かほる装丁の『唐草物語』が河出書房新社から刊行されたのは、澁澤がヨーロッパ旅行で日本を留守にしていた、七月の上旬である。「日本の王朝からルネッサンス、イタリアまで、古今東西の典籍を自由に換骨奪胎し、虚と実、小説とエッセイの間を縫い、唐草《アラベスク》のように螺旋を描きながら様式化された、アレゴリーの不可思議な宇宙。妖しい〝人工の花〟にも似た12の幻想の物語」――本の帯に書かれたこの惹句は、澁澤自身の手になるものだった。

あとがきで、澁澤は、「この『唐草物語』にふくまれる十二篇の物語は、いずれも典拠というか故実というか、そういうものを下敷きとして利用している」と述べている。その典拠の具体例については、あとがきでもいくつかが公開され、本文中で明かされている場合もある。

巻頭作の「鳥と少女」は、ヴァザーリの『美術家列伝』とマルセル・シュオッブの『架空の伝記』の「パオロ・ウッチェロ」に想を得ていることが、本文中で示される。そもそも、このシュオッブの作品そのものがヴァザーリを下敷きにした作品なのだからことはいっそう複雑なのだが、「鳥と少女」の下敷きは、実は明示された二作だけにはとどまらない。物語のまんなかにある、壁龕から飛び出したブロンズの怪獣から少女を救う話は、アルフォンス・アレの短篇小説「降誕祭夜話」を典拠としている。このアレの短篇をめぐっては、澁澤は若書きのエッセー「雪の記憶」(一九六一年)でも「私はこの夢のような物語がひどく好きだ」と書いており、本作を翻訳した生前未発表の原稿も遺されている。

またこうした典拠とは少し違うけれども、作品のラストをつくる「私」と少女の鶴の折り紙の美しいエピソードは、文中から想像されるような澁澤自身の実体験ではなくて、堀内誠一が経験して手紙で澁澤に伝えた話を借用していることが、堀内との往復書簡集『旅の仲間』の刊行で明らかになっている。

『唐草物語』刊行後ほどなくしておこなわれたインタビューのなかで、澁澤はマルセル・シュオッブの名前を挙げて、この十九世紀末フランスの夭折作家に「非常に親近感を抱いている」ことを語っている。シュオッブの作品のような「学識というか知識というか、それとポエジーの合体、考証とポエジーの合体」みたいな芸術家小説を書きたいと澁澤は発言しているが、『唐草物語』の特に前半作品は、ウッチェロ、藤原成通《なりみち》、プリニウス、紀長谷雄《きのはせお》、花山院《かざんいん》、藤原清衡《きよひら》……といった東西の歴史上の人物たちの、虚実を綯《な》い交ぜて捏造した「空想伝記集」の趣きを色濃く帯びている。それにまた、「六道の辻」の主人公マカベのごとき、歴史的にははなから架空である人物の物語も、やはりシュオッブの「伝記」の内にふくまれる、『アラジンの魔法のランプ』の作中人物を主人公に仕立てあげたコント「土占師スーフラー」を想起させるだろう。

巖谷國士は「鳥と少女」に澁澤の自伝的な要素を指摘しているが、ウッチェロをはじめ、プリニウスにも藤原成通にも紀長谷雄にも同様のことが言えるかもしれない。そうした意味では、澁澤が、「空飛ぶ大納言」成通について、「ついジャン・コクトーのようなひとを想像したくなってしまう」と書いているのはみのがせない。

九月十九日、滝野川第七尋常小学校のクラス会に出席。

十月十日には、創刊準備中だった雑誌「幻想文学」のインタビューを自宅で受けている。インタビュアーは東雅夫で、右にとりあげたが『唐草物語』に関するインタビューがこれにあたる（「『唐草物語』――オブジェに彩られた幻想譚」）。

この月の十五日、『唐草物語』が泉鏡花文学賞に選ばれたという電話が、選考委員の一人の吉行淳之介より入る。

この日、澁澤と龍子は、逗子に住む三門《みかど》昭彦夫妻と四人で、鎌倉をハイキングしていた。電話に出たのは留守番をしていた母の節子で、受けるかどうかはわかりませんと答えた。母は一人息子の気質をよく理解していたのだろう。選考委員たちのほうも、澁澤が受賞を断るのではないかと心配していたようだが、日暮れに帰宅した澁澤は、あっさり、「受ける」と言った。

一九七三年（昭和四十八）に金沢市が制定した泉鏡花文学賞は、「鏡花の文学の世界に通ずるロマンの薫り高い作品」に贈られる賞で、澁澤の第九回は、筒井康隆の『虚人たち』と同時受賞となっている。賞金は筒井と折半で二十五万円。この時の選考委員は、吉行のほかに、五木寛之、井上靖、奥野健男、尾崎秀樹《ほつき》、瀬戸内晴美、三浦哲郎、森山啓だった。

この文学賞の初期は、「天上界の作家」泉鏡花の名にふさわしい幻想文学賞の色合いが濃くて、第九回以前には、第二回の中井英夫をはじめ、森茉莉、高橋たか子、唐十郎、金井美恵子など、澁澤の友人たちも多く受賞している。澁澤の後にも、倉橋由美子や日影丈吉がとり、それに一九九九年（平成十一）

には種村季弘が受賞者となっている。

十一月の三日に、澁澤と龍子は金沢へ発ち、翌四日、金沢市の県社会教育センター講堂で、授賞式がおこなわれた。

スピーチが大嫌いな澁澤が、当日どんな受賞挨拶をするかは、多くのまわりの人間が半ばは心配し、半ばは興味津々だったようだ。注目のスピーチは次のように始まった。

「えー、ぼくは文学賞はノーベル文学賞でもお断りするつもりでした。しかし泉鏡花と言われ、つい承諾してしまいました。ノーベルにくらべ、泉鏡花は数倍もえらいんです。だいたいノーベルという男はなんですか、ダイナマイトを発明して大金持ちになっただけの男でしょう。もっともぼくはアナキストの面もあってダイナマイト発明者というノーベルは嫌いではありませんが……」

聴衆が抱腹絶倒したこの澁澤のスピーチのことは、当時河出書房新社の澁澤番編集者だった詩人の平出隆が、「話はスラップスティック風に破壊的に速度をあげてすすみ、やがては身振り手振りがせわしなく加わって、そこにはチャップリンの独裁者が兼六園にあらわれたか、というほどの空間の歪みが起った」と記している。このスピーチが、「澁澤さんにとっては、ひょっとしたら一世一代のパフォーマンスというべきものではなかったか」と言う平出は、次のようにもつづけている。

「私はまわりの人々と一緒に腹をよじりながら、チャップリンというよりキートンだな、と、壇上の人を思い直していた。いまではそこに、なんということか、三島由紀夫のあの最期の「大演説」を思いあわせることさえある」(「外出の澁澤龍彥」)。

澁澤の文学生涯は、数多くの熱心な愛読者を持ちながらも、賞といったような世俗的な名誉栄冠とは無縁だった。そもそも本人自身がそんなことをてんから求めず、潔癖に無関心だった。そうした一貫した精神が、この金沢での空前絶後の大演説にもあらわれているようだ。前年の暮れに「東京新聞」に掲載した文章のなかで、その年に死んだサルトルを追悼して、澁澤はこう書いていた。


もう一つ、サルトルが七十四歳の生涯を通じて、あらゆる公的な栄誉を受けなかったということを私は強調しておきたい。おそらく、そういう点では古いタイプの潔癖な人間だったのだろう。彼はアカデミーにも入らず、ノーベル賞さえ拒否したのだった。一九八〇年の日本で、つまらない文学賞を辞退するひとが現われたからといって、なにも驚くことは少しもないのである。

やがてどんどん価値が多様化して、文学賞なんてものも、もらうべき作家のほうが選択の自由を楽しめるようになればよいと私は思う。軍人の勲章のように、文学賞も胸にぶらさげるようになればよいと私は思う。これが私の文学賞に関する意見である。（「八〇年ア・ラ・カルト」）


遺作の『高丘親王航海記』は読売文学賞をうけたが、これは死後のことだから、一生涯で澁澤が賞と名のつくものに選ばれたのは、唯一、澁澤の敬愛が深い鏡花の名を冠したこの賞だけだったことになる。

授賞式のあとの酒宴で、「次回の鏡花賞はだれか」という話題が出た。奥野健男が「石川淳や埴谷雄高にあげたい」と言うと、澁澤は、「マンディアルグやボルヘスなんかいいと思うな」と言った。

翌日の五日は、白山《はくさん》へドライブをし、六日に金沢から帰宅した。

この十一月には、『城――夢想と現実のモニュメント』が白水社から刊行されている。吉岡実が装丁を手がけた。

1981年6月、龍子と、京都の高山寺にて。

この年の国内旅行は以下のとおり。

六月一日から四日、関西旅行。京都の「明恵上人没後七五〇年」展や、高山寺を見た。

七月三十日から三十一日、軽井沢へ行き、西武高輪美術館のマルセル・デュシャン展を見る。

3　昭和五十七年／翻訳／反核アンケート／河出文庫

ホテルニュージャパンの大火災があった一九八二年（昭和五十七）――

一月より、「のぞき眼鏡」の連載を「潮」で始める。翌年の八月まで計二十回。この連載は単行本化のおりに改題され、『狐のだんぶくろ――わたしの少年時代』となった。

この時期の澁澤の文章を評して、「空気みたいな軽さを持つ文章」と、仏文学者で小説家の松浦寿輝は言っている（「「文学と哲学の辺境」を巡る」）。

四谷シモンの人形展のオープニングが、二月二十二日に青木画廊で開かれ、四谷シモン、金子國義、コシノジュンコらと麻布の庖正《ほうまさ》で食事をした。この個展に出陳された少女人形が、そのあと北鎌倉の澁澤邸にはこばれ、澁澤の書斎に置かれることとなる。

金井美恵子がエッセーで伝える、「本気で真面目に今のところ、おれは澁澤氏を一番気に入っているからね」と吉岡実が言い、それを聞いた澁澤が、「今のところ、かあ」と大笑いしたというエピソードは、この日のことかもしれない（「吉岡実とあう」）。

三月、中公文庫に『悪魔のいる文学史』が収められた。訳書を除けば、澁澤の著作の初めての文庫化で、古くからの澁澤の愛読者たちは驚倒し、憤った。

この月、『佛蘭西短篇飜譯集成』第一巻が立風書房から出版。またピエール・ド・マンディアルグの小説の翻訳『城の中のイギリス人』が白水社から刊行される。四月には『佛蘭西短篇飜譯集成』第二巻がつづき、五月にはマルグリット・ユルスナールの評論の翻訳『三島あるいは空虚のヴィジョン』が河出書房新社から出て、ひさしぶりに訳書の刊行があいついだ。

ただし、『佛蘭西短篇飜譯集成』は、青柳瑞穂との共訳『怪奇小説傑作集4』（一九六九年）から自分の分だけを選んでまとめたものである。本書の刊行予告は一九七〇年代の後半から南柯書局の出版目録に載っていて、同書局の渡辺一考の名前があとがきに見えるのはそんな経緯からだろう。また『城の中のイギリス人』も、一九六八年（昭和四十三）、「血と薔薇」にその三分の一ほどの抄訳を発表済みだったのを、十四年の歳月を閲してようやく完訳したものなので、完全な新訳といえるのは、『三島あるいは空虚のヴィジョン』だけである。

翻訳は澁澤が生涯を通じてしんそこ好きな仕事だった。残された翻訳は、四百字詰め原稿換算で一万三千枚あまりにのぼる。死後出た『翻訳全集』は全十六冊にもおよび、一作家の翻訳を全集化するのは鷗外以来だと驚かれたが、量質ともに、それだけの価値を十二分にもった仕事だったと言えるだろう。

それだけに翻訳については、澁澤は厳しい眼をいつも崩さず、翻訳者の良し悪しについてつねに歯に衣きせず語っていた。編集者である私などにとっては、とても耳の痛い話が遠慮も容赦もなく出た。翻訳はゲラ段階で手直しを多くするのかを尋ねると、「ほとんどしないね。だって、一度できあがっちゃたんだから直るわけないじゃないか」とも言っていた。

一度、誰の翻訳がいちばん好きかと訊いたところ、「そりゃ、やっぱり堀口大學だね」という答えで、「あんなに艶のある翻訳をできる人はそうはいない」とつけ加えていた。(旧制高校か浪人の時代に、澁澤は『月下の一群』をはじめとした堀口大學の訳詩集から、好みの作品を抜粋して筆写したノートを作っている。)

澁澤が翻訳を貶す時には、「そっけない翻訳だね、なんであんなにそっけなく訳すのかね」とよく言っていたから、この「艶のある」と「そっけない」は、澁澤が翻訳の良し悪しを評価する際の一つの物差しとなっていたようだ。

澁澤の具体例をまじえた翻訳品定めは数多く聞いたけれども、なかでも「ホフマンの小説なんていうのも、石川道雄訳で読むと面白いんだ」と、石川道雄のホフマンの翻訳を絶賛していたのや（この日夏耿之介門下の特異な独文学者のことは『ドラコニア綺譚集』にも出てくる）、当時刊行中だった〈コクトー全集〉に収録された、朝吹三吉の新訳『存在困難』を「素晴らしく簡潔なよい翻訳」と言っていたのが、特に印象に残っている。

「翻訳について」という文章が『人形愛序説』に収められている。冒頭、「私のように、翻訳という作業が好きだと公言して憚らない人間は、いわゆる外国文学者のなかでも、比較的に少ないのではないかと思う」と言う澁澤は、翻訳は、独創性を完全に殺したところで勝負できるからこそ面白く、次善の策ではなくそれ自体が目的でなければならない、と説く。そしてこうも述べている。

私にとって、文章を書く私とは、いつも澁澤龍彥の翻訳をしている人間、無色透明の人間であるにすぎない。文章を書く私には、人格も思想もなく、ただ澁澤龍彥の人格や思想を、できるだけ忠実に翻訳しているだけなのだ。これはパラドックスだろうか。

澁澤の膨大な翻訳は、このユルスナールの三島論が最後の書となった。マルセル・シュオッブやピエール・ルイスの短篇とか、まだ翻訳したい作品がいろいろあったようだが、いかんせん時間が足りないことをよく話していた。とりわけ、一生のあいだに、『悪徳の栄え』をはじめとしたサドの小説の完訳を成し遂げたいという思いは強くあり、いくつかのエッセーでもそのことにふれている。

澁澤はこのユルスナールの本が、実際翻訳してみると、どうも思ったほどは面白くなかったようで、「これに時間をかけるのなら、もっとほかの好きなのを翻訳すればよかったよ」と、めずらしくぼやいていた。

この年、文芸誌の「すばる」五月号が、「文学者の反核声明＝私はこう考える」というアンケート特集を組んだ。このアンケートは、米国レーガン政権の新しい戦略核兵器がヨーロッパに配備されれば核戦争への歯止めが無くなるという危機感から、「核戦争の危機を訴える文学者の声明」が、大江健三郎、井上ひさし、小田実《まこと》ら三十六人の連名で一月に発表されたことを受けたものである。中野孝次《こうじ》を代表とする声明文の一部を以下に引用しておこう。「人類の生存のために、私たちはここに、すべての国家、人種、社会体制の違い、あらゆる思想信条の相違をこえて、核兵器の廃絶をめざし、この新たな軍拡競争をただちに中止せよ、と各国の指導者、責任者に求める。同時に、非核三原則の厳守を日本政府に要求する」。

アンケートの質問内容は、本声明には四百六十五名の文学者が署名しているが拒否の意思を表明した者も留保をつけた者もおり、問題が複雑な側面を持っていることを示している、あなたはどのような考えを持っているのか、というものだった。

回答は、「すばる」の六月号に掲載されたものを含め百四十ばかりが寄せられた。「この運動が一時的なものでなく辛抱強くつづくことを、すこしずつでもひろがって行くことを、心から望んでいる。最終的には全世界の人間の声としたいものだ」（富島健夫）というような全面賛成論から、「大多数の賛同者の素朴な意志とは正反対に、核戦争の危機を助長しこそすれ、いささかも遠ざけるものでないことを銘記すべき」（黛敏郎）という拒否論まで、内容はさまざまである。「この種の**悪い冗談**を見も知らぬ他人に強要しうると信じている「すばる編集部」の無自覚な思いあがりは**激しく糾弾されねばならぬ**」（蓮實重彥）といったユニークな回答もあるが、そんななかでも、澁澤の一種超然とした回答は、ひときわ異彩を放っている。

澁澤の回答は次のようなたいへん短いものだ。

私は選挙もしなければ署名運動もしません。昭和二十年八月十五日から、団体行動をしないことを信条とするようになりました。この決意を変えるつもりはありません。

澁澤のこの回答にふれて、「彼は戦後という異郷で、亡命者として生きたのである」と、浅羽通明が述べている(『澁澤龍彥の時代』)。

種村などはアンケート類にはいっさい答えないという主義だったようだけれども、澁澤はかなり律儀につき合っていて、女子高の同人誌に答えたものまで含め、『全集』にはつごう六十一編ものアンケート回答が収録されている。

やはりこの年の十月には、「ビートルズとわれらの時代」というアンケートが「別冊太陽」でおこなわれ、澁澤はそこにも回答を寄せている。しかし、ビートルズなど聴いたこともないので好きも嫌いもない、という木で鼻をくくったような、にべもない回答である。その時の質問の一つに、「60年代についてどう考えていますか」というものがあり、それについては澁澤はこう答えている。

ダサイ時代だったと思います。思い出すこともありません。

澁澤のこの回答については、「毎日新聞」の匿名批評「ぷりずむ」が、「あっぱれ反時代人とタタエルにしくはない」と書いている(十一月十二日「反ビートルズ考」)。

先の章で、澁澤がみずからのことを「審美主義者」だと規定した発言を見た。同じインタビューのなかで、澁澤は、「文学は現実には無力であるということを骨身にしみて知り抜かなければ、逆に、よい文学も生まれない」とも語っている。こんな信条は、澁澤の文章のなかにはごく早い時期から一貫して見いだすことができる。たとえば、次に引くのは、一九六〇年(昭和三十五)に発表された、三島由紀夫の小説『鏡子の家』の書評文からの一節である。

僕は民主主義的な芸術家というような怪しげな存在を認めないのと同様、ファシスト的芸術家というような存在も認めない。そもそも作家が現実をいささかなりとも動かすことが出来るなどといった甘ちょろい迷信は、この際、すっぱりと捨てた方がいい。(「『鏡子の家』あるいは一つの中世」)

またこれは、一九六八年(昭和四十三)の文章からで、天才美少年歌人として知られた春日井建を論じた一節である。

春日井建の十七歳から二十歳までの作品をあつめた歌集『未青年』が、三島由紀夫の序文を付して刊行されたのは、今から考えると奇妙な暗合のような気がするが、まさに安保騒動の年、すなわち一九六〇年のことであった。ところで、傷つきやすい青春の憧憬と絶望の心情を歌った輝やかしいこの歌集には、安保騒動はおろか、社会的関心の一かけらもないのである。それが少年の純潔なストイシズムの証拠であるかどうか、ここでは問うまい。しかし、こうして歴史的な距離をおいて眺めてみると、この事実は事実としていかにも面白い。いずれにせよ、こういう少年がいたのであり、こういう作品が残ったのである。(「現代日本文学における「性の追求」」)

五月から、のちに単行本『ねむり姫』に収められることになる一群の小説を、「文藝」に連載し始める。以後、三か月に一作のペースで、翌年の八月まで、計六作を発表した。

ある日、編集担当の平出隆が澁澤家に行くと、澁澤は購読している夕刊を片っ端から開き、自分の小説の評が出ているいくつかの文芸時評に目を通した。「これじゃあダメですね！」と言って、澁澤はカッカッカッと高笑いをした。

六月に『東西不思議物語』が、また十二月には『世界悪女物語』が、河出文庫に収録された。創刊まもない河出文庫だったが、澁澤の二冊は売れ行きが良く、以後陸続と澁澤の著作の文庫化が進んだ。文庫化の企画者である河出の内藤憲吾《けんご》が持参した、それまでの自分の書物とは大きく違った本をしげしげと見た澁澤は、「文庫って変なものだなあ」と言った。

ともあれ、これにより一挙に若い読者層の開拓が進んだが、最初のうちは、「澁澤龍彥の本を文庫になぞするな」という古くからの愛読者たちの怒りの投書が、数多く河出の編集部に舞い込んだ。

二年後の一九八四年（昭和五十九）、当時権威を誇っていた「朝日ジャーナル」誌に、この澁澤の文庫本化をめぐって、次のような発言が掲載されている。「ジャーナル」の文化欄執筆者たちによる座談会の一部である（八月三十一日号）。

阿　みえないところでのオカルト現象、神秘主義志向が相当強いと思う。いま澁澤龍彥の一連の著作の文庫も相当売れてる。

辰　国書刊行会とか人文書院とかから出ているオカルティズム系の出版物などもかなり根強く売れているようだ。

阿　高橋巖のシュタイナー研究、あれ、ものすごいファンがいて、出すと必ず売れる。

剛　でも、澁澤龍彥が文庫じゃなくて黒っぽい高い本で売れてたころの読者と、いま文庫本でパッと買う読者ではちがう。六〇年代に彼がイデオローグとして頑張ったサド問題にしても、生産性の論理をブチこわせとか、間接的な日共批判みたいな文章だけど、そういうものを読んだ読者というのは、異端とか、黒というものに象徴的な価値をおいた世代だと思う、黒という形で肯定的に出すのはなかった。いまどんな本みても装丁は白いからね。本だけでなく町並みも劇場なんかもそうだし。

隗　昔、異端とされていたものが大通りを歩いてる。

桃　澁澤のイメージが、一貫してピュアなのは、けっして自分を拡大しないからだ。テレビにでないとかね。

辰　澁澤は変わってないんだ。ぜんぜん。

六月、『魔法のランプ』が、立風書房から刊行される。装丁は中島かほる。白い函に入った、綺麗な本だった。

七月、アンリ・トロワイヤ『ふらんす怪談』が青銅社から出た。この翻訳書は、一九五七年（昭和三十二）に出版された『共同墓地』を、題を改めたうえで再刊したものである。

この月の二十九日には、神田ニコライ堂でおこなわれた鷲巣繁男の通夜へ出席した。のちには、追悼文を「饗宴」に発表した。

矢牧一宏が十一月十九日に死んだ。享年五十六。二十一日には中野宝仙寺であった告別式に足をはこんでいる。

十二月、『ドラコニア綺譚集』が、青土社より出版される。著者の自装による白い本だった。

同月十五日、渋谷西武の金子國義展へ行く。麻布の庖正で、澁澤は高橋睦郎を交えて食事をする。


この年の旅行は以下のとおり。

五月六日から十日、京都、姫路、奈良へ。帰宅の日に、奈良ホテルでばったり石川淳に出会う。

八月二十四日から二十九日、米原、伊吹山、京都、綾部などを旅行。

十一月七日から九日、金沢から湖東へ旅行。勝楽寺《しょうらくじ》で好きな佐々木道誉《どうよ》の墓を見る。

4　昭和五十八年／晩年の土方巽／『三島由紀夫おぼえがき』／ウチャ

東京ディズニーランドが開園した一九八三年（昭和五十八）——

一月、ドイツから一時帰国していた笠井叡が、久方ぶりに澁澤邸を訪問した。

その時の思い出を、笠井は次のような文ではじめている。


澁澤龍彦氏は、そのような人間が地上に存在すること自体が、ひとつの奇蹟であるかのような雰囲気を、常に周囲の人々にあたえ続けた。いわば、地上的存在ではない天使が、まさに「虚無の夜空に打上げられた花火」のような一瞬間だけ、この地上で物質の姿をしているかのように……。

この舞踏家は、酒がはいった時に澁澤が、「〝神〟なんてイネーヨ」と放言するたびに、いつでも奇妙な感情におそわれたという。なぜなら——

世界が「善」であることを一度も疑ったことのない子供が「〝神〟なんてイネーヨ」と言う時、それはほとんど「俺が〝神〟だぜ」と言うのと同じ意味だったから。土方巽氏はかつて私に「シブサワは〝神〟なんじゃないか?」と述べたことがある。このような言葉は、さまざまに解することが出来る。けれどもそれは土方氏が澁澤氏を神格化していたなどと言うことでは決してない。それは人間土方巽がこの地上で出合った人間澁澤龍彥に対するひとつの「オマージュ」の言葉であった。(「澁澤龍彥氏の想い出」)

笠井叡と澁澤が二人で差しむかって会ったのは、この夜が最後となった。笠井は二〇一九年(平成三十一)になって、『高丘親王航海記』を舞踏にしている。

その笠井のかつての師である、土方巽の『病める舞姫』の出版記念会が、四月九日に御茶ノ水の山上ホテルで開かれた。種村季弘、松山俊太郎、巖谷國士、唐十郎、李礼仙、麿赤児、中西夏之、大野一雄ら、七十人あまりが集まった。澁澤は一人で出席している。

この本の装丁を手がけた吉岡実が乾杯の音頭をとったあと、京都の呉服屋に特注された立派な着物をまとった土方は、巻紙に書かれた次のような挨拶の辞を読みあげた。

「ここしばらく、私は乾いたジャガイモのように腑抜けになり、からっきし元気がなかった。しかし今日は自分を激励するつもりで、この催しを受けて立ちました。一度消えた私ですが、また舞台に駈けあがり、みなさんのなかに生きて入っていきたい」。

赤坂での二次会のあと、澁澤は久しぶりに目黒の土方宅に泊まった。

五月四日、澁澤はカレンダーの同日欄に、「寺山修司死」と書きいれた。寺山の年は四十八であった。「こうした訃報を書きいれた例は、このころではまだめずらしい」と、「全集年譜」では付記がされている。

唐十郎の状況劇場とは最初期から深いつき合いを持っていた澁澤だが、意外なことに寺山修司の天井桟敷を観た形跡はない。現代の若い読者の目には、澁澤は唐よりもむしろ、《草迷宮》の映画監督でもある寺山の方により近い存在に映るのではないだろうか。

寺山修司は澁澤にけっこうな関心をもった形跡があり、一九七七年(昭和五十二)には「澁澤龍彥の最近の仕事」という文章を発表している。『洞窟の偶像』と『東西不思議物語』の書評として著されたこの文のなかで、寺山はちょっとおもしろいことを書いている。「幻想を切り裂いてあらわれかかっている現実」への関心を、澁澤は「現実を切り裂いてあらわれかかっている幻想」との両義性のなかで把えようとしている——こう寺山は指摘するが、そんな澁澤が、「書物を扱うように、東京の切り裂きジャック事件や、バットで兄弟殺しをした少年の事件などまで虚構化してゆくプロセスを読みたい、という気がする」と、このアングラ演劇の大魔王は言うのである。そして、この書評を次のように結んでいる。

「そろそろ、澁澤の物語にも、本物の化けものが出現しないと、けじめがつかないのではあるまいか。もっとも、この場合に出現するのが、マルクス主義という名のお化けでないことだけは、はっきりしているのだが」。

この月の十五日には、土方と元藤が新しく手に入れた熱海の山荘で宴会を開いている。澁澤のほかに、吉岡実、種村季弘、池田満寿夫、三好豊一郎、鶴岡善久がそれぞれ夫人同伴で招かれた。松山俊太郎と芦川羊子も出席した。

客一同が度肝を抜かれたことに、この山荘は伊藤忠商事と丸紅の基礎を築いた大実業家伊藤忠兵衛の旧居で、伊藤忠商事の庭師夫婦を引き継いで屋敷内に住まわしているという、おそろしく豪壮な家と庭だった。眺望は絶景で、はるか彼方に見えるお隣は園遊会を催している。それは岸信介の別荘だった。

宴会は二時から始まったが、澁澤と龍子の車はひどい渋滞に巻きこまれ、夕方の五時頃になってようやく到着した。澁澤の到着を待って、祝杯をやり直し、酒宴はいっきに盛り上がった。

「喉が痛くて、近所の病院に通っているんだ」と、ドロップを舐めながら言っていた澁澤は夜半に帰宅した。深夜、土砂降りの雨のなかで土方巽が踊る姿を目撃したことを、種村が書いている。だが、その時に種村と同じ場にいた吉岡実は、それは、「もしかしたら種村季弘だけが見た、幻の土方巽の踊り姿だったかも知れない」と記している(『土方巽頌』)。

六月二十五日、「きらら姫」が脱稿した。これにより、昨年五月から「文藝」に掲載していた小説集『ねむり姫』の連載執筆が完了した。

七月二十八日、巖谷國士と神奈川県真鶴《まなづる》の種村宅へ行って、貴船祭を見る。

九月二十二日、「ダイダロス」が脱稿した。のちに『うつろ舟』に収録される八つの短篇小説のうちの最初のものだった。

国書刊行会の新米編集者として、私が初めて北鎌倉の澁澤の家を訪れたのは、この年の秋のことである。

当時、澁澤が愛読していた美術史家バルトルシャイティスの著作集を国書刊行会が準備しており、その責任編集と一部の翻訳を澁澤はつとめることになっていた。ただし、この著作集は澁澤の生前には一冊も出なかった。

十月一日、三門昭彦夫婦と逗子へ行き、浪子《なみこ》不動から海岸沿いに小坪《こつぼ》へ向かって歩く。途中の岬で足を滑らせて、海に落ちそうになる。澁澤は老化現象を嘆いた。

十一月、『狐のだんぶくろ――わたしの少年時代』が潮出版社から出る。装丁は野中ユリ。同じ月、『ねむり姫』が、河出書房新社より出る。こちらは著者の自装で、派手なピンク色の、今までの澁澤の本とはかなりちがった印象のものだった。

刊行当時、この装丁に私がナンクセをつけると、パジャマにガウンを羽織った澁澤の傍にいた龍子が、「これって、この人の自装なのよねー」と茶化した。澁澤は、「どうもこっちの指示がうまく伝わらなかったんだよ」といいわけを言った。

十二月、『三島由紀夫おぼえがき』が立風書房から、『マルジナリア』が福武書店より刊行。装丁は、前者が中島かほる、後者は菊地信義。

『三島由紀夫おぼえがき』は、これまでの単行本に収録済みの三島関係の文を集大成した本だが、二、三の新稿も収めている。とくに、巻頭におかれた「三島由紀夫をめぐる断章」は、この年の七月に「すばる」へ発表したばかりの文章で、一九八〇年以降の澁澤が好んでもちいた断章形式によりさまざまな三島との思い出を綴り、かなり突っこんだ事柄もいくつか記されている。

断章の一つでは、「三島にとって私は何であったろうか」という、重い問いがあつかわれている。「目のきいたフランス文学者、練達の翻訳家、思想や気質において自分と一脈通ずるものを持っている友人。おそらく三島はそんなふうに私を見ていたろうと思うが、表現者として一流だとは必ずしも思っていなかったろう。三島が生きているあいだ、私はろくな仕事をしていなかったし、まがりなりにも自分の意にかなう仕事ができるようになったのは、もっぱら三島の死後だからである」。そして、三島の『暁の寺』に登場する独文学者、「不健康な、性的妄想に取り憑かれた、愚にもつかぬ駄弁を弄するインテリ」今西のモデルが澁澤だったという説に触れて、「こんな人物のモデルと目されたらやりきれないが、それでも三島をして、そう言わしめたことに対する責任の一端は私にあると考えなければならないだろう。三島は私をよほど不健康な人物と誤解していたようだが、私も三島の前で、いくらか演技をしていたということがないとはいえなかった」と言う。

つづけて、澁澤は以下のように書いている。

いかに千年王国だとかユートピアだとか終末思想だとかを論じても、私には生来ルサンチマンというものが決定的に欠けているので、ちょうどボルヘスが宗教や哲学を論じる場合のように、あくまでこれを一種の思想的意匠としてしか見ることができないのである。観念の迷宮を構築するための材料としてしか見ることができないのである。三島はそういう私の本質を見抜くことができなかった。私自身、かつては見抜かれまいと努力していたのだから仕方がない。

告白ともまがうこのパッセージは、澁澤を論じる者がたびたび採りあげ、問題にする箇所である。古くからの文学的友人の出口裕弘は、澁澤のこうした「無葛藤性」をいち早く見抜いていた人物だが、その出口でさえも（あるいは、出口だからこそ）、「しかし、そこまで言われると、私としては首をかしげたくなる」と、この一文については疑問を呈し、「ルサンチマンの協力なしに出来あがる文学は、好事家の漫文だけだ」とつけ加えている（『澁澤龍彥の手紙』）。

ところで、とても興味の深いことには、この問題の一節は一九七八年（昭和五十三）に発表された澁澤自身のボルヘス論を一種〈換骨奪胎〉した部分を含んでいる。「エレアのゼノン――あるいはボルヘスの原理」と題されたエッセーのなかで、五年ほど前、澁澤はすでにこう書いていた。

こうした独我論的な思弁の基礎に、世界の背後に意味を見つけようとする、あらゆる宗教や哲学に対する根づよい不信の念が存在しているのは申すまでもあるまい。ボルヘスにとって、世界は意味を有しないか、あるいは人間によって考え出された意味しか有しないのである。だから、ボルヘスが好んでその作品中にずらずらと列挙する、中世のキリスト教異端やアラビアの神秘主義や、ユダヤのラビやペルシアの詩人たちの抱懐する形而上学的な意見にしたところで、彼はこれを単に遊びとして、文学として、観念の迷宮を構築するための材料として、扱っているにすぎない。それ以上のものではないのである。

つまりは、「澁澤がこんな口調で語った文章を、私はほかに知らない」と出口を驚かせた一節は、実は旧稿の一部再利用みたいなところがあった文章なのだ。自分の掌をさすかのような一面をも持つこの卓抜なボルヘス論で、つづいて澁澤は、ボルヘスがユングをもっぱらプリニウスやフレイザーの『金枝篇』を読むのと同じように読んだ、一種の神話としてあるいは興味ぶかい伝承の博物館とか百科事典とかいった種類のものとして読んだと語っている件りにふれて、次のごとき感想を述べている。

おもしろいではないか。これは決して皮肉や韜晦ではあるまい。

＊

十二月三日、種村夫妻と鎌倉を歩き、天ぷらを食べた。

十二月十八日、澁澤家の玄関のチャイムが鳴り、「宅急便です」という声が聞こえたので龍子が出てみると、玄関の前に、一匹の兎が箱に入って置きざりにされていた。ルビーのような赤い目をした、手のひらにのるくらいの白い子兎だった。

もともと、動物図鑑の印刷された動物しか好きでなくて、「動物を飼うなんて、面倒くさいことは真っ平ごめんなのである」（「猫と形而上学」）と書く澁澤だから、はじめは誰かにもらってもらおうと必死だったが、そのうちに可愛くて手放せなくなり、部屋で放し飼いにすることになった。ファンの女の子が置いていったらしいこの子兎は本を齧るのが好きで、とくに阿部良雄個人全訳のボードレール全集が大好きだった。

兎はウチャと名づけられた。

この年の旅行は以下のとおり。

五月六日から九日、京都、和歌山、河内を旅行。

八月五日から六日、箱根富士屋ホテルに一泊して、伊豆高原の池田20世紀美術館へ行く。

十月四日から八日、京都、尾道、大三島、生口島《いくちじま》、福山、鞆ノ浦《とものうら》への旅。

この年、澁澤は五十五歳に、妻龍子は四十三歳になった。

5 澁澤龍彦批判

一九七七年（昭和五十二）に『思考の紋章学』が刊行された際、匿名批評「大波小波」が、澁澤にも批判者が必要になってきたと発言したことは、第Ⅷ章でみた。

実際、一九七〇年代の半ば頃より、「澁澤龍彦批判」の文章がかなり見うけられるようになってきている。そうした多様な批判を、澁澤没後のものも含めて、ここで概観しておきたい。

一九六〇年代には、正面切った「澁澤批判」の文は見当たらない。というのも、三島由紀夫や埴谷雄高などが書いた短いながらも懇《ねんご》ろな書評等はあったものの、そもそもこの時期には澁澤をまともに論じた作家論などまったく出ていなかったからだ。現在の澁澤の人気からみれば想像しがたいだろうが、澁澤がまだいわば〈ゲテモノ〉扱いをされていて（「あんなのしょせんアングラだろう」と篠田一士は言っていたという）、文芸評論家たちからは批判するにも当たらない存在、黙殺してもなんら差しつかえない存在と見なされていたから批判も出なかったと言った方が、実情に近いのではないだろうか。

一九七三年（昭和四十八）になって「別冊新評」の澁澤特集号が出る。ここで初めての本格的な澁澤論を磯田光一が書いているが、この特集号にあったのもまだこの一つだけだった。

一九七五年（昭和五十）には「ユリイカ」の澁澤特集号が出る。ようやくここでかなりの数の澁澤論が発表された。そのなかにはオマージュだけでなく、「澁澤批判」といった趣きの寄稿もいくつかみえる。三島由紀夫の研究者である田中美代子は、「神と玩具」と題した澁澤論のなかで、次のように述べている。

彼［澁澤］はあくまでもイメージによって、その変身《メタモルフォシス》の自由を楽しむにすぎないのである。だから、澁澤龍彥の世界は、なまの「現実」に接触しないように、注意深く配慮された架空の部屋である。そこでは雑駁な自然の諸事物ではなくて、精錬された諸事物のイメージがつねに現実と彼との間、彼と人々との間を遮断している。それはすでに埋葬されたはずのお伽話の世界であり、人はそこでおのおの孤独な絶対者＝子供の特権を享受するように仕組まれている。

田中はつづけて、澁澤龍彥の世界は「結局反知性主義を唱えつつも、あくまで主知主義にとどまって」おり、澁澤は「本質的に、存在の掟を犯すことはできない」と指摘する。

澁澤の描く世界像が、現代の経済大国日本の巨大な生温かい胎内に微妙に照応してしまっているとする、この田中美代子のような観点からの澁澤龍彥批判は、これ以後にも数多い。やはりこの号に評論「白々しい時代の中の「澁澤龍彥」」を寄せた川本三郎も、「「虚構の世界」がリアリティを持っていたという幸福はもう私たちにはありえない」としたうえで、実はもう「澁澤龍彥氏は死んでいるのである」と書いている。

澁澤批判の二つめとして挙がるのは、これもまた今の田中や川本の論点と密接に関連するのだろうが、〈サド裁判〉とともに一九六〇年代には「反時代的」であった澁澤が、七〇年代以降、「前衛」のポジションから降りると同時に変質してしまい、その文章がかつての雄々しさを失ってしまったとする批判である。澁澤がいつしか時代や現実からずれてしまったとする批判である。

黛哲郎は、「サド裁判までの澁澤さんが本当かもしれない」と澁澤自身に向かって言上したという。「時代と斬り結ぶことなくして、澁澤さんの世界は受容されうるのだろうか。そういう言い方は、この人の資質に合わぬかも知れないが、価値観を紊乱することがなくなれば、あまりに物分りのいい話になってしまう」と、この朝日新聞の学芸部記者は書いている（「変貌する時代の中で……」）。

最初の妻だった矢川澄子は、一九七六年（昭和五十一）に服飾雑誌の「装苑」に掲載された澁澤の文章（「今月の10冊の本」）を、「どこかの大学教授か、いっそ財界あたりの名士の発言と受取られてもおかしくないような、あまりにも堂々たる正論」と皮肉ったうえで、「いったい、澁澤はいつ頃から、この飽食の時代の「日常的な世界に安住しているみなさん」にしか読まれないような雑誌にまで、大手をふって登場していけるようになったのだろう」と書いている。そうして、こうもつづけている。

「彼はいつのまに人の道を説くようになったのだろう。［…］二十代の澁澤は、けしてそんなふうではなかったはずである。少なくとも三十代、サド裁判の被告として、まるで「有罪になりたがってるみたいな」やんちゃぶりを発揮して弁護士たちを手古摺らせたりした頃までの澁澤は」（「素朴と情念」）。

三つめに挙げられる批判は、これもまた再三にわたっていろいろなかたちで言われてきている事柄だけれども、好きなものに囲まれて好きなことをするというスタイルを固守した澁澤が、いわゆる〈オタク〉の先駆者的存在だという捉え方である。「人生の不在、モラルの不在」という「ないないづくし」で、感覚が絶対的に優先するオタク的精神性を象徴しているとする捉え方である。

この批判も、先の二つの批判と関連性がないとはとうてい言えないだろう。

ただしこの問題自体は、この〈オタク〉という言葉の捉え方、ひいてはその〈オタク〉なる存在を全否定的に見下すか、あるいはそう単純な見方には与しないかによって、これに絡まる澁澤に対する可否や評価のニュアンスにも、当然大きな違いが出てくる。

「澁澤龍彥とは、右翼も左翼も、代々木も反代々木も、正統も異端も、時代も反時代も、権力も反権力も、その前にあってはまったく意味をなさなくなるような、絶対的に自由な存在だった」（「澁澤龍彥という精神について」）とする仏文学者の鹿島茂は、ほかの文章で、『四運動の理論』のユートピストであるシャルル・フーリエ、『人間以上』のSF作家シオドア・スタージョン、『さかしま』の主人公デ・ゼッサントという、「情念に生きて幸せ」な「消費人間」たちの血縁だと澁澤を位置づけたうえで、二十一世紀という時代は必ずこうしたオタクの系譜に連なる人たちの世紀になるだろうと書いている（「来たるべきフーリエ世界」）。

澁澤自身は晩年のインタビューで、「僕は衰滅を愛する精神の方に親近感を覚えるし、そうした世紀末精神は、新しいものをつくり出すための肩ヒジ張った自己主張などより強じんであると信じている」と語ったことがあるが（「毎日新聞」一九八六年一月十三日）、この澁澤をオタクの神様だとする説には、多様な見方が出されている。

「いうなれば、七〇年代以降の少年少女たちにとって、澁澤龍彥を選択することは、旧世代がたとえばマルクス主義を選んだに似た世界観の選択だった。かつてマルクス主義は、経済学、政治学のみならず、歴史観や芸術理論、言語学や哲学、さらには生物学や宇宙進化論までを包含した一大宇宙だった。澁澤龍彥もまた、諸学を包含した大宇宙として、新世代の若者たちを圧倒したのである。［…］一九六〇年代の読者たちにとっての澁澤龍彥が政治思想の一環として読まれたのとは全く別の意味で、澁澤龍彥は彼らを導く思想家だった。彼らは澁澤龍彥から、その世界観と生き方を学んだのだから」。

以上のように、「第一次オタク世代」(一九六〇年前後の生まれ)の澁澤観を巧みに要約する浅羽通明の『澁澤龍彦の時代』は、この澁澤とオタクの問題を四百ページ近くにわたって執拗に追求し解剖したといえるような本だ。だがそこでは、オタクたちとは正反対な一面を備えた澁澤像、「超俗的で反社会的、背徳的で耽美的な文人というイメージの陰に隠していた剛毅なモラリストの相貌」をしばしばあらわに見せる澁澤龍彦像が捉えなおされている。

この浅羽と同世代、つまりやはり「第一次オタク世代」の書き手である倉林靖の評論『澁澤・三島・六〇年代』も、いま問題にしているテーマにおいては同じような結論を持っている。倉林は、オタク世代が陥っている内面化と、澁澤が最後に達していた精神状態は、浅羽の結論同様に、いっけん似てはいるものの「根本的なところで異なっている」としたうえで、次のような指摘をしている。「わたしたちが、自己の観念の肥大化、自己意識が世界を皮膜のように覆っている状況、というものに突きあたっているとすれば、後期の澁澤が住んでいた世界はまさにその逆で、彼は自己の「内面」を解消し、自己を外界に向けて広げようとしていたのである」。

もう一つ、今まで見た三つとはちがった側面から、澁澤の文業に対して頻繁に向けられる批判がある。澁澤の文章に〈下敷き〉が多いという事実に絡む批判である。

この問題を現在までに、いちばん苛烈に糾弾したのは、評論家の山下武の一文である。「幻想文学」に連載された「ドッペルゲンガー文学考」で山下は、澁澤の「鏡と影について」(『ドラコニア綺譚集』収録)をとりあげ、南宋期の中国を舞台にしたこの澁澤の物語と二十世紀イタリアの作家ジョヴァンニ・パピーニの短篇小説「泉水のなかの二つの顔」を比較して、「早い話が、剽窃なのだ。これほど情況証拠が揃った剽窃も珍しい」と指弾する。この文章において山下は、やはり鏡を扱った澁澤の「鏡湖」

(『高丘親王航海記』収録)の一節を引きながら、次のようにも書いている。「この条《くだり》などいかにも外国ダネの翻案臭紛々《ふんぷん》で、分身譚特有の深刻味などくすりにしたくもない。[…]もとより澁澤龍彥に深刻味など期待すべくもないが、そこが生得のディレッタントの哀しさで、他人の小説を剽窃してでも器用なところを見せたがるものだから、いずれ化けの皮が剝がれるとも知らず贋金づくりに励む。しかも、中国の神仙譚に事寄せるところは知能犯の手口だ」。

澁澤の全集の編集委員のなかでも出口裕弘などは、澁澤の文章に「借りものが多すぎる」という理由からある時期まで澁澤の仕事にかなりの懐疑をいだいていたことをたびたびはっきり述べているが、仏文や美術史関係の学者のなかには、そうした類いの澁澤批判を口にする者は多い。美術史家の若桑みどりが、一九八八年(昭和六十三)に発表した、「註のない文章について」は、多くの美術史家がなぜ澁澤について沈黙しているのかを、学者の立場から説明した文章である。

こうした「下敷き批判」に対して、反論側の最右翼は、やはり巖谷國士である。巖谷は、次に引くような持論を、自身の多くの澁澤論のなかで展開している。

「澁澤さんというのは、その作品の多くに、じつに何十冊、何百冊と下敷きを使ってきた作家です。[…]何十冊、何百冊という下敷きを用いているということは、つまりそれなしにはこの作家の作品が成立しないということです。とすると、それ自体が澁澤龍彥のいわば「特異体質」なんですよ。これは彼の自我というものにかかわる特殊な事情で、ついでに日本の近代の問題が絡まって出てくる。そこに澁澤龍彥の存在意義がある、偉大さがあるとさえいえるかもしれない。数十冊、数百冊にわたる下敷きがあって、しかもこれだけ魅力的な文章というのはいったい何なのか。そっちを問題にしたほうがいいんですね」(「アンソロジーとしての自我」)。

ちなみに、澁澤の小説作品の下敷きの具体例については『全集』の松山俊太郎の解題が力作だが、『夜窓鬼談』の現代語訳版の解説に、訳者のひとりである高柴慎治《たかしばしんじ》による興味深い指摘もある。また澁澤のこの下敷き問題は、澁澤研究家の日本文学者、跡上史郎《あとがみしろう》が発表した「澁澤龍彥とA・P・ド・マンディアルグ」などのように、今では学術論文の題材にまで採りあげられて論じられている。

もう一つ、ぜひ採りあげておきたい批判がある。

澁澤の文学が、人間の内面という深遠なものを欠落させた文学であることに対する批判である。これは、今まであげた四つの批判のいずれとも、ごく密接な、深い関連性を持っているのだろう。というよりも、先の四つがすべて統合されてこの批判になるというべきかもしれない。

いわく、「ディレッタントの文学」、「軽い遊びの文学」、「おぼっちゃまの文学」、「たんなるメルヘン」、「現実遊離の芸術」等々。先に引いた山下武の文に見られる、「もとより澁澤龍彥に深刻味など期待すべくもないが、そこが生得のディレッタントの哀しさで」云々などは、そうした批判の典型といえるケースの文章であるだろう。

そもそも、澁澤自身が、「人間の魂の領域を扱う作家は、私にはどうも苦手なのである」などと堂々と書きしるしているが（「ヴァルナーの鎖」）、オタクの問題と同じように、この「澁澤の内面のなさ」も、それ自体を単純に批判として否定的にとらえるか、あるいは反対に賛辞として肯定的にとらえるかで、一八〇度くらい違った評価がとうぜん出てきてしまう。第Ⅶ章で、審美主義者である澁澤にふさわしい音楽家として名前をあげた作曲家ラヴェルなども、しばしば「内面のない音楽家」と評されることが思い出される。

いずれにしても、澁澤がある種の内面の欠如した文学者だったという点では、周りにいた人間のあいだでもほとんど一致をみているかのようだ。告白、心理描写、過剰な思い入れの情念主義という近代文芸のお家芸から縁遠い澁澤のことを、「表現者」ではなく「エクリヴァン」だと定義する種村季弘は、次のように述べる。

あの人は、翻訳家として出発して、晩年まで「僕は翻訳をやりたいんだよ。もう何も書くことはないんだよ」って言ってた。僕はこれ、本音だと思うんだよね。翻訳というのも、こっちで経験したことじゃないものを言葉の現実性だけでつくり上げるわけだから、内容的な実体なんてないからね。だからたぶん彼は、小説家と翻訳家の間で、自分ではけじめがつけがたいほどのところがあったんじゃないかな。（「澁澤龍彥の幸福な夢」）

松山俊太郎は、『全集』の解題で、『ねむり姫』収録の諸作の下敷きを分析したうえで、次のように結論づける。

発端が借り物で、結末の形式があらかじめ決めてあるということは、作者に、知的な創作欲はあっても、自己の体験や願望を表出しようとする、情念的な衝迫がなかったことを意味し、作品は、好くも悪くも、〈こしらえもの〉となった。（『全集19』解題）

私は、松山がよく、「澁澤さんのは〈大文学〉じゃないからね」と言っていたのを思い出す。
「近所の澁澤龍彥」と題した出口裕弘と巖谷國士の対談は、この澁澤の内面の問題を正面から大きく扱っていて貴重である。

巖谷　内面を隠していたというフィクションは、日本の文学の風土でいうと、いちばんわかりやすい。内面のドロドロしたものを全部おさえて、意志の力で統一して、ああいうどこか抽象的な、あるいは読者にすぐ共有できるような独特の世界をつくる。これはミクロコスモスである。そういうと説明しやすいですよ。けれども、あの人の場合、内面を隠すということがあったんだろうか。じつはなにも隠しちゃいない。むしろ、少なくともそれまでの日本の文学にはなかった内面というのが、彼のなかに芽ばえていたのではないか。

出口　うん、それはおもしろい問題だね、だから、これは時代のつくった人間でもあるということが、非常にはっきりしている。

巖谷　少なくとも戦後にしか、そういう人はありえない。

出口　そう。戦前の風土では存立を許されないでしょう、あの人は。

巖谷　ちょっと考えられない。

出口　原稿の注文が来ないですよ、戦前じゃ(笑)。来ても、きわめてマイナーなところで終ってしまう可能性がある。

出口がここで言う、「来ても、きわめてマイナーなところで終ってしまう」存在というのは、戦前の小栗虫太郎のような存在に近いのかもしれない。

同じように、「戦後に登場した人々のなかで、澁澤龍彥ひとり、はっきりあたらしいタイプの文学者だったといってよい」と言うのは、「血と薔薇」の執筆者の一人でもあった中田耕治である（「澁澤龍彦について」）。中田はまた、「澁澤龍彦がさりげなく提出する逆説」、「最大のトリック」に言及して、「私たちが日常眼にしているさまざまに有用な行為、ことに地上的な意味で悦《よろこ》ばしきもの、あるいは何ものかを生み出す行為をありがたいものとする精神に澁澤龍彦はまったく無関心だった」と指摘する。そうして、こうも書いている、「こういう作家にとって、毒薬や錬金術はまさに審美的なものにほかならない」と（『澁澤龍彦事典』）。

肯定と否定の間で微妙に揺れながらこの問題を考えつづけてきた出口は、「澁澤龍彦のいる風景」の末尾近くで、次のように書く。

ここまで書いてきて、やっぱりそういう嘆声を発せざるをえない。それにしても、なんとまあ奇妙な文学者だったことだろう、と。まるでこの人には、内面がなかったかのように見えるではないか。自己をとことんまでみつめるとか、内心の葛藤に狂わんばかり悩みぬくとか、人間の深淵にどこまでも垂鉛を下ろすとか、そういった文学者ふうなところがまるでない。自己なんぞみつめている暇があったら、少年皇帝ヘリオガバルスの評伝でも読みふけったほうがいい、失恋談や挫折物語を、ことこまかに書いたりする気力があるのなら、コクトーの翻訳に骨身をけずったほうがましだとでもいうかのようだ。

＊

さて、これまで引いた澁澤批判は、それぞれまとまった澁澤論や澁澤についての対談のなかから抜いてきたものだ。だが、それらとは別に、片言隻句の類いにも、ここで見ておきたいものがある。短いものだとはいえ、いずれもその発言者が、黙殺にはできない存在だと思えるからだ。

一つは、浅田彰の発言である。

浅田は、一九八八年（昭和六十三）に出版された、島田雅彦との連続対談集『天使が通る』の第四章「ミシマ　模造を模造する」の脚注において、澁澤の三島追悼エッセー「絶対を垣間見んとして……」にふれて、次のように述べる。

　信じがたく単純なこのエッセイを読んで感じるのは、澁澤龍彥というのがたかだか高度成長期までの文学者だったということだ。近代社会のタテマエがそれなりにしっかりしていたから、それにちょっと背を向けてみせれば「異端の文学者」を気取ることができた。それに、ヨーロッパがまだ遠く、洋書を手に入れるのも難しかったから、あの程度でも素人は眩惑できたという事情もある。

浅田のこの文は、脚注にしては異様に長く、まだ次のようにつづく。

だが、さすがに僕の世代ともなると、澁澤龍彥が面白いというのはよほどナイーヴな人間ということになった。（同時に、澁澤龍彥も「異端」を気取るのをやめ、反世界の〈美〉が砕け散ったあとの〈綺〉の世界を素直に物語るようになる。その〈綺譚〉は、かつてのような力みがなく、読んで恥ずかしいということはなくなったが、これはつまり毒にも薬にもならないということに他ならない。）こうして澁澤龍彥が素直に消え去っていったあと、依然としてふてぶてしく居すわり続けているゾンビ、それが三島由紀夫なのである。

浅田彰は、柄谷行人《からたにこうじん》・蓮實重彥・三浦雅士との共同討議『近代日本の批評Ⅱ』（一九九一年）でも、ひとり澁澤にふれて、「いちばんひどいのは密室にこもってユング的な原型を弄ぶだけの澁澤龍彥。だいたい、ちょっと拗ねてみせれば異端の文学者を気取れるなんて思ってるヤツは徹底的に軽蔑すべきだよ」と発言している。

私が出版社に入った一九八三年（昭和五十八）は、浅田彰が『構造と力』で華々しくデビューした年だった。種村季弘は、このスキゾ・キッズの登場を「天皇の人間宣言以上の大ショック」と称して、「あんな奴が出てきちゃ、オレたちはもう抹殺されたようなもんだな」と、お得意の口舌を弄してにやにやしていた。この種村の発言を私が澁澤に伝えると、「種村クンは、またそんなこと言ってるのかー」と、澁澤はからからと笑っていた。

ある日、澁澤邸での話題がカストラートのことからカウンターテナーに及び、私がたまたま持っていたCDを澁澤に見せて、「このCDなんか、浅田彰もご推奨ですから、ぜひ聴いてみてください」と言った。（といっても、澁澤家には当然CDプレーヤーなぞなかったのだが。）澁澤は、「なんで、オレが浅田の意見なんか拝聴しなきゃならないんだよ」とちょっと憤慨してみせたが、「でも、かれは審美家ではあるんだろうね、ピエール・ルイスとかも好きで……」とつけ加えていた。

もちろん、先に引いた浅田の二つの発言はともに澁澤没後のものだが、この過度に激烈な調子は、かえってある種の近親憎悪をうかがわせるところがあって興味をそそられる。そもそも、「反世界の〈美〉が砕け散ったあとの〈綺〉の世界を素直に物語るようになる」などというなかなかの見事な評語は、よほど澁澤を読みこんでいないと出てはこないだろう。

もう一つの澁澤批判の発言者は、生田耕作である。

生田は「双蓮書屋日暦」という、日記の体裁をとった文章の最後の項で、版元が送ってきた澁澤の遺著『高丘親王航海記』について次のように書いている。

十月三十日

昨夜送り来し『高丘親王航海記』を読み始める。十頁余りは辛抱したが、それより先へはどうしても進めず。幼稚も幼稚、アホくさくて従《つ》いて行けたものでなし。近頃雑誌『幻想文学』の周辺に群がる〈メルヘン坊や〉たちの乳臭い現実逃避となんら異ならず。かつて畏敬せし盟友のかくも無惨な退化ぶりに、暗澹たる思いす。荷風先生がよく漏らした、「あの人は駄目になりました」という言葉を、わたくしもまた折りにつけ口に上《のぼ》せねばならない事態がついにやって来たのだろうか。

嗚呼！……

澁澤の数少ない気のあった仏文学者として、二十代の頃からの三十年に近い「盟友」関係をもち、関西に足をはこぶ折には面談の機会をつくるのもつねに惜しまなかった相手の生田耕作だけに、発表当時この発言は、浅田彰のそれにもまして、澁澤の愛読者たちを驚かせた。

生田は、一九九三年（平成五）に出版した『生田耕作評論集成Ⅲ』でも、「虚飾を完全に洗い流したサド侯爵の簡潔な文体までが、原文の澄明さからはほど遠い〈こちたき〉駄文に改竄され、〈名訳〉として持て囃されている現代日本」という、暗に澁澤の翻訳を批判した文章を書いている。

みずからが編纂した『バイロス画集』が猥褻図画として摘発を受けた事件（結局は不起訴だったが）をきっかけとして、一九八〇年（昭和五十五）に京大を辞職した生田は、それ以降は「るさんちまん」と銘打った個人誌を発行し、若い生田讃仰者たちに囲まれて言いたい放題の発言をくり返していた。とくに松岡正剛などはクソミソだったが、その生田の発言について、「生田さんは、そういうところがあるんだよなあ。松岡正剛がピアスしていようがいまいが、そんなことどーでもいいじゃねえか」と、澁澤が淡々と語っていたのを憶いだす。


ところで私は、種村季弘が、「いつか澁澤批判を書こうと思っている」と語るのを聞いたことがある。一九九〇年代の前半の話で、種村は「今はまだその時期じゃないんだが」とも言っていた。

先に見たように、澁澤と種村の交友が始まったのは意外に遅く、出口や松山はもとより、年少の巖谷よりもあとである。二人の付き合いが密になったのは、むしろ、澁澤が人との付き合いを減らした晩年に入ってかららしい。

澁澤が「スーパーインテリ」とあだ名した種村は、一九七〇年代、八〇年代には、澁澤とともに〈異端文学の両輪〉として同類の文学者のように外からは見られていた。だが、その文学的内実は、澁澤とはほとんど似かようところがなかったといえるかもしれない。出口裕弘は澁澤についての対談で、「博学多識、記憶魔、異端愛好、その他、その他、お二人の生き方も世間から見るととても近く見える。だけど、主観的にはずいぶん違うんじゃない」という問いを種村自身に投げかけている（「澁澤龍彥の幸福な夢」)。澁澤との対比を描いた種村論「凹型の自画像」を書いている巖谷國士も、やはり澁澤をめぐる対談で、「本当を言うと種村さんというのは澁澤さんとまったく違うタイプの文学者であって、むしろ正反対」だとしたうえで、「ひょっとすると対立者なんじゃないか」とまで種村にむかって切りこんでいる(「澁澤龍彥・紋章学」)。

種村はそのたびに対談相手のこうした問いかけを巧妙にはぐらかしているが、二人の愛読者ならば、澁澤と種村の根本的な違いには当然のように気がつくだろう。浅羽通明と川本三郎も、彼らの澁澤論の末尾で、やはり澁澤の「対立者」としての種村を引き合いに出して論じている。

浅羽通明は、〈少年皇帝〉である澁澤がその数々の奇人伝のなかで、「彼ら奇人たちを全能で玲瓏な彼自身の鏡像として」描き、その結果、「そこには、相互に鏡像である彼らと澁澤龍彥のみが星と瞬き、いかなる他者も存在を許されない」と指摘する。それに対し種村の方は、「妖人奇人たちをどこまでもいかがわしい人物として追いかけ、そのいかがわしさを賞翫しようとする」のだと浅羽は言う。

つづけて浅羽は、澁澤が、「普通の人とともに地上にある彼らを見るのが耐えられないかのごとく」、そうした奇人たちのいかがわしさを「超俗性を証する聖痕として描いてしまう」としたあとで、次のように、対極にある種村の迷宮世界の特徴を書いている。

だが種村氏は、何より普通の人々の間を泳いでいった彼ら「奇人たち」、歴史のなかで世俗を生きた彼らを描く。それにより明らかになるのは、彼らもまた普通の人だったという通俗偉人裏話の常套的結論ではない。その対極にある、彼ら異常の人もまた、普通の人々の隣人として暮らしていたという戦慄すべき真実なのだ。

彼らはもはや私たちの自惚れ鏡としては不適当だ。(『澁澤龍彦の時代』)

本章の最初の方で引いた、澁澤をヴィスコンティの映画の世捨て人に喩えた「思想としての趣味」において、川本三郎は同じ問題を簡潔にこう論じている。

澁澤の場合、形式・秩序への偏執は、ひとつのモラルへと高められるが、種村の場合、形式・秩序はあくまでも遊戯への手続きでしかない。つまり、澁澤にあっては形式・秩序はそれ自体が自分の美意識の対象となる完結性を持っているのだが、種村にとっては形式・秩序は、ウソ・虚構の舞台で遊ぶための〝ゲーム上の手続き〟にしか過ぎない。「美しいか否か」よりも「おもしろいか否か」が種村の場合の価値基準なのである。

そして川本は、「〝秩序〟が失なわれ社会全体が〝自然〟化している時代には、種村は、その〝自然〟化した社会そのものを遊びの舞台と見なすことができるわけだから、澁澤よりはタフに現代を相渉ることができるかもしれない」と、この澁澤と種村の比較論を結んでいる。

そもそも、マニエリスムのわが国への紹介者として知られる澁澤は、種村自身がいみじくも指摘するように、本質的には古典主義者的な側面が色濃い。いっぽう種村は、骨がらみのマニエリストである。

二〇一七年(平成二十九)になって、高橋睦郎がちょっと驚くような三島由紀夫の発言を公開した。最後の頃に三島は、高橋にむかって、「自分が認めているのは澁澤龍彦ではない」とそっと洩らした。澁澤は出典とかネタの出所が全部わかる、そういう意味では出所がわからないだけに俺は種村の方が好きだと、三島は語ったというのである（鼎談「水晶と模型の夢」）。

一九六八年（昭和四十三）に「週刊読書人」紙上で、種村は、三島由紀夫、磯田光一と三人で座談会をやっている。たぶんその際のことだろう、三島は種村に、「澁澤君は面白いんだけれども、彼はエロチックじゃないからね」と語ったという。

種村季弘は、結局、澁澤への批判を表立っては筆にしないまま、二〇〇四年（平成十六）に七十一歳で死んだ。「いつか澁澤批判を書こうと思っている」と種村が言うのを私が聞いたのは、二人だけの席の、それも酒を飲んでいる時だった。だが、この種村の発言が酒席の戯れ言であったとは、私には思えないのである。

6 昭和五十九年／バルチュス展／澁澤龍彥コレクション／ボルヘス／サイン会

グリコ・森永事件があった一九八四年（昭和五十九）——

一月、カメラ会社のミノルタの広告モデルとして澁澤が登場した。澁澤は別にカメラに関心が深いわけでもなく、この会社に知り合いがいたわけでもないらしいから、ミノルタ社内に澁澤ファンがいたのだろうか。雑誌の広告のコピーには、「時流に流されるのは好きじゃない」、「つまり、好奇心が踊らせるのです」とあった。

この月の五日、金子國義の《エロス展》を見に渋谷西武に行く。松山俊太郎、四谷シモンらと、赤坂鴨川で食事をする。

堂本正樹の観世賞受賞を祝う会が二月六日に新宿の中村屋で開かれ、澁澤は出席している。三月五日から八日まで、小学館の単行本『東大寺お水取り』の取材で、奈良と京都に足をはこんでいる。この取材旅行には、龍子と小学館の編集者のほか、めずらしいことに松山俊太郎が同行した。松山と澁澤がいっしょに旅行をしたのはこの時だけだったようだ。

厳寒の冬の夜中一時半頃までつづく法要で、澁澤は途中で「寒くて失神しそうだ」とねをあげ、松山は「いま何時？ いま何時？」と時間ばかり気にしていた。なんとか最後まで見物してホテルに帰ると、四人は朝まで酒を飲んだ。翌日は昼から食堂作法を見る予定だったが、澁澤と松山の二人は二日酔いで起きることができなかった。この時のことはエッセー「水と火の行法」に書かれている。

三月、美術エッセー「イマジナリア」の連載を「みずゑ」春号から始める。連載は一九八六年（昭和六十二）秋号の第十回で中断した。同じく美術エッセー「世紀末画廊」の連載も、この月に国書刊行会の〈フランス世紀末文学叢書〉の月報で始まった。

パラダイムを連発する学者を嘲笑し、一九七〇年代に刊行されていた超高級思想雑誌「エピステーメー」の難解さに「つくづく怖気をふるった」という澁澤は、この年の三月に「國文学」に発表した「リゾームについて」と題した文章で、チョロギこそ元祖リゾーム也と言い、ドゥルーズ／ガタリのお先棒を担ぐ輩《やから》をおちょくった。「日本人は昔から、お正月には好んでリゾームを食っていたのであり、私もまた、リゾーム好きにかけては人後に落ちないものである」。

「日本読書新聞」の匿名批評「乱反射」がこの文章をとり上げて、次のように書いている。「痛快ではないか。最近の龍チャンはますますドスが効いてきた。片言の日本語を操って観念遊戯に耽ける大学の仏文教師連は、澁澤の徹底した具体主義の前に首を垂れるべきであろう」。

1984年6月、伊豆長岡三養荘にて。左から巖谷國士、澁澤、種村季弘、出口裕弘。

四月二十五日、林達夫が死去した。葬儀には参列しなかったが、澁澤は追悼文「たのしい知識の秘密」を「日本読書新聞」に発表し、「近ごろ、若い学者たちのあいだで、gai savoir（たのしい知識）ということばがキャッチフレーズのように使われているが、この理念を日本でもっとも早くから実践していたひとが林達夫さんだったと私は思っている」と述べている。

六月九日、府立第五中学校の同窓会に出席。

同月十三日から十四日、伊豆長岡へ一泊旅行。出口、種村、巖谷がそれぞれ夫人同伴で同行した。四夫妻計八人での温泉一泊旅行は、この年より三年間つづくことになるけれども、もともとは龍子と巖谷夫人が伊豆にある有名旅館三養荘に泊まってみたいと言いだし、せっかくだからと出口と種村も誘ったことから始まった。

旅行のあいだ、中年夫婦八人はまるで学生の修学旅行のように思いっきりはしゃいだ。

この月の二十六日、京都市立美術館で開かれていた、バルチュスの展覧会を見た。

バルチュスは、澁澤の紹介を俟《ま》って、初めてその名が日本でひろく知れわたるようになった画家である。当然のように、いろいろな雑誌から展覧会についての原稿依頼が澁澤のもとに舞い込んだが、澁澤はこうした依頼をことごとく断わっている。「べつにはっきりした理由があるわけではない。どうも流行しはじめたものは敬遠したくなる癖がある。内田百閒ではないが、いやなものはいやなのである」と、のちに澁澤は書いている（「私のバルチュス詣で」）。

広い会場内で、澁澤はなにも考えずに、頭をからっぽにして、ただバルチュスの絵からくる感覚の陶酔に身をゆだねた。

「絵だの音楽だのについて、内心の感動を思い入れたっぷりに語るのは、私の趣味ではない」と言う澁澤は、絵にむかう自分の姿勢を次のようにも書いている。

「よく世間には、感動のあまり、その絵の前から動けなくなってしまったとか、頭をがんとなぐられたような気がしたとか、ぬけぬけと書くひとがいるようである。しかし私は、そういう蒙昧主義的言辞を信じる気にはとてもなれない。いっぺんに興ざめがして、へえ、そうですか、と挨拶するしかない。そんなひとりよがりを筆にするよりも、むしろだまっていたほうがいいのではないかと思う」（「スペインの絵について」）。

美術館から外へ出ると、初夏の太陽に頭がくらくらとした。

旅行から帰宅した翌日の二十九日、浦和高校の同窓会に出席。

七月八日から二十一日にかけて、『うつろ舟』に収録される「うつろ舟」を執筆する。

「弄筆百花苑」の連載がこの月から「太陽」で始まる。二年間、計二十四回におよんだこの連載は、単行本の際に「フローラ逍遥」と題を改めた。

九月、『華やかな食物誌』が大和書房から刊行される。装丁は菊地信義。

この月の七日に、仏文学者の田辺貞之助が亡くなった。田辺貞之助は澁澤の恩師平岡昇の無二の親友であり、浦高時代に澁澤はこの田辺にもフランス語を習ったことがあった。私は田辺貞之助の最後の訳書の担当編集者だったから、その葬儀のことが話題にのぼり、澁澤に「先生は、お体は大丈夫ですか」と尋ねた。すると横にいた龍子が、「この人はね、痔なのよねー」と楽しそうに告げ口をした。

澁澤は三十代の頃から痔疾があり、それは晩年までつづいたようだ。国内旅行の際は、洋式のトイレがある旅館でなければ宿泊しなかったことを龍子が書いている。飛行機旅行の時の「お尻の不快さ」についてが、『ドラコニア綺譚集』に出てくるが（「仮面について」）、この九月頃より澁澤は頭痛や吐き気がつづき、検査もいろいろと受けていた。

十月十四日から二十一日にかけて、『うつろ舟』に収録される「魚鱗記」を執筆する。

十一月、『澁澤龍彦コレクション第一巻　夢のかたち』が河出書房新社から刊行される。装丁は菊地信義、担当編集者は平出隆だった。

『夢のかたち』『オブジェを求めて』『天使から怪物まで』の真っ白い三冊からなる〈澁澤龍彦コレクション〉は、古今の書物の断章的な引用だけで成立している、きわめて特異な本である。もともとこの企画は河出編集部の発案だったようだが、澁澤以外に適任者は考えられない作品であり、澁澤自身もこの企画には大変な意欲をみせて楽しそうに作業にいそしんでいた。澁澤はこの〈コレクション〉の原稿をつくる際、他人の翻訳をそのまま転載する時にでも、当該ページのコピーをつかったりせず、すべてを自分の手でわざわざ筆写するという「驚くべき作業」（巖谷國士）を、手間と時間を惜しまずにしている。

当初、〈コレクション〉は七巻立てで構想されたが、その頃経営状態がおもわしくなかった河出サイドから、「あまり大規模なのはちょっと……」との注文がつき、結局は全三巻に落ち着いた。澁澤のノートに残る、初期の七巻案は次のようなものだ。シリーズのタイトルは〈綺想アンソロジー〉とされていた。

①　夢のかたち
②　オブジェを求めて
③　どこにもない空間（時間のパラドックス）
④　幻想動物園にて
⑤　回転するもの（円環の渇き）
⑥　エロティシズム
⑦　フリーク　病気　倒錯

この初期案を記した澁澤のノートには、『ボルヘス怪奇譚集』『天国・地獄百科』というボルヘスの邦訳書の名前が二つ、「参考」と書かれた項目に見える。ボルヘスの『夢の本』の邦訳が国書刊行会から出たのは、『夢のかたち』出版の前年にあたる一九八三年（昭和五十八）の九月なので、企画の立ち上げの頃は、澁澤は自分の〈コレクション〉の最初の巻とうり二つの題材と方法と気質で編まれた、兄弟みたいなボルヘス版夢アンソロジーを参照したりすることはまだなかったのだろう。八四年の九月頃、この『夢のかたち』の自筆目次を得々と披露した澁澤は、「ボルヘスのやつとはそうとう違ったものになってるよ。ボルヘスは聖書なんかからたくさん選んでるけど、あんなのは大して面白くないよね」と言って、日頃から愛読し敬愛するアルゼンチンの先輩作家に対してのライバル心をちょっと覗かせていた。澁澤が遺した一九七〇年以降の仕事をふり返ると、ボルヘスの著作との見のがしにはできない類似点が浮かび上がってくるだろう。

金井美恵子が「快楽的な宝石箱」と呼んだこの〈澁澤龍彥コレクション〉全三巻は、同じように文学作品の断章を蒐集したボルヘスの『夢の本』『天国・地獄百科』『短くて途方もない話（ボルヘス怪奇譚集）』の三冊に対応している。事はたんにそれだけにはとどまらない。澁澤のアンソロジー『暗黒のメルヘン』『変身のロマン』『幻妖』は、ボルヘス編のアンソロジー『幻想文学選集』『傑作探偵小説選集』『アルゼンチン古典文学選集』に対応し、澁澤の『幻想博物誌』は、その翻訳を試みた澁澤自身の原稿も遺るボルヘスの動物誌『幻想動物提要（幻獣辞典）』とのコレスポンダンスをみせている。そしてまた、このことを考えるならば、未刊に終った澁澤の〈世界文学集成〉とボルヘス編纂の全三十巻からなる〈バベルの図書館〉という、前代未聞の二つの文学全集の存在が重要となる。

「無限の文学世界が、一人の人間のなかにある」とボルヘスは書いたが、澁澤はボルヘスの追悼文のなかで、「ボルヘスを読む楽しさの一つは、ボルヘスとともに古今東西の文学作品を読むという楽しさである」という名言をはいている（「ボルヘス追悼」）。この二人にはもちろん違った側面も数多くあり、正反対のところさえみうけられる。けれども、ボルヘスの「文学とは幸福というものの数ある多様な形態のうちの一つである」という名言は、澁澤龍彥が残した言葉だとしても、ちっともふしぎはないだろう。

一九八四年（昭和五十九）の暮れもおしせまった十二月十五日、東京神田の三省堂書店で、澁澤の初めてのサイン会が開かれた。

『夢のかたち』の発刊を記念したイベントだったが、「サイン会をやりたい」と言いだしたのはなんと澁澤本人だった。言われた平出も驚いたが、河出の営業部はもっと驚き、話を持って行った書店はさらに吃驚したという。

当日はたいそうな盛況で、若い読者は女性の方が多かった。澁澤は終始上機嫌でサインをこなし、ファンからもとめられると握手も交わした。署名のスピードにはみんながびっくりし、澁澤は「全部で五十何画もあるんだ」と威張っていた。

この年の旅行は以下のとおり。

六月二十六日から二十八日、京都、近江へ。バルチュスの展覧会を見たのはこの旅行の時である。そのあとは湖東を巡った。

九月十二日から十五日、京都旅行。佐々木一彌《かずや》がオーナーをつとめる古書店アスタルテ書房の企画《澁澤龍彥の小宇宙》展を見に行った。

7 昭和六十年／「私のプリニウス」／富士川義之／幻想文学新人賞

日航のジャンボジェット機が御巣鷹山に墜落した一九八五年（昭和六十）——

正月は例年どおり松山俊太郎や四谷シモンらが来訪するが、澁澤はずっと体調が悪く、来客中に寝てしまうこともあった。七日から九日まで、熱海の老舗旅館の蓬莱《ほうらい》に二泊して休養をとったが、頭痛や不快感は癒えなかった。

一月、「私のプリニウス」の連載を「ユリイカ」で開始する。「ユリイカ」最後の連載は、澁澤が入院する翌年の十月までつづき、全部で二十二回を数えた。

古代ローマの軍人で、『博物誌』の作者プリニウスは、一九七〇年以降の澁澤にとって、最も重要だった作家の一人である。「澁澤龍彥の全著作活動において、その前半にはサド侯爵、後半にはプリニウスが守護神の役割を務めたのだった」と、種村季弘は述べている（『全集21』解題）。

澁澤のこの長篇エッセーは、そうした鍾愛のプリニウスを扱って、プリニウスの「法螺吹きである点」や、「剽窃家」あるいは「翻案家」であるところを入念に強調した、まさに「幻想文学としての『博物誌』」を主題とした著作となった。二〇一四年（平成二十六）より、とり・みきと組んで漫画《プリニウス》を描いたヤマザキマリは、「欧州のどこを探したってこんなに素晴らしい『博物誌』の解説書は存在せず、故に『博物誌』が愉快な読まれ方をすることもない」と、澁澤の本に大きな影響を受けたことを語っている（「愉快なる澁澤」）。

本書において澁澤はこう書く、「あきれてしまうくらい、プリニウスは独創的たらんとする近代の通弊から免れているのであった」。この一文を採りあげて巖谷國士は、いまから千九百年以上も前の古代人であるプリニウスには「「近代の通弊」もくそもない」わけだから、これは意識的なアナクロニズムであり、むしろ「澁澤龍彥自身の、「私」をうつす鏡として書かれた文章」だと指摘している（「博物館について」）。

先に、澁澤がたびたび「剽窃家」「翻案家」と非難を受けることについてふれた。こうした問題への澁澤からの貴重な回答として、重要な書きものが残っている。二〇〇八年（平成二十）、生誕八十年を記念して、神奈川近代文学館で開かれた澁澤の大回顧展の際に展示された、一通の手紙である。これは、『ねむり姫』のなかの「狐媚記」と、フランス十九世紀末の作家ジャン・ロランが書いた短篇小説「マンドラゴラ」の類似を指摘した一読者への返事として書かれた澁澤の書簡で、日付は一九八四年（昭和五十九）二月三日。手紙の原文には句読点は施されていないが、それをおぎなった形で、ここに全文を挙げる。

お手紙ありがたく拝見しました。拙作「狐媚記」とジャン・ロランの「マンドラゴラ」との類似を御指摘くださったのは、あなたが最初です。

私の書くものは、ほとんどすべて原形があります。「犬狼都市」がマンディアルグの「ダイヤモンド」を下敷にしたものであることは、よく知られています。「唐草物語」にふくまれる諸作も、ほとんどすべて下敷があって、自分で公開してもよいのですが、かくしておいて、読者に見つけてもらうのも一興かと存じます。

久生十蘭がスタンダールの「チェンチ一族」を下敷にして傑作「無月物語」を書いたように、あるいはボルヘスがH・G・ウェルズの「水晶の卵」を下敷にして傑作「アレフ」を書いたように、私もジャン・ロランを下敷にして良い作品を書きたかったのですが、残念ながら、貴兄の目でごらんになると、あまり良い出来ではなかったようです。反省しなければならないと思います。

「狐媚記」は必ずしもジャン・ロランだけではなく、そのほかにも、いくつかネタがあります。私の場合、オリジナルなものは、おそらく日本語の文体だけでしょう。

「狐媚記」と「マンドラゴラ」の関係をめぐる具体的な分析は『全集』の解題で松山俊太郎が詳細に記しているけれども、みずからの筆法の先駆として澁澤が、久生十蘭とボルヘスの名前を出しているのはたいそう興味深い。それにしても、手紙の末尾に読まれる、「私の場合、オリジナルなものは、おそらく日本語の文体だけでしょう」という一文は、自分の文章への澁澤の深い自信をうかがわせるに足るだろう。

四谷シモンと二月六日、自宅で対談をおこなう。六月に出版される澁澤監修の『四谷シモン　人形愛』に収録するためだった。

澁澤はこのシモンを相手にした対談で、ベルメールやモリニエ、バルチュス、デュシャンらについて、「シュールレアリストっていうのは、あまりアバンギャルドじゃなくて、変な病気みたいな人たちが集まったんじゃないですか。[…] 要するに、二十世紀の前衛運動とか何とかといっても、病気の人が集まったわけだ」、「あれが作品を描かないと、みんな犯罪をやっていたんじゃないですか」と発言している。

最後は二人ともべろんべろんに泥酔した。

三月、『澁澤龍彦コレクション第二巻　オブジェを求めて』が刊行される。

四月十一日、同じ北鎌倉に住む富士川義之が初めて来訪する。

それまでに何編かの澁澤論を執筆していた富士川との対面は、澁澤の方が特に望んで実現したもので、富士川と私が交友のあるのを知った澁澤が、「それなら今度ぜひ富士川さんを連れてきてくれ」と言ったのである。この時のようすを富士川は、次のように記している。「あの伝説的な白い洋館を初めて訪れたとき、赤いセーターを着た、相変らずダンディな澁澤氏はこう言った。「やりたいことはもうほとんどやってしまいましたよ。あとは読みたい本だけを読んで暮したいと思いますね」」（「ダンディな反近代主義者」)。

翌年、富士川の評論集『幻想の風景庭園――ポーから澁澤龍彥へ』の栞に「ストイックな審美家」という一文を寄せた澁澤は、そこで、「口幅ったいことをいわせてもらえば、私と富士川さんとのあいだには、いわばプラトニスト的観念を愛するとでもいったような、たがいに共通した好みがあるのではないかと思っている。ボルヘス好きといってもよいし、ポーやワイルドへの偏愛といってもよい」と書いている。

のちに富士川は澁澤龍彥を、『快楽論』の幸田露伴を元祖に据えて、谷崎潤一郎、石川淳、吉田健一らが受け継ぐことになる「上機嫌の思想」の系譜、すなわち「自我がどうの、内面がどうのなどといった、近代以降の日本文学の重要な関心事だった問題に対して、超然としているというか、ほとんどまったく無関心な態度を貫いた」文学者たちの系譜の一人に位置づけている(「上機嫌の思想」)。

四月十五日、龍子の運転で、野中ユリを連れてドライブをする。根府川《ねぶかわ》の桜を見たあと、真鶴の種村の家へ行く。蕎麦を食う。

五月十日から二十日にかけて、『うつろ舟』に収録される「護法」を執筆する。

同月三十一日、『四谷シモン 人形愛』の出版記念会が青山のブルックであった。吉岡実、松山俊太郎、金子國義、桑原茂夫、巖谷國士、小林薫、篠山紀信・南沙織夫妻などがおり、最後は女優の江波杏子の車で送ってもらった。

六月十日、『高丘親王航海記』の第一章「蟻塚」を書き始める。この月の二十三日まで、まる二週間、澁澤は書斎に閉じこもって書いていた。「蟻塚」は「文學界」の八月号に掲載され、単行本化の折りには、「儒艮」と改題された。

六月三十日、第一回幻想文学新人賞の授賞パーティーのため、新宿の随園へ行く。〈幻想文学新人賞〉は、雑誌「幻想文学」がこの年に創設した文学賞だった。「新たな幻想文学の創造に挑む人々に自由な発表の場を、未知の才能に登場の機会を」という趣旨をもったこの賞の誕生には、もともと中井英夫の後ろ盾にあずかるところが大きかった。一九五〇年代の前半に短歌雑誌の編集者として、塚本邦雄や寺山修司の未知の才能を発掘した体験を持つ中井は、幻想文学の分野にも、新人発掘の場を設けることをつねづね同誌編集長の東雅夫に力説してやまなかった。選考委員をつとめることになった中井は、「組むなら澁澤しか考えられないね」と、選考の役目をはたすもう一人を澁澤に依頼するよう強く主張し、みずからが進んで仲介の労をとった。

澁澤はそれまでも、美術関係の賞の選考委員などを何度か打診されたことがあったようだが、そうした依頼はすべて断っていた。それにもかかわらず、この幻想文学新人賞の選考を引き受けたのは、中井からのじきじきの頼みがあったことはむろんだが、自分がそれまで営々として開拓してきた分野を志す、自分のちょうど子供くらいにあたる若い世代へ寄せる期待が当然あったのだろう。川島徳絵《のりえ》（石堂藍《いしどうらん》）と東雅夫が始めた雑誌「幻想文学」は、早稲田大学のサークル「幻想文学会」のメンバーが中心となって出していた同人誌がもともとの母体であり、当時は会社組織ですらない。驚くべきことには、厄介でないとはとても言いがたいこの選考委員の役割を、中井ともども、澁澤はギャランティ無しでひきうけている。

おもしろいのは、澁澤は「幻想文学」に対しては終始協力を惜しまなかったが、いっぽう、同時期に同じような分野の雑誌として誕生したペヨトル工房の「夜想」の執筆は一度もひきうけていない。（これはペヨトル工房を主宰していた今野《こんの》裕一《ゆういち》に直接聞いた話である。）

澁澤龍彦と中井英夫という、この世界の二大巨頭を選考委員に迎えた第一回幻想文学新人賞には、百七十五編にのぼる数の応募作品が寄せられた。なにせマイナーな雑誌だから、文学賞と銘打ってはいても広告ひとつ打つでもない。賞金は無しである。それでもこれだけの応募作が集まったのは、ひとえに、澁澤と中井に自作を読んでもらいたいと願う応募者たちの強い思いからだろう。

第一回は、受賞作一編、次席入選作二編、佳作四編が選ばれ、この年の五月に刊行された『幻視の文学1985』で発表された。

澁澤の選評の冒頭は、次のような辛口なものだった。

幻想小説の概念もまちまちで、詮じつめれば好みの問題というところに行きついてしまう昨今の風潮である。古いとか新しいとかいったところで、「古いからおもしろい」「古いから好きなのだ」と開き直られれば、議論はそこでストップしてしまう。「物語」がどうのこうの、「テクスト」がどうのこうのと新しがってみたところで、おもしろくない小説はだれも読みはしないだろうし、おもしろければ、そんな小賢しい理窟は吹っとんでしまう。

「幻視の文学」と銘打った作品募集であっただけに、今度の応募作品のなかには、一般の小説とは一味ちがった、現実の奥に別の現実を垣間見たものだとか、寄木細工のように凝ったものだとか、あるいは華麗な文体や措辞のものだとかを発見することができるのではないかと期待したが、残念ながら、その期待は裏切られた。夢みたいな雰囲気のものを書けば幻想になると信じこんでいるひとが多いようだ。もっと幾何学的精神を！　と私はいいたい。明確な線や輪郭で、細部をくっきりと描かなければ幻想にはならないのだということを知ってほしい。

幻想文学新人賞は、澁澤の発病のためにたった二回で中断を余儀なくされた。しかし、その二回の合計十二名の入選者のなかからは、加藤幹也《みきや》（小説家・文芸評論家の高原英理）、牧野みちこ（SF作家の牧野修《おさむ》）、小畠《こばた》逸介《としゆき》（ミステリー作家の芦辺《あしべ》拓《たく》）、土井喜和《きわ》（ファンタジー作家の阿部喜和子）など、多彩な人材が輩出している。

第一回の受賞者である高原英理が、二〇一八年（平成三十）になって、「ガール・ミーツ・シブサワ」と題した小説を発表している（『エイリア綺譚集』収録）。むかしゴスロリだった女性が、霊界から憧れの澁澤龍彦に会いに行くというふしぎな設定のこの中篇小説のなかで、澁澤晩年のふしぎな小説の「人でなし」感について、作中の女性は次のような感想を語る。

> 登場人物たちが不思議な何かに出会って不思議なことが起こる。話自体は現代の人の創作なのに、そこに、主人公の思いが通じるとか通じないとか、愛がどうとか、信頼がどうとか、人生の目的が、とか、そういうわたしたちが日ごろ大切にしている自意識と感情が欠落している。
>
> 成り行きのまま、登場人物が簡単に死んでしまう。発展も進歩もない。意志の力が運命と戦うこともない。愛の心が相手を変えることもない。それをすれば終わり・破滅とわかっていることを、主人公は好奇心や欲望を抑えきれずにやってしまう。そして終わる。欲張りは欲張りなことしかしないし、好色な人はそれを顧みたりしない。お姫様は最後まで姫のまま。強い男は強いだけ、自省とか自己探求とかしない。民話のようだ。

編集者だったこの少女は、さらにこうもつづける。

澁澤龍彥の小説は、なぜこんな話が書かれるのか、作者の必然性がよくわからない。いえ、ただ、興味と空想に任せて話を面白くしてみただけ、ということなんだろうけど。長篇の高丘親王はさすがに主人公だから最後までは死なないし、なんだかとても都合よく旅をして、あちこちで面白いものに出会うけど、これまた近代人の彷徨・探求とは違って、ただ目の前を走馬灯が過ぎてゆくような感じ。体験が蓄積しない。そして目的地の天竺には辿り着かないまま死ぬ。でもそれでもいいやって感じで終わる。こういう、奇想天外だけどさらっとして執着のない世界が、わたしたち二十一世紀の人間にはとても人でなしに思える。全部他人事で、物語の奥に、その物語を必要とする感情がほとんどない感じがする。

また、高原英理が描くこのゴスロリ少女は、澁澤が『ドラコニア綺譚集』などで、「気がする」というフレーズを多用していることに着目する。少女は、「わたしが「気がする」のところに注目してしまうのは、「あ、このとき澁澤さんはもう自由になったんだ」と感じるから」だと言う。晩年の澁澤は、「「もう『面白い、それだけ、文句あっか』だけで行きたいなあ」って感じ始めたのだきっと」と、この少女は考える。

他人の言葉の引き写しももう面倒になった。それで、昔の珍しい記録を読んで、理由なんか書かず、勝手気ままに思うところを示してから、理由の代わりに「そんな気がする」って書くやり方になっていった。これが本格的になったのが『ドラコニア綺譚集』。その題名は、「ここ、オレの王国内だからオレの気分次第で何書いてもいい」っていう好き放題加減をあらわしている。（「ガール・ミーツ・シブサワ」）

この少女の感想と同じようなことに、倉林靖もまた着目している。その後半生に、「文学が現実からはまったく遊離した孤独な王国を形成するという考え方」にだんだんと傾いていった澁澤が、三島自決後の三島論のなかでも、そんなことは俺には関係ないよ、俺の好むのはこれなのさといった態度にたびたび入り込む、すなわち「論理の彼方へとさりげなく身をひいてしまう」というのである。そうした態度そのものが、「澁澤が身につけた「書くこと」の宿命の大事な要素だったのだ」と指摘する倉林は、つづけて次のように筆をすすめている。

観念と現実の矛盾を一身にひきうけ、論理を突き詰めていくことは、ひとを破滅に至らせるということに、澁澤は三島の死をみながら思い至ったのかもしれない。澁澤はむしろ胎内回帰的－東洋的ニヒリズムの無への欲動にひかれていく人間存在の本質を探ろうとする方向に向かうのである。彼はそこに人間存在の自然な在り方を——要するに「自然」を発見することになったのではないだろうか。そして、そのように「書くこと」のなかに、澁澤は、自らの精神の運動の自在さを養っていったのではあるまいか。（『澁澤・三島・六〇年代』）

そして、「そこにこそ、わたしたちが澁澤にとっての「書くこと」「生きること」の意味を探していくことの意義があるように思えるのである」と倉林は結んでいる。

＊

この六月には、『澁澤龍彥コレクション第三巻　天使から怪物まで』が刊行され、翌月二十七日には、完結記念のサイン会が池袋西武の書店リブロで開かれた。

九月五日、前々日に亡くなった齋藤磯雄の弔問へ田無《たなし》に赴いている。澁澤はけっきょく、齋藤磯雄とは一度も会うことがなく終った。齋藤磯雄の日記を見ると、一九七六年（昭和五十一）頃に、ヴィリエ・ド・リラダンをめぐる二人の対談を雑誌「本の本」が企画したことがあったようだが、これは実現にいたらなかった。澁澤は、雑誌「流域」の齋藤磯雄特集号（一九八六年七月）に、追悼の文章「お目にかかっていればよかったの記」を寄せている。

九月十二日から二十三日にかけて、『高丘親王航海記』の第二章「蘭房」を執筆する。

十月十二日から二十三日にかけて、『うつろ舟』に収録される「菊燈台」を執筆する。

十一月十三日から十九日にかけて、『うつろ舟』に収録される「髪切り」を執筆する。

十一月二十九日、浦高二十回生四十周年記念祭に顔を出した。

十二月、その浦高時代の恩師平岡昇が亡くなり、四日の通夜に出た。この席で澁澤は中村真一郎と長い会話を交わした。

帰りは出口裕弘の家に泊まった。澁澤と出口は大酒し、大音量でかけたモダンジャズのレコードに合わせて、めちゃくちゃなゴーゴーを踊った。

十二月六日から十七日にかけて、『高丘親王航海記』の第三章「獏園」を執筆する。

この年の旅行は次のとおり。

五月二十七日から二十九日、京都へ旅行。野中ユリも同行して、アスタルテ書房の《野中ユリ小品展》を見た。

六月二十八日から二十九日、出口、種村、巖谷各夫妻と、伊豆下田を旅行。

八月二十七日から三十一日、京都、近江を旅行。

十二月二十三日から二十四日、新潟を旅行。

澁澤龍彥に残された時間は、あと二年足らずだった。

第X章　太陽王と月の王（一九八六―一九八七）

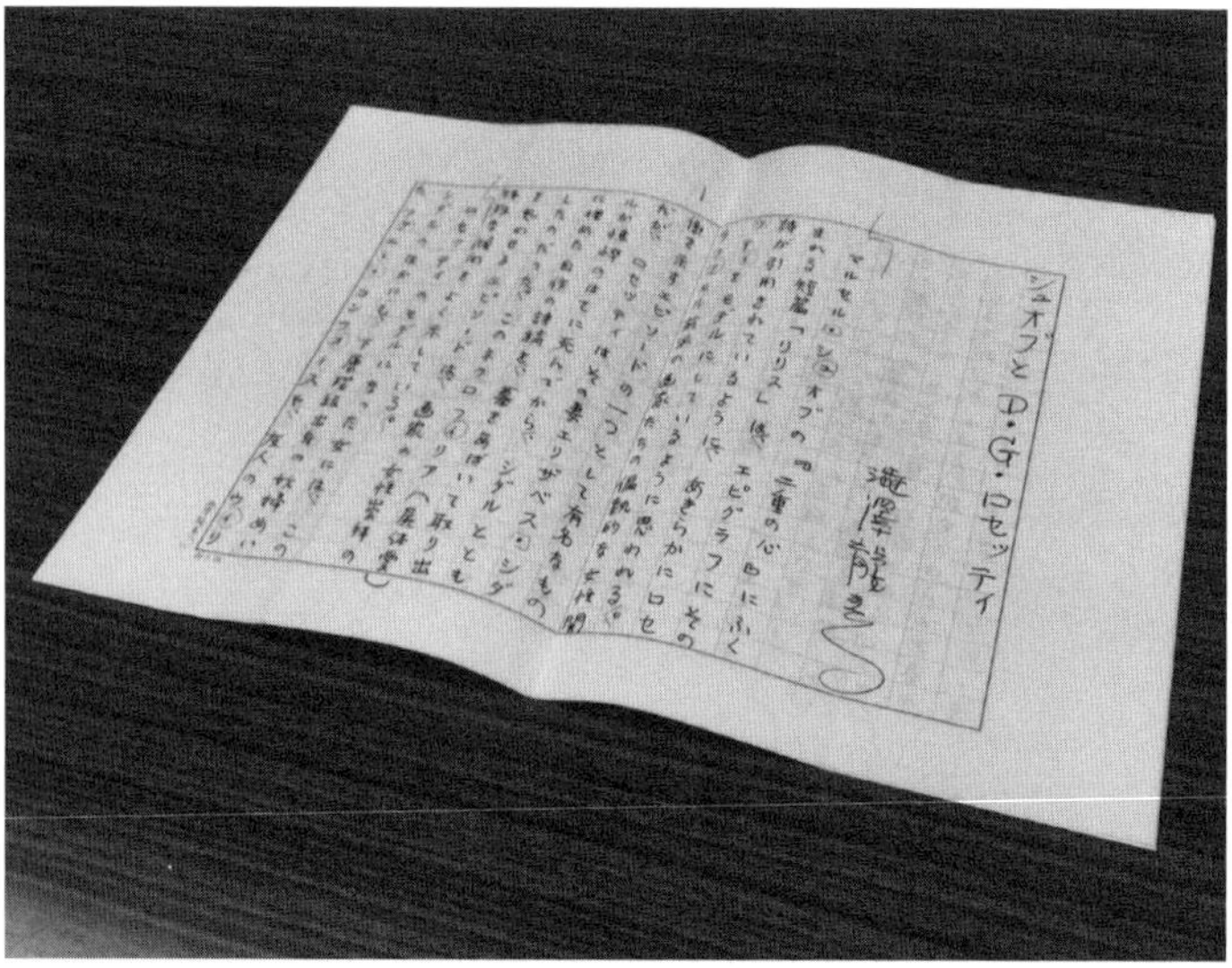

澁澤の自筆原稿「シュオブとD・G・ロセッティ」(「世紀末画廊」)。著者蔵。

1　素顔

澁澤のいちばん上の妹の幸子が、兄について「実生活ではほとんどバカと言っていい部分」があると書いているのは、先の第Ⅵ章で見たとおりである。妻の龍子の回想のなかなどにも、そうした、日常的な事柄にはまったく疎い、とんでもないところがスポンと抜けた澁澤の、「バカ」な顔がいっぱい出てくる。

銀行で自動支払機からお金が出るのにびっくり仰天して、自分もやりたいと何度もボタンを押してお金を残らずばかばかと出してしまったとか、カッターナイフもラジカセも知らなかったとか、駅の自動販売機で切符が上手く買えたと得意げに帰ってきたとか、ひどい方向音痴でホテルの部屋を出るといつも出口とはあべこべの方向に歩き出してしまうとか、外国での旅先で通貨の説明をしてもまったく頭に入れようとせず「このお札、きれいだね」という程度の反応しかなかったとか、そうした類いの澁澤の笑えるエピソードはたくさん残っている。

あるとき巖谷國士が、「澁澤さんは自分の関心がないことはぜんぜん覚えないから、むかし応接間の絨毯が買い換えてあって、それを指摘したら、『なんでそんなことが分かるんだ?』と驚かれた」と言うので、「私も、龍子さんが車を買い換えて色もタイプも前とはぜんぜん違った車種になっていたから、『車を換えたんですね』と話したら、『よくそんなこと分かるな!』と真顔でびっくりされました」と言い、巖谷と二人で大笑いをしたことがある。

一九八四年（昭和五十九）の七月二十三日、原稿を取りに夕刻澁澤の家におもむくと、福武書店の編集者の小山晃一と澁澤が酒を呑んでいた。「海燕」に掲載する小説の原稿を渡した時だったようで、小説の脱稿と酒で気分がリラックスしていたのだろう、兎のウチャを応接間に放した澁澤は、ウチャを膝に抱いて撫でながら「兎は、バカだからいいんだよなあ」と言った。すると、手料理を持ってちょうど部屋に入ってきた龍子はこの言葉を耳に挟んで、「ウチにはバカがもう一匹いるのよね！」と、間髪いれずに攻撃砲を放った。澁澤は聞こえないふりをしていた。

この場面のことは、『澁澤龍彥との日々』にも記されているけれども、高校生の時より澁澤のことを神様のように崇めていたまだ二十代半ばの私は、「ええ！　澁澤先生だって、奥さんから見ればたんなるバカなんだ‼」と知り、人生観がひっくり返るがごとき激甚な衝撃を覚えた。

前にふれた生誕八十年回顧展の図録に、松山俊太郎や加藤郁乎をはじめとした友人たち数人が澁澤との思い出をごく短く記したページがある。そこで巖谷國士が、「あるとき、俺は竹を割ったような性格だ！と叫んだことがある。自分でそう言ってしまうところが澁澤さんだが、事実そのとおりだった」と書いている。

この巖谷のコメントは短いながらたいへんな明察名言なのだが、そうした澁澤の「竹を割った」貌をとらえた美しい回想を、ほかにも二つここで紹介しておこう。

一つは、「澁澤さんは本当に魅力的な人で、時々、本当は馬鹿なのではないか、と思うようなことを言ったりやったりするのだが、なんといっても、とにかく私は澁澤さんを大好きだ」（「澁澤さんのこと」）と書いたこともある金井美恵子の短いエッセーである。（こちらのエッセーのタイトルもなぜか同じで「澁澤さんのこと」という。)

ある集まりの時に、「古いタイプの文芸批評家」が、金井美恵子が当時連載していた長篇小説に難癖をつけてきた。畳敷きの店の細長いテーブルには、澁澤夫妻もいて、その批評家は別のテーブルからやってきて金井に対して難癖をつけていた——

ああいう(文壇で流通している文章を物笑いの種にするような)小説を書いてはいけない、それは文学ではない、と( )の中の部分ははっきりと口に出さずにからむので、相手にしないでいたのだったが、その時、澁澤さんが批評家に向って、うるさいね、誰が何をどう書こうと大きなお世話だよ、と言ったのだった。それは、いい年齢《とし》をした批評家の世間では通用しそうもない文壇的幼稚さを窘めるとか、文学的議論をするとか、こうした席でする話題ではないだろうといった意味といったものが含まれてなどいない、文字通りの、うるさいものに対する大きなお世話だね、という発言なのだったが、澁澤さんのあの独特の少ししわがれて高い声と、少しこめかみに浮き出た血管と本気さが、文芸批評家を大いにひるませて、いろいろな言い方はあると思うけれど、あのような胸のすく言葉が、人の口から実際に発せられたのを聞いた事は、その前もその後も、ない。

金井美恵子は、この集まりを「土方巽の一周忌の集まりの会だったと覚えている」と書いているが、土方の一周忌の時は澁澤はすでに入院状態だったから、これは金井の記憶の誤りだろう。ともあれ、澁澤の晩年の情景であることにはまちがいがない。

金井はつづけて、このエッセーを次のように終えている。

もちろん、何を書こうと大きなお世話だ、と批評家を怒鳴りつけるには（それが他人《ひと》の書いた小説についてでも）、絶対的な自分の世界に対する偏愛的な自負心が必要なのであり（相手がいくらテイノー批評家でも）、私は、それこそが澁澤龍彥的に完結した、少し子供っぽいところのある自己愛の美しい一例として、大好きなエピソードの一つなのである。

もう一つは平出隆が伝えるエピソードであり、巖谷國士との対談のなかに出てくる。ものにこだわらない澁澤には差別ということがまったくなかったと言う平出は、次のような回想をしている。対談をそのまま引こう（「胡桃の中と外」）。

平出　いつだったか、ちょうどなにか差別問題が起っていて、内藤君［河出の編集者の内藤憲吾］と二人で澁澤さんの前で差別問題について話したことがあったんですが、僕は北九州で被差別部落がかなりあって、小さいころに忘れられない経験があるんですね。内藤君の出身地がちょうどそのとき起っていた事件の場所に近くて、そんな話になった。そうしたら、澁澤さんはほんとにきょとんとされて、それからめずらしく、だんだん不機嫌になって、「わからんな。みんな仲よくすればいいじゃないか！」と（笑）。「でも、そういう現実があるんですよ」とこちらがいくら言っても……。

巖谷　そういう問題自体が彼のなかにないわけだ（笑）。

平出　問題として認めない。だから、怒ったというんじゃないですが、「わからん、そんなことは」と何回もくりかえし言っていましたね。

巖谷　たぶん八〇年代だと、澁澤さんが怒ったのは見たことがないんじゃないですか。

平出　ないですね。でも、奥さんにはときに怒ってました（笑）。

三浦雅士は、澁澤龍彥というものを一言でいうと「白木の升」だとしている。それにしても、この「わからんな。みんな仲よくすればいいじゃないか！」というのは、なんと「澁澤龍彥的」であることだろう！

2　昭和六十一年／土方巽の葬儀／『うつろ舟』

男女雇用機会均等法が施行された一九八六年（昭和六十一）――

前年の大晦日から、熱海の池田満寿夫の家に呼ばれた澁澤と龍子は、元旦を池田の家で迎えた。

この年、小学館から、吉行淳之介や磯田光一らを編集委員とする〈昭和文学全集〉が刊行されることになり、その第三十一巻には澁澤が入ることに決まった。この巻の収録作家の顔ぶれは、澁澤のほかに、中井英夫、中野孝次、三木卓、色川武大、田中小実昌、金井美恵子、三田誠広、青野聰、立松和平、村上龍の計十一人で、呉越同舟みたいなめちゃくちゃな巻だった。

「先生の作品もとうとうこうした文学全集に入ることになったんですね」と私が無邪気によろこぶと、澁澤は、「でも、俺はいつでも前衛だぜ」と応えた。

一月十八日、種村季弘から電話があり、澁澤は土方巽の容態が悪化したことを聞く。夜、東京女子医大病院へ四谷シモンとともに見舞いに行く。澁澤は三十分ほど、土方との最後の会話をかわした。

同月二十一日、土方の容態はさらに悪くなり、澁澤は夕方の五時頃、再度病院へ駆けつける。吉岡実、種村季弘と三人で病室に入ると、土方がからだを起こせと言うので、みんなで手を添えて土方を起こした。土方は座禅を組み、虚空へ両手を突き出し、とつぜん合掌した。

土方はこの日の午後十時三十四分に死んだ。澁澤と同年に生まれた土方は、享年五十七だった。

二十三日、目黒のアスベスト館で告別式が執り行われた。

土方の入院中は宗教上の理由から見舞いに来なかった加藤郁乎が、早い時間にアスベスト館に来た。加藤が、「しばらく会ってないけど元気?」と澁澤に訊くと、澁澤は、「ちょっと声が出なくなってね」と答え長話をかわした。この加藤郁乎は、二〇〇一年(平成十三)になって交友録『後方見聞録』の増補版を出した際に、一九六四年(昭和三十九)頃、澁澤が居眠りをしている小町の家の二階で矢川澄子と関係をもったことを書いて、読者を驚かせた。

澁澤はこの告別式の葬儀委員長をつとめた。その時のようすは、貴重な録画が残されている。澁澤は立ち上がって、喪服のポケットに両手を突っ込んだまま、少し上を向いて訥々《とつとつ》と弔辞を述べた。いつにもまして掠《かす》れた声だ。ふつうはスピーチをやらない澁澤は、「あの、突然……天に昇ってしまったという……ことは、ほんとうに、いかにも土方巽らしいと思って……。まあ、驚き、あきれているわけですけども……」と、つかえつかえ話している。

澁澤は、「おそらく私の六〇年代は、土方巽を抜きにしては語れないだろう」と書き、「私たちのまわりには、もう土方巽のような破天荒な人間を見つけ出すことはできない」と語った。澁澤をしてそう言わしめた、「戦後の疾風怒濤時代が生んだ一個の天才」土方巽とは何者だったのだろう。

こうした問いに、現在の私たちがたやすくは答えられなくなっている小さくない要因の一つは、土方が、舞台芸術という再現の不可能な領域を生きた芸術家だった事実にあるだろう。いまでは、土方巽のパフォーマンスを生で体験できた人間はごくわずかしかいない。数多くの作家や詩人や美術家たちを魔法をかけたごとく虜にした、シャーマンに似た人間の芸術は、残された舞台写真や録画から、その残り香だけを嗅ぐしかない。

澁澤にとって土方巽は、いったい何だったのか。

東北の秋田に十一人兄弟の末っ子として生をうけた土方は、同じ一九二八年（昭和三）に生まれた同世代者ながら、澁澤とは生まれも育った環境もおよそちがう。池田満寿夫は土方について、「その最初の一瞥で自分の女房を強姦されそうな恐ろしさを感じた」と書いたが、風貌さえもがこの二人は対照的なまでに異なる。土方は澁澤のことを「白い小さな人」と言った。

この舞踏家と文学者の結びつきは、ウクライナから来たニジンスキーと、パリジャンのコクトーのようなものだと考えるべきなのか。初期の暗黒舞踏の表現はサド裁判の被告だった澁澤の思想と通じ合うところがあったとはしばしば言われることだが、もしそれだけであるならば、六〇年代という時代に限定された話でしかない。それ以降は、「このかけがえのない同志」とのかつての戦友としての友情を、澁澤は舞踏家の死にいたるまで貫いたということなのか。

この問題の解答を、種村季弘は、澁澤と土方がともに持っていた虚無性、「虚無なんだけど非常に明るい虚無」に求めている。土方が〈美貌の青空〉という言葉で示したような虚無。

唐十郎との対談で、種村は澁澤と土方の共通性について、次のように語る。

「つまりあの世代は戦争中の空襲とか、あるいは特攻隊に行く年頃だというような、いつも死ぬことが目の前にあった。でも死というものをあまり暗く考えていない、少年だからね。死ぬということは、ここから敷居を越えて次の部屋へ行くのと同じような、次の部屋には敷いたばかりの青畳がサッとあって、そこにちょっと行って来るというような感覚が、少年兵だった土方さんとか、勤労動員に行った澁澤さんの世代にはあったと思うんです」（「'60年代、〝緊張する〟表現」）。

ただし、土方は戦時中、中島飛行機製作所に勤労動員されていただけで、「少年兵」だったというのはたんなる伝説である。

松山俊太郎は、土方を「天才的でなくて天才であった」とし、澁澤の方はそうした天才ではなかったとしたうえで、次のような見解をインタビューのなかで腹蔵なく語っている。

「澁澤と土方はジャンルが違うから、澁澤が土方に嫉妬するようなことはなかった。踊れなくても、高みから言うことができるので満足できる。土方にとっては、自分が自覚していない、いろんないいところを澁澤が口に出して認めてくれる。澁澤はあとになって自分でも創作したけれど、創作家よりは批評家、鑑賞家ですよ。それと、フランスを中心とする知識の源泉。土方が受益する方が強い関係だから、恐らく瀧口修造よりも、土方にとっては澁澤が第一にありがたい人だったのだと思う」（『土方巽　絶後の身体』より）。

土方は、一九七三年（昭和四十八）以降は舞台に立つのをいっさいやめ、伝説のベールに深くつつまれて死んだ。澁澤自身はたびたび土方に向かって、どうして踊らないのかを問い質したという。土方のそんな謎の沈黙を、澁澤はマルセル・デュシャンの晩年の沈黙に擬《なぞら》えているのだが。……

二月九日から十六日にかけて、『うつろ舟』に収録される「髑髏盃」を執筆する。北鎌倉の家の外は雪景色だった。

同月二十五日、「ユリイカ」五月号の三島由紀夫特集のために、出口裕弘と対談をおこなう。対談の場所は東京のどこかにしてほしいと出口は伝えたが、澁澤が自宅にしてくれないかと言ってきた。「なんだお前、呼びつける気か」と出口はむっとした。澁澤さんはひどく疲れているご様子なので、という編集部の言葉に、出口はしぶしぶ承知した。

この時の二人の縦横な対談はたいへん読みごたえのあるもので、最後は、「気質も体質も違う人間の対談でどうなることかと思ったけれど意見は一致した」でめでたく終っている。澁澤は、三島の謎を解明する意欲はもうないと言い、「ただ、三島さんのむしろ文学を、いまやもう……それを味わうってのがいいなあ」と発言している。

澁澤と出口もふしぎな関係である。同い年で、「文学青年どころか、文学少年のころから一緒にやってきた」友人でありながら、気質も体質も大きく違う。「大根のところ、めざしている仕事が違ってた」からこそ二人の関係は長続きしたのであり、近くて遠い変則の友人だと、出口は言っている。たぶん澁澤にとり、まがりなりにも殴り合いの喧嘩をした友人は、出口だけだったのではないだろうか。

出口は、澁澤の死後に、「私は前々から、澁澤はハッピー・プリンスだと公言しては怪訝な顔をされてきたが、七割方は当たっている評言ではなかろうかと、いまでも自負している」と、書いている（「このめずらかな生涯曲線」）。

三月、「裸婦の中の裸婦」の連載を「文藝春秋」ではじめる。この美術エッセーは、一年間、十二回の予定だった。

この月の八日、熱海の古屋旅館に泊まり、翌日には土方巽の四十九日の法要に出席した。

同月十一日から二十一日にかけて、『高丘親王航海記』の第四章「蜜人」を執筆する。

四月一日、渋谷で巖谷國士と会い、四谷シモンの招待で、並木橋の小川軒で食事をする。そのあと、生越燁子《おごせあきこ》がオーナーをつとめるアートスペース美蕾樹《ミラージュ》に集まって、ピエール・モリニエの映画《私の足》を見る。

四月七日から十二日まで、京都、宮島、山口、萩を旅行。

四月十五日、ジャン・ジュネが死んだ。澁澤は十八日の「朝日新聞」に追悼文を書いた。

同月二十六日、ボルヘスが死んだ。澁澤は「新潮」の八月号に、次のように始まる追悼文を書いた。

「つい二ヵ月前にジャン・ジュネ追悼の一文を草したと思ったら、このたびはボルヘスである。愛惜の作家が次々に幽明境を異にしてゆくのを見るのはつらいが、しかしボルヘスの死には奇妙な明るさがある。かつて稲垣足穂さんが亡くなったとき、すでに生きているうちから、とっくに永遠の世界へ入ってしまった感のある稲垣さんが亡くなっても、それほど悲しみの気持は湧かないと書いたことがあるが、八十六歳のボルヘスの死に接しても、それと似たような気持を私はおぼえる」。

六月、『うつろ舟』が福武書店より刊行される。装丁は菊地信義。

六月十二日から二十二日にかけて、『高丘親王航海記』の第五章「鏡湖」を執筆する。

七月二日から一泊で、磐梯熱海の旅館の一力《いちりき》に泊まる。出口夫妻、種村夫妻、巖谷夫妻との、三度目にして最後の旅行だった。三日は、喜多方へ出て、ラーメンを食べた。

この頃、堀内誠一がやはり澁澤と同じように咽喉の異常を訴え、精密検査を受けていた。澁澤は出口にむかって、「堀内君はさあ、ネクラだからさあ、癌かもしれないよ」と、掠れた声で言った。

同月十九日、顔や手足がむくむ。

八月十五日、「週刊住宅情報」の記事のために、子供の頃に住んでいた田端から駒込にかけてを歩く。龍子とともに、写真家の高梨豊がいっしょだった。澁澤が学んだ滝野川第七小学校の現在の校舎を見て、昔懐かしい和菓子屋中里の名物の南蛮焼きを食べた。

町並みはなにもかも昔と変わってしまっていてがっかりしたが、中里橋から富士見橋へとつづく坂道の途中に、昔ながらのカラタチの垣根が残っており、青い実をつけているのを見つけて澁澤はよろこんだ。

この日が澁澤の最後の散策となった。

3 入院、手術、死

澁澤の命を奪うことになる病気の兆候は、かなり早い時期からみとめられていた。一九八四年（昭和五十九）の九月頃から、頭痛がして気分が悪いと言って寝てしまうことがたびたびあり、慈恵医科大学病院に行き、CTスキャンや脳波の検査をしてもらうが、異常なしとのことだった。翌八五年（昭和六十）になると、今度は喉が痛いと言い出したが、頭痛や不快感よりこの方がまだいいかななどと、最初は呑気にかまえていたという。

その間、鎌倉市内の病院や、友人の医者などにもずいぶん検査をしてもらったが、違和感の原因は分からず、いずれも悪性のものではないだろうという診断だった。

一九八六年（昭和六十一）の三月からは、鎌倉の芋川クリニックに週二回かよい、七月には声帯ポリープの手術まで受けたが、体調はいっこうに改善しなかった。

この年、マリオ・プラーツの『肉体と死と悪魔』の刊行を準備していた私は、澁澤に推薦文を依頼し、五月二十二日に次のような葉書をもらっている。

前略　ポリープで声が出ないのと　もう一つ溶連菌という菌が咽頭について往生しています　それでも食欲旺盛ですから　御安心下さい　さてM・プラーツの件　小生もずいぶんお世話になっていますから一文を草しないわけにはいかないでしょう　翻訳の出来が心配ですが……締切が迫ったらお電話ください

事前の電話で夫人から喉の件を聞いていたので、私が推薦文依頼の手紙にお見舞いを書いたのだろうが、この文面を見ても、よもや半年後に大手術を受けるようなことになろうとは澁澤はまったく思ってもいなかったようだ。大きな影響を受けた長年の愛読書の、翻訳の出来を気にかけているのがいかにも澁澤らしい。

澁澤は五十歳を過ぎた頃から、しきりに「持ち時間が少なくなった」という言葉を口にするようになった。「つまらない人にも会いたくないな、時間の無駄だよね」と言って外出も減り、「時間がないのだから本当にやりたいことだけやるよ」と、原稿の依頼も断ることが多くなった。面会謝絶にして電話にも出ない状態で、文芸誌に発表する小説の執筆に没頭した。「なにか物に憑かれたようで、一篇を書き上げると、とても消耗して見えました」と、龍子は記している（『澁澤龍彥との日々』）。

一九八六年（昭和六十一）の八月二十五日、この日から夫婦で高野山に旅行へ行く予定だったが、澁澤の喉の痛みが特に悪いので中止にする。夜になると、鼾と咳がひどいことになり、通院しているクリニックに龍子が薬をもらいに行き医者に意見を訊くと、咽頭結核か癌かもしれないなどと言いだしたので、龍子はもう限界だと思って、慈恵医科大学病院の医師を紹介してもらう。

九月六日、慈恵医大で診察を受け、悪性腫瘍の疑いがあるので即刻入院を告げられた。澁澤は龍子に、「早く来ればよかったね」とひとことだけ言って黙ってしまった。

いったん帰宅すると、すぐに澁澤は連載中の『裸婦の中の裸婦』第九章「両性具有の女」を書き上げた。

同月八日、慈恵医大に入院した。龍子と出口夫人だけがいる病室で、澁澤は、「再発までに一編、死ぬ前に一編か」と執筆のことを口に出し、「こんなことというのは嫌味かな」と呟いた。

そのあと、澁澤が話題を出して明るく雑談がつづいていたが、病室に医師が何人か入って来て、咽頭癌に圧迫されて呼吸困難になるおそれがある、至急気管切開をしたいが承知してくれるかと澁澤に訊いた。澁澤は一瞬だけ間をおいたが、逡巡する気配もなく諾《うべな》った。ただちに、ストレッチャーが運びこまれ、手術室へ消えた。

気管支切開の手術を受けた澁澤は、首に孔を開けられ、そこから外に出ている細いプラスチックの管によって呼吸をする身体になった。声帯を失ったため、これ以降は筆談を余儀なくされる。

手術が終ったあとで、乗ったタクシーが渋滞に巻き込まれていた出口裕弘がようやく病室に到着した。ガーゼの当てがわれた喉から血が混じったあぶく状のものをブクブク吹き出したまま、澁澤は出口にむかって「やあ」と書いた紙を渡し、つづいて「幻覚がおもしろかったよ」と書いた。

同月十日、妹の幸子と種村季弘夫妻が見舞いに来る。十三日には、巖谷國士夫妻が見舞いに来る。澁澤は巖谷に、「サイボーグになっちゃったよ」と紙に書いて渡した。

これ以後、親しい友人や出版関係者の見舞いがあいつぐが、母の節子が見舞いに来ることは澁澤が拒み、母も当たり前のように息子に従った。

同月十六日、検査結果が判明し、下咽頭癌であることが澁澤に告知される。

澁澤は、「さ、『高丘親王航海記』を完成させなくては、明日資料と原稿用紙を持って来て」と書きつけ、取って来るべき本の名前を書き出し、そのあり場所を示す書棚の地図を丁寧に描きはじめた。昔から安楽死肯定主義者であり、そのことを何度か筆にしてもいる澁澤は、「延命のための無駄なこと、絶対しないように、そのとき、龍子がはっきり言うんだよ」と、掠れた息のような声で言い、メモにもはっきりと書きとめた。涙がどっと溢れた龍子は、「うん、わかった」と言うのがやっとだった。

見舞い客の一人と文学の現状について話している出口にむかって、澁澤が「おれはそういうアクチュアルなことに興味はないね。死に直面しているから」と大きな字で書いた紙を渡したのも、この日のことだと思われる。その次に澁澤が出口に渡した紙片には、「君はまあ、おれの衰弱ぶりをとっくり見届けてくれよ」と書かれていた。

十八日、平出隆が見舞いに来る。澁澤は、「かわいい看護婦さんが次々にあらわれるのが唯一の慰め」と手早く書いて、紙挟みごと突き出して見せた。去りぎわに、エレベーターのところまで送ろうとするので平出が遠慮しようとすると、「それだけのダンディズムがまだ残ってる」と書いた紙を示した。

十九日には、放射線治療が始まる。

同月二十一日、二度目の見舞いに来た巖谷國士にむかって、澁澤は「裸婦の中の裸婦」の連載の引き継ぎを頼んだ。

彼は筆談で、私は大きな声で、とりとめもない会話がはじまる。とつぜん紙の上に、連載のあとを引きついでほしい、「ぜひ頼みます」と書かれた。私は驚き、それはまずいと答えた。病気休載ということにすればいいではないか。そもそもひとりの著者が好きな対象を選び、好きなことを書きつづけるために企画されたものを、別の著者が受けつぐなんて、おかしいではないか。

第一、そのリリーフ役がなぜ私でなければならないのか。

彼は、「君以外にいない」という。そんなこともないはずだと反駁したが、彼は声を失っているから、必要なことを鉛筆で書きしるすだけである。あと三回分やってくれれば連載はおわる。そうしたらまとめて本にしたい。一度くらい共著というのがあってもいいじゃないか、という。

私は断わることができなかった。（巖谷國士「『裸婦の中の裸婦』について」）

九月二十四日、髪を切る。

十月十二日、澁澤はカレンダーに（鮎川信夫死）と書き込んだ。以後、カレンダーにはこの種の書き込みがなされるようになる。

同月二十五日から二十八日まで、病院のベッドのなかで、『私のプリニウス』の校正をする。同じく病院のベッドで書いた本書のあとがきで、澁澤は、ウェスウィウス山の大爆発とともに死んだプリニウスのいかにも自然の愛好家らしい最期が大いに気に入っており、「できれば私もこんな死にかたをしたいと夢想したことがあるが、所詮それはかなわぬ望みだと思い知らされている昨今である」と記している。

同月二十九日、筆談で「朝日新聞」のインタビューを受ける。インタビュアーは黛哲郎だった。病院生活に慣れてくると、澁澤は、まるで北鎌倉の自分の書斎を病室に移したようにベッドの周りに本を積み上げ、短い原稿を執筆し、装丁を考え、見舞い客と筆談で談笑したりして、自宅にいるのと変わらないような日々がつづいた。澁澤は、話したいことを紙にどんどん書いていった。

「精神的な面では、わたしは彼が病人であることを忘れるほどで、病人を看護するために病院に通うという印象は薄く、東京の彼の仕事場に毎日通って行くのだと思っていました」と、龍子は記している。

十一月十一日、手術が午前八時半から始まった。午後の十一時までつづき、じつにえんえん十五時間にわたる大手術だった。体重が三十七キロまでに減ってしまった澁澤がこの大手術に耐えられるかどうかは、執刀する医師たちも危ぶんだ。

手術終了の直後、「シブサワさん、シブサワさん……」と看護婦たちに連呼されて目をさました澁澤は、ベッドに寝たままの姿勢でいきなり目の前の看護婦の一人の手をとると、その手にキスをした。そしてふたたび深い眠りに落ちた。

医師より、手術は成功して、癌細胞は全部とれたとの説明がなされた。

同月十三日より十五日、幻覚を見る。痛み止めとして点滴注入された薬ソセゴンが原因だったようだ。

手術後、自分の顔をはじめて鏡で見たときのことを、澁澤はこう書いている。

「これがおれの顔か、と思ったものである。それは手術のためにみにくくふくれあがって、以前の私のすっきりした面貌とは似ても似つかぬものとなっていた。南無三宝、私は鏡をほうり出して目をつぶった」（「都心ノ病院ニテ幻覚ヲ見タルコト」）。

澁澤は、自分の号を〈呑珠庵《どんじゅあん》〉と決めた。「咽頭に腫瘍を生じたのは、美しい珠を呑みこんでしまったためで、珠がのどにつかえているから、声が出なくなってしまった」という見立てなのである。中国人の専門家に依頼して、この号を豪華な印章に彫ってもらった。

同月十八日、手術後、澁澤ははじめて歩いた。

十二月十九日、石井恭二に連れられて、矢川澄子が見舞いに来た。

同月二十四日、退院の許可がおりて、北鎌倉の自宅に戻る。年末なので道路は混んで時間がかかったが、澁澤は久しぶりに龍子の運転する車に乗っていることがうれしそうだった。

翌日は、むつ煮つけとふろふき大根で日本酒のお湯割を飲んだ。元気になって、本の整理もした。

この十二月に、『私のプリニウス』が青土社から刊行された。澁澤の自装だった。

一九八六年（昭和六十一）の暮れもおしせまった二十八日、北鎌倉に澁澤の好きな雪が降った。

一九八七年（昭和六十二）――

元旦、高橋睦郎が麻布の庖正のおせちを大晦日に届けてくれたが、澁澤はほとんど食べられなかった。年賀の客はなかった。

年のはじめには、澁澤は『高丘親王航海記』の第六章「真珠」の執筆にとりかかっており、十日は、慈恵医大での診察の帰りに八重洲ブックセンターに寄っている。

翌十一日、「前日の外出で非常に疲れている。「疲れやすく、眠く、無気力」であると云う」と、妻のノートには記されている。

同月二十五日、「真珠」の原稿を「文學界」編集部に渡す。

同月三十一日より二月六日まで、鎌倉の佐藤病院に入院する。「真珠」の執筆で無理をしたためか体調が崩れ、下痢がひどく脱水状態に近くなったためである。自分のカルテにOPIUMと書いてあったのを覗いた澁澤は、「オレ、阿片やっちゃったよ」と、嬉しそうに龍子に話した。

二月五日、磯田光一が死に、この訃報に澁澤は大きな衝撃を受ける。のちに「磯田が死んで、私は百万の読者を失ったような気がしている」とも書いた（「穴ノアル肉体ノコト」）。

同月七日、慈恵医大で診察。むくみがひどいので、再入院しての検査が決定する。

翌八日には、東野芳明に宛てて、澁澤は次のような手紙を書いている。

オルフェのように　死の国から帰ってきて　鎌倉の自宅にもどりましたが　なんだか　廻転ドアを押して　ちがう世界に出てしまったような　妙な気分に　いまだに　取り憑かれています

手術のため　ノドも内臓も　ずたずたに切られて　もはや自分は　人間ではなく　一種のサイボーグになってしまったような気がしています

それでも冗談をいったり　見栄をはったりしているのですから　人間というのはどうしようもないものですね

今晩はホタテガイ　と　シラウオの　さしみで　一杯やりました

いや　じつに　うまいものですね

『ロビンソン夫人と現代美術』は　入院しているとき　枕頭に置いて愛読しました　近来まれなる快著です

春になって　少し人間らしくなったら　お目にかかりたいと思います……

十日には入院、十三日からは点滴が始まる。

同月十四日、「都心ノ病院ニテ幻覚ヲ見タルコト」を書く。このエッセーは「文學界」四月号に掲載された。

この月の二十四日に澁澤が書いた埴谷雄高宛の手紙には、次のような文面がみられる。

咽頭も喉頭も食道も　それから腸の一部も切除してしまったので　なんだか自分がロボットになったような気がしています　まさか58歳を境として自分の人生ががらりと激変するとは思ってもみなかったので　かえってそこに小さな楽しみをいろいろ発見しています　埴谷さんのおっしゃる「遠い時空感覚をもちながら日常の一瞬に没頭する」とは　このことだなと思いあたりました

同月二十八日、外泊許可がおり、自宅に戻る。八重洲ブックセンターに立ち寄り、本をたくさん購入する。

三月一日、寄せ鍋を食べてから、夜には病院に戻る。

同月五日から八日まで、自宅に戻る。七日には、池内紀が対談に来る。「國文學」の澁澤特集号のための、筆談で答えるという特殊な対談だったが、澁澤が池内紀に会ったのはこの日が初めてだった。外は大雪で、「首をしめられても死なないし、首吊り自殺はできない」と絵をまじえながら池内に話す澁澤は、「ますます観念的になり、ますます「人生は夢」という意識は強くなって……やがて夢をみるように死んでゆくでしょう」と書いている。

この時の対談はそのままのかたちで雑誌に掲載されたが、澁澤はゲラの際に、「きょうは女性関係のことなんか聞かれるかと思って、ひやひやしていましたが、そういう下世話な話は出ないで安心しました」という一文を末尾に書き加えている。

ソバ寿司をごちそうになった池内は、大雪のなか、帰りに澁澤の家の前の坂道で二度転び、雪だるまみたいになって北鎌倉駅に着いた。

同月八日の夜に、澁澤は病院へ戻った。十四日に退院し、十九日には、「穴ノアル肉体ノコト」の原稿を「海燕」に渡す。

闘病記とか病床日記とかいった種類の文章が大きらいであり、そんなものを書くくらいなら「死んだほうがましだとさえ思っている」と言う澁澤が、不治の病いにおかされた体で執筆した「都心ノ病院ニテ幻覚ヲ見タルコト」と「穴ノアル肉体ノコト」の二編は、たんにそれが傑作であるばかりでなく、澁澤龍彥という人間を考える際に重要な作品となっている。自分の肉体を一個のオブジェとみなし、ともに中世説話風の題名がつけられた二作は、巖谷國士の指摘にあるように、『高丘親王航海記』の最後の二章とならんで、澁澤龍彥の著作中、おそらく特別の意味をもちうる」作品でもあるだろう（『全集22』解題）。

四月八日、毎年恒例になっていた澁澤家の庭の牡丹桜の花見が開かれ、出口夫妻、種村夫妻、巖谷夫妻、それに堀内夫妻が招かれた。堀内誠一は、澁澤の死の十二日あとに同じように他界することになり、その病名までが澁澤と同じだった。

澁澤は左頸から肩までが腫れて、首も回らないような状態だったが、この日は機嫌がとてもよくて、みんなからの見舞いの品であるカシミアの紺色のガウンを着てみせたりした。

花見の席で前に座っていた出口に、「胎児で死んでも、八十で死んでも、おんなじだ。おんなじなんだ」と書いた紙を澁澤は手渡した。

この月の二十日、『高丘親王航海記』の最終章「頻伽」が脱稿した。

起き上がることもできないほど体が弱っており、龍子は何度も「文學界」編集部に断りの電話をしようと思った。だが、澁澤は机にかじり付くようにして書きつづけた。その時のようすを、「なにか、鶴が身を細っても自分の羽で織るみたいにして」と、龍子は語っている。二十日の深夜、「できたよ」と澁澤が言ったときには、龍子は嬉しくて、思わず抱きついた。しかし、これが最後なのだとも感じた。

同月三十日、〈新編ビブリオテカ澁澤龍彥〉の第一回配本が、白水社より刊行される。全十巻構成だったが、澁澤の生前に出たのは第三回の配本までである。

この新著作集は野中ユリが装丁を手がけた。最初の手術の十日ほど前に、野中が装丁の相談をしに病院へ行くと、「君を信頼している。すべて君に任せる」と書いた紙を澁澤は渡した。

五月二日、慈恵医大に再入院する。

同月八日、癌が再発したとの説明があった。ちょうど誕生日だったが、相当のショックを受ける。驚く医師に、「先生が青くなっちゃ困りますよ」と澁澤が忠告するほど癌の再発は早く、放射線治療が繰り返された。それでも、澁澤はふだんと変わることなく執筆し、次作「玉蟲物語」のために資料となる本を読んでいた。

この「玉蟲物語」は、「海燕」に連載が予定されていた長篇伝奇幻想小説で、玉蟲三郎光輝という名の超能力をそなえた小人の主人公が、中世、近世、現代、未来と、時空を超えてぶーんと飛んできて大活躍をする物語になるはずだった。

五月、生前最後の著書となった『フローラ逍遥』が平凡社から刊行された。装丁は中島かほる。

同月二十日、見舞いに来た出口が、完結した『高丘親王航海記』を読んで感動したことを伝えると、「君があの小説を褒めるとは思わなかったな。あんなナンセンス小説」と書いた紙を澁澤は見せた。

一九八六年（昭和六十一）九月の入院以来、龍子は北鎌倉から一度たりとも休むことなく都内の病院に通いつづけた。見舞いに来た石井恭二に、澁澤は、「龍子は一回も休んだことないんだよ」と自慢げに伝えた。

六月、「國文學」の澁澤龍彥特集号が刊行された。

この月の二十日に、小学校時代からの友人の武井宏は、澁澤から次のような手紙をもらっている。武井は澁澤に、「なぜ天はこれからという君を苦しめるのか」と書いた手紙を出しており、これはそれに対する澁澤の返事である。

先日は　病院へお立ち寄りくださって　どうもありがとうございました　貴兄のお話を聞いているのは楽しい一時です

また　新聞の切り抜きお送りくださって　わざわざありがとうございます

貴兄のお手紙には　私をいたわってくださるお言葉がいっぱいで　嬉しいことですが　私自身は自分の病気に　それほど深刻な打撃を受けてはいず　自分を不幸だとか不運だとか思ってはいません　むしろ自分の人生は恵まれた人生であると　今でも思っていますし　病気のおかげで生きていることの有難さを痛切に感じるようになりました　充実した日々を送っていますから　その点はどうかご安心ください

別便にて　國文學という雑誌の特集号をお送りします　あんまりおもしろくありませんが　まア記念に　お納めください

六月二十三日、単行本のために手を入れた『高丘親王航海記』の決定稿を、文藝春秋の出版部に渡す。この月、埴谷雄高へ宛てた手紙のなかで、「旅行に行けないのが残念ですが、ベッドの中で空想旅行を楽しんでいます」と澁澤は書いている。

同月二十四日、ヨーロッパ旅行に出発する二日前の巖谷國士が来た。三か月以上の長旅になるけれど、帰ってきたときには、澁澤さんはきっと退院していて、元気で、うまいものを食べに行って……というようなことを巖谷が口走ると、澁澤は「そうだ！」というふうに、まがらない首でうなずいた。

同月二十九日、東雅夫が来たので、幻想文学新人賞の選考委員を今年は辞退することを伝える。澁澤は、「これからも面白い雑誌をつくってください、楽しみにしています」と書いたホワイトボードを東に示した。

七月四日、自宅に外泊。鎌倉の二楽荘で中華料理を食べる。

同月十日、外泊を許され、鎌倉のウィンズでフルコースを食べる。翌々日、病院に戻る。

病院に帰る車のなかで、龍子がバックミラー越しに後部座席にいる澁澤を見ると様子が変だったので、「どうしたの？　だいじょうぶ？」と訊いたことがあった。「うん、なんでもないよ」とすぐ返事は返ってきたが、澁澤は涙ぐんでいたようだった。龍子はただひたすら前を見てハンドルを握った。

同月十五日、再手術がおこなわれるが、結局、癌を頸動脈から剝がすことはできず、手術は失敗に終った。

この手術の直前に、澁澤は、「土方巽との初対面」と「ユゴー・クラウス『かも猟』あとがき」という、絶筆となった原稿を書き上げている。

同月二十日、食道が破れ、いっさい食事ができなくなり、高カロリーの点滴を開始する。

同月三十一日、矢川澄子が二度目の見舞いに来る。


痛み止め以外のよけいな処置はなされていないらしく、彼はますます平静で晴朗な面持だった。そう、晴朗無上。このひとは昔からこのことばが好きだった、と少女は思った。

こちらがしゃべれば彼はたちどころに筆で応じる。おたがいにこれが最後なことはわかっていたけれど、でもやはり長居は無用だった。（矢川澄子「おにいちゃん」）


八月二日、見舞いに訪れた出口との筆談の途中、澁澤は急に紙に書く字を小さくして出口の目の前にかざし、旧友の老眼を揶揄《からか》った。「見える？　見えないんじゃないの？」出口が、「ばかいえ。見えるさ。ぴかぴかに見えてるよ」と答えると、澁澤は悪童風の表情になって、「ほんとうかい？」と書いた。

同月三日、頸動脈瘤ができ、一週間以内だと医師に言われる。

澁澤はそれでもとても元気で、仕事をしたり本を読んだりしていた。今まで龍子に見せたこともなかった創作ノートを示して、「次の小説は、誰も書いたことのない形態の小説だから、皆びっくりするよ」とメモ用紙に書いた。そして、頭のなかにはもうその物語がすっかり出来上がっているかのように、楽しそうに、はるか彼方を見つめるみたいな優しい目で龍子に微笑んだ。

同月四日、三度目の手術の予定だったが延期された。

出口が、野沢協に一目だけでも会っておいてもらおうと考えて澁澤に連絡をとるが、澁澤は、「出口はおととい来て、さんざんしゃべったばかりなのにどうしたんだ。野沢が来るというのは、おれがそろそろ死にそうな気配だから、一目会っておこうというつもりか」と答えた。

この日、種村が見舞いに来た。半月あまり固形物を口にしていない澁澤は、五穀断ちをした入定僧のように肌がきれいに透き通り、鶴老の道士か高僧の顔立ちになっていた。

八月五日の朝、息子が生涯同居をしていた母の節子が、北鎌倉の家の自室に座って庭を見ていると、黒い蝶が一羽あらわれて、自分の前をひらひらと行きつ戻りつした。母はそれを見て息子が死ぬことを直感した。

その日の午後三時三十五分、都内の病室で頸動脈瘤が破裂し、澁澤龍彥は死んだ。享年五十九。真珠のような大粒の涙がひとつ左の目からこぼれて、一瞬の死だった。その死は読書中の出来事である。

時を十年以上も遡る一九七三年（昭和四十八）、女子高生たちがつくる同人誌のアンケートで、「あと一日で死ぬとしたら」という問いに答えて澁澤は、「いつものように本を読みます」と書いたが、そのとおりだった。

4　葬儀

龍子は夢中で、出口や種村に連絡を取った。二人とも夫人といっしょにすぐ病院に駆けつけた。巖谷國士の夫人さゆり、金子國義と四谷シモン、それに河出書房新社の飯田貴司と内藤憲吾、美術出版社の雲野良平らも来た。

ユーゴスラヴィアのドゥブロヴニクにいた巖谷のもとに知らせが届いたのは、八月九日になってからだった。

澁澤の遺体は、慈恵医科大学病院から車で北鎌倉の自宅に運ばれた。龍子のほかに金子國義と四谷シモンが同乗した。車内でシモンが、澁澤から教わったという歌を子守唄のようにずっとうたった。

自宅では、池田満寿夫や野中ユリたちがすでに待っていた。車が家の近くに着くと、金子とシモン、それに池田や運転手らで棺を家まで運んだが、その重さに金子はびっくりした。「二人はいってるんじゃないの」と、金子は思った。棺の異様な重さは、真夏の運搬のために入れられた大量のドライアイスのせいだった。

その棺は、澁澤が大好きだった画家たちの絵がいっぱい掛かった応接間に置かれた。

その夜、北鎌倉は地を突き刺すような稲妻と激しい雷鳴があった。

八月六日、新聞の朝刊で澁澤の死が世間に伝えられた。サド裁判の被告の死として、各紙とも大きなあつかいだった。

通夜は自宅でいとなまれ、北鎌倉駅近くの精進料理屋の鉢の木で清めの酒と料理がふるまわれた。

料亭の部屋は百人近い通夜の人でごったがえし、立ちあがった出口が、「澁澤君と四十二年付き合ってきた出口です。死んだからといってじめじめすることはないわけですね。呑んでください」と献杯の音頭をとった。

白水社の千代忠央が、「澁澤さんといちばん筆談をやったのは、うちの社じゃ鶴ヶ谷君だろうね」と、部下たちと話を交わしていた。

北軽井沢から車で北鎌倉にむかった中井英夫は、大渋滞に巻きこまれて八時間かかり、到着した時は通夜の客があらかた引き上げたあとだった。


八月七日、北鎌倉駅にほど近い東慶寺で葬儀がとりおこなわれる。

参列者の控え室に和服を着た角刈り頭の大男がぬくっと入ってきて、いきなり、「オレは葬式は嫌えだ!」と吐き捨てるように怒鳴った。

松山俊太郎だった。

出口と池田が弔辞を読みあげた。「あなたほどセンチメンタルを嫌った人はいない。だから、ぼくたちもあなたと同じように一番星見つけた!と叫びたい」という池田の声が、スピーカーから聞こえた。

真夏のよく晴れた暑い昼間だったが、なぜか出棺のとき、まるで天使たちが空から舞い降りてくるみたいに、天気雨がぱらぱらと散ったことをはっきりと憶えている。

澁澤の死に際して、多田智満子は、次のような詩をつくっている(「蝶のかたち」)。

うつせみがうつせみを脱ぐように
あの人はこの岸に影を脱ぎすて
ほんとうにけむりよりかるくなってしまった

犬をして残された影をくわえて去らしめよ
風に微笑のしわのあるこの朝

一九九三年（平成五）から『澁澤龍彥全集』全二十四冊が、一九九六年（平成八）からは『澁澤龍彥翻訳全集』全十六冊が、河出書房新社より、ともに巖谷國士、種村季弘、出口裕弘、松山俊太郎の編集で刊行され、澁澤龍彥が遺した全文業はここに纏められた。

あとがき

澁澤龍彥の日本文学史上における位置は没後三十年を過ぎたいまなお明確になったとは言いがたいが、回想記などを中心とした澁澤をめぐる資料類はかなり豊富に出揃っている。

澁澤が生前も少なからぬ熱烈な愛読者たちをもった作家であり、またその死後は、ほとんどの著作の文庫化とともに、生前にもまして多くのひとびとに読まれ、多くのひとびとに関心をもたれつづけている人気作家となったことが、関係資料が数多く公けに出されている理由の一つと当然考えられる。澁澤の特集を組んだ雑誌類の数も、すでに両手の指を越えている。

また、澁澤の没年齢が比較的若かったために、その時点ではおもだった関係者のほとんどが存命しており、多くの得難い証言が幸運にも散逸する前に残されたことも、資料が豊富な理由のもう一つとしてあがるだろう。とりわけ、河出書房新社刊行のすぐれた『澁澤龍彥全集』『澁澤龍彥翻訳全集』の月報と、幻想文学会出版局が出した力作「澁澤龍彥スペシャルⅠ」に掲載された、多数のインタビュー類は、インタビューをうけた人たちがほとんど没した現在となっては、いっそうのこと有意義な証言となっている。

本書『龍彥親王航海記』は、そうした、澁澤龍彥の生涯と作品について書かれ、語られた、膨大な文章（もちろんそこには澁澤本人のものがもっとも多い）に、あたうかぎり目を通し、それらを選択して、編集配列することにより成った「伝記」である。

あえてバッハの受難曲に喩えれば、ここでは曲の中核となるアリア、アリオーソ、コラールはもう作曲されて筆者の前に揃っていた。だから、本書の筆者が新たに書き下ろしたのは、すでに存在するそうした美しいアリアやコラールのあいだとあいだを語り繋いでいく〈福音史家《エヴァンゲリスト》〉のレチタティーヴォのパートと、それに少しばかりの序曲やら間奏曲だけにすぎないとも言えるだろう。役目は〈福音史家〉なのだから、福音史家がみずから朗々と歌う愚は厳につつしんだつもりであるし、いわんや、ロマネスクな想像力などといったものは、本書の叙述にはいっさいもちいられていない。

ただ、澁澤最晩年の三年ほどの短い期間だが、筆者は編集者として澁澤龍彦本人とじかに接している。その回数もせいぜい二十たらずだが、そうした意味では、石井恭二と小野二郎にはじまる幸福な澁澤編集者の系譜の、どん尻の最末席にいた一人であることは真実であり、その時に澁澤から聞いた話は、記憶のある限り本書に採りいれるようにした。まだ若かった筆者が澁澤と交わした会話はたわいもないものも多いけれども、それでも今となっては重要だといえる部分をふくんでいないわけではないかもしれないからだ。

本書執筆における、伝記的事実の最大の拠り所となったものは、『澁澤龍彦全集　別巻2』に収録された、巖谷國士さんによる「澁澤龍彦年譜」である。澁澤没後数年にしてつくられた、百ページを越えるこの大変な労作の存在がなければ、本書のような後塵を追った書き物はまったく成り立たなかっただろう。澁澤龍子さんには、二年以上にわたった北鎌倉での蔵書目録『書物の宇宙誌』の編纂（二〇〇三〜〇六年）のおりなどに、さまざまに貴重なお話の数々をうかがった。本書の執筆にあたっても、あたたかい励ましのお言葉をいただき、資料や写真についてもご高配を賜った。

すでに故人となられた、種村季弘さん、松山俊太郎さん、出口裕弘さん、矢川澄子さんには、仕事を通じての長いお付き合いの中で、たくさんのいろいろな話を聞かせていただいた。矢川澄子さんからは、一九九三年の八月、池田香代子さん、東雅夫さんと筆者の三人が、黒姫のご自宅に招かれ、その際、二日にわたって矢川さんの話を録音にとった。四半世紀以上も前の大昔の、六本になるその九〇分カセットテープから、少なからぬ重要な証言と情報を本書は得ている。

いまお名前を挙げた、巖谷さん、龍子さん、種村さん、松山さん、出口さん、矢川さんには、この場を借りて、心からの感謝を申し述べる次第である。

また、三十数年前に、筆者が澁澤龍彥の生身に接しえたことは、まさにひとつの「恩寵」であった。そうした意味で、本書の主人公である澁澤龍彥さんに、あらためて深い感謝を捧げなければならないだろう。

出版にあたっては、白水社専務取締役の小山英俊さんと、編集部の金子ちひろさんにたいへん手厚いお世話をいただいた。末尾になったが、お二人には特別のお礼を申し上げたい。

二〇一九年八月五日

礒崎純一

詳細目次

主要参考文献

●全集

『澁澤龍彥全集』全二十二巻別巻二、河出書房新社、一九九三～九五年
『澁澤龍彥翻訳全集』全十五巻別巻一、河出書房新社、一九九六～九八年

●年譜

「澁澤龍彥年譜」巖谷國士編『澁澤龍彥全集　別巻2』河出書房新社、一九九五年
「澁澤龍彥年譜（一九五五―一九六八）」矢川澄子編『澁澤龍彥スペシャルⅠ　シブサワ・クロニクル』幻想文学会出版局、一九八八年
「澁澤龍彥年譜補遺」澁澤龍子編『澁澤龍彥　夢の博物館』美術出版社、一九八八年
「澁澤龍彥年譜」『ユリイカ臨時増刊号「澁澤龍彥」』青土社、一九八八年六月
「年譜」佐藤秀明・井上隆史編『決定版　三島由紀夫全集42』新潮社、二〇〇五年
「土方巽年譜」森下隆編『土方巽全集Ⅱ』河出書房新社、二〇一六年
「矢川澄子年譜初稿」郡淳一郎編『ユリイカ臨時増刊号「矢川澄子・不滅の少女」』青土社、二〇〇二年十月
「種村季弘略伝」齋藤靖朗編『詐欺師の勉強あるいは遊戯精神の綺想』幻戯書房、二〇一四年
「吉岡実年譜」小林一郎編『現代詩読本　吉岡実』思潮社、一九九一年

●文章集成等

『澁澤龍彥　回想と批評』幻想文学会出版局、一九九〇年
『新潮日本文学アルバム54　澁澤龍彥』新潮社、一九九三年
『回想の澁澤龍彥』河出書房新社、一九九六年＝A
『澁澤龍彥を語る』河出書房新社、一九九六年
『澁澤龍彥をめぐるエッセイ集成』全二巻、河出書房新社、一九九八年
『書物の宇宙誌　澁澤龍彥蔵書目録』国書刊行会、二〇〇六年
『澁澤龍彥の記憶』河出書房新社、二〇一八年

●特集雑誌、ムック等

『別冊新評「澁澤龍彥の世界」』新評社、一九七三年十月
『ユリイカ「澁澤龍彥　ユートピアの世界」』青土社、一九七五年九月＝B
『國文學「澁澤龍彥　幻想のミソロジー」』学燈社、一九八七年七月
『ユリイカ臨時増刊号「澁澤龍彥」』青土社、一九八八年六月＝C
『澁澤龍彥スペシャルⅠ　シブサワ・クロニクル』幻想文学会出版局、一九八八年＝D
『澁澤龍彥スペシャルⅡ　ドラコニア・ガイドマップ』幻想文学会出版局、一九八九年
『ブックガイド・マガジン「澁澤龍彥をめぐるブック・コスモス」』幻想文学会出版局、一九九〇年八月
『新文芸読本　澁澤龍彥』河出書房新社、一九九三年
『澁澤龍彥事典』平凡社、一九九六年

『幻想文学「澁澤龍彥 1987–1997」』第50号、アトリエOCTA、一九九七年七月
『ユリイカ「澁澤龍彥　二〇年目の航海」』青土社、二〇〇七年八月
『生誕八〇年　澁澤龍彥回顧展』神奈川近代文学館、二〇〇八年
『文藝別冊「澁澤龍彥」』（増補新版）河出書房新社、二〇一三年六月＝E
『文藝別冊「澁澤龍彥ふたたび」』河出書房新社、二〇一七年

●**文献**（著者名五十音順）

青柳いづみこ『ショパンに飽きたら、ミステリー』国書刊行会、一九九六年
浅川泰『砂澤ビッキ――風に聴く』北海道近代美術館編、ミュージアム新書、二〇〇四年
浅田彰『天使が通る』（島田雅彦との共著）新潮社、一九八八年
浅羽通明『澁澤龍彥の時代――幼年皇帝と昭和の精神史』青弓社、一九九三年
足立正生「運動（者）としての澁澤思想　60年代アンダーグラウンドから」→E
新井慎一『渋沢栄一を生んだ「東の家」の物語』博字堂、二〇〇二年
嵐山光三郎『口笛の歌が聴こえる』新潮文庫、一九八八年
嵐山光三郎「泥の王宮」『小説新潮』新潮社、一九九〇年五月
荒俣宏「シブサワ博物館印象記」『みずゑ』美術出版社、一九八七年冬号
有田和夫「夢の館ができるまで」→D
淡谷淳一「幻のシブサワ版世界文学全集」→D
生田耕作「童心の碩学」（『澁澤龍彥集成V』月報）桃源社、一九七〇年
生田耕作「『偏愛的作家論』『悪魔のいる文学史』書評」『海』中央公論社、一九七三年三月

生田耕作「双蓮書屋口暦」『文人を偲ぶ　生田耕作評論集成Ⅱ』奢灞都館、一九九二年
生田耕作「私が選ぶ「フランス小説ベスト…」」『異端の群像　生田耕作評論集成Ⅲ』奢灞都館、一九九三年
池田龍雄「澁澤龍彥の磁場」『蜻蛉の夢――記憶・回想そして絵画』海鳥社、二〇〇〇年
池田満寿夫『私の調書』新風舎文庫、二〇〇五年
池田満寿夫「澁澤龍彥とのこと」(『ビブリオテカ澁澤龍彥Ⅳ』月報)白水社、一九八〇年
池田満寿夫「次元が違う」(『澁澤龍彥論コレクションⅤ』)勉誠出版、二〇一七年
石井恭二「〈サド裁判〉前後」→A
石井恭二「現代思潮社とその時代」『エディターシップ』創刊準備号、日本編集者学会、二〇一〇年四月
石原慎太郎「土方巽の怪奇な輝き」『土方巽の舞踏』慶應義塾大学出版会、二〇〇四年
稲田奈緒美『土方巽　絶後の身体』日本放送出版協会、二〇〇八年
岩崎美弥子「瀧口修造　加納光於宛書簡2」『みすず』みすず書房、二〇〇五年十一月
岩田宏『なりななむ』草思社、一九八七年
巖谷國士『澁澤龍彥論コレクション』全五巻、勉誠出版、二〇一七～一八年
臼井正明「キッズ・アー・オールライト!」→D
臼井正明「中学校時代のこと」→A
江原順「『サド復活』書評」『読書人』一九五九年十二月十四日
遠藤周作「『サド復活』書評」『読書新聞』一九五九年十月二十六日
遠藤周作「「悪徳の栄え」はワイセツ文書ではない」『日本』一九六一年十一月
大岡信「『幻想の画廊から』書評」『読書新聞』一九六八年二月十九日
大岡信「少年のおもかげ永遠に」『現代詩手帖』思潮社、一九八七年九月

大塚譲次「「新人評論」の頃」→A
小笠原賢二「澁澤龍彥「螺旋的運動」と「東洋的虚無」」『読書人』一九八四年一月十六日
小笠原豊樹（岩田宏）「〝サド侯爵主義〟の人」『読書新聞』一九六四年四月十一日
小笠原豊樹「むかしむかし……」（『新編ビブリオテカ澁澤龍彥　思考の紋章学』月報）白水社、一九八八年
奥野健男「〝昭和の子供よ〟澁澤龍彥」（『新編ビブリオテカ澁澤龍彥　魔法のランプ』月報）白水社、一九八八年
笠井叡「澁澤龍彥氏の思い出」→C
鹿島茂「澁澤龍彥という精神について」『産経新聞』一九九三年八月五日
鹿島茂「来たるべきフーリエの世界」→E
片山正樹「素顔の澁澤龍彥」→D
加藤郁乎『後方見聞録』学研M文庫、二〇〇一年
加藤郁乎『加藤郁乎作品撰集Ⅲ』書肆アルス、二〇一六年
加藤郁乎「『偏愛的作家論』書評」『図書新聞』一九七二年八月五日
加藤郁乎「天使」『澁澤龍彥事典』平凡社、一九九六年
加藤郁乎「裸体のモラリスト」『坐職の読むや』みすず書房、二〇〇六年
金井久美子「澁澤さんとお相撲」（『新編ビブリオテカ澁澤龍彥　思考の紋章学』月報）白水社、一九八八年
金井美恵子「吉岡実とあう」（『現代の詩人Ⅰ　吉岡実』）中央公論社、一九八四年
金井美恵子「澁澤さんのこと」『生誕八〇年　澁澤龍彥回顧展』神奈川近代文学館、二〇〇八年
金子國義『美貌帖』河出書房新社、二〇一五年
金子國義「道行き」『澁澤龍彥画廊』日動出版、一九九五年

神谷光信『評伝　鷲巣繁男』小沢書店、一九九八年
唐十郎「澁澤さんの観劇体験」（『澁澤龍彥文学館11』月報）筑摩書房、一九九一年
柄谷行人『近代日本の批評Ⅱ』講談社文芸文庫、一九九七年
川村二郎「amor figurae――澁澤龍彥『思考の紋章学』をめぐって」『文藝』河出書房新社、一九七七年九月
川本三郎「白々しい時代の中の「澁澤龍彥」」→B
川本三郎「思想としての趣味――澁澤龍彥をめぐって」『カイエ』冬樹社、一九七八年十月
菅野昭正『明日への回想』筑摩書房、二〇〇九年
菅野昭正「玩物の思想」→C
木々高太郎「『黒魔術の手帖』書評」『週刊朝日』一九六一年十一月三日
草鹿外吉「「新人評論」の頃」→D
雲野良平「『夢の宇宙誌』から」（『澁澤龍彥論コレクションV』）勉誠出版、二〇一七年
雲野良平「本造りのたのしみ――澁澤龍彥さんを巡る三冊の本」『澁澤龍彥　ドラコニアの地平』平凡社、
二〇一七年
倉林靖『澁澤・三島・六〇年代』リブロポート、一九九六年
栗田勇「一体なにが起ったか」『早稲田大学新聞』一九六二年十月二十九日
栗田勇「反逆の情念」→D
桑原茂夫「「澁澤龍彥　泉鏡花セレクション」誕生秘話」（『澁澤龍彥　泉鏡花セレクションI』）国書刊行会、
二〇一九年
幸田露伴「澁澤榮一伝」『幸田露伴全集　第十七巻』岩波書店、一九四九年
齋藤磯雄「日記」『齋藤磯雄著作集　第Ⅳ巻』東京創元社、一九九三年

齋藤愼爾「少女流謫」『ユリイカ臨時増刊号「矢川澄子・不滅の少女」』青土社、二〇〇二年十月
柴橋伴夫『風の王――砂澤ビッキの世界』響文社、二〇〇一年
澁澤幸子『澁澤龍彥の少年世界』集英社、一九九七年
澁澤幸子「妹からみた兄龍彥」↓A
澁澤節子「幼少年期のこと」↓A
渋沢華子『徳川慶喜最後の寵臣 渋沢栄一――そしてその一族の人びと』国書刊行会、一九九七年
澁澤龍子『澁澤龍彥との日々』白水社、二〇〇五年
澁澤龍子『澁澤龍彥との旅』白水社、二〇一二年
澁澤龍子「〝眠るひと〟との日常」↓D
澁澤龍子「『滞欧日記』の真相」（『澁澤龍彥論コレクションⅢ』）勉誠出版、二〇一八年
澁澤龍子「死の予感」（『澁澤龍彥綺譚集Ⅱ』）日本文芸社、一九九一年
白井健三郎「やんちゃな被告たち」↓D
城山三郎『雄気堂々』日本歴史文学館32、講談社、一九八六年
陶山幾朗『「現代思潮社」という閃光』現代思潮新社、二〇一四年
高柴慎治「『夜窓鬼談』の世界」『夜窓鬼談』春風社、二〇〇三年
高橋たか子『誘惑者』講談社文芸文庫、一九九五年
高橋たか子『高橋和巳という人――二十五年の後に』河出書房新社、一九九七年
高橋たか子「言いようもないことのうちの、一言」『ユリイカ臨時増刊号「矢川澄子・不滅の少女」』青土社、二〇〇二年十月
高橋睦郎『友達の作り方』マガジンハウス、一九九三年

高橋睦郎「澁澤龍彥家の暴風雨の一夜」『週刊言論』潮出版社、一九七〇年六月一日
高橋睦郎「もてなしの極意」→E
高橋睦郎「水晶と模型の夢」（鼎談）『文學界』文藝春秋、二〇一七年八月
高原英理『アルケミックな記憶』アトリエサード、二〇一五年
高原英理「ガール・ミーツ・シブサワ」『エイリア綺譚集』国書刊行会、二〇一八年
髙三啓輔『字幕の名工　秘田余四郎とフランス映画』白水社、二〇一一年
高山宏「オドラデク跳梁――ドラコニアの一九六〇年代」→C
武井宏「半世紀の友わが澁澤龍彥」（『ビブリオテカ澁澤龍彥Ⅲ』月報）白水社、一九七九年
武井宏「ちいさな貴公子」→D
武井宏「小学校時代のこと」→A
多田智満子「ユートピアとしての澁澤龍彥」（『ビブリオテカ澁澤龍彥Ⅰ』月報）白水社、一九七九年
多田智満子「『未定』このかた」→D
田中美代子「神と玩具」→B
田辺貞之助「『マルキ・ド・サド選集』書評」『図書新聞』一九五七年三月二十三日
谷川晃一「「魔」一文字」（『新編ビブリオテカ澁澤龍彥　偏愛的作家論』月報）白水社、一九八七年
種村季弘『土方巽の方へ――肉体の六〇年代』河出書房新社、二〇〇一年
種村季弘『澁澤さん家で午後五時にお茶を』学研M文庫、二〇〇三年
種村季弘「絶対の探求」『食物漫遊記』筑摩書房、一九八一年
田村敦子「〝女性誌に登場〟の頃」→A
千代忠央「ビブリオテカの思い出」→D

塚本青史『わが父塚本邦雄』白水社、二〇一四年
出口裕弘『綺譚庭園——澁澤龍彥のいる風景』河出書房新社、一九九五年
出口裕弘『澁澤龍彥の手紙』朝日新聞社、一九九七年
出口裕弘「われらが修業時代」→D
寺山修司「澁澤龍彥の最近の仕事」『読書人』一九七七年十一月二十八日
東野芳明「止った時計」→B
東野芳明「澁澤龍彥のこと」『現代詩手帖』思潮社、一九八七年九月
堂本正樹「『血と薔薇』の時代」→D
内藤憲吾「ドラコニアをポケットに！」→D
内藤三津子『薔薇十字社とその軌跡』論創社、二〇一三年
内藤三津子「華やかな宴の日々」→D
内藤三津子「「血と薔薇」の頃」→A
中井英夫「双つ星の終焉」『ユリイカ』青土社、一九八七年九月
中川右介『江戸川乱歩と横溝正史』集英社、二〇一七年
中田耕治「『サド復活』書評」『図書新聞』一九五九年十月十日
中田耕治「毒薬」『澁澤龍彥事典』平凡社、一九九六年
中田耕治「澁澤龍彥について」『AZ』35号、新人物往来社、一九九五年
中村稔『私の昭和史・完結篇（上）』青土社、二〇一二年
中村稔「澁澤龍彥氏とサド裁判」→C
中村稔「『悪徳の栄え』事件の回想」『法学教室』有斐閣、一九八八年十一月

野坂昭如『新宿海溝』文春文庫、一九八三年
野沢協「現代におけるユートピスムの可能性と不可能性」『図書新聞』一九九七年三月二十二日
野中ユリ「兄の力」→D
橋口守人「多田智満子と矢川澄子」『未定』Ⅸ号、二〇〇三年
埴谷雄高「『黒魔術の手帖』書評」『読書新聞』一九六一年十月二十三日
埴谷雄高「『神聖受胎』『犬狼都市』書評」『図書新聞』一九六二年四月二十一日
埴谷雄高「『サド侯爵の生涯』書評」『北國新聞』一九六四年十月二十一日
埴谷雄高「文学の本道」→A
馬場駿吉『時の晶相』水声社、二〇〇四年
馬場禮子「観念的エロスの夢」→B
東雅夫「解説」(『妖人奇人館』)河出文庫、二〇〇六年
東雅夫「恩寵」『ユリイカ「澁澤龍彥 二〇年目の航海」』青土社、二〇〇七年八月
土方巽『〔新装版〕土方巽全集』全二巻、河出書房新社、二〇一六年
平出隆「悠々と自分をひらく」→D
平出隆「火口にて」『海燕』福武書店、一九八七年十月
平出隆「外出の澁澤龍彥」『新潮日本文学アルバム54 澁澤龍彥』新潮社、一九九三年
平出隆「胡桃の中と外」(『澁澤龍彥論コレクションV』)勉誠出版、二〇一七年
平岡正明「澁澤龍彥の俠――雑誌『血と薔薇』とその後」→C
富士川義之「事物の変容」『牧神』第1号、牧神社、一九七五年一月
富士川義之「上機嫌の思想」(『新編ビブリオテカ澁澤龍彥 ドラコニア綺譚集』月報)白水社、一九八七年

富士川義之「ダンディな反近代主義者――澁澤龍彥氏を悼む」『ユリイカ』青土社、一九八七年九月
堀内誠一『父の時代・私の時代――わがエディトリアル・デザイン史』マガジンハウス、二〇〇七年
堀内路子「欧州旅行を共にして」→D
堀内路子「「澁澤君」のこと」(『澁澤龍彥論コレクションⅤ』)勉誠出版、二〇一七年
堀切直人『本との出会い、人との遭遇』右文書院、二〇〇七年
松井健児「旧制浦和高校時代」→A
松山俊太郎『綺想礼讃』国書刊行会、二〇一〇年
松山俊太郎「丸ごと謎の人――天才的でなくて天才であった」『アスベスト館通信』第9号、アスベスト館、一九八八年
松山俊太郎「生涯をかけて開かせた、傷の花」(鼎談)『ユリイカ臨時増刊号「矢川澄子・不滅の少女」』青土社、二〇〇二年十月
松山俊太郎「彼等、すなわち足穂とその眷属」(鼎談)『ユリイカ臨時増刊号「稲垣足穂」』青土社、二〇〇六年九月
黛哲郎「変貌する時代の中で……」(『新編ビブリオテカ澁澤龍彥　ドラコニア綺譚集』月報)白水社、一九八七年
麿赤児「1969どろどろの坩堝」(対談)『月あかり』第5巻、カマル社、二〇一七年
三浦雅士「現代批評の主流はどこにあるか――小林秀雄から澁澤龍彥へ」(『澁澤龍彥　日本作家論集成(下)』)河出文庫、二〇〇九年
三浦雅士「直線の人「シブタツ」」(『澁澤龍彥論コレクションⅤ』)勉誠出版、二〇一七年
三木多聞「少年のころの周辺」→D

三島由紀夫『三島由紀夫評論全集　第一巻』新潮社、一九八九年
三島由紀夫『決定版　三島由紀夫全集38　書簡』新潮社、二〇〇四年
三橋一夫「小学校時代のこと」→A
南伸坊『私が聴いた名講義』一季出版、一九九一年
元藤燁子『土方巽とともに』筑摩書房、一九九〇年
森泉笙子『新宿の夜はキャラ色』三一書房、一九八六年
矢川澄子『静かなる終末』筑摩書房、一九七七年
矢川澄子『おにいちゃん――回想の澁澤龍彥』筑摩書房、一九九五年
矢川澄子『矢川澄子作品集成』書肆山田、一九九八年
矢川澄子「架空の庭のおにいちゃん――没後10年・素顔の澁澤龍彥」（鼎談）『正論』産経新聞社、一九九七年二月
矢川澄子「稲垣足穂に会ったころ」（対談）『ちくま』筑摩書房、二〇〇〇年十月
矢貴昇司「桃源社と澁澤龍彥」→A
矢貴昇司（八木昇）「六〇年代を共に歩んで」→D
矢貴昇司（八木昇）「澁澤龍彥訳ユイスマン『さかしま』のころ」『螺旋の器』第3号、二〇一九年
山口猛『紅テント青春録』立風書房、一九九三年
ヤマザキマリ「愉快なる澁澤」『文藝別冊「澁澤龍彥ふたたび」』河出書房新社、二〇一七年
山下武「ドッペルゲンガー文学考　第十二回　澁澤龍彥」『幻想文学』第48号、アトリエOCTA、一九九六年
横尾忠則『言葉を離れる』青土社、二〇一五年

横山茂雄「アンケート回答」『幻想文学「澁澤龍彦 1987―1997」』第50号、アトリエOCTA、一九九七年七月
吉岡実『土方巽頌』筑摩書房、一九八七年
吉岡実「示影針（グノーモン）」→B
吉岡実「都乎断章」『「死児」という絵』（増補版）筑摩書房、一九八八年
吉本隆明「昆虫少年の情熱」『読書新聞』一九六二年四月十六日
吉行淳之介『吉行淳之介全集　第8巻』新潮社、一九九八年
吉行淳之介「昭和二十三年の澁澤龍彥」『ユリイカ』一九八七年九月
吉行淳之介「「モダン日本」記者澁澤龍雄」→A
四谷シモン『人形作家』講談社現代新書、二〇〇一年
四谷シモン『四谷シモン前編』学習研究社、二〇〇六年
四谷シモン「鎌倉の一寸法師」→B
四谷シモン「兄の力について」（『澁澤龍彥論コレクションV』）勉誠出版、二〇一七年
若桑みどり「註のない文章について」→C
『サド裁判』（上・下）現代思潮社、一九六三年
『回想　野沢協』法政大学出版局、二〇一八年
磯田光一宛書簡（三三一頁）および埴谷雄高宛書簡（四七七頁と四八一頁）は神奈川近代文学館所蔵

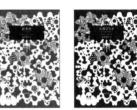

著者略歴

礒崎純一（いそざき・じゅんいち）
一九五九年生まれ。慶應義塾大学文学部フランス文学科卒。編集者。『書物の宇宙誌　澁澤龍彦蔵書目録』（国書刊行会）を編纂。共著に『古楽CD100ガイド』（国書刊行会）、『古楽演奏の現在』（音楽之友社）、編纂CDに『カウンターテナーの世界』（ヴァージン）等がある（すべて瀬高道助名義）。

龍彦親王航海記　澁澤龍彦伝

二〇一九年一二月一五日　第一刷発行
二〇二〇年　一月一〇日　第四刷発行

著　者　©礒崎純一
装　丁　山田英春
発行者　及川直志
印刷所　株式会社三陽社
発行所　株式会社白水社

東京都千代田区神田小川町三の二四
電話　営業部〇三（三二九一）七八一一
　　　編集部〇三（三二九一）七八二一
振替　〇〇一九〇-五-三三二二八
郵便番号　一〇一-〇〇五二
www.hakusuisha.co.jp

乱丁・落丁本は、送料小社負担にてお取り替えいたします。

誠製本株式会社

ISBN978-4-560-09726-7

Printed in Japan

索　引

ゴチック体は出版社名（文庫名を含む）を示す。

か行

さ行

た行

な行

は行

ま行

や行

ら行

わ行